外教社
博学文库

济慈与中国诗人

——基于诗人译者身份的济慈诗歌中译研究

John Keats and Chinese Poets:

Decoding Chinese Versions of His Poetry Translated by Chinese Poets

卢 炜 著

上海外语教育出版社
外教社 SHANGHAI FOREIGN LANGUAGE EDUCATION PRESS

图书在版编目(CIP)数据

济慈与中国诗人——基于诗人译者身份的济慈诗歌中译研究 / 卢炜著.
—上海：上海外语教育出版社,2020
(外教社博学文库)
ISBN 978-7-5446-6146-1

Ⅰ.①济… Ⅱ.①卢… Ⅲ.①济慈(Keats,John 1795—1821)-诗歌-翻译-研究-中国 Ⅳ.①I561.072

中国版本图书馆 CIP 数据核字(2020)第 019749 号

出版发行：上海外语教育出版社
　　　　　　(上海外国语大学内)　邮编：200083
电　　话： 021-65425300 (总机)
电子邮箱： bookinfo@sflep.com.cn
网　　址： http://www.sflep.com
责任编辑： 奚玲燕

印　　刷： 上海叶大印务发展有限公司
开　　本： 890×1240　1/32　印张 8.875　字数 254千字
版　　次： 2020 年 6 月第 1 版　2020 年 6 月第 1 次印刷
印　　数： 1 100 册

书　　号： ISBN 978-7-5446-6146-1
定　　价： 30.00 元

本版图书如有印装质量问题,可向本社调换

质量服务热线：4008-213-263　电子邮箱：editorial@sflep.com

博学文库编委会成员

出版说明

　　上海外语教育出版社始终坚持"服务外语教育、传播先进文化、推广学术成果、促进人才培养"的经营理念，凭借自身的专业优势和创新精神，多年来已推出各类学术图书600余种，为中国的外语教学和研究作出了积极的贡献。

　　为展示学术研究的最新动态和成果，并为广大优秀的博士人才提供广阔的学术交流的平台，上海外语教育出版社隆重推出"外教社博学文库"。该文库遴选国内的优秀博士论文，遵循严格的"专家推荐、匿名评审、好中选优"的筛选流程，内容涵盖语言学、文学、翻译和教学法研究等各个领域。该文库为开放系列，理论创新性强、材料科学翔实、论述周密严谨、文字简洁流畅，其问世必将为国内外广大读者在相关的外语学习和研究领域提供又一宝贵的学术资源。

上海外语教育出版社

序

诗人译诗与翻译传统研究的意义

正如书名所示，《济慈与中国诗人——基于诗人译者身份的济慈诗歌中译研究》是从研究译者特定身份的视角出发，探讨徐志摩、朱湘、查良铮、卞之琳、孙大雨、屠岸、余光中、杨牧等 20 世纪一批出类拔萃的诗人缘何持续不断地将英国诗人约翰·济慈的诗歌翻译为中文，解读这些诗人译者如何为济慈及其诗歌在中国的译介与传播做出巨大的成就，阐释这一特定身份译者群体的翻译特征以及济慈的诗人形象在 20 世纪中国建构与嬗变的历程等相关内容。书中的研究内容也在一定层面探讨了现当代外国诗歌中译的发展轨迹及时代特征，以及相关翻译活动与不同时期社会历史文化语境中政治、意识形态、文化与文学传统以及翻译传统等因素之间的相互关联。这是一部具有较高学术价值和意义的著作，在一定程度上弥补了学术界以往相关研究中的薄弱环节，有助于加深对诗人译诗这一翻译传统的认识，也有助于进一步研究文学翻译与社会发展之间的关系。

追溯外国诗歌在中国译介的历史，尤其是诗人译诗的相关情况，应当有助于了解和认识卢炜所著《济慈与中国诗人》一书的价值与意义。在翻译历史上，中国诗人致力于将外国诗歌翻译为中文，大体而言是清末民初开始出现的一个新的翻译现象。其中，济慈诗歌中译虽然起步较晚，但诗人译诗的特征及其社会影响却显得尤为突出，具有较为普遍的典型性。

　　与小说、戏剧等其他文学体裁相比，外国诗歌在中国的译介与传播出现较早。根据翻译史研究迄今所掌握的文献，明末来华的耶稣会传教士艾儒略（Giulio Aleni，1582～1649）与中国文人张赓于 1637 年合译的短诗《圣梦歌》，应当是最早问世的外国诗歌中文译本，但目前其源语文本尚有待于进一步考证和确认。鸦片战争前后，作为西方列强文化侵略与殖民的一个组成部分，欧洲来华传教士的数量及其所从事的宗教和非宗教性质的活动逐年递增。在此背景之下，一些英国传教士开始将英国诗歌翻译为中文。马礼逊（Robert Morrison，1782～1834）与米怜（William Milne，1785～1822）于 1819 年合作完成了《圣经》的中文全译本，称之为《神天圣书》，并于 1823 年在马来西亚的马六甲刊行，其中采用文言散文体将该书中的诗歌翻译为中文。1823 年，英国传教士马殊曼（Joshua Marshman，1768～1837）翻译的《圣经》中文全译本在印度出版，也采用文言散文体将其中的诗歌翻译为中文。

　　此后，寓华英国传教士翻译的英语诗歌不断增加。1853 年，宾威廉（William Chalmers Burns，1815～1868）采用文言文将 17 世纪英国小说家约翰·班扬的讽喻小说《天路历程》（*The Pilgrim's Progress*）翻译为中文时，按照中国古典小说的叙事传统将其中章节结尾的内容翻译为中文格律诗。同年，麦都思（Walter Henry Medhurst，1796～1857）将英国诗人弥尔顿的短诗《论失明》（"On His Blindness"）译为中文，并在其当时刚刚创办的综合性中文刊物《遐迩贯珍》上刊出，但译者未署名，译作也未置标题。1865 年英国驻华使节威妥玛（Thomas Francis Wade，1818～1895）将美国诗人朗费罗的名诗《人生颂》（"A Psalm of Life"）译为中文，译作采用了文言格律诗的形式。此外，1898 年李提摩太（Timothy Richard，1845～1919）与其助手任延旭合作，将英国诗人亚历山大·蒲柏（Alexander Pope，1688～1744）的长篇诗体作品《天伦诗》（*An Essay on Man*）翻译为中文，译作采用了四言格律诗的体例。

　　此后，也陆续出现了中国译者所翻译的英语诗歌。1887 年，晚清驻英钦差大臣曾记泽将其英国挚友、诗人傅澧兰（Humphrey William Freeland）的短诗《咏技艺》（"Art"）译为中文的七言律诗，发表于当年的

《英国皇家亚洲学会会刊新辑》。作为晚清重臣、思想家与文学家曾国藩的长子，曾纪泽家学渊源，擅长写诗，曾有五部诗集问世；他的译作可视为清末诗人译诗的先驱。1898年，严复翻译了英国生物学家赫胥黎有关进化论与伦理学的论文集《天演论》（*Evolution and Ethics*），其中包括英国诗人亚历山大·蒲柏若干诗句的中文译文，也是中国诗人译者翻译外国诗歌的早期范例。

20世纪初，在西学东渐与倡导文学兴国的历史背景下，陆续有一批外国诗歌被翻译为中文。作为素以将《论语》等国学典籍翻译为英语而闻名于世的翻译家和学者，辜鸿铭1900年将英国诗人威廉·库珀（William Cowper，1731～1800）的诗作《痴汉骑马歌》（"The Diverting History of John Gilpin"）翻译为中文，译作采用了五言格律诗的形式。就内容与风格而言，该译作被誉为传神之作，在清末民初风行一时。从1908年开始，年仅17岁的胡适开始翻译外国诗歌，包括将朗费罗的《晨风篇》（"Daybreak"）、英国诗人邓耐生（Alfred Tennyson，现译"丁尼生"）的《六百男儿行》（"The Charge of the Light Brigade"）与堪白尔（Thomas Campbell，现译"坎贝尔"）的《惊涛篇》（"Lord Ullin's Daughter"）和《军人梦》（"The Soldier's Dream"）等诗歌翻译为中文五言格律诗。这些译作令当时的读者耳目一新，开始领略西方诗歌的风韵。

清末民初，真正促使诗人译诗成为显著翻译特征并逐渐蔚然成风的译者当推苏曼殊。作为当时才华绝伦、声名显赫的诗人，苏曼殊的创作与翻译成就及其影响自不待言，长期以来也一直为学术研究界所关注，然而他在诗人译诗方面的建树与影响却始终疏于探讨。苏曼殊的诗歌翻译始于日本，1906年至1908年将包括英语和梵文等语种在内的一系列外国诗歌翻译为中文，并陆续在日本出版。因为相关文献记载的时间有所出入，学术界对苏曼殊诗歌翻译的确切年份多有争议。1908年，苏曼殊翻译与编撰的汉诗英译集《文学因缘》出版，其中包括英国来华传教士理雅各（James Legge，1815～1897）和英国驻华领事、汉学家翟理斯（Herbert Giles，1845～1935）等人的汉诗英译，例如《诗经》、李白、杜甫、

IV

班固、王昌龄与张籍等人的诗歌译作,以及他自己的部分译作。1911年《潮音》刊行,收录了苏曼殊所翻译的英国诗人拜伦的多首诗歌译作以及其他译者的英诗汉译与汉诗英译。苏曼殊对这部汉英互译诗集充满了期许,特意撰写了序言,尤其是以对比的方式讨论了拜伦与雪莱两位诗人在审美、爱情以及诗歌创作理念和风格等方面的异同。此后,苏曼殊的另外两部英诗汉译集《汉英三昧集》和《拜伦诗选》也于1914年在日本出版。后者收录了其脍炙人口的译作四十余首,包括《哀希腊》("The Isles of Greece")与《赞大海》("Apostrophe to the Ocean")等著名诗篇的译作。《哀希腊》节选自拜伦的长诗《唐璜》(*Don Juan*)的第三章,苏曼殊的译作采用了五言格律诗体。基于上述翻译诗集,若以诗人译诗的成就与影响而言,清末民初无人可与苏曼殊相比。

　　苏曼殊翻译的《哀希腊》对清末民初逐步形成诗人译诗的翻译传统起到了重要的推进作用。实际上,清末最早开始关注《哀希腊》的译者并非苏曼殊,而是思想家、政治家、史学家、小说家、诗人兼翻译家梁启超。1902年,梁启超出版了具有乌托邦思想的小说《新中国未来记》,以超凡的想象力跨越历史时空,展望未来,描写清末维新运动历经坎坷终于在1962年大获成功,实现了富国强民的梦想。这部在主题、语言和叙事特征等方面都具有创新性的小说出版之后风靡一时,其中包括梁启超采用文白相间的语言和元曲"沉醉东风"的曲牌格式所翻译的《哀希腊》的诗体译文,但只包括该诗第一节和第三节的部分内容,也并没有构成小说的核心情节。1905年,精通英语、日语、德语和法语等多种语言的诗人兼翻译家马君武,采用七言格律诗将《哀希腊歌》首次完整地翻译为中文,发表在当时他在日本创刊不久的刊物《新文学》上。此后,便是苏曼殊大约在1908年翻译的《哀希腊》,译作采用了五言格律诗。苏曼殊作为一代名士的身份及其非凡的影响力,显然为《哀希腊》中文译作在清末的接受起到了推波助澜的作用。

　　1913年,胡适经友人推荐,阅读了马君武与苏曼殊分别翻译的《哀希腊》的译本,深有感触,但认为二者的译笔均有所不足。次年,胡适决定重译《哀希腊》,并在短短四个小时之内挥笔完成了一个新的中文译本。

胡适翻译的《哀希腊》采用了历史悠久的楚辞体,诗中对古希腊璀璨卓越的文学艺术所抒发的敬仰之情以及为古希腊文明衰落并遭受侵略的惨状而产生的感伤与悲楚跃然纸上,读之令人荡气回肠,悲天悯人,因为古希腊衰亡的历史命运与民国初期军阀混战、民不聊生、动荡不安的社会状况相互契合。在上述社会历史背景下,刘半农在1916年也将《哀希腊》翻译为中文,译作使用文言文。此后,1922年胡怀琛发表的《哀希腊》中文译本也采用了五言格律诗的形式。1925年,王独清仿效胡适,采用楚辞体将这首诗译为中文,改称《吊希腊》。王独清应当是"五四"之后最后一位采用传统格律诗翻译《哀希腊》的诗人译者。

"五四"之后,白话文开始成为逐渐流行的书面语言。在这一背景下,1922年,柳无忌最早发表了《哀希腊》的白话文译本,开风气之先,与该诗此前传统格律诗译本的翻译风格迥异。此后,1927年新月派诗人闻一多的白话文译本《希腊之群岛》问世,发表在当年11月份的《时事新报·文艺周刊》上。借助于当时蓬勃发展的新月派的影响,闻一多的翻译成为《哀希腊》当时影响最大的白话文译本。1958年,卞之琳翻译并出版了《哀希腊》的自由诗译本。同年,朱维基出版了《唐璜》的自由诗译本,其中包括《哀希腊》一诗。"文革"之后,查良铮于1978年出版了《唐璜》中译本,采用自由诗的体例,其中自然也包括《哀希腊》一诗。1980年,孙大雨发表了《希腊群岛》的自由诗译本;1983年,屠岸也发表了《哀希腊》的自由诗译本。此后,随着改革开放的不断深入,《哀希腊》的上述十几个译本陆续见诸各类报刊或被收入诗集再版发行,而且新的译本也不断涌现。

早在20世纪20年代,胡适在重译《哀希腊》时便注意到,拜伦作为英国文学史上的"第二流人物"在中国的名声与影响却如日中天,远远超越了莎士比亚与弥尔顿等一流英国作家在中国的声誉。对于这种外国文学接受错位的现象,胡适认为是翻译使然,因为中文译作一方面凸显了原诗中的别具一格的"情性气魄",另一方面却掩盖了拜伦原诗在语言文字层面的瑕疵。对此,他曾在《哀希腊》译作的序言中感叹:"盖裴论为诗,富于情性气魄,而铸词练句,颇失之粗豪。其在原文,疵瑕易见,而一经翻译,则其诗句小疵往往为其深情奇气所掩,读者仅见其所长,而不觉其短矣。裴论诗名之及于世界,此亦其一因也。"

显然,对于拜伦在清末民初的译介与接受,胡适的上述评论具有一定的相关性。但除此之外,还有胡适并未谈及的翻译与社会的关联性等诸多因素,包括译者身份在拜伦诗歌的译介与接受过程中所具有的价值与作用,以及当时特定的社会历史文化语境与《哀希腊》中悲怆的情感和强烈的爱国情怀高度契合等。例如,梁启超、胡适和苏曼殊等一大批当时叱咤风云的诗人纷纷翻译《哀希腊》,使得该诗的中文译作能够借助诗人译者自身的社会地位与影响力深入人心,引导和促进拜伦在中文语境中的接受与认同,其促进力度之大,影响之深远,甚至超乎当时一代人的想象。时过境迁,对于清末民初的上述情形,现在的研究只能选取历时的视角,通过追溯当时诗歌翻译及其影响的历史才能够管窥一斑。

在西方翻译历史上,诗歌翻译至少可以上溯至两千余年之前的古罗马,诗人译诗的翻译传统几乎与古罗马的诗歌翻译具有同样悠久的发展历史。作为欧洲大规模翻译运动的摇篮,古罗马的翻译活动自公元前六世纪开始蓬勃发展,延续了多个世纪,成就巨大。欧洲古代三大翻译家均为古罗马诗人翻译家,他们也都是以将荷马史诗以及其他古希腊诗人和悲剧作家的作品翻译为拉丁文而名垂青史,包括里维乌斯(Livius Andronicus,284～205,BC)、涅维乌斯(Gnaeus Naevius,270～200,BC)和恩尼乌斯(Quintus Ennius,239～169,BC)。其中,里维乌斯在约公元前250年不折不扣地按照古希腊复杂的抑扬格六音步诗体将荷马史诗《奥德赛》翻译为拉丁文,他的诗体译作倍受赞誉,因此成为上流社会的拉丁语教材与诗歌范本,也为包括古罗马语言文学艺术在内的整个罗马社会文明的发展做出了难以估量的奠基性贡献。里维乌斯所翻译的荷马史诗影响深远,在问世200年后,西塞罗和贺拉斯等出类拔萃的罗马诗人仍旧将其视为必读的经典之作。此外,作为西方最早的翻译理论家之一,贺拉斯也是诗人译诗的杰出典范。

在英国文学史和翻译史上,诗人译诗也是重要的翻译传统之一,为英国文学的发展与英国历代社会的变革发挥了至关重要但始终被忽略的促进作用。作为英国文学之父与最早的英国诗人之一，乔叟在文学翻译方面具有重要建树，包括将法国名诗《玫瑰传奇》("The Romance of the Rose")翻译为英语。此后，在翻译古希腊和古罗马文学方面卓有成就的英国诗人包括亚瑟·戈尔丁（Arthur Golding，1536～1603）、乔治·查普曼（George Chapman，1559～1634）、克里斯托弗·马洛（Christopher Marlow，1564～1593）、约翰·德莱顿（John Dryden，1631～1700）、亚历山大·蒲柏、威廉·库珀与弗朗西斯·威廉·纽曼（Francis William Newman，1805～1897）等。戈尔丁与马洛等英国诗人分别将古罗马诗人奥维德的史诗《变形记》等翻译为英文，其中尤以戈尔丁的《变形记》英译本为人称道。此外，查普曼、蒲柏、库珀与纽曼分别将荷马的两部史诗《伊利亚特》和《奥德赛》按照不同的诗体翻译为英诗，无论是查普曼使用的抑扬格五音步、德莱顿与蒲柏的英雄对偶句，还是库珀与纽曼的素体诗，皆为脍炙人口的译作。根据哲学家、批评家、小说家兼翻译理论家乔治·斯坦纳（George Steiner，1929～　）的统计，截至20世纪末，荷马两部史诗的英文全译本与节译本已经超过两百部。此外，统计发现，21世纪以来已经出版的荷马史诗的译作至少有12种英译本。在上述众多的英译本中，查普曼等英国诗人的译本显然一直是被公认为上乘之作和影响力最大的英语版本。

即使在仅有两个多世纪的美国文学史上，也不乏诗人翻译家，包括以翻译荷马史诗闻名的诗人译者，例如威廉·卡伦·布莱恩特（William Cullen Brayant，1794～1878）、罗伯特·菲茨杰拉尔德（Robert Fitzgerald，1910～1985）、恩尼斯·瑞思（Ennis Rees，1925～2009）、罗伯特·费格斯（Robert Fagles，1933～2008）、巴里·鲍威尔（Barry Powell，1942～　），以及斯蒂芬·米歇尔（Stephen Michell，1943～　）等。自19世纪末以来，美国译坛陆续出现了数量可观的一批诗人译者，他们不仅将以古希腊和古罗马文学为代表的西方古典文学经典翻译为英文，而且将欧洲、亚洲和拉丁美洲等地十余种语言的诗歌翻译为英文，为美国文学在多元化语境中的发展做出了重要却备受冷落的贡献。对

VIII

上述诗人译者的翻译活动与成就,也包括美国文学家在小说等体裁方面的翻译成就,美国文学史等相关著述始终置若罔闻。自古以来,翻译文学虽然始终是公共文学阅读资源中的重要组成部分,但一直未能得到学术研究界的客观认识与研究,始终被拒于文学研究的象牙塔之外。

此外,包括诗人译诗在内的文学翻译不仅是古今中外重要的翻译传统,翻译文学本身也历来是公共文学阅读资料之中最重要、最活跃、最具影响力的组成部分,不仅对文学创作产生巨大而深刻的影响,而且能够对社会意识形态、价值观念、文化与生活方式等诸多方面的变革与演进产生引导与推进作用。上述文学翻译的影响能量之大,范围之广泛,甚至可以跨越数个世纪的时空,也并非仅仅局限于某个国度的地理区域。与此相关的案例比比皆是。例如,作为 19 世纪英国诗人的杰出代表之一,济慈于 1816 年写下的名诗《初读查普曼英译荷马史诗》("On First Looking into Chapman's Homer"),感人至深地倾诉了他在阅读大约两个世纪之前英国诗人查普曼翻译的荷马史诗《伊利亚特》和《奥德赛》的英译本时心潮澎湃的激动感受。通常认为,这首诗的核心内容是赞美荷马史诗的永恒价值与文学魅力及其跨时代的艺术魅力与影响,但忽略了这首诗也表达了济慈对查普曼的英文译本情有独钟,对这位前辈诗人译者翻译艺术的顶礼膜拜。在他所处的时代,济慈至少拥有查普曼、蒲柏、库珀等三位诗人所翻译的荷马史诗的英译本,并有机会对比和选择自己欣赏的译本。显然,他更青睐翻译和出版时间离他最遥远的查普曼的译本,可见对他而言,该译作具有何等不凡的翻译艺术价值与魅力。

至于文学翻译能够对社会不同领域所产生的作用与影响,历史悠久,而且影响的力度与广度也常常超乎想象,涉及整个人类文明的发展与演进。正如专治语言历史与欧洲翻译历史,特别是古希腊语及古罗马之后欧洲翻译历史的学者路易斯·G·凯利(Louis G. Kelly)所指出的那样,"西欧应当将其文明归功于翻译家"。作为离散作家,捷克裔法国小说家米兰·昆德拉(Milan Kundera, 1929~　　　)对语言差异、翻译的社会价值与作用有着极为深刻而独到的见解。在他看来,"那些习以为常的欧洲思想都是翻译家历尽千辛万苦而创造的果实。没有翻译家,就没有欧洲"。但迄今为止,国内外研究界历来较少关注翻译的社会功能,尤其疏于研究文学翻译对社会与人类文明的影响。

在 20 世纪 70 年代之前,国内外研究界对于区域与国别翻译历史的研究历来薄弱,有关翻译通史或者断代翻译史的著述可谓凤毛麟角。有关翻译历史的研究长期缺失,也给翻译研究自身带来了一些严重的负面影响。首先,研究者长久忽视翻译的社会历史文化属性,只是孤立地将翻译视为不同语言之间的文字交流活动。因此,翻译研究的视阈与视角受限,长期以来翻译研究主要关注翻译过程中语言文本转换以及相关的翻译策略与技巧等方面的内容。再者,研究者长期忽视翻译的社会历史文化属性,使得翻译从古至今的社会价值与功能,尤其是文学翻译为社会与人类文明的发展所做出的重要贡献,始终未能得到客观的认知与认同。翻译甚至从来没有充分得到应有的社会尊重。反之,这种状况又阻碍和制约了翻译研究的良性发展,形成了延续至今的恶性循环。

晚近的研究状况有所改善,西方陆续出版了一些有关翻译历史的研究著作,例如路易斯·G·凯利于 1979 年出版的著作《忠实的译者:西方翻译理论与实践的历史》(*The True Interpreter: A History of Translation History and Practice in the West*),劳伦斯·韦努蒂(Lawrence Venuti,1953~)于 1995 年出版的著作《译者的隐身:翻译历史研究》(*The Translator's Invisibility: A History of Translation*),以及 2005 年面世的五卷本鸿篇巨制《牛津英语文学翻译史》(*The Oxford History of Literary Translation in English*)。与上述两部著作有所不同,后者是从翻译社会学的视阈着眼,较为系统地总结和探讨了从中世纪到 20 世纪末的英语文学翻译,包括不同历史时期的翻译活动、翻译理论与实践以及文学翻译与文学创新、英语发展、宗教信仰、政治、伦理、科学、贸易、印刷术等不同社会领域与层面的相互关系。这部翻译史著作突破了以往翻译研究的对象与研究方法,将文学翻译研究视为一种与整个社会密切相关的创造性的社会文化活动,对整个社会的发展与人类文明的演进都能够产生重要的促进作用。在我国,马祖毅主编的五卷本《中国翻译通史》(2006)也是一部具有创新性的著作,较为全面地总结和讨论了从古代至 20 世纪末中国翻译发展变化的历史及其在不同历史时期的标志性成就。

从上述研究视角来看,《济慈与中国诗人》一书探讨文学翻译历史的一个侧面,侧重研究了诗人译者对济慈及其诗歌在中文语境中译介与接受的历史轨迹与特征,有助于加深对诗人译诗这一翻译传统的认识,也有助于更为深刻地研究外国文学翻译的社会作用与影响。在 20 世纪中国文学翻译历史上,诗人译诗并非仅仅与济慈相关,还涉及莎士比亚、惠特曼、普希金、高尔基等一批在中国具有重要影响的外国诗人。因此,不断拓展诗人译诗的研究,不仅能够促使外国诗歌中译的研究取得更具有学术价值的成果,而且能够有助于加深对翻译传统的认识,以及更为客观和深刻地认识文学翻译的社会价值与功能。

是为序,希望能够有助于读者了解本书的研究内容及其学术价值。

刘树森

Keats's Chinese Translators: Preface for Lu Wei

For lovers of English poetry, John Keats (1795—1821) is not just a short-lived Romantic poet; his work is the essence of poetry itself. I can remember, as a teenager growing up in California, reading Keats's "Ode to a Nightingale" (1819) and thinking it the most beautiful expression of human longing ever written. How wonderful, I thought, to

> Fade far away, dissolve, and quite forget
> What thou among the leaves hast never known,
> The weariness, the fever and the fret
> Here, where men sit and hear each other groan;
> Where palsy shakes a few, sad, last gray hairs,
> Where youth grows pale, and spectre-thin, and dies;
> Where but to think is to be full of sorrow
> And leaden-eyed despairs,
> Where Beauty cannot keep her lustrous eyes,
> Or new Love pine at them beyond to-morrow.

As I grew older I came to realize that Keats's poems were more than beautifully worded expressions of melancholy. As he notes sadly in "Ode to a Nightingale", "the fancy cannot cheat so well / As she is famed to do, deceiving elf". By his twenty-fourth year, Keats had arrived at the mature wisdom of the ode "To Autumn"(1819), finding beauty in the season traditionally associated with the approach of death: "Season of mists and mellow fruitfulness." As a student at Harvard, studying with the great Keats scholar Walter Jackson Bate, I came to appreciate the poet's extraordinary letters with their insights into poetry and poets. Of Shakespeare, Keats famously wrote of his "Negative Capability". He "led a life of allegory: his works are the comments on it".

When I was first invited to teach in China, in 1982, I assigned Keats's poems to my undergraduates, and I asked them to write an analysis of the "Ode to a Nightingale". Later, in 2008, during my third year of teaching at Peking University, I included Keats in the syllabus of my graduate class devoted to Aspects of Western Humanism. In that class, which was filled with some of the most gifted students I had ever encountered, was a young man of exemplary intelligence and sensitivity, Lu Wei. His essays on Mozart and Rembrandt were filled with insight; and his term paper, a discussion of the value of western culture, was so eloquent that it brought tears to my eyes. He and I have been good friends ever since. In 2015, he gave a memorable talk on Keats for a conference I organized at Peking University on Mythology and the Western Tradition. When I was asked to write a preface for Lu Wei's remarkable study of Keats and his China translators, I was deeply honored.

It is fitting that Keats's work has been made accessible to Chinese readers by such gifted poets as Zhu Xiang, Zha Liangzheng, Tu An and Yang Mu, who translated Keats's poems "Ode to a Nightingale" "Ode on a Grecian Urn" "The Eve of St. Agnes" and *Endymion* into Chinese language. Keats himself, because of his modest background, was not a student of foreign languages. His reading of Homer, for example, was only made possible because of his discovery of George Chapman's translation of the Greek poet. It was thus that he could compare himself, in the great sonnet "On First Looking into Chapman's Homer" (1816), to a "watcher of the skies / When a new planet swims into his ken". Because Chapman was an Elizabethan poet, his version of Homer has echoes of the great Renaissance poets. Similarly, Keats's Chinese poet-translators, translated Keats into an author whose words had relevance to them personally. But, as Keats famously says in *Endymion*, "A thing of beauty is a joy forever"; and so Keats in translation became a transposed Chinese poet but also a writer from the west, living two hundred years ago, who demonstrates that the appeal of great poetry, of great art, is universal. That was the thesis of Lu Wei's essay on Western Humanism, which he wrote for me in 2008, and it is one of the lessons to be learned from his superb book on Keats's Chinese translators.

Donald Stone
Professor Emeritus,
Department of English
The Graduate Center of the City University of New York

And Visiting Professor (since 2006)
Department of English
Peking University

前言

　　本书是在我的博士论文的基础上修改、增补而成的。2011 年我着手撰写博士论文的时候，曾经为论文的选题苦恼了很久，最终在导师刘树森老师的启发和帮助之下，我最终选定了"济慈与中国诗人"这个主题。选定这个主题有三个原因。第一，我从 20 岁初读济慈诗歌开始就被他诗歌中蕴含的魅力折服，在考入北京大学英语系攻读硕士学位的时候，主攻浪漫主义方向，硕士论文也是以济慈诗歌研究为题，将近 15 年的感情沉淀和学术积累，使得我在济慈研究领域蓄积了充足力量，彼时，我坚信自己多年的努力就要结出丰硕的果实了，撰写博士论文恰好给了我实践自己理想的机会。第二，济慈诗歌中译研究在中国英国文学研究领域属于较少为学者涉足之处，正如我在本书导论的文献综述部分所述，当代中国济慈诗歌中译研究多为个案分析或简单的译本比较，不仅数量偏少，而且多数论著从中国文学和文化的视角研究单一中译者，济慈诗歌中译并未被置于研究的中心，多数成了译者整体翻译思想的陪衬。在我的博士论文之前，尚未发现有关济慈诗歌中译研究的中文专著，可以说，本书的出版在很大程度上填补了中国济慈诗歌翻译研究领域的一项空白。第三，诗人译诗在当代中国诗歌翻译领域十分普遍，而且译著也广受读者的欢迎，但是，学术界对这一译者群体严肃而系统的研究尚不多见，特别是一些经历过民国时期中国文学和翻译转型期的著名诗人年事已高,对他们进行采访和研究可了解许多第一手的资料,包括译者的手稿、录音和书信等资料,对这些珍贵资料进行抢救性收集,具有独特的价值。

机遇也意味着挑战。为了获得更多的资料,从中筛选出有价值的素材,寻找更多的译者和译作,我几乎查阅了北京大学图书馆和国家图书馆馆藏中所有相关的书籍和数据库。庆幸的是在半年多的资料收集整理期间,北京大学图书馆的两个数据库"大成老旧刊数据库"和"全国报刊索引:晚清期刊全文数据库(1833—1911)和民国时期期刊全文数据库(1911—1949)"为我提供了大量民国时期的济慈诗歌译者信息及相关译作,国家图书馆和北京大学台湾文献阅览室的藏书为我研究我国港台译者的情况提供了难得的第一手资料,这些资料和数据最终构成了我研究中各个时期济慈诗歌中译的历史语境。此外,由于当代中国文学领域对朱湘、查良铮、屠岸等诗人的诗歌创作和文艺思想研究成果较为丰富,我从这些材料中梳理出各位诗人译者独特的内容,与他们各自的翻译策略相结合,构成了每一位诗人译者翻译济慈诗歌时的文艺思想和翻译原则。最后,我在研究和撰写论文过程中,通过比较不同诗人译者对济慈诗歌的理解和阐释,大量结合现当代西方济慈诗歌研究的重要成果和结论,试图说明不同诗人译者是如何创造性地继承和发扬了济慈研究的学术成果,与西方济慈研究形成良性的互动。中西结合也是我的研究与其他国内西诗中译研究者的显著区别之一。

除导论与结语部分外,本书共由五章构成。导论的主要内容是对济慈诗歌中译简史、中国西诗翻译和济慈翻译研究现状、文献综述、论文选题及研究范围、论文课题研究的理论基础等内容进行简要的梳理和概括。

第一章主要概述济慈诗歌中译的整体情况。首先,本书总结了古今中外诗人、学者、翻译家对诗歌可译性的探讨,进而引入济慈诗歌中译情况的介绍,包括译者数量、译诗数量、结集成册出版的译本情况,并较为全面地分析济慈《夜莺颂》和《美丽的无情女郎》两诗的中译情况,结合各时代和不同译者对这两首诗的译介分析,突出了政治、文化、中国诗歌和美学传统对这两首诗中译可能产生的影响,并较为简要地勾勒出诗人济慈的形象在中国形成的过程和特点。其次,本章着重探讨济慈诗歌中译过程中诗人译诗的现象,指出济慈重要的中译者绝大多数是诗人或者是具有诗歌创作背景的翻译家,他们作为诗人译者的身份和特有的敏感和智慧能够更好地理解济慈诗歌中所包含的真与美。通过分析比照朱湘、查良铮和屠岸对济慈诗歌《圣艾格尼丝前夜》中一个诗节的异同,初步归纳出不同诗人在翻译济慈诗歌时的策略、方法和特点。

　　第二章探讨了"五四"时期中国著名诗人、翻译家朱湘对济慈诗歌的译介,并通过对其译作的研究,揭示 1949 年之前我国诗人译者对济慈的译介成就以及济慈诗人形象在中国的初步构建。本章在梳理"五四"时期政治、经济、文化心理、审美情趣等的变迁和发展的基础上,探讨了朱湘的思想与文学理念,寻找其翻译思想的特征。此外,还通过对原作和译作文本的细读和比较,以及对同一时期不同译者译作的比较,探讨朱湘对济慈诗歌《夜莺颂》的理解和翻译,以及时代背景和其本人的创作、翻译理念对其翻译济慈诗歌的影响。

　　第三章探讨了著名诗人、翻译家查良铮对济慈诗歌的译介情况,展示 1949 年至 1978 年间诗人译者对济慈诗歌的翻译成就以及对济慈形象在新中国的塑造所发挥的作用。首先概述了这期间政治和文化领域内的情况和变化,分析其对外国文学翻译产生的影响。其次,结合史料和回忆录,分析查良铮在面对这些变化时采取的策略,揭示时代语境对诗人的影响,并通过译作与原作以及不同译作之间的对比分析,探讨查良铮在翻译济慈诗歌《圣亚尼节的前夕》时采取的策略和手法,以及时代背景和作者本人的创作、翻译理念对其翻译济慈诗歌的影响。

　　第四章探讨了著名诗人、翻译家屠岸对济慈诗歌的译介情况,主要研究 1978 年之后诗人译者对济慈诗歌的翻译以及在塑造济慈形象等方面所发挥的作用。本章首先指出改革开放政策为中国翻译界所带来的变化和影响,简述 20 世纪 80 年代之后中国大陆翻译界关于诗歌形式转译的大讨论以及对济慈诗歌中译的影响。在此基础上,着重探讨屠岸对济慈诗歌的深刻感悟和"以顿代步"译法的特点,并通过分析济慈诗歌原作和屠岸的译作,对比其他译者的译文,阐释屠岸翻译济慈诗歌的特点、方法和策略。

第五章探讨著名诗人杨牧对济慈诗歌的译介情况,分析港台地区及海外语境对其翻译的影响,并将之与大陆诗人译者的译作进行对比,试图探究不同社会文化背景下济慈诗歌译介情况的异同。另外,通过分析杨牧的翻译理念、策略和方法,结合济慈诗歌原文,对比他翻译的济慈《希腊古瓮颂》与其他三位诗人译者的译作之间的异同,探讨他在翻译过程中将古典传统与现代英语诗歌的特征融为一体的特点。

结语部分全面总结 90 年来济慈诗歌中译的历史,包括济慈诗歌中译的过程和诗人济慈形象在中文语境中的塑造,分析中国诗人译者对济慈诗歌的解读、翻译和对其形象构建所起到的作用,以及政治、经济、文化、美学、社会心理等诸多方面对济慈诗歌翻译的影响。

本书从选题到最终成书,历经六年时光,这六年既充满了痛苦和艰辛,也不乏温暖和幸福,其间众多师长与领导的帮助和关照、众多亲朋好友的关心和鼓励,我都铭记在心,感激不尽,特借此机会表示深深的谢意。

感谢我的导师刘树森教授对我的研究进行指导,从论文题目命名、采访对象确认、文献资料收集到论文开题、预答辩和定稿,在许多重要环节都提出了宝贵的意见。他豁达乐观的人生态度、严谨认真的治学精神和朴实高尚的学术风范,不仅指引着我的学术道路,更是我人生的榜样和典范。

感谢北京大学外国语学院党委书记李淑静老师和她所带领的大学英语教研室的诸位同仁。作为我的直接领导,李老师在我攻读博士学位和撰写博士论文的几年时间里,在工作上给予了莫大的支持和帮助,使我能够兼顾教学工作和博士论文的研究两项重任。

感谢参与我博士论文开题、预答辩和答辩的北京大学英语系各位老师。特别是英语系客座教授 Donald Stone 老师，在我撰写博士论文期间，他在精神上给予了我很大的鼓舞和支持。

感谢著名诗人、翻译家屠岸先生和他的女儿——北京师范大学章燕教授。作为中国大陆最重要的济慈诗歌中译者之一，90 岁高龄的屠岸先生欣然接受了我一个无名晚辈的两次采访，为我提供了很多直接、鲜活的一手学术资料，使我亲身感悟到了一位资深诗人翻译家深厚的使命感、高尚的艺术境界和宝贵的翻译经验。不幸的是，屠岸先生已于 2017 年 12 月仙逝，希望老先生的在天之灵能够看到这部倾注了他心血的著作付梓。

感谢师妹黄重凤。她在自己学习、工作异常忙碌的情况下，帮我收集了许多重要的香港台湾地区的学术资料，对我的研究大有裨益。

最后，感谢我的家人。感谢父母给予我生命、抚养我长大、赋予我理想和追求。感谢岳父岳母任劳任怨担当起家庭生活的重任，让我有一个温暖无忧的家。感谢妻子逯娜，是你在我人生最迷茫无助的时候来到我身边，默默地支持我、鼓励我、帮助我，才有了我今天的一切。感谢儿子卢逸瑄和女儿卢逸潇，你们是我人生最大的成就，你们的到来给予了我无尽的力量，让我敢于面对困难和挑战。谨以本书作为我们共同成长的见证，愿我们全家人一起走向更美好的未来！

卢 炜

2018 年 1 月 1 日

目录

导　论 ·· 1

1. 文献综述 ·································· 1

　1.1　济慈诗歌中译概述 ················ 1

　1.2　中国现当代诗歌翻译理论概述 ········ 3

　1.3　中国现当代济慈中译研究概述 ········ 5

2. 研究目标 ·································· 7

　2.1　研究的时间范围 ·················· 7

　2.2　研究对象的选取标准 ·············· 8

3. 研究的理论基础 ······················ 10

第1章　济慈诗歌中译：诗人译诗 ·········· 13

1. 导言 ···································· 13

2. 可译论 vs 不可译论 ···················· 14

3. "数"说济慈诗歌中译 ···················· 16

　3.1　第一首被译为中文的济慈诗歌 ······ 16

　3.2　济慈诗歌中译百年历史 ············ 19

4. 济慈诗歌中译与中国传统诗歌审美 ········ 22

5. 济慈诗歌中译与中国传统爱情观 ·········· 29

6. 济慈诗歌中译与诗人译诗 ⋯⋯⋯⋯⋯⋯⋯⋯⋯⋯⋯⋯⋯⋯ 36

6.1 中外"诗人译诗"之争鸣 ⋯⋯⋯⋯⋯⋯⋯⋯⋯⋯⋯⋯⋯ 36

6.2 诗人译济慈诗歌的特征 ⋯⋯⋯⋯⋯⋯⋯⋯⋯⋯⋯⋯⋯ 39

7. 总结 ⋯⋯⋯⋯⋯⋯⋯⋯⋯⋯⋯⋯⋯⋯⋯⋯⋯⋯⋯⋯⋯⋯⋯ 50

第2章　朱湘：济慈诗歌中译的先驱 ⋯⋯⋯⋯⋯⋯⋯⋯⋯⋯ 52

1. 导言 ⋯⋯⋯⋯⋯⋯⋯⋯⋯⋯⋯⋯⋯⋯⋯⋯⋯⋯⋯⋯⋯⋯⋯ 52

2. "五四"时期中国的思想和文化转型 ⋯⋯⋯⋯⋯⋯⋯⋯⋯ 53

3. 诗人朱湘与"五四"文化传统 ⋯⋯⋯⋯⋯⋯⋯⋯⋯⋯⋯⋯ 56

4. 朱湘翻译济慈诗歌：以《夜莺颂》为例 ⋯⋯⋯⋯⋯⋯⋯ 60

5. 总结 ⋯⋯⋯⋯⋯⋯⋯⋯⋯⋯⋯⋯⋯⋯⋯⋯⋯⋯⋯⋯⋯⋯⋯ 93

第3章　查良铮：翻译济慈与隐晦书写 ⋯⋯⋯⋯⋯⋯⋯⋯ 96

1. 导言 ⋯⋯⋯⋯⋯⋯⋯⋯⋯⋯⋯⋯⋯⋯⋯⋯⋯⋯⋯⋯⋯⋯⋯ 96

2. 查良铮与中华人民共和国的政治和文化语境 ⋯⋯⋯⋯⋯ 97

3. 查良铮选、译济慈诗歌的基本原则和策略 ⋯⋯⋯⋯⋯⋯ 103

4. 查良铮译济慈《圣亚尼节的前夕》 ⋯⋯⋯⋯⋯⋯⋯⋯⋯ 113

5. 总结 ⋯⋯⋯⋯⋯⋯⋯⋯⋯⋯⋯⋯⋯⋯⋯⋯⋯⋯⋯⋯⋯⋯⋯ 137

第4章　屠岸：济慈诗歌的跨世纪歌者 ⋯⋯⋯⋯⋯⋯⋯⋯ 139

1. 导言 ⋯⋯⋯⋯⋯⋯⋯⋯⋯⋯⋯⋯⋯⋯⋯⋯⋯⋯⋯⋯⋯⋯⋯ 139

2. 改革开放以来中国的济慈诗歌翻译 ⋯⋯⋯⋯⋯⋯⋯⋯⋯ 140

3. 济慈诗歌中译与西诗中译形式的探讨 ⋯⋯⋯⋯⋯⋯⋯⋯ 143

4. 屠岸译济慈诗歌的基本原则和策略 ⋯⋯⋯⋯⋯⋯⋯⋯⋯ 149

5. 屠岸译济慈诗歌研究 ⋯⋯⋯⋯⋯⋯⋯⋯⋯⋯⋯⋯⋯⋯⋯ 158

6. 总结 ⋯⋯⋯⋯⋯⋯⋯⋯⋯⋯⋯⋯⋯⋯⋯⋯⋯⋯⋯⋯⋯⋯⋯ 181

第5章　杨牧：海峡彼岸的"夜莺" ⋯⋯⋯⋯⋯⋯⋯⋯⋯⋯ 182

1. 导言 ⋯⋯⋯⋯⋯⋯⋯⋯⋯⋯⋯⋯⋯⋯⋯⋯⋯⋯⋯⋯⋯⋯⋯ 182

2. 杨牧与台湾文化、大陆文化和西方文化的关系 ·············· 183

3. 杨牧译济慈诗歌研究 ···································· 191

4. 总结 ··· 218

结　语 ·· 220

济慈诗歌译名中英文对照 ······························· 229

参考文献 ·· 231

附录　济慈诗歌中文译作目录(1921～2013) ·············· 244

导　论

1. 文献综述

1.1　济慈诗歌中译概述

翻译作为沟通不同文化和文明的桥梁和纽带以及人类谋求生存与发展的手段和工具,在人类文明史上一直是跨文化交流、跨民族交往和融合以及国际合作和竞争中不可或缺的一个重要部分,而文学翻译更是在促进各国文学精华互相介绍、吸收和借鉴的过程中扮演了重要的角色。中国具有悠久的历史和灿烂的文明,翻译在中华文明形成、发展和繁盛的过程中也占有重要的地位。中国历史上出现过多次翻译高峰,对中国了解世界其他文明、借鉴和学习其他文化的优秀成果起到了巨大的推进和引导作用。时至清朝末年,因为国力渐衰、强敌环伺、改革之声不绝于耳,伴随洋务运动和政治改良运动而生的不仅仅是对西方科学、技术、经济和社会制度等各方面内容的翻译和介绍,更有梁启超、林纾、鲁迅、郭沫若、茅盾、郑振铎等众多有识之士试图通过翻译外国文学,将西方的文学、艺术、思想和政治制度介绍给尚处于落后封闭境况的国人。

外国文学翻译对发生在清末和民国初年的一系列社会变革产生了巨大而深远的影响,针对这一时期外国文学翻译的史学研究著作也较为丰富,基本勾勒出了当时外国文学翻译的成就和基本特征,为进一步的研究奠定了基础。在清末民初的数千部外国文学译著中,诗歌翻译有着举足轻重的地位,无论是从翻译作品发表的时间,还是译著、译作的数量,以及译者的身份和影响等方面来看,诗歌翻译都具有不同凡响的价值和意义。由于英语在近代世界历史发展和文化传播过程中所发挥的重要作用,以及英国诗歌在欧洲和美洲等地区的巨大影响,清末民初的译者对英语诗歌更是情有独钟,因此,与其他国家的诗歌相比,就数量而言,英国诗歌无疑是清末民初翻译最多的(谢天振、查明建,2004:233)。从19世纪中叶弥尔顿的《论失明》在不经意间被译介到中国开始,到19世纪末严复《天演论》中引用蒲柏和丁尼生的诗歌片段,英诗中译经历了从无到有的过程;20世纪之初,中国翻译界掀起了一轮翻译英诗的高潮,特别是梁启超、苏曼殊、马君武和胡适等人对英国浪漫主义诗人拜伦的翻译,对"五四"前后的中国产生了深远的影响。

济慈诗歌的中译也是英诗中译大潮中重要的一股洪流。从1923年第一首济慈的诗歌被翻译到中国开始,迄今为止,在将近九十年的时间里共出现了92位译者,翻译过济慈诗歌作品八十余首。这些译者既有驰名海内外的诗人,如徐志摩、朱湘、查良铮、屠岸,也有虽不以诗名见长,但在文学创作和翻译领域产生过重要影响的作家和翻译家,如梁遇春、赵瑞蕻、李霁野,还有一些默默耕耘在英国诗歌研究和教学第一线的学者,甚至是名不见经传的普通译者。从上述译者发表译作的年代来看,涵盖了近现代史上多个重要历史时期。这些译者用他们的译文合力为济慈诗歌的中译做出了自己的贡献,共同构建出了诗人济慈在中国的形象。

在八十多首译诗中,有广为流传的颂歌,如《夜莺颂》("Ode to a Nightingale")、《希腊古瓮颂》("Ode on a Grecian Urn")和《秋颂》("To Autumn");格律精妙、语言优美的十四行诗,如《明亮的星》("Bright Star")和《初读查普曼的荷马》("On First Looking into Chapman's

Homer"）；风格独特、意味深长的小曲，如《美丽的无情女郎》（"La Belle Dame Sans Merci：A Ballad"）；情节曲折、扣人心弦的叙事诗，如《圣艾格尼丝前夜》（"The Eve of St. Agnes"）；气势磅礴的史诗，如《海披里安》（"Hyperion"）；以及一些较少有人关注的短诗，如《李恩谭与叶爱萝》（"On a Leander Which Miss Reynolds，My Kind Friend，Gave Me"）等。可以说，这些译作涵盖了济慈诗歌创作的各个时期和阶段的作品，代表了其诗歌的各种类型，较为全面地将济慈的诗歌创作展现在中国读者面前。

从译作发表的媒介来看，既有 20 世纪初常见的文艺期刊和报纸，也有 20 世纪 80 年代之后风靡一时的各种诗歌选集和译文集，更重要的是从查良铮的《济慈诗选》开始，出现了七个济慈诗歌的成册出版的选译本。这些译文、选集和译诗集的出版从各个层次和角度完善了济慈诗歌的中译，也为研究济慈诗歌不同时期的翻译及其所蕴含的文化、审美、经济和社会等因素提供了非常难得的资料。

1.2　中国现当代诗歌翻译理论概述

从 20 世纪 80 年代至今，在我国翻译研究领域，与小说的翻译相比，对诗歌翻译的关注稍显不足，专门研究诗歌翻译的专著数量较少。据本书不完全统计，近年来研究诗歌翻译的著作主要从诗歌中译实践出发总结和归纳出一些行之有效的翻译方法、策略和技巧；探讨了诗歌翻译的一些具有典型性和代表性的问题，如格律、用韵、内容与形式的统一、风格的转译、译者主体性与诗歌翻译的准则；从文化、哲学、美学、翻译理论和翻译史学等角度阐释了诗歌翻译与其他翻译类别、翻译理论、文化研究的关系等，这些研究成果在理论、构思、方法论和文献收集整理上为本书提供了很好的帮助和指导。

中国译者关于译诗理论与实践的论述主要是海岸选编的《中西诗歌翻译百年论集》，该书概述了上起严复的《〈天演论〉译例言》，下至田原、海岸等人对译诗的论文，通过几十位不同诗人、翻译家的文章，全面回顾

4

了我国诗歌翻译的百年历程，是迄今为止较为全面、系统地收录我国译者对诗歌翻译的观点的文集。此外，2009 年罗新璋、陈应年编撰的《翻译论集》(修订本)(北京：商务印书馆)，以及另外两本著作《诗词翻译的艺术》(《中国翻译》编辑部编，北京：中国对外翻译出版公司，1986 年)和《当代文学翻译百家谈》(北京：北京大学出版社，1989 年)从不同侧面补充了《中西诗歌翻译百年论集》一书的缺漏，可以说这四部著作，较为全面、系统地勾勒了中国一百多年来翻译外国诗歌的理论和实践，总结了诗歌翻译中的经验和教训，具有很强的理论指导意义。

在诗歌翻译技巧和策略等较为技术性的翻译研究方面，辜正坤 1998年出版的《中西诗鉴赏与翻译》(长沙：湖南人民出版社)和 2003 年出版的《中西诗比较鉴赏与翻译理论》(北京：清华大学出版社)是较早、较为系统地分析西诗中译方法论的著作，而黄杲炘 1999 年出版的《从柔巴依到坎特伯雷——英语诗汉译研究》(武汉：湖北教育出版社)也是较早的相关研究著作。此外，黄杲炘 2007 年出版的《英诗汉译学》，从历史的角度研究了中国英诗汉译走过的路程和方法论上的演进，并且以作者和其他译者的翻译实践编写了"汉译英诗格律简谱"(pp. 145—320)，为读者和后续译者提供了参照标准。此外，20 世纪 80 至 90 年代《外国语》和《中国翻译》刊载的一系列文章探讨了英语格律诗翻译是否需要保持原诗格律特点、民族化译诗以及"以顿代步"是否可行等学术问题，也为本书提供了一些理论指导。

个别学者对诗歌翻译进行的较为系统、全面的分析主要有王佐良的《论诗的翻译》(1992)、屠岸的《屠岸文艺评论集》(2004)和《倾听人类灵魂的声音》(2002)、傅浩的《说诗解译》(2005)。另外，中国台湾学者陈祖文的《译诗的理论与实践》(1971)是这类研究中最早的一部，也是目前本书发现的唯一一部由港台学者撰写的翻译理论与实践方面的著作。

从文化、哲学、美学角度比较中西诗歌异同的著作有从滋杭的《中西方诗学的碰撞》(2008)和陈凌的《翻译：中西诗性话语交融的家园》(2010)；从历史文化视角，以断代的方式研究英诗中译的著作有蒙兴灿的《五四前后英诗汉译的社会文化研究》(2009)和张旭的《中国英诗汉译史论(1937 年以前部分)》(2011)。

大量的著作从人文、政治、美学、翻译理论和翻译史学等角度全面论述文学翻译，其中有部分章节涉及诗歌翻译的理论和实践，如余光中的《余光中谈翻译》(2002)，胡翠娥的《文学翻译与文化参与》(2007)，刘宓庆的《翻译美学导论》(1995)，王秉钦的《文化翻译学》(1995)，郑海凌的《文学翻译学》(2000)，许渊冲的《文学与翻译》(2003)，贺显斌的《论权力关系对翻译的操控》(2005)，及张今、张宁的《文学翻译原理》(2005)等。

1.3　中国现当代济慈中译研究概述

迄今为止，尚未发现有关济慈诗歌中译研究的中文专著，也未见国内外有关济慈诗歌中译研究的博士论文发表。① 在硕士论文方面，仅发现三篇硕士论文涉及济慈中译及较为系统的济慈译者介绍。翟元英的《济慈在中国：1920—1940》(福建师范大学，2008 年)简要梳理过济慈诗歌在中国"五四"之后至 20 世纪 40 年代的译介情况；雷宇的《美即是真、真即是美——屠岸诗歌翻译的描述性研究》(上海外国语大学，2010 年)通过描述性分析，介绍了屠岸诗歌翻译及其创作的关系；任世明的《关联视角下的诗歌翻译：济慈颂诗汉译个案研究》(安徽大学，2006 年)以语用学家斯博伯和威尔逊的关联理论为依托，探究济慈颂歌的个案翻译。

国内各期刊发表过一定数量的研究济慈诗歌翻译的论文，这些论文主要是对单个诗歌译文的不同版本比较、单个译者对济慈诗歌的翻译和阐释以及从比较文学的视角对比济慈及其中译者。另有一些研究中国诗人译者的专著和论文，如张旭 2008 年出版的《视界的融合：朱湘译诗新探》从多元文化体系的角度，以现代西方描写翻译学理论为依据，分析了朱湘译诗的特点及其对中国新诗的影响，部分内容涉及济慈诗歌中译；商瑞芹 2007 年出版的《诗魂的再生——查良铮英诗汉译研究》(天

---

① 目前仅发现一篇从比较文学角度研究济慈与中国诗人的博士论文［David Y. C. Li Ho and Keats. 1986. A Comparative Study of Two Poets. Diss. Ann Arbor, MI：University Microfilms International.］。

津：南开大学出版社)同样以多元文化系统理论和描写翻译研究个案为基础,考察了查良铮诗歌翻译活动的全过程,而其译济慈诗歌仅占很小的比例。① 事实上,这些著作和论文,其中虽涉及济慈诗歌中译,但大多是济慈诗歌翻译的个案分析或不同译本的比较,或以中译者为研究对象,济慈诗歌中译并未被置于研究的中心,而是成为译者整体翻译思想的陪衬。

通过以上文献的整理和挖掘,可以发现:至今,中国以济慈诗歌中译为主题的研究数量极少,而以济慈与中国诗人为主题,以探讨中国诗人对济慈诗歌的解读与翻译为目标,以诗人济慈形象在中国的构建、勾勒和描绘为研究视角和切入点的研究,在国内尚未见到。济慈诗歌中译从1923年至今历时近百年,产生了包括港台和海外华人在内的92位中译者,其中包括徐志摩、朱湘、查良铮、屠岸、卞之琳、孙大雨、余光中、杨牧等著名的诗人,因此,诗人翻译济慈的诗歌构成了一个显著的翻译特征。本书以诗人译者的特殊身份入手,研究他们在理解和翻译济慈时的特点,一方面可以较为全面地了解济慈诗歌在中国译介的历史,不同译者对济慈诗歌的理解、阐释与翻译以及诗人济慈的形象在中国的形成、发展和演变的过程,也有助于从中归纳英国浪漫主义诗人和诗歌在中国的传播和影响的一般性规律和特点;另一方面,众多的诗人译者,所处时代不同,文化、美学的影响也不尽相同,研究不同诗人译介济慈的情况,也有助于构建出中国诗歌翻译的历史轨迹及其时代特征,可以加深政治、经济、美学、哲学等因素对诗歌翻译的理解和认识。此外,一些曾经从事济慈诗歌翻译的重要诗人和编辑仍旧健在,对他们进行采访可得到许多第一手的资料,包括译者的手稿、录音和书信等资料,具有独特的研究价值,可以全方位理解和研究译者的翻译策略和技巧等情况。综上所述,济慈与中国诗人对他的翻译和解读是迄今为止较少被中国翻译研究界关注的一个研究领域,而且具有较高的理论研究价值和实际指导意义。

---

① 作者仅在第二章"查良铮浪漫主义英语抒情诗翻译"中,分析了查译济慈《秋颂》和《夜莺颂》的翻译风格,并且与屠岸的翻译进行了对比。参见该书第73—76,81—82页。

2. 研究目标

2.1 研究的时间范围

鉴于上述事实,本书遴选出中国不同时期、具有代表性的诗人译者,针对其公认的、较为经典的济慈诗歌中译本进行全方位的比较、分析和研究。本书以原文与译文、不同译文之间的细读、对比和分析为依托,进行基础性研究,希望借此探讨这些诗人译者在翻译济慈诗歌时,对济慈的认识、原文的领悟、译诗的取舍、翻译策略的采用、翻译方法和技巧、内容与形式的处理、翻译风格的确定等方面的异同。在此基础上,本书结合各个诗人译者所处的时代背景和个人的诗歌翻译实践,揭示他们在解读、翻译济慈诗歌和构建济慈的整体形象时,可能受到的源自各自诗歌创作及翻译理念的影响,以及不同时代的美学、文学、文化、政治、历史等诸多因素,对济慈诗歌中译以及诗人济慈形象塑造可能起到的作用。

本书将研究的时间范围确定为 1923 年第一首济慈诗歌中译文发表,至 2011 年何功杰的《英语诗歌导读》和《英语鼎诗选读》两本选有济慈诗歌中译的作品出版,涵盖济慈诗歌中译的全部历史时期,以期对济慈诗歌中译历史进行全面的反映,进而从更为广泛的角度揭示中国译者对济慈诗歌翻译和解读的全貌,在描写翻译学研究的层面上,也可以较为系统地为后续研究提供个案样本。其中,按照历史与社会特征,并为了研究的方便,本书拟将译介济慈 90 年的历史划分为三个阶段。第一阶段从 1923 年至 1949 年,第二阶段从 1949 年中华人民共和国成立至1978 年改革开放政策的全面实施,第三阶段从 1978 年至今。这种划分方法,既考虑了济慈诗歌中译情况的整体历史史实,也符合各翻译文学史对中国外国文学翻译研究的历史阶段划分。此外,由于历史原因,中国港台地区和海外华人的济慈翻译活动同中国大陆有着很多差异,因此,将大陆之外的华人译者杨牧单列一章讨论。

2.2 研究对象的选取标准

本书关注诗人译者,92 位济慈诗歌中译者大多数都兼有诗人和翻译家两种身份,因此,在选取研究对象时,主要参考了两个标准:第一,被选人须有时代意义和代表性。在众多诗人译者中,早期的如徐志摩、朱湘、吴兴华,1949 年至 1978 年间的查良铮,1978 年之后的有孙大雨、卞之琳、丰华瞻、屠岸等都符合上述标准,由于篇幅所限,在遴选研究对象时,只能从一个时代挑选出一位最能体现时代特征的诗人进行详细的分析研究。第二,被选人在诗歌创作和翻译领域贡献卓著,入选诗人必须在翻译济慈诗歌的数量和体裁形式的多样性上,超过同时期的其他诗人译者。根据这两条原则,本书分别从三个时期和港台译者中选取了朱湘、查良铮、屠岸和杨牧四位诗人作为研究的重点,并分四个章节专门论述上述诗人对济慈诗歌的译介。

首先,朱湘作为 20 世纪 20 至 30 年代中国诗坛新月派的重要代表之一,其诗作和译诗近年来受到中国学术界的广泛关注。朱湘(1904～1933),字子沅,1904 年生于湖南沅陵。在其短暂而不幸的一生里,朱湘在诗歌翻译领域取得了巨大的成就,对后世译者产生了深远的影响。据统计,朱湘从 1918 年至 1934 年共翻译外国诗歌一百二十余首,(张旭,2008:61;蒙兴灿,2009:173)并且在译诗的数量和范围上取得了重要成就,在翻译的诗体类型以及涉及源语的种类上也远超同时代的译者(蒙兴灿,2009:173),为中国近现代西诗中译做出了重大贡献。朱湘从1925 年发表第一首济慈诗歌译作《无情的女郎》开始,到 1933 年离世,一共翻译了济慈的六首诗歌,包括:《希腊皿曲》《夜莺曲》《秋曲》《最后的诗》《圣亚尼节之夕》,是 1949 年之前翻译济慈诗歌类型最多、最全面的中国诗人。这六首译诗既有短小隽永的十四行诗,如《最后的诗》,也有最能代表济慈诗歌创作和思想的颂歌,如《夜莺曲》,还有济慈长篇叙事诗的代表作《圣亚尼节之夕》,涵盖了济慈诗歌创作的多个类型和体裁。

同时,朱湘以自己独特的方式参与了中国新诗歌格律的探索,这种探索也体现在了他翻译的济慈诗歌中,如他非常重视原诗的格律,并且尝试在诗歌翻译中运用汉语独特的节奏特点,尽量使译诗在字数和行数上与原诗接近,并保持译诗外观的整齐,这在很大程度上拓展了新诗格律的界限,探索了新诗创作的新领域(黄杲炘,2007a:XI—XXXVI;卞之琳,2002:505—509;高健,1993:29—35)。可以说,研究朱湘对济慈诗歌的译介,既可以了解“五四”时期中国西诗中译的时代特征,又可以借助朱湘特有的译诗实践,体现出 20 世纪早期中国诗人在诗歌翻译和创作方面体现的美学、哲学、文学等方面的独特观点和立场,有助于了解济慈其形象在中国的最初形成过程。

查良铮(1918～1977)曾用笔名梁真、慕旦、穆旦,祖籍浙江海宁,1918 年生于天津,是我国新诗领域重要的代表、九叶诗派重要的一员,也是我国诗歌翻译领域最重要的译者之一。在 1953 年至 1958 年间,他翻译了普希金的七部诗作,其中在 1957 年至 1958 年的一年多时间里,他翻译出版了《布莱克诗选》(合译)、《拜伦诗选》《济慈诗选》《云雀》《雪莱抒情诗选》等五部诗歌译作,这些译著早已成为中国诗歌翻译领域的经典,对中国诗歌翻译和翻译研究领域产生了重要的影响。查良铮译《济慈诗选》出版于 1958 年 4 月,之后成为经典的济慈诗歌译本,流传范围之广,仅有屠岸译本能与之媲美。查良铮译的《济慈诗选》还是 1949 年至 1978 年间中国大陆唯一一个公开出版的济慈诗歌中译本。研究查良铮对济慈诗歌的翻译,可以了解中华人民共和国成立后的 30 年间,在特定的历史时期,查良铮如何能够保持准确、严谨而富有诗意的翻译品格,将济慈诗歌的美与意境展现给中国读者。

改革开放之后,各种济慈诗歌的译文和译本层出不穷,屠岸译的《济慈诗选》无疑是这个时期最重要的济慈诗歌译本。无论是翻译诗歌的数量、诗歌体裁的多样性、译文的整体质量,屠岸译的《济慈诗选》都是 40 年来乃至济慈诗歌翻译历史之最。最重要的是,屠岸在翻译济慈诗歌的时候,以自身翻译践行了中国诗歌翻译历史上重要的探索:以顿代步。屠岸在诗歌翻译形式方面的探索,对中国诗歌翻译界长期以来关于翻译诗歌形式的争论有着重要的理论和实践意义。

在众多华人译者中,诗人杨牧可以说是最重要的济慈诗歌中译者之一。从翻译济慈诗歌的范围、数量以及译文的质量上看,杨牧堪称港台地区诗人翻译济慈诗歌的第一人。通过研究杨牧翻译的济慈诗歌,可以了解到济慈诗歌在港台地区和海外的译介情况,通过与中国大陆济慈诗歌中译者译文的比较,更能体现出不同社会文化对诗歌翻译的影响。

3. 研究的理论基础

在当今翻译研究向文化和跨文化研究转向的学术背景下,研究济慈诗歌中译,特别是研究中国诗人对济慈诗歌的译介和诗人济慈形象的整体构建,有必要借鉴一些西方重要的翻译研究理论和文化批评理论。

首先,研究原文、译者和译文的关系,各个时期译者对译文的选取、翻译策略的采用以及翻译过程中译者的心路历程时,詹姆斯·霍姆斯(James Holmes)关于译作导向研究(product-oriented DTS)、功能导向研究(function-oriented DTS)和过程导向研究(process-oriented DTS)的论述,对本书的研究有较大的学术意义。特别是霍姆斯提出功能导向研究着重探讨译本出现的时间、地点以及译本发挥何种影响;过程导向研究关注译者大脑中究竟发生了哪些变化的理论和观点(Holmes,2007a:67—80;陈德鸿、张南峰编,2000:101—113;廖七一,2000:54—56),对本书的撰写有直接的帮助和指导。

其次,分析和研究不同时期济慈诗歌中译在中国诗歌翻译和中国文学领域的地位以及解释不同时期济慈诗歌翻译的兴衰时,以色列学者伊特马·埃文—左哈尔(Itmar Even-Zohar)提出的文学多元系统理论对本书的研究具有重要价值。他提出翻译文学在译入语文化中处于主导地位的条件有三个,其中之一就是一种文学正经历某种危机或转折点(陈德鸿、张南峰编,2000:118)。这一观点对解释和研究"五四"时期和20世纪80年代济慈诗歌翻译两次高潮的成因和影响因素,具有较强的理论指导意义。

再次，分析政治和意识形态对济慈诗歌中译的影响时，安德雷·勒弗维尔(Andre Lefevere)的"赞助"和"文学操控"理论发挥了重要作用。根据勒弗维尔的理论，操控文学系统的因素分为内部的和外部的两种，内因包括评论家、教师、翻译家等文艺领域内的专业人士，外因则主要是赞助人，包括个人、群体、党派、宗教组织、社会阶层、皇室、出版人和传媒；赞助人通过意识形态、经济手段、社会地位三重手段为专业人士设定了活动的范围和准则，共同操控一个文学系统内部的意识形态氛围(Lefevere，2010：14—17)。一方面，在研究20世纪20至30年代以新月派诗人为核心、以朱湘为主将的一批中国诗人对济慈诗歌的翻译以及对济慈形象的初步构建等内容时，该理论可以为研究提供必要的理论导向；另一方面，在研究1949年至1978年间意识形态和政治因素对查良铮翻译的影响时，操控论有着无可比拟的优势。

　　最后，研究中国文学、文化、美学、哲学、诗歌传统对济慈诗歌翻译的影响，以及译者个人审美、喜好、兴趣和翻译习惯对济慈诗歌翻译的影响时，以色列学者吉地安·图里(Gideon Toury)关于文学规范的理论可以为研究提供很好的理论支持。图里在《文学翻译规范的本质和功用》中指出："文学翻译受种种约束，各种约束的力量又有不同。这些约束分布在两个极端之间的一个连续体上。一端是客观、绝对的规则(在某些行为规范里，甚至是固定的、成文的法律)，另一端是完全的主观的个人喜好。"(参见陈德鸿、张南峰，2000：128)客观规则与主观喜好的辩证关系，实际上也体现出翻译过程中直译与意译的对立统一，而翻译活动就是在这两个极端之间寻求平衡的过程，而中国诗人翻译济慈的历史在很大程度上就是这种平衡的体现。

　　本书主要是对济慈诗歌中译过程中诗人译者对济慈诗歌的解读和翻译进行较为全面和系统的研究，参考多元文化理论、描写翻译学理论以及文学翻译与操控理论，试图达到揭示这些诗人译者在解读、翻译济慈诗歌时，可能受到的自身诗歌创作及翻译理念的影响以及不同时代的历史、文化、政治、意识形态等诸多因素，对济慈诗歌中译以及诗人济慈形象塑造所起到的作用。通过对中国诗人译介济慈诗歌的情况进行分析和研究，本书希望能够较为系统地呈现出济慈诗歌翻译在中国近百年

12

来的整体状况和趋势，包括不同时代和时期济慈诗歌中译的特点、关联因素的作用和存在的问题以及今后济慈诗歌中译可能的发展趋势和面临的挑战，为中国济慈诗歌中译勾画出一个较为完整的发展历程和轨迹。同时，希望本书的研究成果，能为今后系统研究浪漫主义诗歌的中译以及整个英诗中译，提供一个较为全面的、具有一定学术价值的描写性研究个案，为进一步推动中国翻译研究界对英诗中译的研究做出一定的贡献。

第1章

济慈诗歌中译：诗人译诗

1. 导言

　　本章拟探讨两个问题：一是概述从 20 世纪 20 年代发表第一首济慈诗歌中译至今济慈诗歌中译的整体情况，包括译诗数、译者数、被译次数较多的几首作品以及这些诗歌备受译者关注的原因；二是注重探讨济慈诗歌中译里一个较为突出的现象——诗人译诗以及这一现象的成因。在探讨第一个问题时，本书主要通过数据，说明有多少译者翻译过济慈的哪些作品，其中最受译者关注的是哪些诗歌，进而反映济慈诗歌在中国近九十年来的译介情况。研究这些译者和译作时，本书主要侧重分析和揭示译者和译作所代表的时代及地域特征，并且通过分析对比不同时期、不同地区译者对济慈最重要的几首诗歌，如《夜莺颂》和《美丽的无情女郎》的翻译，挖掘济慈诗歌中译作品所体现的中国传统美学和文学特点。在探讨第二个问题时，本书简要介绍了近九十年来，济慈诗歌重要的中译者大多是诗人这一现象，分析了其中的原因，并且通过比较几位重要的诗人译者，如朱湘、查良铮和屠岸对济慈诗歌《圣艾格尼丝前夜》的译文，结合西方翻译学研究学者吉地安·图里关于文学翻译规范的理论,分析了不同诗人译者的译文特点。本章试图从整体上勾勒出济慈诗歌中译近九十年来的发展历程,以及诗人译者翻译济慈诗歌的基本特色。

2. 可译论 vs 不可译论

　　长期以来,诗歌能否翻译的问题是古今中外翻译家和诗人争论的一个焦点,不同时代、不同国家的译者通过各种方式阐述了各自的观点。意大利诗人但丁可以说是西方提出诗歌不可译的第一人,他在作品《飨宴》中提出:"没有任何按照缪斯女神的法则所创造的艺术可以从一种语言变成另一种而不损害其中甘美与和谐。"(Dante,2006:48)在西方文学史和翻译学史上,像但丁这样坚持认为诗歌不能翻译的并非少数,许多伟大的诗人和卓越的批评家都持有类似的观点,例如,歌德(Johann Wolfgang Von Goethe)就认为诗歌是不可译的(参见廖七一,2000:11—12),塞缪尔·约翰逊(Samuel Johnson)也认为"诗是不能翻译的,[……]诗的美只能在原作中保留"(参见丰华瞻,2009:11),雪莱(Percy Bysshe Shelley)则用一个比喻形象地表达了自己对诗歌翻译的看法:"译诗是徒劳的,把一个诗人的创作从一种语言译成另一种语言,犹如把一朵紫罗兰投入坩埚,企图由此探索它的色泽和香味的构造原理,其为不智也。"(参见张景,1990:63;Lefevere,2004:56)最有力的论断来自美国诗人罗伯特·弗罗斯特(Robert Frost),他认为诗就是"在翻译中失掉的东西"[①]。在中国同样有不少译者相信,诗歌不能翻译,而且认为诗歌不可译的译者往往都是一些著名的诗人和作家,例如,苏曼殊认为:"夫文章构造,各自含英,犹如吾粤木棉、素馨,迁地弗为良。况歌诗之美,在乎节族长短之间,虑非译意所能尽也"(苏曼殊,2007:5);林语堂认为:"无论古今中外,最好的诗(而尤其是抒情诗)都是不可翻译的"(林语

---

① "Poetry is what gets lost in translation."虽然有美国学者曾质疑在弗罗斯特的任何文集和作品中均没有找到这句话,(Robinson,2009:23)但并没有影响这句话成为 20 世纪关于诗歌不可译论重要的断言。

堂,2007:67);周作人认为:"诗是不可译的,只有原本一首是诗,其他的任何译文都是塾师讲《唐诗》的解释罢了"(周仪、罗平,1999:68);李唯建认为:"一首完美的诗歌和一切完美的艺术品一样,都不能改动其丝毫"(李唯建,1934:3);王以铸指出诗歌的神韵、意境或者说得通俗些,它的味道,即诗之所以为诗的东西,在很大程度上有机地溶化在诗人写诗时使用的语言之中,这是无法通过另一种语言(方言)来表达的(王以铸,2009:973)。尽管这些说法稍显绝对,但是却代表了很大一部分诗人和学者对诗歌翻译的看法,而且,由于这些诗人和作家的成就和地位,这些观点往往具有较大的影响力。

然而,在中外翻译历史上,认为诗歌不可翻译的人,很多却是出色的诗歌翻译家,雪莱和苏曼殊就是其中的范例。雪莱曾翻译过柏拉图的《会饮篇》、但丁的《神曲》和歌德的《浮士德》等重要作品,而苏曼殊用文言文翻译的拜伦诗作《哀希腊》在 20 世纪初也是脍炙人口、广为流传。此外,认为诗歌是可以翻译的人中许多也是诗人,他们通过自身译诗实践得出诗歌可译的结论。[①] 更多的译者则更为明确地对诗歌的可译性进行了界定,如辜正坤就指出:以能否传达意美为原则,大部分诗都是可译的;以传达形美为原则,一部分可译,一部分不可译;以传达音美为原则,所有的诗都是不可译的(辜正坤,2003:376)。这些译诗者虽然成功地译出了许多脍炙人口的诗歌,但也从中体会出译诗的艰辛、困惑和无奈,因此,在承认诗歌可译时也指出翻译诗歌面临的局限和困难。[②] 尽管关于

---

① 20 世纪以来持诗歌可译论的主要有:成仿吾:"译诗只看能力与努力如何"(成仿吾,2007:41);戴望舒:"说'诗不能翻译'是一个通常的错误。只有坏诗一经翻译才失去一切。[……]真正的诗在任何语言的翻译中都永远保持着它的价值"(戴望舒,2007:99);王佐良:"诗是可以译的"(王佐良,1992:22);莫非:"经不起翻译的诗歌在母语中的价值也值得怀疑"(莫非,1998:91);树才:"诗歌翻译显然是可能的:一直有人在做这件事情,以后也会有人继续做下去"(树才,1998:383);傅浩:"诗可译,真正的诗是纯粹的抽象存在,代表人类共同的情感,经得起翻译"(傅浩,2005:130)。

② 此类观点比较繁杂,但是主要观点可以归纳为:诗歌在一定意义上是不可译的(梁宗岱,2003:49);诗歌可译,但又难译(刘重德,1989:17);有些诗根本不能翻译(卞之琳,2002:506);译诗是不可以而为之的事情(茅盾,2007:19);偏重格律和音韵的诗,难以达到形式上的移植(绿原,2007:255);"英诗汉译和汉诗英译,译得满意的很少,[……]大多数译诗不能满意,有的简直读不下去。[……]但是从另一方面来说,诗必须翻译"(丰华瞻,1993:15);非常难译或者不可译的,也有。那是一些其存在的形式和价值,作为审美客体的趣味和意义,全都有赖于某种语言特异性的语言或文字作品(江枫、许钧,2007:377)。

诗歌可译性的争论旷日持久,各家众说纷纭,一个不争的事实是:虽然诗歌翻译极为困难,但是人类从未放弃过译诗的努力,许多译者和诗人成功地进行了诗歌翻译;即便是那些认为诗歌不可译的人也承认"诗虽然不可译,但是译诗工作需要做,也一直有人在做"(王以铸,2009:985),而绝大多数的诗歌译者更是抱着乐观的心态,投身于诗歌翻译之中。

3. "数"说济慈诗歌中译

济慈诗歌的中译便是一个范例。从 20 世纪初开始,济慈诗歌便被译介到中国,而后济慈诗歌的中译涉及从"五四"时期至今各个时代和中国大陆、中国港台地区、海外等多个不同地区,参与翻译的译者人数多、翻译作品的数量巨大,而且随着时间的推移,不断有新的译者和译作出现,产生了优美、典雅、传神的译本;而与此同时,有关他的诗歌翻译的争论也从未间断。

3.1 第一首被译为中文的济慈诗歌

学术界一般认为徐志摩是最早翻译济慈诗歌的中国诗人。在多部《徐志摩诗集》或者《徐志摩译文集》里,济慈的一首十四行诗《致 F·勃朗》("I cry your mercy — pity — love! — aye, love")被认为是徐志摩于 1921 年至 1922 年留学英国期间的译作。[①] 这首十四行诗的英语原文如下:

---

① 大陆两本比较重要的徐志摩全集(《徐志摩诗全集》和《徐志摩全集》)在选取该诗的时候,都参照了台湾传记文学出版社 1969 年出版的《徐志摩全集》,但在界定这首作品的翻译时间上,两个版本稍有出入。《徐志摩诗全集》的编者顾永棣认为该诗创作于 1921 年徐留学英国期间(顾永棣,1992:11),而《徐志摩全集》的编者韩石山则将时间推后到 1922 年 8 月(韩石山,2005:183)。

I cry your mercy — pity — love! — aye, love,
　　Merciful love that tantalises not,
One-thoughted, never-wand'ring, guileless love,
　　Unmask'd, and being seen — without a blot!
O, let me have thee whole, — all, — all — be mine!
　　That shape, that fairness, that sweet minor zest
Of love, your kiss, those hands, those eyes divine,
　　That warm, white, lucent, million-pleasured breast, —
Yourself — your soul — in pity give me all,
　　Withhold no atom's atom or I die,
Or living on, perhaps, your wretched thrall,
　　Forget, in the mist of idle misery,
Life's purposes, — the palate of my mind
Losing its gust, and my ambition blind.[①]

(Keats, 1982: 374)

徐志摩以传统的中国古典诗歌形式,译出了济慈这首描写爱情的十四行诗:

卿慈悲与怜悯!
卿怜悯与爱情!
爱情神圣复慈悲,
慈悲如何我心摧。

维精维一不彷徨,
爱情无伪亦无藏,
湛湛精莹涵涵光,
点瑕不染凤龙章。

予我全体浑无缺,
点点滴滴尽我酌,

---

① 为了方便比较各个不同译者的译文与原文,如无特殊说明,本书引用济慈诗歌原文时都参照较为权威的斯蒂林杰可读性较强的 1982 年版。

第 1 章　济慈诗歌中译:诗人译诗

体态丰神德与质，

绛唇赐吻甘于蜜，

素手妙眼花想容，

况复凝凝濯濯款款融融甜美无尽之酥胸！

爱卿灵魂尽慈悲，

爱卿慈悲亦灵魂，

若教丝毫不与我，

毋宁死休永含冤。

命即不殊为卿奴，

愁若迷雾塞前涂，

人生义趣复安在，

魂灵意志尽归无。

（徐志摩，2005：183—184）

对比后来译者的译作：

我恳求你疼我，爱我！是的，爱！

　仁慈的爱，决不卖弄，挑逗，

专一的、毫不游移的、坦诚的爱，

　没有任何伪装，透明，纯洁无垢！

啊！但愿你整个属于我，整个！

　形体，美质，爱的细微的情趣，

你的吻，你的手，你那迷人的秋波，

　温暖、莹白、令人销魂的胸脯，——

身体，灵魂，为了疼我，全给我，

　不保留一丝一毫，否则，我就死，

或者，做你的可怜的奴隶而活着，

　茫然忧伤，愁云里，忘却、丢失

生活的目标,我的精神味觉
变麻木,雄心壮志也从此冷却!

(屠岸,1997a:125)

对比之下,可以较为明显地看到徐志摩在反映原作形式上显得较为随意。徐志摩的译作在形式上几乎没有再现原作的风格、韵式、节奏,甚至为了充分表达内容的需要,原诗的十四行被徐志摩译成了二十二行,而屠岸的译文在反映原诗韵式上就比较准确和到位,甚至在标点符号的使用和句子缩进等细节之处也基本做到了和原诗一致。此外,在表现原诗的思想内涵和感情力度方面,徐志摩的翻译同样受制于文言译文的局限,不如屠岸译文准确和传神。但是,作为徐志摩的"早年练笔"(顾永棣,1992:11)之作,这首译诗也展现出徐志摩对诗歌的领悟,一些优美的译文,如"人生义趣复安在,魂灵意志尽归无"也不失为警句。作为最早译介济慈诗歌的中国诗人,徐志摩对济慈诗歌的中译以及诗人济慈形象在中国的构建起到了先锋作用。

但是,徐志摩的上述译作最早被收录于台湾传记文学出版社 1969 年出版的《徐志摩全集》(徐志摩,2005:183),在 20 世纪 60 年代之前没有公开发表过,因此,对读者和学术界很难产生实质性的影响,而徐志摩最有影响力的济慈译作是发表于《小说月报》第 16 卷第 2 号(1925 年 2 月)的散文译《夜莺歌》。笔者经过多方考证发现,就目前掌握的资料而言,最早公开发表的济慈诗歌应该是徐荪陔于 1923 年 5 月 31 日发表在《孤吟》杂志上的《白昼将去了》("The day is gone and all its sweets are gone")。这首诗反映了济慈与恋人芳妮·布劳恩(Fanny Brawne)之间凄美的爱情,在其诗歌创作中较为重要,但由于译文发表距今已有近百年,而且尚未发现任何关于这首诗译者身份的线索,因而,尚无法就该诗的中译文及译者进行更多的深入研究。

3.2 济慈诗歌中译百年历史

从 1922 年或者 1923 年至今近百年的时间里,共有 92 位译者翻译了济慈的诗歌。其中,1949年中华人民共和国成立之前有译者38人;1950年至1978年间中国大陆翻译济慈诗歌的译者共计1人,港台地区的译者共计7人;1979年至今,中国大陆翻译济慈诗歌的译者共计41人,港台地区与海外华人译者5人。① 这些译者共翻译了八十余首济慈的诗歌。其中,大陆共有5个结集成册的译本,分别是:查良铮1958年出版的《济慈诗选》,朱维基1983年出版的《济慈诗选》,屠岸1997年出版的《济慈诗选》,任士明、张宏国2006年出版的《济慈诗选》和王明凤2009年出版的《夜莺颂》;港台地区共有2个结集成册的译本:孙主民1968年出版的《济慈抒情诗选》和马文通1995年出版的《济慈诗选》。从第一个成册译本问世到最近一个译本的出版,时间跨度达51年。

与小说翻译不同,20世纪前期的诗歌翻译主要刊载于各种文艺期刊和报纸等媒介,特别是20世纪初的诗歌翻译更是依赖各种文学期刊和报纸得以存在和发展,英国诗歌的译作也是如此(查明建、谢天振,2007:147;王建开,2003:260;张旭,2011:38)。同时,各种文学社团,如创造社、未名社、新月社等的成立和发展,壮大了诗歌翻译的队伍,也在一定程度上弥补了一些小型期刊由于自身经营不善导致停刊给诗歌译者带来的影响。因此,20世纪30年代之前,所有的济慈译者均选择报纸和文学期刊发表译作,而且,由于新月派两位重要诗人徐志摩和朱湘对济慈诗歌的译介和影响,最早的几首济慈诗歌的中译文均发表在和新月派有一定联系的杂志《小说月报》上。济慈诗歌以"诗选"形式出版,则始于20世纪30年代。②

1949年至1978年,中国大陆有两位济慈诗歌的中译者,但朱维基的《济慈诗选》出版于1983年,如果单以译作公开发表的时间计算,实际上30年间,只有查良铮一人于1958年出版了译作《济慈诗选》。不过,朱维基的翻译实践活动时间跨度非常大,早在20世纪30年代,他就翻译出版过弥尔顿的史诗《失乐园》(查明建、谢天振,2007:151),而他本人于

---

① 该统计截至2012年,济慈诗歌中译者的确切数字很有可能随着今后研究的深入而不断增加。

② 梁遇春的《英国诗歌选》(上海:中华书局,1931年)是中国第一本刊登济慈诗歌中译的诗歌选集,李唯建的《英国近代诗歌选译》(上海:中华书局,1932年)是中国第一本以诗译诗形式的翻译济慈诗歌的诗歌选集。

1971 年去世,《济慈诗选》中的译作是上海译文出版社的编辑们后来整理、校对后出版的(朱维基,1983)。笔者认为朱维基最有可能完成大量翻译的时间应该是在 1945 年至 1966 年之间,故将其译作列入 1949 年至 1978 年之间,但并未将其列入译者总数之中。①

　　1978 年之后,济慈诗歌中译者和翻译作品的数量出现显著增长。大量的济慈诗歌中文译作出现在各种诗歌选集之中成为这一时期济慈诗歌中译的一个重要特征。这些选集可以分为两类:第一类多冠以"抒情诗集""世界诗选""英国诗选"等名,由于遴选的各国诗人或英国诗人数量较多,这类选集的编者经常从某一审美视角、意象、主题或诗歌类别出发,将所选诗歌分类,因此,济慈的诗歌中译呈现出多样性,之前很少或者从未被翻译过的作品也得到了译介。第二类选集多为一些著名学者、诗人和翻译家出版的译文集,如孙大雨、卞之琳、丰华瞻等译者,由于他们大多是中国当代诗坛的重要诗人,因此尽管他们翻译济慈诗歌的数量比较少,但是,他们通过翻译济慈诗歌,对中国文学,特别是对中国新诗的构建提出了许多真知灼见,产生了重大的影响,也从不同侧面、不同角度揭示了济慈诗歌的多样性和复杂性,共同为中国翻译界勾勒了诗人济慈的形象(卢炜,2014:47)。

　　从 1960 年台湾诗人余光中第一次选译济慈的《蚱蜢和蟋蟀》("On the Grasshopper and Cricket")开始,中国港台及海外的华人中涌现出 15 位济慈诗歌的译者,他们在济慈诗歌翻译领域同样取得了显著的成果。孙主民的《济慈抒情诗选》和马文通的《济慈诗选》是两个较为完整的济慈诗歌成册译本,杨牧的《英诗汉译集》(2007)和施颖洲的《世界诗选》(1999)是期间两本重要的个人译诗选集,同时,济慈的译者里还有类似陈之藩这样的大学者、科学家。可以说这些译者对济慈诗歌的译介,使得中国读者可以更全面地了解和欣赏济慈的诗歌,更充分地认识诗人济慈。

　　1995 年英国举办了一项文学调查,济慈的《夜莺颂》位列"最喜爱的诗歌"排行榜前十(马文通,1995b:ix),因此,《夜莺颂》也成为迄今为止中国译者翻译次数最多的济慈诗歌作品。从 1925 年徐志摩的散文译

---

① 朱维基 1928 年已经翻译、发表了济慈的《夜莺歌》等多首诗作(参见本书附录内容),但朱维基《济慈诗选》中许多济慈诗歌作品的翻译时间均已不可考。

22

《夜莺歌》发表以来,至 2011 年,共有 36 位译者翻译了济慈这首著名的颂诗。《夜莺颂》的翻译涵盖了济慈诗歌中译的所有阶段,译者中既有像徐志摩、朱湘、查良铮、孙大雨、屠岸、杨牧这样海内外各个时代的大诗人,也有赵瑞蕻、李霁野、黄杲炘、马文通这样的学者兼翻译家,还有一些热爱济慈诗歌的普通学者。

此外,上述 36 位译者,大多翻译了济慈另外两首著名的颂歌——《希腊古瓮颂》和《秋颂》,加上翻译了《秋颂》的郑敏、陈美月、秦希廉、李正栓以及翻译了《希腊古瓮颂》的卞之琳、黄宏煦,共有 42 位中国译者翻译过济慈的这三首颂歌。《夜莺颂》等三首颂歌在济慈诗歌创作中具有举足轻重的地位,代表了其基本的哲学观、美学观、人生观,及其对生死、理想与现实、想象、美和真、自然和神秘力量的认识和思考。此外,这三首颂歌也较为全面地体现出济慈在诗歌创作理念、技巧和手法上的特点。济慈曾在其书信中写道人生就是"一座由许多房间组成的大厦"("a large mansion of many apartments")(Keats,1958,vol. 1:280)①,理解这三首诗就如同走进了济慈的人生大厦,可以更为清晰地了解济慈的诗歌世界。

另外,从重译次数上看,《美丽的无情女郎》一诗近 90 年来共有朱湘等 25 位译者翻译过,超过了《秋颂》(23 人)和《希腊古瓮颂》(19 人)。而且,从 20 世纪 20 年代开始,每个时期都有译者翻译过这首诗;译者来自中国大陆、中国港台地区以及海外,包括了诗人、翻译家和普通学者等各个层级,具有很强的代表性。

4. 济慈诗歌中译与中国传统诗歌审美

由于三首颂歌在济慈诗歌创作中的重要地位,《美丽的无情女郎》一诗在中国备受译者和读者关注,研究这四首诗的翻译和复译现象,有助于了解济慈诗歌在中国译介和接受的历史、现状和整体趋势以及诗人济

---

① 如无特殊说明,本书中涉及济慈书信内容均来自该版本。

慈的整体形象在中国形成的过程。

　　翻译理论家吉地安·图里在其论文《文学翻译规范的本质和功用》中指出了文学翻译中客观、绝对的规则的力量(参见陈德鸿、张南峰,2000:128),而中国传统文化中对诗歌这一文学形式的认知和接受可以说代表了一种约束性的规则和力量,翻译活动必然受到这些规则的制约和影响。中国有着悠久的诗歌创作传统,产生了各种对诗歌的定义和理解,辜正坤曾将古今中外关于诗歌的定义归纳为"十说"(辜正坤,2003:44—45),并以大量的引论证明诗歌定义的多样性与不确定性(辜正坤,2003:43—47),从中体现出中西方关于诗歌的认识、观念、理解、欣赏有很大的不同。也有学者从其他方面论证之后,得出了相近的结论。① 与西方相比,中国的诗人更强调意境②、押韵③、形式上的美④等因素,因此,在翻译西方诗歌的时候,译者往往在强调忠实于原作的内容和风格、内容与形式的统一、译诗的音乐性和节奏、译者的修养和责任等原则的同时,在指导思想上大多提出神似、风韵、化境和各种形态、意境和整体的美感⑤。这些观点

---

① 从滋杭认为中西方语言的差异,导致了思维方式的不同以及对诗歌意象内涵的不同理解(从滋杭,2008:1—20);陈凌着重从文字结构差异探讨了中英诗歌的不同发展,提出了"汉字象形、感性,充满联想与诗性;英语表音、抽象,理性有余而诗性不足;汉字单音,因而诗歌重音韵;英语单词表音,因而诗歌重节奏;文字差异导致:汉诗擅长写景抒情,英诗精于叙事说理"(陈凌,2010:5—21);并且,由于中西方哲学和美学思想的基础不同,产生了诗歌翻译中辩证的审美问题(陈凌,2010:22—27)。诗人绿原认为民族性是诗歌翻译无法逾越的一个障碍,中国的诗歌传统使得国人对诗歌的认识早已产生了定式,使翻译外国诗歌变得非常困难(绿原,2007:259)。

② 如王佐良即认为"诗的生命在意境,而意境又是靠许多东西形成的;语言上讲,除了节奏、韵脚、速度,还有用词,句式、形象"(王佐良,1992:69);王以铸认为:诗歌的神韵、意境或者说得通俗些,它的味道,即诗之所以为诗的东西,在很大程度上有机地溶化在诗人写诗时使用的语言之中,这是无法通过另一种语言(方言)来表达的(王以铸,2009:973);树才认为:西诗重哲思,中诗重意境(树才,1998:385)。

③ 如章太炎认为:"诗之有韵,古无所变"(辜正坤,2003:47);当代学者王宝童也指出:在汉诗中韵是第一位的,节奏是第二位的(王宝童,1993:33)。

④ 最重要的代表是闻一多,在《诗的格律》一文中,闻一多将诗歌的美归纳为:音乐美、绘画美和建筑美(闻一多,1995:355)。

⑤ 如王佐良:"诗的生命在意境,[……]需要译者好好处理"(王佐良,1992:69);茅盾:"保留原作的神韵的译法"(茅盾,2007:20);朱湘:"我们对译诗者的要求,便是他将原诗的意境整地传达出来,而不过问枝节上的更动"(朱湘,2007b:49);林语堂:"意境的译法,专在用字传神"(林语堂,2007:71);翁显良:"首先是神似,其次是形不至于太不相似,不至于面目全非"(翁显良,2007:201);罗洛:更重要的是在译诗中表达出原诗的风格、诗意和韵味(罗洛,2007:270);丰华瞻:译诗应该忠实于原诗的意义和诗情(丰华瞻,2009:889)等。

可以概括为：诗歌的韵律性；诗歌的长度要求适中；诗歌的功能属性是抒情和言志，而非形而上的探讨；意境是衡量一首诗歌优劣的重要标准。

近 90 年来济慈诗歌的中译者大量翻译了《夜莺颂》等三首颂歌和《美丽的无情女郎》，一个重要的原因就是这些诗蕴含着美、真、爱等人类的共同情感和内在感受，在思想内涵和美学上又接近和触及了中国传统诗歌的核心价值观，能够引起中国译者和读者的广泛共鸣，而且这两首诗歌也符合中国诗歌审美对诗歌形式的要求。

以《夜莺颂》为例。首先，《夜莺颂》符合中国诗歌审美对形式的需求。《夜莺颂》全诗共 80 行，长短适中；而从格律和韵式角度看，西方学者指出以《夜莺颂》为代表的济慈五首颂歌在韵律模式（rime pattern）上是有创新的，这五首颂歌整体上虽然隶属于英国流行的不规则颂歌（irregular ode），但在具体形式上，五首颂歌遵循的既不是传统的品达体颂歌（Pindaric ode），也不是经英国诗人改良之后的不规则颂歌，济慈所采用的是将不同韵式的十四行诗以一定方式排列，并且改变其中一些十四行诗的押韵模式，最终形成了自己独具特色的颂歌体（Bate，1963：495—498）。《夜莺颂》共八个诗节，每节十行，试以该诗第四节为例：

> Away! away! for I will fly to thee,
> 　Not charioted by Bacchus and his pards,
> But on the viewless wings of Poesy,
> 　Though the dull brain perplexes and retards：
> 　Already with thee! tender is the night,
> And haply the Queen-Moon is on her throne,
> 　Cluster'd around by all her starry Fays
> 　　But here there is no light,
> Save what from heaven is with the breezes blown
> 　Through verdurous glooms and winding mossy ways.

（Keats，1982：280）

每一诗节的前四行为五步抑扬格，韵式为 abab，后六行除第八行为三步六音节之外，其余各行也为五步抑扬格，韵式为 cdecde。这一韵律模式即是将一个莎士比亚式的(Shakespearean)十四行诗的一个四行诗节与一个彼特拉克式(Petrachean)十四行诗的最后六行组合在一起而成。虽然,《夜莺颂》的译者们,特别是20世纪80年代之前中国大陆的译者,由于历史原因很难全面获得和了解西方学者关于这方面的资料和论述[①],也许很多译者并没有注意到诗人独特的韵律安排,但是,译者在诵读《夜莺颂》的时候,还是很容易感受到整齐、优美、节奏分明的韵律。即便在具体翻译的过程中,每位译者对待原诗押韵、节奏等形式和音律采取的策略和方法不尽相同,但是,至少在译者看来,从韵律模式上,济慈的《夜莺颂》符合他们对诗歌的整体认识和审美倾向,会对他们产生很强的吸引力。而各个时期的译者也尽可能地对原诗的韵式进行模仿和接近,试看下述译作:

> 去去莫留停,我飞欲就君,
> 无用酒神司御,文豹推轮,
> 诗情自有翼,飘忽驾吾行,
> 唯有冥顽徒,咨且乃勿近:
> 倏焉到君前,夜气正如棉,
> 月后殆升座,惆怅空依瞻,
> 四周环侍者,粲粲有群仙,
> 嗟乎此光恨不到人间,
> 祇遇见一线随风漏自天,
> 飘过幽严葱翠,曲径苔钱。

(傅东华,1935a:216—223)

> 去吧! 去吧! 我要朝你飞去,
> 　　不用和酒神坐文豹的车驾,
> 　我要展开诗歌底无形羽翼,
> 　　尽管这头脑已经困顿、疲乏;
> 　去了! 呵,我已经和你同住!
> 　　夜这般温柔,月后正登上宝座,

---

① 西方大量研究济慈诗歌创作和生平的著作和论文均发表于20世纪50年代之后,我国国内研究由于时代的原因,更加晚一些。早期的几部研究济慈的专著均为传记,且均出版于20世纪30年代之前。

周围是侍卫她的一群星星；
　　　　但这儿却不甚明亮，
　　　　除了有一线天光，被微风带过
　　　　葱绿的幽暗，和苔藓的曲径。

（查良铮，1958：71—72）

去吧，去吧，我要飞到你的身旁，
　　　　无需酒神和他的花豹拉的车子，
　　　　而是乘着诗歌的无形的翅膀，
　　　　虽然昏沉的头脑迷惑而迟疑；
我已和你同在了！夜是这么柔静，
　　　　也许月后已登上了宝座，
　　　　　　有一群星星的精灵环绕着她的身旁；
　　　　　　而这里没有光明，
　　　　除了那随着阵阵微风吹落，
　　　　　　穿过暗绿和炯环的苔径的天光。

（赵瑞蕻，1993：255）

去吧，去吧，我朝着你飞去，
　　　　不乘酒神和豹拉的车驾，
　　　展开诗神那无形的白羽，
　　　　虽则这脑子混沌而疲乏。
我和你同在！夜色多温柔，
　　　　月亮王后登上她的宝座，
　　　　　　簇拥两旁的是一群繁星，
　　　　　这儿没有光，黑黝黝，
　　　　只有天光挟着熏风掠过
　　　　　　幽深的绿荫、逶迤的荒径。

（马文通，1995a：122）

上述译文中，傅东华的译文是典型的民族化（黄杲炘，2007b：1）的译法，即用中国传统的诗歌形式转译英诗，通过借用中国古代词曲的形式，模仿原诗的节奏和韵律，虽然在忠于原文的风格方面略显不足，而且，译诗前四行并未完全押韵、后六行一韵到底,严格意义上讲没有如实反映原诗韵式的风格特点,但是,考虑到早期译者所处的时代,白话文尚未全面取代文言文,而多数诗人和译者都接受过良好的中国古典文学教育,民族化译法反而可能是当时译者比较熟悉和易于掌握的方法。尽管这一译法对译者的文言素养要求极高,且在反映原作内容上适应性不强(黄杲炘,2007b:14—15),例如,"唯有冥顽徒"一句就很难如实地反映原诗"Though the dull brain perplexes and retards"所表达的含义,"惆怅空依瞻"一句也是译者为了应对译文的形式而强行加入的内容。但是,傅东华用中国古典词曲的形式模仿原诗韵式,对翻译济慈诗歌仍不失为一次非常有意义的尝试。

正因为民族化译法的弊端,1949 年之后的济慈中译者已经很少使用这种译法,取而代之的是类似查良铮、赵瑞蕻和马文通的现代文、白话文译文。查良铮和马文通的译文更趋向于对诗歌整体意境的传递和表达,因而在不影响整体准确的前提下,对一些原文细微之处选择了省略和回避,在整体节奏上与原诗更契合。例如,两位译者都将原诗中的"haply"一词省去,并且在译文中,减少了助词"的"的使用频率,加快了诗歌行进的节奏,而赵瑞蕻的译文则更加接近原文,将原诗所有内容一一译出,虽然精确度更高,但是节奏上略显拖沓。在韵式上,与傅东华的译文相比,查良铮等三位译者在复原原诗的韵律模式上都有了明显的改善,三个译文不仅从韵式上模仿原诗,而且在每诗行的缩进上也都参差有序,尽力做到最大限度接近原诗,直观上将原诗的形式全面勾画出来,体现出原诗的形体美和建筑美,也间接地反映了诗人的创作思想。尽管,三个译文都各自出现了一些问题:查良铮的译文为了保证准确性,第一句和第三句未能完全押韵,第八句也未能依照韵式押韵;赵瑞蕻的译文第二句和第四句押韵也不严谨,而且为了押韵的需要,将第五句中"tender"一词译为"柔静"也不太准确;马文通的译文是三人中押韵最为工整的,但也在一定程度上牺牲了译文的准确度,例如,在译文第八句中,出现了"黑黝黝"这样的词语,破坏了译文的节奏和整体性,但是,这些译者对济慈诗歌形式的模仿和复原仍然值得肯定,并且在一定程度上为读者较为准确地反映了诗人的创作特点。

其次,从徐志摩开始,各个时期的译者在评价《夜莺颂》的时候,使用的话语体系和评介模式都非常接近。徐志摩在《济慈的〈夜莺歌〉》一文中简评了济慈的生平和这首诗歌的创作过程。在论述诗人与诗歌的关系时，徐志摩指出："济慈咏忧郁（'Ode on Melancholy'）时他自己就变成了忧愁本体[……]他赞美秋（'To Autumn'）时他自己就是[……]稻田里静偃着玫瑰色的秋阳。"（徐志摩，1991：140）这可能是中国诗人和学者对济慈"诗人无自我"（Keats, 1958, vol. 1：118）最早的论述。在该文最后，徐志摩在总结《夜莺颂》全诗的时候，指出"他（济慈）就是夜莺；夜莺就是他"，并且分析了该诗的音乐性、醒与梦的世界、逃避与回到现实等后来学者反复讨论的话题（徐志摩，1991：148）。作为最早的诗人译者，徐志摩对济慈诗歌的很多认识为后续的译者提供了一定的指导和参考。傅东华在《英国诗人济慈》一文中指出：济慈并非借诗逃避人间，而是把人间"合并于"自然中，"追求一种包括人间幸福在内的更大更深的幸福（美）"（傅东华，1935b：222）；《夜莺歌》则是"美的永恒性的透彻的宣扬，是感觉美的崇高的赞颂"（傅东华，1935b：224）；济慈的诗歌是"不受任何束缚也没有任何依傍的纯粹的艺术，是一种全靠着想象靠着'妙悟'的艺术"（傅东华，1935b：225）。而济慈对诗歌的"感觉的真"和对听觉、味觉、视觉及触觉的敏锐也同样为傅东华所推崇（傅东华，1935b：226—227）。可以说傅东华是最先发现济慈诗歌中唯美因素的一位中国译者。李唯建在评述济慈时说："他的诗没有一行没有力量。[……]他的诗内容是静，是沉默，包容了宇宙的整体。"（李唯建，1934：47）虽然，论者并未联系济慈诗歌的具体细节，但这几句评语指出了济慈诗歌的整体性这一重要观点。赵瑞蕻在《济慈〈夜莺颂〉和〈秋颂〉译后小札》中指出了济慈诗歌的现实主义色彩：

> 他（济慈）以高深的艺术修养和技巧，精美的诗的语言，严谨的诗律，反映他所理解的生活现实（其中包括人世苦难的刻画）；表达了他那么热烈追求着最美丽的事物，[……]很明显地展示了理想和现实强烈的冲突，无法克服的尖锐矛盾。
>
> （赵瑞蕻，1993：260—261）

王以铸在《关于济慈的诗歌》中关注了济慈诗歌与感官的关系，指出"这些美丽的诗句（指《夜莺颂》）不但直接诉诸读者的听觉、嗅觉和视觉，而且直接打动读者的心灵，给人以无上的美的享受"（王以铸，1983：286），而"全诗的氛围、环境、声音是忧郁的，然而又是美丽、迷人的，这就是诗人的本领了"（王以铸,1983:287)。

从上述引证中,可以看出中国译者对济慈及其诗歌的理解和阐释,突出了美的概念,特别是美与人类感官的互动和交融;突出了诗人认识到梦幻与真实、理想和现实的距离、人类对美和幸福的追求、艺术的包容与海纳、诗人的功用等主题。这些主题在《夜莺颂》中都有体现,而这些内容在熟悉中国诗歌传统和审美的中国诗人和读者心中很容易产生强烈的共鸣。而这些主题的彰显,又都是被置于一个亦真亦幻、朦胧、可望而又不可及的境界之中,对细节的分析和探讨被译者用模糊的、大一统式的定性分析所取代,译者通过感悟的方式感受诗歌,并且把这种对意境的顿悟式的感受通过翻译传达给读者,这正体现了中国传统诗歌理念和美学对诗歌的认识和理解。同时,应该认识到早期翻译济慈诗歌的译者,除了济慈诗歌的原文之外,几乎没有多少可供参考的评论和传记作品,而20世纪80年代的中译者们同样由于历史的原因,也很难获得西方研究济慈的第一手资料。可以说,20世纪90年代之前的济慈译者大都凭借个人对诗歌的感悟、理解和认识,凭借对济慈的喜爱和赞赏,是一种经验式的、感悟式的、兴趣式的译介。也正因为这样,他们或许能够接近更本源、更纯粹、更真实的济慈及其诗歌。

其实,以《夜莺颂》为代表的三首颂歌体现的是济慈美学、哲学和人生的感悟,是济慈以纯感官感受和内质的灵性去体验外部世界与内心世界的撞击与交流,是理想、梦幻、憧憬与现实的对照和对现实的超越,是以真、善、美为目标,对自然和人生的探索。这些崇尚美与真、梦境与现实、理想与实际的诗歌,配以优美的音律、参差变化中蕴含有结构性整体美的诗行、富有表现力的语言和精炼准确的用词,使得济慈的三首颂歌最大限度地接近了中国传统诗歌的审美要求和取向。因此,以中国传统诗歌审美情趣和思想、意境为标准的翻译文学规范使得济慈的三首颂歌不断为各个时代的中译者所青睐。

5. 济慈诗歌中译与中国传统爱情观

如果说,《夜莺颂》等颂歌是全方位地接近了中国传统的诗学理念和审美倾向,那么中国译者对《美丽的无情女郎》的翻译和阐释则聚焦于一个人类最本质、最深刻的话题——爱情与背叛。济慈在这首诗中同样用富于音乐性和视觉冲击力的语言创造了一个充满神秘、奇幻,甚至诡异的梦幻世界,三首颂歌中的一些特点仍然依稀可见,如理想和现实的落差、对美好事物的追求、梦境与真实等。尽管西方学者对这首诗进行过多种阐释和解读,但爱情仍然是这首诗探讨的一个重要的主题。

迄今为止,与所掌握《夜莺颂》的译介情况不同,本书未能找到译者对这首诗的理解和翻译心得。不过,该诗的译者之一黄杲炘将其收入自己编撰的《英美爱情诗萃》中,而他在该书后记中的一些论述,也许会对理解译者们翻译这首诗时遵循的规范和准则有所了解。黄杲炘首先认为:

> 无论古今中外,爱情都是诗歌中常见的主题。诗人为了宣泄心中的激情,或坦率或曲折地写出自己对爱情的想望、遭遇和感受。通过这些诗,[……]读者非但能够了解到他们(诗人)对爱情的态度和思考,观察到他们最神圣或最隐秘的内心活动,而且也能在同自己的对照中,对爱情的本质、自己的感情以及爱情生活中可能出现的种种局面,获得更形象、更清晰、更深入的认识。
>
> (黄杲炘,1992:380)

这段论述既说明了包括中国在内,各个文明的诗歌审美和规范对爱情诗歌的认识和界定,也指出了译者通过翻译诗歌可能对读者产生的影响以及译者对翻译作品效果的种种期待。而这种对爱情的认识,既体现了中国传统文化的特性,又超越了民族性和时代性,触及了人类共同的情感。著名的翻译理论家、翻译学派的创始人——詹姆斯·霍姆斯在《翻译学的名称和性质》一文中指出功能导向研究着重探讨译本出现的时间地点以及译本发挥何种影响(Holmes,2007a:71—73)。从功能导向研究角度看,作为体现人类共同情感的媒介,爱情诗随时随地都可以、也应该得到不断的译介,因为爱情是人类永恒的主题,对爱情的探讨永远不会过时,因而,翻译爱情诗就是顺理成章的事情,无关乎时代、国籍、种族,超越一切因素的制约。不同于三首颂歌营造出的梦幻、多姿多彩、时而静谧、时而灵动、时而阴郁、时而欢快的诗的世界,《美丽的无情女郎》向读者传达了爱情的讯息，尽管，这爱情并非那么美丽、那么令人陶醉。从本质上讲，三首颂歌所涉及的哲学、美学和诗学传统是比较近似的，而《美丽的无情女郎》从一个全新的主题和视角，用一种全新的诗歌手法去演绎人类最精妙、最美丽、最摄人心魄的爱情，从价值论上分析，该诗弥补了三首颂歌的一些缺失，丰富了对济慈诗歌的认识，同样也扣动了译者和读者对永恒价值的探索和渴望。另一方面，正是由于中国诗歌传统中对爱情的认识与其他文明有着相通之处，才使得《美丽的无情女郎》这样的诗歌能够在中国各个时期和各个地域得到广泛的认同和译介，成功地取代《秋颂》和《希腊古瓮颂》，在排行榜上位列次席。

然而图里翻译文学规范的另一端是非常主观的个人喜好，并且也认为"规则、规范、个人喜好这三种对行为活动的约束没有明显的界线。[……]每种约束的地位都会有升降"（陈德鸿、张南峰，2000：128—129）。因此，译者主观的爱好和判断，常常可以左右翻译的各个方面。《美丽的无情女郎》的翻译就在一定程度上体现了译者的喜好、理解和判断对济慈诗歌翻译和诗人济慈形象构建的影响。

首先，在这首诗题名的翻译上，各个译者就显示出不同的特征：自朱湘以降共有 25 位译者翻译过《美丽的无情女郎》一诗，然而，却有《妖女》《无情女》《无情美妇》等 17 个不同的译名。这些译名中，既有古色古香、体现传统中国诗歌特征的译名，如杨牧的《女洵美兮无情》、毕弢的《无情女行》，也有非常直白、一字一译的直译，如李岳南的《一位美丽而没有慈心肠的姑娘》；有的译名突出女郎的妖性，如朱湘的《妖女》，查良铮、孙主民的《无情的妖女》，屠岸的《冷酷的妖女》，更多的译者则突出无情和美的特征，如李唯建的《无情美妇》、李霁野的《无怜悯的美女》、曹明伦的《美丽的无情女郎》等。但从这些译名中，看不出明显的时代烙印，也没有明显的地域特点，中国港台、海外译者与中国大陆译者间也没有明显区别，几乎可以认定：译者对这些译名的选取完全是个人的主观行为。

但这些差异实质上反映了两方面的内容：第一，是强调译名字面意思忠实于原诗标题，还是强调诗歌内容本身更准确地反映原诗意义，这一分歧就产生了对"La Belle Dame"译法的差异，出现了直译为"美女、美妇"和意译为"妖女"的两种完全不同的理解和阐释；第二，对原诗标题

"Ballad"一词的处理，是归化为中国古典诗歌，还是如大多数译者一样将其异化或者直接省略。试比较几位译者对该诗第四诗节的不同处理：

> I met a lady in the meads,
>> Full beautiful — a faery's child,
> Her hair was long, her foot was light,
>> And her eyes were wild.

（Keats，1982：270）

> 我在坪间遇一妖女，
>> 绰约如天上仙人，
> 长发委地，轻盈脚步，
>> 目射异样光明。

（朱湘，1986：158）

> 我在草场上遇着位妇人：
>> 非常的美丽，——仙妖的女孩；
> 她的发长，她的足轻，她眼
>> 闪出豪光来。

（李唯建，1934：57）

> 我在草坪上遇见
>> 一个妖女，美似天仙，
> 她轻捷、长发，而眼里
>> 野性的光芒闪闪。

（查良铮，1958：105—106）

> 我在草原上见一位姣娘，
>> 一位绝色天生的女仙姬，
> 她鬘发修长，她脚步轻盈，
>> 她秀眼野而奇。

（孙大雨，1999：427）

我在草野上遇到位女郎；

　　她美丽得犹如出自仙家，

有着狂热的眼，轻灵的脚

　　和长长秀发。

（黄杲炘，1992：112）

草坪上我遇一女人，

　　十分美丽，天仙之女：

她发柔长，她脚轻盈，

　　她眼狂恋。

（施颖洲，1999：78）

济慈这首诗的标题是借用中世纪一位法国诗人阿兰·查帝埃（Alain Chartier）的一首同名诗，而两者并无其他联系（Stillinger，1982a：457）。西方学者尽其所能发掘出该诗可能参考和借鉴的各种文学作品、文学传统[①]，并且给予这首诗各种不同的解读，而无论何种解读，该诗中"La Belle Dame"都是以仙子（faery）、精灵（elfin）、女巫（enchantress）等超自然的形象出现，并且很多西方重要的济慈研究学者都将"La Belle Dame"与邪恶的、具有神秘魔法的女巫联系在一起。[②] 上述诗节是这首诗一个非常关键的部分，特别是对"lady"一词的翻译，决定着译者对整个诗歌的理解和阐释。上述译者中，除了朱湘和查良铮之外，都将这个词翻译为女人、女郎、妇人、姣娘，进而失去了对"La Belle Dame"的身份更为深入的理解和分析，也间接地消减了"La Belle Dame"与骑士之间复杂的关系，以及由此衍生出来的各种解读。而对这一诗节的翻译和理解，也直接促成了不同译者对整个诗歌标题的不同处理。可见，个人的

[①] 西方学者指出该诗可能借鉴的文学家包括斯宾塞（Edmund Spenser）、莎士比亚、罗伯特·伯顿（Robert Burton）、但丁、约瑟夫·爱迪生（Joseph Addison）等，文学作品包括《仙后》（*Faerie Queene*）、《忧郁的解剖》（*Anatomy of Melancholy*）以及包括凯尔特民间传说、亚瑟王传奇在内的各种文学传统（Stillinger，1982a：463—464；Sperry，1973：231—241；Patterson，1970：125—128）。

[②] 如有学者就指出济慈的"La Belle Dame"与斯宾塞《仙后》中引诱红十字骑士（the Red Cross Knight）的杜爱莎（Duessa）之间的相似性（Stillinger，1982a：463）；其他学者则指出"La Belle Dame"身上带有明显的凯尔特民间文学关于巫术和魔法的痕迹（Sperry，1973：235—241）。

判读和理解对翻译济慈诗歌有着非常重要的影响。

其次，一些译者常常也是诗歌选集的编者，因而会在编辑、排版和归类过程中，根据个人的理解和喜好对所选诗歌进行个性化编排，而这也会在一定程度上影响读者对该诗的理解和判断，进而影响对诗人的认识。《美丽的无情女郎》一诗也体现了这一特点。黄杲炘在《英美爱情诗萃》后记中，还介绍了对所选诗歌的编排体例和原则，其中一条非常值得关注："在编排上以爱情的各个阶段分成若干辑，各辑之中再按诗人的诞生年月为序。这样处于相同爱情阶段或处境中的作品可能相对地集中一些，[……]这样分辑的依据有时不可能很严格。"（黄杲炘，1992：381—382）根据这一原则，济慈唯一入选的作品《美丽的无情女郎》被分在了"爱的失落"这一阶段。黄杲炘根据自己的价值取向和审美判断，将外国爱情诗分为六类，并且将他所理解的《美丽的无情女郎》一诗放在了他认为合适的序列之中，而这种译者兼编者的主观安排有时会给读者传递一些排他性的信息：这首诗表达的就是这样一种情绪、一种意境、一种意图；诗人就是这样一个诗人。在一定意义上，译者和编者的这种行为具有了安德雷·勒弗维尔所指的"操控"（manipulation）的特征（Lefevere，2010：124），并且，客观上这些选本也对济慈诗歌的中译以及构建济慈抒情诗人的形象起到了重要的作用。

另外，译者在刊选外国诗歌的时候，经常受篇幅所限，无法更为全面、系统地选取诗人诗歌，只能根据选集的整体安排做出取舍，即便有些译者和编者通过节译的方式选译长诗的一部分，也很难非常全面地反映诗人及其诗歌创作的全貌。例如，英国诗歌除了谣曲、十四行诗、颂歌等具有丰富抒情功能的短诗之外，还有大量的篇幅浩荡的叙事长诗、史诗和诗剧，这些作品不易在选集和期刊、报纸等诗歌翻译经常栖身之处获得足够的空间。李唯建在《英国近代诗歌选译》的序言中就提到过这样一个事实：

> 文学上许多伟大的作品，包含作者毕生心血、生活特色或整个理想的杰作，大都不是短短一两首诗，而是长篇大著。但这选译本包含的全是短诗（有几首长诗也是节译），除了几位抒情诗家而外，其余诗人的整体精神，似乎不易领到。
>
> （李唯建，1934：1—2）

李唯建提出的问题同样存在于济慈诗歌的翻译中。济慈的诗歌中就有

378 行的《圣艾格尼丝前夜》、708 行的《拉米娅》("Lamia")、800 多行的未完成的史诗《海披里安》以及 4 000 多行的浪漫传奇《恩迪米安》(*Endymion*)。而且，在济慈的心中，诗人必须将创作长篇诗歌、史诗作为最高的追求和目标，沿着维吉尔、斯宾塞、弥尔顿等前辈诗人开拓的诗歌创作道路前进。因此，虽然济慈的六首颂歌和众多优美的十四行诗使得他足以矗立于英国诗坛，但是那些叙事诗、浪漫传奇、史诗对全面认识和了解济慈的诗歌创作、哲学及美学思想以及他异禀的天赋，都有着不可替代的作用。如果仅凭各种报刊和选集刊载的济慈诗歌作品，中国读者对济慈和他的诗歌很难有较为全面的认识和理解。

幸而朱湘早在 20 世纪 30 年代的《番石榴集》中，就已经翻译了济慈的浪漫叙事诗《圣亚尼节之夕》，而 1958 年查良铮译的《济慈诗选》，在主要译介抒情诗的同时，也翻译了该诗。1983 年朱维基译《济慈诗选》则第一次全译了《恩迪米安》，1997 年屠岸的《济慈诗选》全译了济慈除《海披里安之陷落》(*The Fall of Hyperion: A Dream*)以外所有的长诗，并且在译文最后，附上了几首长诗的内容简介，对一般读者阅读和领会济慈的长篇叙事诗、史诗起到了非常重要的阐释和引导作用。至此，可以比较肯定地说：诗人济慈在中国读者心中得以呈现出较为完整的形象。

从 20 世纪 20 年代至今，90 余年来，中国翻译界对济慈诗歌的翻译已经走过了几个重要的阶段。从 20 世纪 20 年代单个译者的零散译介开始，逐渐出现了徐志摩、朱湘、傅东华、吴兴华等重要的译者，翻译的重点也从较为零散、模糊、重点不明晰，转变为以《夜莺歌》为代表的颂歌，以《美丽的无情女郎》和《明亮的星》为代表的情歌、十四行诗，杂以其他如《初读查普曼有感》和《蟋蟀和蝈蝈》等抒情短诗的整体翻译。从 20 世纪 50 年代开始，伴随着查良铮《济慈诗选》的出版，济慈诗歌的中译进入了全新的阶段，无论是翻译作品的范围、对作品理解的深度和译者参与度，都有了重大的突破。从 20 世纪 80 年代起，出现了众多译者争相翻译济慈诗歌的局面，虽然，从翻译目标的选择、翻译策略的采用以及对原作理解、阐释和译文的准确度来讲，这些译文显现出参差不齐的状态，但正如霍姆斯所言："每个译文都从一个侧面接近和阐释了原文。"（Holmes，2007b：55）有理由相信还会有译者不断加入翻译济慈诗歌的队伍之中。

6. 济慈诗歌中译与诗人译诗

6.1 中外"诗人译诗"之争鸣

李唯建在《英国近代诗歌选译》的序言中提到过这样一些事实:

> 选译本不是一件易事,他须要研究、评判和欣赏。换言之,选诗的人应是学者、批评家、诗人;但正巧这三方面除了前两项有沟通融汇的性质,后一项简直不能融合,反而与前两项冲突。因之,想在一个人身上找到这三种特质,只是一种理想。

(李唯建,1934:1)

李唯建的这寥寥数语道出了一个有关诗歌翻译的重要问题:诗歌究竟该由谁来译? 围绕着这个问题,古今中外也展开过形形色色的探讨,而且至今似乎也并未达成一致。

西方的译者很早就具有了诗歌译者的身份意识,早在 17 世纪,英国著名诗人、翻译家约翰·德莱顿(John Dryden)就曾论述了优秀的诗人和优秀的译诗者之间的关系(Dryden, 2006:173);而与他同时代的翻译家、诗人罗斯康芒(Earl of Roscommon)也认为译诗不仅必须由诗人完成,并且译诗者本身必须有写出所译类型诗歌的能力(Dillon, 2006:176—179)。因此,谭载喜指出:"伊丽莎白时代诗歌的翻译在质量上比不上散文翻译,主要原因是大部分翻译家是学者而不是诗人,译诗却必须本人也是诗人。"(谭载喜,2004:78)西方译者对诗人译诗的阐述在我国诗歌翻译界也产生过共鸣,如著名诗人、学者王佐良曾指出:"只有诗人才能把诗译好"(王佐良,1992:19);诗人朱湘也认为"惟有诗人才能了解诗人,惟有诗人才能解释诗人。他不单应该译诗,并且只有他才能译诗"(朱湘,2007b:49)。当代诗人中也有不少诗人译诗观点的支持者,如江枫、莫非、树才等。① 此外,诗人译诗的本领也得到了研究翻译文学史的学者的认可和钦佩,孙致礼就指出"卞之琳、查良铮、王佐良所以成为杰出的诗歌翻译家,就是因为他们不仅对英语语言和英国诗歌有着很深的造诣,而且本身就是出色的诗人"(孙致礼,1996:7)。张旭也认为"诗人译诗常能译出众人所不能译,许多精妙之处,实在令人神往"(张旭,2011:188—189)。虽然,有个别学者对诗人译诗持有疑义②,但是,这一现象还是被大多数诗人、学者和翻译家所认可。不可否认,诗人翻译诗歌具有其他译者无法比拟的优势:他们熟悉诗歌创作的各个环节,具有诗歌创作的灵感、冲动,了解诗歌创作的精髓和困难,因此,在翻译诗歌的时候,自身的创作经验和思维可以在一定程度上提高翻译的质量和水准(屠岸、卢炜,2013:3),正如屠岸先生所指出的:"诗人具有创作诗歌的经验和体会,因而,能够体会到原作者的创作情绪,并且很好地在译文中表现出这种情绪来。"但是,屠岸先生同时指出,只有诗人能够译好诗歌作品,显然是有些绝对化了(屠岸、卢炜,2013:3)。

综观 20 世纪中国诗歌翻译史,许多脍炙人口、影响深远的译作均出自著名诗人之手,例如苏曼殊译拜伦的《哀希腊》、郭沫若的《鲁拜集》、梁宗岱的《莎士比亚十四行诗》等。19 世纪的西诗中译,由于时代的局限性,大多数的诗歌译者均非诗人,而 20 世纪末至 21 世纪初,各种诗歌译作同样层出不穷,但大多数译者均为学者型译者,而非诗人。

形成这一现象既有时代的原因,也取决于诗歌翻译本身的特点。首先,由于中国翻译界在 20 世纪初译介国外文学作品时,苦于缺乏足够的外语人才,很多著名作家、诗人不得不暂时进入翻译界,以弥补该领域人才缺失造成的缺口,因此,众多"五四"前后的著名作家往往也是翻译家,而且,这些诗人译者时常借助翻译作品为自己的文学创作寻求新的灵感

---

① "在译入语和译出语的修养完全相等时,只有诗人才能把诗译好"(江枫、许钧,2007:378);《荒原》(查良铮译)……等外国诗歌作品,被国内广大读者尤其是诗人读者所喜爱所看重,根本原因在于这些翻译作品在汉语中也同样是优秀的。我们还注意到,这些译者多是优秀的诗人,是诗人翻译家"(莫非,1998:91);"诗译的真正难度在于译者在诗上的造诣"(树才,1998:393)。

② 如我国台湾学者陈祖文就指出:"如果能交给诗人译最好不过,但是哪些诗人来译? 如果诗人译者将自己的创作强加给原文怎么办?"(陈祖文,1971:9)

和形式。朱湘就声称翻译诗歌的目的就是："将西方真诗介绍过来，使新诗人在感性上节奏上得到鲜颖的刺激与暗示，并且可以拿来同祖国古代诗学昌明时代的佳作参照研究，因之悟出[……]西方的诗中又有些什么为我国的诗所不曾走过的路，值得新诗开辟。"（朱湘，2007b：50）朱自清认为译诗的功效之一就是"将新的意境从别的语言移植到自己的语言里而使它能够活着"（朱自清，2007：95）。王佐良也认为："因为译诗是一种双向交流，译者既把自己写诗的经验用于译诗，又从译诗中得到启发。"（王佐良，1992：19）因此，尽管这些诗人大多数仅仅掌握了一到两种外语，但仍然通过英文等译本转译各国诗歌，以期能够最大限度了解世界各国诗歌创作的精华和风格。因此，无论这些早期诗人译者取得的成就如何，他们勇于尝试的精神仍然值得敬佩，并且，由于他们译诗的努力，例如，朱湘通过译诗活动探索新诗的格律，孙大雨发明以音组的方式翻译诗歌，卞之琳、屠岸完善了以顿代步的形式，都对中国诗歌创作产生过影响，同时，这些源于译诗活动的经验也丰富了中国诗歌翻译的理论和方法，也为后来的诗歌翻译者提供了很好的借鉴和指导。

其次，诗歌是所有文学体裁中最独特、最具有内向性、最直接反映诗人内心世界的一种表达形式，因此，需要诗人将灵魂深处最敏感、最纤细、最灵动的悸动和感悟以微妙的方式，通过心灵的接触和交融，与另一个对等的心灵和开放的客体进行沟通，而这个最开放、最能够感知诗人心灵信息的接受者往往也是一个诗人。如有的诗人指出的那样：人类的情感大抵相同，表达情感的语言虽有差异，但没有贫富高低贵贱之分（刘半农，2007：12；成仿吾，2007：41），因此，真正的诗歌是经得起翻译的（江枫、许钧，2007：378；莫非，1998：90），也只有真正的诗人才能把原诗中的各种美、风格、韵味、意境深刻地理解并流畅地表达出来，正如莫非所言："对诗人而言，或许存在着'诗歌语言'这种'东西'，它是诗人的'世界语'。"（莫非，1998：90）而诗歌创作的这些特性更容易被诗人掌握，诗人译者往往可以通过译文更为准确和生动地将这些"创作情绪"（屠岸、卢炜，2013：3）表达给读者，这也解释了为什么近百年来中国出现了众多的济慈诗歌的诗人译者。

济慈诗歌的中译史确实可以为诗人译诗现象提供充分的佐证。在已知的 92 位译者中,重要的译者绝大多数是诗人,或者曾经积极参与过诗歌创作;在时代分布上,这些诗人译者多出生于 20 世纪前期,并在 20 世纪 20 至 40 年代以及 80 至 90 年代进入各自的翻译黄金期。这其中包括徐志摩(1897～1931)、朱湘(1904～1933)、孙大雨(1905～1997)、李唯建(1907～1981)、卞之琳(1910～2000)、李岳南(1917～2007)、查良铮(1918～1977)、吴兴华(1921～1966)、郑敏(1920～　　)、邹绛(1922～1996)、屠岸(1923～2017)、余光中(1928～2017)、丰华瞻(1924～　　)、杨牧(1940～2020)等著名的老一代诗人,也有汪剑钊(1963～　　)和傅浩(1963～　　)等年轻一代的诗人代表,还有赵景深(1902～1985)、朱维基(1904～1971)、李霁野(1904～1997)、赵瑞蕻(1915～1999)等兼有诗歌创作的翻译家。可以说,济慈诗歌中最主要、最有影响力的中译几乎全部来自上述诗人和具有诗歌创作背景的翻译家。

6.2　诗人译济慈诗歌的特征

除上述原因外,诗人译诗在济慈诗歌中译领域还呈现出以下特点。首先,济慈诗歌的一些重要特质决定了,诗人译者由于本身对诗歌的敏感、领悟和理解,可以更好地洞察和表达其中的奥妙。杰克·斯蒂林杰是济慈研究领域最著名的专家学者之一,他在《济慈诗歌全集》的前言中,曾非常精辟地归纳了济慈诗歌创作的特点。根据斯蒂林杰的观点,济慈诗歌中一个最核心的主题是对梦(dreams or vision, imagination)的探讨,这一主题贯穿济慈几乎所有重要的诗歌;在这些诗歌里,追梦人(dreamer)通过"梦"这一途径,从现实世界(reality)进入理想世界(ideal),并且在梦醒之后,认识到人生的苦难、理想与现实的差距,进而获得一种思想上的升华和飞跃(Stillinger, 1982b：xv—xx)。这些诗歌包括:《恩迪米安》《圣艾格尼丝前夜》《拉米娅》《美丽的无情女郎》《夜莺颂》《希腊古瓮颂》《明亮的星》(Stillinger, 1982b：xv—xx)等,对这些诗歌进行选取、解读和翻译,也就成了解济慈及其诗歌创作的最佳途径。中国的诗人译者,特别是 20 世纪 90 年代之前的诗人,在相关研究资料匮乏的情况下,尽管出现了对一些诗歌的误读和误译①,仍然凭借诗人细腻的感觉和敏锐的洞察力,从 150 首济慈诗歌中,挑选出了最能代表其创作理念和人生观的佳作。从徐志摩最早翻译《夜莺颂》(《夜莺歌》);朱湘最早翻译《希腊古瓮颂》《美丽的无情女郎》(后改为《妖女》)、《圣艾格尼丝前夜》(《圣亚尼节之夕》)和《明亮的星》(《最后的诗》);朱维基最早翻译《恩迪米安》(《恩迪芒》)和《拉米娅》(《拉弥亚》),济慈重要诗歌作品的中译,始终是由诗人率先完成的,对诗人济慈形象的构建也主要是由诗人完成的。中国诗人翻译济慈最重要的作品,已经成为济慈诗歌中译一个显著的特点。

其次,济慈最重要、影响最大的诗歌的中译名也主要是由诗人完成的,其中最具代表性的定名就是《夜莺颂》。济慈的《夜莺颂》一共产生过三个影响深远的译名,而这三个译名都与中国著名诗人紧密地联系在一起。1949 年以前,无论译者采用何种文体翻译该诗,除朱湘之外都将这首诗译为《夜莺歌》,而徐志摩就是《夜莺歌》这个译名的首译者。

早期的中国译者几乎在翻译各种文学作品的同时就注意到了译名问题,特别是人名、地名和书名的翻译,并且就这些译名的不同见解曾经在"五四"之前引发了广泛而持久的争论。但是,译名统一问题并未得到真正解决,直到 20 世纪 20 年代中期,仍有译者抱怨由于翻译过程中出现音译和意义混乱、汉语语音标准不详、外国语音多样性等造成译名混乱,没有统一的标准(何炳松、程瀛章,1990:18—19)。在译名统一问题尚未达成一致之时,一个重要译者发表具有影响力的译文之后,就会在译名翻译中发挥重要的作用,成为其他译者效仿的对象,最终成为约定俗成的译名。徐志摩翻译的《夜莺歌》就很好地诠释了这种模式的力量。作为 20 世纪 20 至 30 年代诗坛的领军人物之一,新月派最重要、最著名的代表,徐志摩在当时的中国文坛有着重要的影响力。虽然,徐志摩的译文是散文译,但是因为其重要诗人的身份,《夜莺歌》这一译名也成了20 世纪 50 年代之前公认的标准翻译。据傅东华所言,徐志摩的译文在

① 如由于受到早期济慈研究学者误导,许多诗人将济慈的十四行诗《明亮的星》译为《最后的诗》(朱湘)、《最后的十四行诗》(吴兴华、朱维基)、《绝笔十四行诗》(李霁野)等。现代西方济慈研究已证实该诗并非济慈的绝笔(Stillinger,1982a:460)。

20 世纪 30 年代已被一些中学国文课本选入(傅东华,1935b:222),可见从 1925 年徐志摩译作发表至 1935 年傅东华译作发表,十年间徐志摩的《夜莺歌》已经深入人心,成为经典,影响深远。因此,可以说诗人徐志摩对《夜莺歌》的定名起到了决定性的作用,直到 20 世纪末,仍有当代译者沿用徐志摩的译名翻译济慈的这首著名颂歌。

至于朱湘成为 20 世纪 50 年代之前唯一的例外也事出有因。除了受自己的诗歌创作和翻译理念的影响以及所处时代译名尚未统一等原因外,诗人独有的秉性和个人的癖好,使得朱湘在选择译名的时候显得与众不同。朱湘译《夜莺曲》的时间与徐志摩译《夜莺歌》间隔不长,借鉴的机会不是很大。更主要的是朱湘与徐志摩虽被外界认为同属新月派,但是,双方在文学创作的很多领域里都有明显的分歧,朱湘曾撰文专门针对徐志摩诗歌创作中的问题公开发表自己的不同见解,并且在多个场合指责徐志摩对待年轻诗人的轻慢和生活的奢华,表示自己和他隔阂很深(罗念生,1985:77,118),加之其人"孤傲、清高"的个性(周良沛,1988:3—4),很有可能为了独树一帜而选择另辟蹊径。此外,朱湘性格倔强、执拗,不肯接受别人的批评,据罗念生回忆,朱湘译诗为了纠正所谓流行的错误,专门选择生僻的译名(罗念生,1985:114),或许朱湘希望用这种方式向已有的文学规范提出挑战、进行抗争。不过,朱湘的译名至今依然具有非常重大的影响力,20 世纪末的大陆译者赵澧和台湾著名诗人杨牧都采纳了朱湘的译名。

如果说 1949 年之前的翻译活动主要是译者的个人行为,那么 1949 年之后,翻译活动则体现出由政府主导,文学协会、翻译协会和其他相关机构组织的集体性特点[1],外国文学翻译事业从此走上了规范化、制度化、集体创作的道路。而关于译名统一的工作也在政府主导之下顺利展开,1950 年 5 月,在郭沫若的主持下,中央文化教育工作委员会成立了"学术名词统一工作委员会",共设五个工作组,其中就有"文学艺术组"

---

[1] 特别是 1949 年 11 月在上海成立了中华人民共和国第一个翻译工作者协会,1951 年中央人民政府出版总署召开了全国第一届翻译工作会议,通过了两个重要文件——《关于公私合营出版翻译书籍的规定草案》和《关于机关团体编译机构翻译工作的草案》,第一次提出了"集体"翻译创作的概念;之后,1954 年,中国作家协会召开了全国文学翻译工作会议,拟定了一个世界文学名著选题目录,制定了审校制度(孙致礼,2009:4—7)。

负责文学艺术类的译名统一工作(沈志远,1990:200)。尽管费时劳力,但由政府主导的这项工作在规范译名方面取得了一定的成果。虽然,这一委员会工作的重点是规范学术名词的译名,但是,该委员会统一译名的一个原则就是"尽量保留那些流行已久而与原意并无不合的译名"(沈志远,1990:201)。这一原则具有很强的指导意义。本书截至目前尚未找到直接的文献证据,但是自1958年查良铮《济慈诗选》首次使用这一译名开始,到2011年何功杰翻译该诗,除两位译者外,中国大陆的译者,包括主要的诗人译者,使用的都是《夜莺颂》一名。而且,查良铮的《夜莺颂》还影响了港台地区译者,除杨牧和施颖洲之外,所有的港台译者都选用了查良铮的译名。目前,查良铮的《夜莺颂》已经成为约定俗成的译名,而后续译者对这首诗歌名称的翻译也多数采取了顺从的方式,可以说查良铮的翻译间接地规范了中国近六十年对济慈诗歌《夜莺颂》诗名的翻译。

再次,斯蒂林杰还指出,发现济慈诗歌的那些重要的主题(themes)以及诗人在展现主题的过程中散发出的诗歌的张力(tension)并不能说找到了解济慈迅速早熟、成为伟大诗人的关键,而济慈的风格(style)才是使他不朽的一个重要因素(Stillinger,1982b:xxii—xxiii)。同样,对济慈的中国诗人译者而言,能够反映济慈诗歌的独特风格也成为对他们翻译最大的考验。

音乐性是济慈诗歌一个非常显著的特点,诗人将自己独特的声音审美和对诗歌韵律和节奏的理解融入传统英诗格律和节奏中,通过选词、句式安排、修辞手法,创造性地在诗歌中对传统英诗格律进行了改造,使得自己的诗歌产生出异乎寻常的听觉效果。正如斯蒂林杰所言,济慈对英语诗歌传统韵律模式的背离(departures)(Stillinger,1982b:xxv)随处可见,但是,济慈诗歌的整体音乐效果非常明显,即便不去关注诗歌的内容,仅凭听觉的感受,也非常悦耳动听(Stillinger,1982b:xxiv—xxv)。如何在译作中传递这种独特的音乐效果,就成为横亘在中国诗人译者面前的难题。

很多中国诗人认为"诗的生命在他内含的一种音乐的精神"(郭沫若,2007:17)或者"诗的本质是想象,诗的现行是音乐,除了想象和音乐外,我不知道诗歌还留有什么"(成仿吾,2011:273)。然而,由于中英语言的差异,使得双方对诗歌音乐性的理解和音乐审美产生了巨大的差异。[①] 这种差异体现在诗歌中译领域就产生了诗歌韵律不可译的说法。[②] 然而,诗人的使命感使得从民国时期至 20 世纪末各个时期的中国诗人在翻译英诗,特别是格律严谨、声调优美、富有音乐性的英诗时,勇于接受挑战。而如何接近、模拟,甚至还原原诗的节奏、韵式,进而反映原诗的音乐效果,中国的诗人译者在将近百年的探索过程中,逐渐寻找到一些具有实际操作意义的理论和方法。20 世纪初的中译者如苏曼殊、马君武、辜鸿铭、胡适等,主要通过中国古代诗歌的形式,尤其是半格律体和格律体,套译外国诗歌(张少雄,1993:14);20 世纪 20 至 30 年代,由于白话文的兴起和中国现代诗人对中国新诗格律问题的探索尚处于起步阶段,因此出现了大量的白话自由体译诗;与此同时,随着中国诗人对新诗格律研究的不断深入,出现了以朱湘为代表的字数相等译法和以孙大雨为代表的以顿代步译法[③],并且,两种译法在充分考虑到形式补偿之后,都在很大程度上做到了对原诗的诗体移植;而近年来,著名诗歌翻译家黄杲炘提出的"兼顾字数与顿数"(黄杲炘,2007b:58)的译法在中国诗歌翻译界引起了极大的关注,并且引起了翻译界一次旷日持久的大讨论。

　　黄杲炘是这次关于诗歌形式翻译问题的探讨的重要参与者,他通过自己的译诗实践较为系统地归纳出兼顾字数与顿数的形式移植法,得到不少译者的响应。这次讨论是对我国诗歌翻译界长期以来关于诗歌形式的翻译方法的一次汇总,这次讨论始于丰华瞻 1979 年发表的《略谈译诗的"信"和"达"》一文,该论文提出:"译诗时的'信',指忠实于原诗的意

① 英语诗歌的节奏和格律是建立在音节数和重音数上,形成音步(foot),而诗歌的音乐性主要通过诗人对单词读音和重音的巧妙安排;汉语多为单音节词,格律模式多通过字数和平仄体现;两种语言的诗歌韵律机制也不尽相同(Perrine,1982:152—184)。

② 如"神韵的保留是可能的,韵律的保留却是不可能的"(茅盾,2007:20);"译诗难,难在再现意象与改创声律"(翁显良,2007:195);"诗的音乐效果是无从翻译的"(树才,1998:385);此外,王以铸在《论译之不可译》中也表达过类似的观点:诗歌特有的音韵、节奏和格律及其组合的效果在翻译中必然流失(王以铸,2009:981—983)。

③ 参见黄杲炘《英诗汉译学》第三、四章相关内容。另,孙大雨最早的译诗是以"音组"行建,后经中国诗人译者不断总结,将音组最终定义为"顿"(卞之琳,2007:277—278;朱光潜,2007:52)。

义与诗情,而不是指刻板地忠实于原诗的语法结构、词汇、行数、韵律等"(丰华瞻,1979：41);丰华瞻在其后一系列文章如《译诗与民族化》《谈新诗格律》《诗歌的翻译》《我怎样翻译诗歌》等中不断重复并深化这一概念;作为回应,黄杲炘在《一种新的译诗要求》《格律诗翻译中的"接轨"问题》《诗未必是"在翻译中丧失掉的东西"——兼谈汉语在译诗中的优势》等文章,以及《从柔巴依到坎特伯雷——英语诗汉译研究》和《英诗汉译学》等著作中反驳了丰的观点,提出汉语语言特点和兼顾顿数、字数的优势。在此过程中,不断有学者和翻译家加入辩论中,支持丰华瞻的,有劳陇(《译诗要像中国诗? 像西洋诗?》)和王宝童(《试论英汉诗歌的节奏及其翻译》《也谈英诗汉译的方向》)等;支持黄杲炘的,有楚至大(《译诗须象原诗——与劳陇同志商榷》《形式与内容的矛盾——谈以中国旧体诗形式译外国诗》)和杨德豫(《用什么形式翻译英语格律诗》)等。直到 21世纪,这一争论仍在继续,如傅浩在著作《说诗解译》和刘新民在论文《质疑"兼顾顿数与字数"——读黄杲炘〈从柔巴依到坎特伯雷〉》中,都对"兼顾"的译法提出了质疑。此外,一些学者采取了比较折中的态度对待这次辩论,如周煦良在《谈谈翻译诗的几个问题》、张少雄在《对译诗形式的回顾与思考》以及张景在《译诗小议》等论文中都较为温和地提出,在不失内容忠实的前提下,可以适当尝试模拟原诗格律,重要的是对整体风格的翻译等。这些观点都丰富了这次辩论的内容。这次辩论的很多参与者,如黄杲炘、丰华瞻、傅浩、刘新民等都翻译过济慈的诗歌;还有众多没有直接参与讨论,但通过个人翻译实践间接回答了这一问题的,如孙大雨、卞之琳和屠岸等,他们都是济慈诗歌重要的诗人译者,因此,了解诗人译者的翻译策略和原则对认识济慈诗歌中译中对形式的翻译和音乐性的传达具有重要的意义。虽然,20 世纪 80 年代之前的诗人译者没能参与这次理论探讨,但是,这些诗人译者的译诗实践还是在一定程度上反映了他们对翻译诗歌形式的看法。

尽管,众多诗人译者在处理诗歌翻译内容与形式的辩证关系上存在分歧,各自对诗歌音乐性的体会和感悟也不尽相同,即便是同属一个派别的孙大雨、卞之琳、屠岸等诗人,在具体的翻译实践中,也呈现出个性化的特点。但是,通过不断的实践,多数诗人在翻译济慈诗歌时,对形式的保留以及音乐效果的传达,还是达成了基本的共识:在不影响内容的前提下兼顾形式;尽量在字数或者顿数上接近原诗,尽量保留并适当归化原诗的韵式;在节奏、声律效果上,利用汉语的优势和特点,尽量传达可以被中国读者接受的音律美。

为了更直观地反映不同诗人对济慈诗歌音乐性的传达,下面以三个时期的译者代表——朱湘、查良铮和屠岸对同一节诗歌的译文进行对照。斯蒂林杰为了说明济慈诗歌的音律美,分别选择了三首诗歌的开篇部分,本书从中进一步筛选出《圣艾格尼丝前夜》的第一诗节进行对照。原文如下:

> St. Agnes' Eve — Ah, bitter chill it was!
> The owl, for all his feathers, was a-cold;
> The hare limp'd trembling through the frozen grass,
> And silent was the flock in woolly fold;
> Numb were the Beadsman's fingers, while he told
> His rosary, and while his frosted breath,
> Like pious incense from a censer old,
> Seem'd taking flight for heaven, without a death,
> Past the sweet Virgin's picture, while his prayer he saith.

(Keats, 1982: 229)

原诗是一首典型的斯宾塞体(Spenserian Stanza)英语格律诗,韵式为ababbcbcc。这一诗歌格律形式由文艺复兴时期英国诗人埃德蒙·斯宾塞发明,融合了来自意大利、法国和中古英语诗歌的特征(聂珍钊,2007:86;黄杲炘,2007b:230),每个诗节由九行组成,前八行为抑扬格五韵步诗行,第九行为六韵步诗行或亚历山大诗行(聂珍钊,2007:86),斯宾塞体因其格律精妙复杂、表现力强、富于挑战而被很多浪漫主义诗人喜爱并使用。

英美诗人通常在诗歌建行时,巧妙地为不同的单词排序,使得诗行内部和诗行间单词的轻重读音错落有致,在读者耳中达到声音的重复与变化交错出现的效果(Perrine,1982:152)。而将这种声音和重读的变化与平衡合理地融入英语诗歌的格律(meter)和韵式(rime)中,就可以充分发挥英语诗歌的音乐性。英诗格律就如同阡陌纵横的一张网,各种轻重、音色、音质各异的单词就好比散落在网上的珍珠,两者完美融合就是一幅亮丽的图画。然而,汉语和英语在发音方式、声调、重读、语调等方面有天壤之别,通过简单模仿无论如何也无法达到原文的音律效果,但是,译者可以通过模仿那张网,即格律和韵式来间接接近原文的音乐美。因此,通过字数相应使译文的字数接近原文的音节(syllable)数,以顿代步使译文的顿数接近原文的音步(foot)数,或者兼顾字数与顿数等方法,可以在形式上部分体现原诗的格律模式,从而在译诗中尽量传达能为中国读者所接受的音律特点。同时,在译诗的韵式安排上,尽量靠近原诗,这样就可以部分反映和再现原诗的音乐性。这也是很多诗人译者在翻译济慈诗歌时的策略和方法。不妨以朱湘、查良铮和屠岸译《圣艾格尼丝前夜》的第一诗节为例,说明中国诗人是如何处理这一棘手问题的。

圣亚尼节之夕——天气真冷!	10 字
兔儿抖着瘸过冻草的坡,	10 字
重裘的夜枭披暖裘猴颈;	10 字
栏里群羊无声只见哆嗦。	10 字
念佛人将麻的手指频呵,	10 字
数着珠串,呵气凝成白雾。	10 字
好像铜炉内的香烟婀娜,	10 字
它朝天上飞升,不稍停驻,	10 字
过了神象,圣处女象悬挂之处。	12 字

(朱湘,1986:161)

圣亚尼节的前夕——多么冷峭!	11 字
夜枭的羽毛虽厚,也深感严寒;	12 字
兔儿颤抖着瘸过冰地的草,	11 字
羊栏里的绵羊都噤若寒蝉;	11 字
诵经人的手冻僵了,拿着念珠,	12 字
嘴里不断祷告;他呵出的气	11 字

象古炉中焚烧的香，凝成白雾，　　　　　　　　　12 字

仿佛向天庭飞升，不稍停息，　　　　　　　　　　11 字

袅袅直抵圣母的画像，又飞上去。　　　　　　　　13 字

（查良铮，1958：135）

圣亚尼节｜前夕｜——啊｜彻骨的｜凛冽！　　　　5 顿

猫头鹰｜披着｜厚羽｜也周身｜寒冷；　　　　　　5 顿

野兔｜颤抖着｜拐过｜冰冻的｜草叶，　　　　　　5 顿

羊群｜拥挤在｜羊栏里｜寂静｜无声；　　　　　　5 顿

祈福人｜数着｜念珠｜的手指｜已经　　　　　　　5 顿

冻僵，｜他呼出的｜热气｜凝成｜白雾，　　　　　5 顿

像｜古铜炉里｜敬神的｜香烟｜上升，　　　　　　5 顿

没一刻｜停滞，｜向天空｜袅袅｜飞去，　　　　　5 顿

飘过｜圣母的｜画像｜——他不断｜把祷辞｜念出。　6 顿

（屠岸，1997a：218）

比较三个译文，朱湘的译文在字数上与原诗相等相对应，如将汉译的字数等同于英语原文的音节数，则译诗在形式上就非常接近原诗：译诗共九行，前八行诗每行十字略等于原诗每行十个音节，最后一行 12 字略等于原诗最后一行的 12 个音节，直观地体现出斯宾塞诗节最后一行音节数多于其他各行的特点。而且，前八行诗行齐整、规律，韵式完全按照原诗[①]，而且诗人为了达到押韵的效果，还有意将"兔儿抖着蹒过冻草的坡，重裘的夜枭披暖裘猴颈"两句的顺序与原文做了对调，使得译文与整个译诗结构严谨、读来朗朗上口。虽然，整齐划一的视觉效果确实稍显呆板，但并不是当时评论所讥讽的"豆腐块诗"（朱自清，2011：359）；有些表达略显生硬和拗口，但也绝非罗念生所说的"文字太生硬"（罗皑岚等，1985：113）。

　　屠岸的译文以顿代步，同样行数从原诗，前八行只是每行的字数增加到 12 字形成五顿，以替代原诗的五音步，第九行增加为 15 字形成六顿，以替代原诗的六音步（参见屠岸译文上的标注）。如果去掉为了调节

---

① "呵"与"娜"两字似乎押韵不严，可能与朱湘方言读音影响有关；关于朱湘译诗的押韵与湘北方言的影响，见张旭，2008：181，注释 4。朱湘的口音可能在译诗过程中产生了重要影响。

诵读语气和停顿时间的行内标点,屠岸的译诗在整体观感上,与朱湘的译诗几乎没有分别。在押韵方面,屠岸的译诗也是严格按照原诗韵律模式,除了第五行略有出入,其他各行韵律严谨。

虽然卞之琳不无遗憾地认为查良铮"没有理会在译文里照原诗相应以音组(顿、拍)为节奏单位建行"(卞之琳,2007:278),但是,在具体翻译实践上,查良铮还是有意无意地遵循了译文字数或顿数接近原诗这一原则:全诗九行,前八行字数为 11 或 12 字,最后一行 13 字,实际上也是从字数多寡上体现出原诗最后一行音步数多于其他各行的格律特点;韵脚上,译诗对原诗的韵脚稍做调整,由 121223233 变为 121234344(查良铮,1958:135),使之符合中国传统的方式,也符合查良铮译诗的整体思想:做必要的局部牺牲以获得整体上内容与形式的契合(查良铮,2007:128)。虽然,这一处理方式受到卞之琳等诗人译者的批评,但是,查良铮在内容与形式之间更倾向于保留原诗内容和风格的译法也不失为一种有效的翻译策略。

此外,三位诗人都通过各自对中国语言特别是诗歌语言的认识和理解,创造性地在词句的安排、概念和意象的表达、节奏等方面对译诗进行了改造和加工,使得译诗符合中国读者的审美和认识,诵读起来更为韵味悠长,最大限度地在音乐性上接近原诗,虽然,最后的效果各不相同,但是诗人们为此做出的努力理应得到肯定。

例如,朱湘的译文里,诗人通过简洁、有力而富有动感的几个动词,如"抖""披"等,营造出一个空旷、凄冷的情境,读者仿佛听到了在幽静的寒冷中,动物们的身体与冰冷的空气发生摩擦,传出令人不寒而栗的声音,把弥漫在诗歌中的冷投射到读者心中。"频""数""白雾""飞升""不稍"等几个词,又不断强化了诗歌前进的节奏,使得读者在一种几近窒息的氛围里,在视觉上被一片迷雾笼罩的同时,听觉上仿佛有一只鼓,不停地在耳边敲打,铿锵之声阵阵回响在心头。此外,朱湘的译文精彩、用词传神,通过词语的选用达到音乐的效果,例如"瘸过冻草的坡"一句就形象而简洁地为读者勾勒出兔子不堪严寒、疲惫无奈的样子,精炼中略带诙谐;"好像铜炉内的香烟婀娜,它朝天上飞升,不稍停驻"两句同样形象传神、表达流畅且富有诗意。

查良铮的译文似乎在节奏和气氛上舒缓了不少,然而,在看似平缓的节奏背后,是汹涌的暗流。查良铮的译文不以急进的节奏和惊恐的氛围取胜,而是通过突出前后对比、渐进式地反映一个寒冷、寂静、深邃的冬夜。诗人巧妙地利用了程度副词的作用,深感严寒的众生都僵在了那里,好似一个零声效、零动作的定格镜头;在一切沉寂之时,突然读者听到了不断传出的诵经声,越来越快,不稍停息,疾风暴雨般划过,又飞升开去,悄无声息,达到无声胜有声的境地。查良铮的译文在用词和勾画形象上深得朱湘译文的精髓,并且在很大程度上克服了朱湘译文的弊端,如"兔儿颤抖着瘸过冰地的草"一句就弥补了朱湘译文受字数要求的限制,将"颤抖"简化为"抖"而造成的诵读音效上的不和谐。

屠岸的翻译则很好地结合了朱湘与查良铮译文的特点,节奏上既不局促,也不拖沓;音效上既空灵而透彻,又厚重且悠远。在用词和句式安排上,屠岸的翻译更贴近当代白话文的特点,文字更为平实、直白,更符合现代读者的诵读习惯。而且,屠岸的翻译纠正了朱湘和查良铮译文中略欠妥当的表达方式,例如,朱湘译文中"夜枭披暖裘猴颈"一句中的"暖裘猴颈"不太容易被当代读者理解,而且整句话读起来显得有些拗口,影响整体的节奏和音效,而屠岸的译文"猫头鹰披着厚羽也周身寒冷"则更容易被读者接受和理解;查良铮译文中"噤若寒蝉"虽然翻译得活灵活现,但是,这个成语衍生出的其他含义,多指因为恐惧和顾虑而默不作声,显然突出了恐怖的氛围,在一定程度上压缩了这首诗可能蕴含的其他意味,而屠岸"寂静无声"一译则避免了这样的歧义,而且从整体音效上看,"寂静无声"也更为悠远,更加符合原诗"silent"一词的含义。

可以说,上述中国诗人译者的译文都从一个或几个侧面接近了济慈诗歌的原文,正如霍姆斯所言,每一个译本都是原诗地图上的一块拼图(Holmes,2007b:58),而每个诗人译者对济慈诗歌的探索和表达,都丰富了对济慈诗歌的认识、对诗人济慈形象的定位。从某种意义上讲,这些中国诗人在翻译济慈诗歌的时候,既是拼图者,又是熟练的杂技演员,游刃有余地穿梭于图里所说的"客观、绝对的规则(在某些行为规范里,甚至是固定的、成文的法律),与完全的主观的个人喜好"(陈德鸿、张南峰,2000:128)之间。

7. 总结

　　回顾近百年来济慈诗歌在中国的译介过程,可以看到中国诗人起到了重要作用。济慈诗歌中最重要的作品,如《夜莺颂》《秋颂》《希腊古瓮颂》《圣艾格尼丝前夜》等,都是由中国诗人最先翻译并介绍给中国读者,且流传至今。同时,中国的诗人译者还以自己翻译济慈诗歌的具体行动参与到了历次关于诗歌翻译的重要讨论之中,为丰富我国西方诗歌翻译理论、方法和策略做出了重大的贡献。因此,研究这些诗人译者对济慈诗歌的翻译就成为了解济慈诗歌中译以及诗人济慈的整体形象在中国嬗变的最直接、最有效和最重要的途径。

　　在众多中国诗人译者中,朱湘无疑是最独特的一位。通过之前的分析,可知作为20世纪20至30年代翻译济慈诗歌的杰出代表,朱湘几乎参与了翻译济慈诗歌、构建济慈形象的各个方面。首先,朱湘代表了20世纪初早期诗人译者对济慈的理解和认识,并且是最早、最全面翻译济慈诗歌的中国译者。朱湘完成了如《秋颂》《希腊古瓮颂》《美丽的无情女郎》《明亮的星》和《圣艾格尼丝前夜》等的首译,代表了济慈诗歌创作的多方面内容和最重要的成就,使得济慈诗歌从进入中国开始就得以展现出较为全面的风貌。同时,朱湘以极具个人风格的诗歌形式翻译了济慈的重要作品,通过自己的实践积极参与了中国诗歌翻译界对诗歌内容与形式的翻译的讨论,并且撰写了大量文章评析当时许多重要诗人的作品、阐述自己对诗歌翻译的认识,这些成为中国西诗中译研究领域宝贵的财富。

　　作为1949年至1978年间中国大陆唯一公开出版过济慈诗歌译作的诗人,查良铮1958年出版翻译的《济慈诗选》在很多方面开创了济慈诗歌中译的新纪元。这本译诗集是中国第一部结集出版的济慈诗歌选集,在马文通的《济慈诗选》(1995)和屠岸的《济慈诗选》(1997)出版之前将近四十年的时间里,查良铮的译本都保持着"译诗数量最多"这一殊荣。查良铮还是最早为《夜莺颂》定名的诗人，至今，该译名仍然是公认的最佳译名，被几乎所有后续译者采用。此外，查良铮翻译济慈诗歌时采用的较为简洁、明快的行文方式，忠于原诗形式但不刻板追求一一对应的翻译理念，至今仍影响着许多译者。

屠岸的《济慈诗选》是迄今为止选译诗歌最为全面、数量最多的一个译本。更重要的是，屠岸是中国诗歌翻译界以顿代步译法的代表和集大成者，研究他翻译的济慈诗歌可以从多个方面探讨以顿代步译法的优劣，以及对中国诗歌翻译界的贡献和影响。

杨牧是中国台湾著名现代诗人，他翻译的济慈在很多方面与中国大陆译者，特别是 20 世纪 90 年代之后的译者，有着重大区别。杨牧的翻译从译名的选取、翻译策略的选择、行文的风格、语言用词特点等方面都具有独特之处。研究这些差异可以更好地了解济慈诗歌翻译的全貌和诗人济慈形象的传播与构建。

综上所述，这些诗人译者具有如下特点：他们都是所处时代重要的诗人，同时也是当时翻译济慈诗歌最多、最全面，反映济慈诗歌特点最充分的译者；他们都具有独特的翻译理念和翻译手法，并且这些理念、策略和手法在翻译济慈诗歌时都得到了较为充分的展示；他们都通过自己的翻译实践，在很大程度上影响了同时代以及后世济慈诗歌翻译乃至整个西诗中译的进程和发展。因此，在余下的章节中，本书将分别着重分析、研究、比较和探讨这几位诗人译者对济慈诗歌的解读和翻译，以期全面介绍济慈诗歌中译的发展以及诗人形象的构建和演变。

第 2 章

朱湘：济慈诗歌中译的先驱

1. 导言

　　本章将探讨"五四"时期诗人朱湘对济慈诗歌的翻译及其对济慈的诗人形象在中国构建的影响和推动。本章首先指出"五四"时期社会、政治、经济、文化等领域发生的一系列变化对整个社会心理产生了巨大的影响，以及导致这些巨变的深层次原因在于各种西方思潮急速涌入中国，而这些西方思想进入中国的途径之一就是通过"五四"时期的翻译文学。之后，本章内容简要归纳了"五四"时期中国翻译文学的特点：学者、译者和读者多方位、全面地探讨翻译理论、译著性质、翻译策略和手段等问题；翻译文学对中国新文学建设的影响和作用。其中，诗歌翻译对中国新诗的发生、发展和丰富有着尤为重要的作用，而新月诗派在中国新诗运动中通过对西方诗歌，特别是英国诗歌的翻译，极大地丰富了诗歌翻译的理论和实践，并且在很大程度上引导了当时中国新诗格律化和规范化的方向。作为新月诗派中重要的一员和最积极实践新月诗派诗歌理念的诗人，朱湘与同时代诗人、学者在人生观、文艺理念、创作思路、翻译理论等方面的互动、交流和碰撞，有助于更加清晰和全面地认识和了解诗人和译者朱湘在翻译济慈诗歌时采取的策略、方法和经历的心路历程，并且通过对比与分析，将朱湘翻译济慈的实践置于一个更为广阔的文化和社会背景之下。最后，本章通过对济慈诗歌原文的细读，对朱湘译文与原文、不同译者译文的对比和分析，结合济慈研究的最新成果，揭示朱湘翻译济慈诗歌的特点以及诗人济慈的形象在中国的初步构成和传播。

2. "五四"时期中国的思想和文化转型

当代翻译研究的重点之一是探究宏观的译入语文化和接受语境对翻译文学的影响，著名的翻译理论家、翻译学派的创始人——詹姆斯·霍姆斯曾经提出重视翻译学研究中的功能导向研究，争取揭示在翻译过程中译者大脑中究竟发生了哪些变化（陈德鸿、张南峰，2000：101—113），而以色列学者吉地安·图里关于文学规范的理论（陈德鸿、张南峰，2000：128）同样有助于认识朱湘对济慈诗歌的译介与"五四"时期中国文学、文化、美学、哲学和诗歌传统的关系，因此，在分析朱湘翻译济慈诗歌的过程中，有必要将朱湘的文学理念、创作和翻译活动置于"五四"时代的背景和宏观的文化框架之下。

"五四"前后，中国社会在政治制度、经济体制、社会整体的价值导向、文化取向、思想体系、道德规范等领域中都发生了质的改变，这些根本性的变革使"五四"运动成为20世纪深刻影响中国历史的大事之一。政权的更迭、民众民主意识的觉醒、女权主义的萌芽以及现代意识逐渐渗入到社会生活的各个层面，"五四"前后的十几年间，中国各界的社会心理发生了显著的变迁。

造成这一巨变的重要原因之一就是清末民初蜂拥而入的西方文化和思潮。西方文化进入中国的重要途径之一就是翻译文学，而翻译文学在肩负传递西方思想文化的任务的同时，也潜移默化地改变了中国旧有文学固有的一些文学规范、美学理念、创作方法和手段，在很大程度上激发和促进了中国新文学的萌芽和发展,使得中国新文学具有了与中国古代文学截然不同的"现代性"(严家炎,2006:5)。正如《中国现代文学三十年》一书开篇所言:"众多西方思潮涌入中国,如冰河开封,其规模浩大而又混乱,促成了中西文化交汇撞击,促进了思想大解放,大大拓展了新文学倡导者、参与者的视野,以一种全新的眼光来观照本民族的生活,同时在艺术创造上获得了广阔的天地。"(钱理群等,1998:15)

与此同时,"五四"时期中小学教育中外语教学占到总学时的 20%(秦弓,2009:15),清末民初翻译小说的广泛流传(施蛰存,1990:23—24)都间接地为"五四"时期翻译文学的进一步发展提供了更为广阔的读者群;翻译队伍的不断壮大,译者水平的不断提高(任淑坤,2009:34—35),使翻译活动的参与者不断增加,范围不断扩大;译者在译著选择上的系统性、文学性、规划性(任淑坤,2009:118)以及名著意识(王建开,2003:35)的增强,使翻译作品的质量得到显著提高。所有这一切促使"五四"时期的翻译文学在沟通中西文化的同时,自身的存在感与重要性也得到了显著提升,成为 20 世纪初中国文学发展洪流之中不可忽视的一股重要力量。"五四"时期翻译文学的重要性主要可以从两个方面体现,一是中国的思想文化界对翻译文学性质、特点、目的的认识以及对翻译方法和策略、翻译题材的范围和选取、译者地位作用等展开了广泛而深入的讨论,参与讨论的不仅有胡适、茅盾、郑振铎、郭沫若、鲁迅、周作人等新文化运动的倡导者和主将,还有众多名不见经传的普通学者和读者,他们的积极加入使翻译文学得到进一步的推广和普及。翻译文学重要性的第二个方面体现在"五四"时期翻译文学广泛深入地参与中国新文学的建设,并且在很大程度上影响和决定了中国新文学的诞生、发展和变迁,在特定时期成为具有主导地位的文学形式。

根据伊特马·埃文—左哈尔的文学多元系统理论,翻译文学通常在译入语文化和语境内处于从属地位,而翻译文学在译入语文化中处于主导地位的条件有三个:第一,一种文学处于幼稚期或处于建立过程;第二,一种文学处于外围状态或弱小状态;第三,一种文学正经历某种危机或转折点(廖七一,2000:66)。"五四"时期中国的翻译文学,正是处于一种源于文学内部危机引起的变革之中,而这一变革重要的外部表现形式之一就是白话文运动。关于白话文运动的起因、各方观点的博弈和最终的结果，学术界已经有了非常详尽的探讨。与白话文运动伴生的一项重要的文学革命就是"五四"前后兴起的中国白话新诗创作，而中国白话新诗的诞生、发展和成熟都与"五四"时期西方诗歌，特别是英诗的译介有着重要的联系。可以说，正是由于"五四"时期的诗人和译者大力译介西方诗歌，将西方诗歌的音韵、格律、节奏、意象和形式引进中国，才最终促成了中国现代诗歌从传统的格律诗、旧体诗占主导地位的文学模式中挣脱出来，走上了一条全新的、独立发展的道路。在这个翻译西诗、引介西诗、影响中国诗歌创作的过程中，诗歌翻译引领了整个时代文学变革的潮流，与小说翻译等其他翻译活动共同为翻译文学在 20 世纪中国文学界争得了一席之地。

有学者坦言："中国新诗文体发展演变的轨迹其实就是外来诗歌影响的轨迹"（熊辉，2007：3），而中国"五四"时期诗歌翻译的历史也从一个侧面证明了中国新文学"借助诗歌翻译来实现中国新诗的诞生"（徐剑，1995：45）的动机和目的。从胡适倡导白话入诗开始，中国诗坛开始了为期十年的新诗创作高峰期，虽然，当时各家对新诗的定义、本质特征、创作来源、诗人群体的认定以及发展的趋势各执一词，但是，很早就有诗人和学者发现："五四"新诗的产生和发展离不开外国诗歌的影响和作用。①正因为"五四"前后以英诗为代表的西方诗歌形式和以日本为代表的东方诗歌形式被介绍到中国，"在形式、语言和精神上为早期中国新诗创作树立了榜样"（熊辉，2007：21），促成了新诗创作在短期内的爆发式发展。这些影响一方面使新诗摆脱了中国旧诗的种种束缚和桎梏，另一方面也使新诗逐渐走上了散体化的歧途，对西方诗歌形式，特别是自由诗的过分借鉴，导致了"新诗的'欧化'，见不出中国新诗所应有的'中国'色彩"（钱光培，1985：196；张旭，2011：224）。这时的中国诗坛迫切需要一股新生的力量对已成散乱之势的中国新诗做出适当的约束和制约，因此，以新月诗派为代表的格律诗派顺应历史的潮流，通过本派成员翻译西方格律诗歌，影响和改变了中国新诗过度自由的趋势，在很大程度上规范

---

① 如"五四"时期著名诗人康白情就将"西学入侵和西方文艺思潮的影响"作为新诗诞生的重要原因之一（康白情，1920）。

了新诗的创作。

新月诗派也被称为"新格律诗派",该派的命名并非来自该团体内部,而是当时文学界根据陈梦家选编的《新月诗选》,将选入该诗集的诗人统称为一个诗歌派别。尽管新月诗派的成员构成非常复杂(梁实秋,1993:11;叶红,2010:2—6;钱理群等,1998:18;陈子善,2007:1—2;张秀亚,1993:199),但是他们都具有相近的文化属性:这就形成以美国文化中自由、开放、进取和英国文化中保守、理性、秩序的核心价值观合二为一的英美派文化特色,他们对中国传统文化持有知识分子的责任感,不妄自菲薄,不持全盘否定的态度;对待西方文化兼容并包,但不崇洋媚外,中庸、适度、理性是他们在面对多元文化选择时秉持的态度(叶红,2010:6)。新月诗派对诗歌创作有着自己独特的观点和理念,与"五四"时期其他诗歌派别不同,新月诗派的成员由于多具有英美留学的经历,因而都具有良好的西方文学和文化背景知识,因此,新月诗派的诗人大多倾向于从英美诗歌传统中借鉴诗歌创作的形式、内容甚至思想,而达到这一目标的重要方式之一就是翻译英美诗歌,不难发现重要的新月诗派诗人如徐志摩和闻一多都广泛地翻译过英美诗人的诗歌,并且在一定程度上受其影响。但是,如学者所言:"在文化心态上,他们仍然受到了中国古代格律诗的影响,在骨子里面,'五四'前后诗人的文化构成中仍然流淌着传统诗歌的血液,这是他们主张现代格律诗的潜在原因。"(熊辉,2007:146)因此,他们在翻译英美诗歌时能够中西合璧,将西方的诗歌形式和理念与中国传统的诗歌规范有机地结合。

3. 诗人朱湘与"五四"文化传统

诗人朱湘就是在这样的时代大背景下,登上了二三十年代的中国诗坛。从1922年在《小说月报》上刊发诗歌处女作《废园》开始,在其后十余年间,朱湘先后出版了《夏天》《草莽集》《石门集》和《永言集》等四部诗集,包括了多首对中国新诗进程产生重要影响的作品,如《采莲曲》《葬我》《昭君出塞》《猫诰》和《王娇》等①,并且在诗歌风格、题材和形式上,不断创新和尝试。总体上,朱湘作为当时中国新诗领域优秀的代表人物之一,其作品在意境和风格上体现出浓厚的中国古典诗词的神韵,同时又博采西方诗歌的内容和形式之长,兼有民国时期新诗的语言、文字和时代特征(孙玉石,1985:251—289)。尽管诗人朱湘从不承认自己隶属于新月诗派,并且根据现有史料可以断定,朱湘和新月诗派的主要成员都或多或少存在各种矛盾(罗念生,1985:2;丁瑞根,1992:79—85),但是,朱湘的文学、美学观念以及诗歌创作,特别是诗歌翻译的实践,却证实了当代学者的判断,即"朱湘却是最认真地实践了新月派'理性节制情感'的美学原则"(钱理群等,1998:134)。然而,朱湘是一个矛盾的混合体:一个与时代并行却又与时代格格不入的另类诗人;一个人生经历与诗歌创作和翻译风格迥异的诗人;一个恪守艺术准则而又对规则制定者不屑一顾的诗人。这一系列的矛盾最终以独特的方式体现在他的诗歌翻译之中,并直接影响了诗人对济慈诗歌的译介。

我国外国文学翻译研究界一直倾向于认为"五四"时期翻译文学的主流是现实的、实用的和革命的(郭延礼,2010:177—181;秦弓,2009:023;王建开,2003:284;谢天振、查明建,2004:23;张旭,2011:90),甚至整个"五四"文学的特点都可以概括为"启蒙的和关心现实的'为人生'和'改良人生'的文学"(严家炎,2006:6)。在这个时代的洪流之中,朱湘的文学生涯显得非常异类,无论是诗歌创作还是翻译西诗,朱湘都显示出与时代格格不入的特立独行。因此,不少朱湘同时代的评论和当代的研究都指出朱湘诗歌创作缺少与"五四"精神同呼吸、共命运的时代气息。沈从文是最早指出这一问题的评论家之一,在《论朱湘的诗》一文中,他指出朱湘的诗"缺少一种由于忧郁、病弱、颓废,而形成的扩悍兴奋气息,与时代所要求异途"(沈从文,1985:260);当代学者蓝棣之在《论朱湘的

---

① 更多关于朱湘诗歌创作成就的内容,参见孙玉石,1985,"朱湘年表"以及丁瑞根,1992,第三至十一章相关论述。关于朱湘最早发表的诗歌作品,两位学者存在争议,孙玉石认为是在1922年(孙玉石,1985:291),丁瑞根认为朱湘的处女作发表于1921年的《晨报副刊》,只是使用了不为学界熟知的笔名(丁瑞根,1992:31)。

诗歌创作》中,则较为隐晦地指出朱湘沉溺于自己创造的梦境之中,对身边的重大事件仿佛置若罔闻(蓝棣文,1984:158);而丁瑞根指出在"三·一八"惨案发生时,中国学者群情激奋,与朱湘同属新月派的各位诗人大多创作了诗作尖锐地抗议这一暴行,而朱湘的作品却是"表现一种甜蜜的哀怨的《昭君出塞》"(丁瑞根,1992:124)。而与此同时,在朱湘从事外国诗歌翻译的过程中同样可以发现:在整个文学翻译界都在大声疾呼、争相翻译拜伦、雪莱等具有反抗精神的英国诗人时,朱湘则选择了将拜伦彻底摒弃,《番石榴集》和后人整理的《朱湘译诗集》中,没有一首拜伦的诗歌,雪莱则只选了一首。莎士比亚和济慈成为朱湘翻译得最多的两位英国诗人。这些都表明朱湘似乎刻意选择回避自己所处的时代。可以说,在时代洪流奔涌而至的时候,朱湘没有投入浪潮之中,而是选择了置身时代潮流之外,居高临下俯视眼前发生的一切,希望能够以超脱、超越、旁观者清的姿态,审视这个时代。另一方面,"由于热衷于自己的文学生活,朱湘对中国社会变革的具体过程和特征并不了解"(丁瑞根,1992:127),使其没能紧跟时代的政治、经济和社会发展的最新变化,因此,在某种程度上他与时代确实有些不合拍。

更多当代的学者从更为宏观的视角审视和分析朱湘文学活动的时代性缺失,这些学者的研究结果表明:朱湘并非不食人间烟火,完全沉浸在自己创造的想象的、梦幻的虚拟世界之中。相反,在朱湘的诗学理论中,人性占据着重要地位,朱湘的"人性并非绝对抽象、空洞的意识形态话语,而是紧扣时代命脉的——国族意识、人生苦难、启蒙精神等[……]只不过朱湘更为关注的是如何将这种种的'人性'以诗的形式表现出来"(陈向春、赵强,2010:98)。而朱湘对"人性"的认识背后是其对中国文化未来的前瞻性认识和忧患意识。朱湘曾在多封写给友人的信中,强调了中国人虽在外屡受歧视,但是应该具有民族自豪感(朱湘,2007a:188),表达了对中国文化未来发展的担忧(朱湘,2007a:169—170)和中国作家对复兴中国文化应有的责任和使命(朱湘,2007a:189,206)。而应对中华文化面临的风险和考验,除了提倡闻一多曾经力主的"文化的国家主义"(丁瑞根,1992:121),支持、发展本国文学之外,在朱湘看来,另一个重要的途径就是译介西方文学,特别是诗歌。

在朱湘看来,诗歌有着超越其他一切文学体裁的、无与伦比的重要作用,因为"文化是一条链子,许多时代是这条链子上的大环。诗便是联络两大环间的小环"(朱湘,2007a:211),因此,诗应该是一种"终生的事业"(朱湘,1994:9),因为诗的本质代表了一种永恒的、亘古不变的价值体系——人性(朱湘,1994:18),需要诗人不断努力,用自己的心血和热情点亮、浇注、培育诗歌中的文化力量。然而,中国诗歌当时的情况却非常不乐观,朱湘也在很多场合对中国新诗创作遭遇的困境与低迷表达了自己独特的观点。① 而在探索改变中国新诗创作困境的过程中,朱湘为后人发掘了一条可供选择的道路,那就是借鉴西方,特别是英诗的创作理念、模式、题材、体裁、方法和意象,丰富中国新诗的创作技巧、思路和选材模式。尽管朱湘在逗留上海和赴美留学期间都遭受过西方人各种形式的种族歧视(罗皑岚等,1985:48—49;罗皑岚等,1985:123—125;丁瑞根,1992:67—68),但是他却清醒地认识到西方文化的先进性和对创建中国新文化的重要意义(2007a:169),因此,从西方文学中,博采众家之长,汲取创作灵感和创作手段一直是朱湘重要的文艺理念之一,从西方诗歌中采集精华自然成为朱湘诗歌创作的一条重要原则。因此,朱湘在《说译诗》中指出:"将西方真诗介绍过来,使新诗人在感性上节奏上得到鲜颖的刺激与暗示,并且可以拿来同祖国古代诗学昌明时代的佳作参照研究,因之悟出[……]西方的诗中又有些什么为我国的诗所不曾走过的路,值得新诗的开辟。"(朱湘,2007b:50)而在中国新诗面临创作题材狭窄、手段单一、感情单调的困境时,改变在所难免。而变革的路在朱

---

① 朱湘对中国新诗建设的看法,主要体现在他的散文《北海游记》中。在这篇游记中,朱湘指出中国新诗不盛的主要原因在于新诗创作"浅尝的倾向和抒情的偏重"(朱湘,1994:10),并且指出了现代文明对文化快餐的需求和急功近利的心态导致诗歌很难被广泛接受(朱湘,1994:10)。此外,他还在一系列散文和书信中点评了当时诗坛的重要诗人(如徐志摩、胡适、曹葆华、戴望舒、郭沫若、闻一多等人),与当时流行的观点不同,他对那些成名已久的诗人和文坛巨匠,常常言辞激烈、锋芒毕露,而对后起之秀和青年才俊则关爱有加,如他在《评徐君志摩的诗》中,尖锐地指出了徐志摩诗歌的几大问题,并且多次在书信中表达了对徐志摩在诗坛地位的不满与不屑(朱湘,2007a:186,195),并且戏称胡适的诗歌为"胡适博士式的人力车诗"(朱湘,1994:157),将其引以为豪的《尝试集》批为"内容粗浅,艺术幼稚"(朱湘,1994:184)。朱湘还曾表示"新诗的前途并无可悲观,可悲的是懂新诗的人太少了"(朱湘,2007a:182)。虽然有些评价难免有意气用事之嫌,但这些都从一个侧面体现了朱湘作为一个诗人敏锐的观察力和判断力。

60

湘看来只有一条:"新诗的未来便只有一条路:要任何种的情感、意境都能找到它的最妥切的表达形式。这各种的表达形式,或是自创,或是采用,化成自西方、东方、本国所既有的,都可以——只要它们是最妥切的。"(朱湘,1994:357)特别是当时中国的旧诗处于如英国浪漫主义前夜时的境地:没有新的值得发掘的东西,而一个产生新的、鲜活的灵感的重要来源和方法就是"研究英诗"(朱湘,1994:103—104)。作为研究的重要一步就是要将以英诗为代表的西方诗歌翻译到中国,介绍给中国的读者和诗人,通过译介外国诗歌,特别是英诗的形式、内容和思想,为中国的诗人提供新的诗歌的"营养和参考"(熊辉,2007:48),并且在接受国培养能够了解、认识甚至部分接受外国诗歌所体现的社会、文化、哲学、美学和宗教观念的本土读者群,进而为新诗的创作提供更为广泛的接受者。从翻译介绍西方诗歌入中国、引领中国新诗变革的角度讲,朱湘是当时为数不多的积极地融入时代洪流的中国诗人。

4. 朱湘翻译济慈诗歌:以《夜莺颂》为例

朱湘就是将欧洲诗歌,特别是英诗,译介到中国的早期开拓者之一,根据现有资料和学者考据,从最早发表于 1922 年《小说月报》13 卷 10 号的两首罗马尼亚译诗《疯》和《月亮》开始,朱湘前后共发表译诗一百二十余首。[①] 朱湘的译诗无论从数量、诗体类型和涵盖的源语种类上讲,在当时都堪称第一,大大地超越了与他同时代的其他译者(张旭,2008:69)。其中,英诗的翻译数量、质量和涉及的诗体类型又远超其他语种诗歌的

---

① 关于朱湘最早发表的译诗和译诗总量,参见张旭,2008:59—65。学者对朱湘译诗的数量持不同的观点:根据张旭的判断,朱湘有 122 首译诗,来源包括《番石榴集》《路曼尼亚民歌》《朱湘译诗集》等(张旭,2008:63—65);《朱湘译诗集》的编者洪振国在"后记"中介绍说,该集包括了朱湘译诗的绝大部分(洪振国,1986:336),总数为 116 首。本书重新统计《朱湘译诗集》的所有译诗后得到的数字是 124 首,包括以前可能被作为一首诗计入的鲁拜集选译(共 15 首)、莎士比亚十四行诗(四首)、希腊诗选(六首)。各统计数字出入的原因可能是计算方法不同,或者研究者有所遗漏。

翻译,统计《朱湘译诗集》可发现,朱湘共翻译了包括无名氏在内的 26 位英国诗人的诗作 44 首,占其诗歌翻译总量的三分之一强。而除莎士比亚之外,济慈是朱湘翻译得最多的几位英国诗人之一,《朱湘译诗集》共收集、刊载济慈诗歌译作六首,虽然与济慈创作的一百五十多首诗歌相比似乎显得微不足道,但是,朱湘的这六首译诗既有《夜莺曲》(现通译《夜莺颂》①)、《希腊皿曲》(现通译《希腊古瓮颂》)和《秋曲》(现通译《秋颂》)三大著名颂歌,又有长篇叙事诗的代表《圣亚尼节之夕》(现通译《圣艾格尼丝之夜》),以及十四行诗《最后的诗》和谣曲《妖女》,几乎涵盖了济慈诗歌的所有重要体裁,代表了济慈诗歌创作的最高成就。而且,考察这些译诗完成的经过,可以反映出作为诗人译者的朱湘,如何受到"五四"时期社会、经济、政治、文化等因素的影响,在固有的文学规范之中开拓自己的翻译道路,同时,还可以从中推测出,诗人如何试图通过自己的译诗努力,改造当时中国诗歌翻译界的一些固有的问题,进而通过译诗达到诗人自己期望的为中国新诗引入新鲜血液的目的,而且这一翻译过程,同时也是济慈作为英国浪漫主义诗人的重要一员在中国最早的、较为全面的形象构建过程。

张旭指出:译者在翻译诗歌时,会受到诗歌翻译规范的制约,这些规范包括源语方面、译入语方面和读者期待方面(张旭,2008:25)。在源语方面,译者需要突破理解主旨(这首诗到底讲了什么内容)、文字障碍(字词的含义,典故、修辞等)、形式(韵律、诗歌体裁形式)等三重阻碍,并且充分考虑到源语文本产生的历史、文化和审美背景;在译入语方面,译者同样需要建立一套体系将源语中对应的语言、文化和形式上的各种矛盾化解其中,并且能够较为全面地展示译入语特点和所处时代的历史、文化和审美等因素;最后,译者需要在通过译作传递给读者期望的效果和读者实际反映之间寻找一个切入点和平衡。可以说,翻译诗歌的过程也是译者在这三个方面不断探索、拓展和妥协的过程,而优秀的译作必然是充分考虑到三者的复杂性、多样性之后,经过译者个人努力而获得的折中的产物。这一原则在朱湘翻译济慈诗歌时体现得尤为突出。因此,

---

① 为方便比较和研究,本书一律将朱湘翻译济慈诗歌的名称改为目前被广泛接受的译名。

本章将通过细读、对比源语和译入语文本,结合中西方济慈研究的成果,全面地考察译者如何在源语、译入语和读者三方面获取平衡,达到预期的效果。

如前文所述,朱湘翻译的济慈诗歌主要集中在济慈诗歌创作的三个最重要的领域:颂诗、叙事诗和以十四行诗和谣曲为代表的抒情短诗。这其中,颂诗因为其崇高的主题、丰富而深邃的思想内涵、优美的语言、如歌如画的描绘、多样的形式成为济慈诗歌创作皇冠上的明珠,也是其最为后人称道和赞赏的诗歌类型。从 19 世纪 80 年代欧文夫人(Mrs. F. M. Owen)和重要诗人、评论家查尔斯·史文朋(C. A. Swinburne)发现济慈颂诗的重要性开始(Fraser,1985:11;Owen,1985:44;Swinburne,1985:48),不断有学者、诗人和评论家加入发掘和探讨济慈颂歌无限魅力的行列中,经过近两百年的努力,济慈的颂诗已经摆脱了早期居于从属地位和被读者及评论家轻视、漠视的状况[1],业已成为当代读者和评论界喜爱和关注的焦点。[2]

---

① 西方文学传统中,一直存在一种固有的观念,认为诗歌有体裁上的优劣和高低之分。按照这个标准,史诗因为其庄严肃穆的氛围和宏大的主题,在体裁上要优于叙事诗,而抒情诗则是大家聊以消闲和练手的余暇之作,难登大雅之堂。一些名垂史册的诗坛巨匠在诗歌创作中也遵循这一模式,如济慈特别钟爱的诗人斯宾塞和弥尔顿都经历了从抒情诗到史诗的飞跃。济慈本人同样为自己的诗歌创作规划了类似的蓝图,如他在《睡与诗》("Sleep and Poetry")中提到要从"鲜花和潘神"(l.102)的国度跃升到"一个更为崇高的生活中"(l.123)去描绘"人类心灵的碰撞"(l.124—125)。在写给友人的书信中,济慈同样表达了对创作长篇诗歌的渴望(Keats,1958,vol. 1:170)和害怕没有鸿篇巨制传世的遗憾(Keats,1958,vol. 2:263)。而早期评论界对济慈的攻击,也多着眼于他的长诗,如发表在文学评论杂志《布莱克伍德》(Blackwood)和《评论季刊》(Quarterly Review)上的洛克哈特(John Lockhart)等人针对 Endymion 的臭名昭著的恶意诋毁(Matthews,1995:13—26)。对济慈的颂诗等备受当代瞩目的诗歌,19 世纪批评界甚少关注,就连这些颂歌的发表和出版都颇费周折,例如著名的《夜莺颂》和《希腊古瓮颂》最早是以单篇的形式发表在一本名为 Annals of Fine Arts 的杂志上的(Fraser,1985:37),更有甚者,济慈的一些诗歌还出现在李·亨特的弟媳所编撰的一本讲述园艺工作的书籍中(Matthews,1995:28—29)。可能正是基于上述原因,济慈本人在编辑、修改和出版个人 1820 年诗集的时候,把该诗集命名为《拉米娅、伊莎贝拉、圣艾格尼丝之夜和其他诗歌》(Lamia, Isabella, The Eve of St. Agnes, and Other Poems),意在突出三首叙事诗的重要地位,因为当时叙事诗(narrative poems)仍被认为是诗歌的高级形式(Fraser,1985:11)。

② 当代读者通常认为济慈的颂歌是他诗歌创作的巅峰(Matthews,1995:37);泰特认为济慈的颂歌和几首重要的叙事诗是济慈诗歌创作最核心的几个作品(Tate,1985:151);范德勒认为济慈的颂歌是英语语言的终极体现(ultimate embodiment)(Vendler,1983:2),能够吸引一代代的评论的目光并为其倾倒。

但与此同时,由于以《夜莺颂》《希腊古瓮颂》和《秋颂》为代表的济慈颂歌所探讨的主题非常广博,涉及了痛苦、忧虑、爱、生与死、快乐与悲伤、美与真、理想与现实、瞬间与永恒、艺术与人生等人类思想领域、精神世界和现实生活中几乎一切重大论题,不同时代、不同文化背景、不同流派的学者和读者,基于各自不同的认识、理念和生活阅历,对济慈颂诗的主题产生了各式各样的回应和解读,很多理解和观点甚至针锋相对。一方面,在经历了19世纪后期以阿诺德和史文朋为代表的维多利亚时代批评家对济慈颂诗艺术的感性描述和挖掘之后,济慈的颂诗在20世纪获得了新生,而对济慈颂诗的研究和解读也经历了几个重要时期和转折点:从20年代H·W·加拉德(H. W. Garrod)沿袭维多利亚时期批评话语重读济慈颂诗,到30年代后,以M·R·里德利(M. R. Ridley)等为代表的技术流侧重分析济慈颂歌的创作风格演变(Garrod,1985:63—78;Ridley,1985a:79—96;Ridley,1985b:97—102),到风行于40年代、影响波及后世的新批评文本细读(Burke,1985:103—122;Brooks,1985:132—145;Tate,1985:151—165),至五六十年代哈佛学派和"玄学派"的争论①,直至80年代以麦克甘(Jerome McGann)为代表的新历史主义登上历史舞台②,从而衍生出女性主义、解构主义、性意识和心理学批评、政治批评等众多分支,导致至今仍争论不休的济慈诗

---

① 哈佛学派此处指哈佛济慈研究学派(the Harvard Keatsians),这是一派以 Douglas Bush,Water Jackson Bate,David Perkins 等哈佛教授为中心的研究济慈诗歌的学派,该派并非一个正式的文学研究派别,只是他们都主张以现实的审美视角来看待和研究济慈的诗歌和生平,该派别中出现了两位重要的济慈传记作家:Douglas Bush 和 Water Jackson Bate。根据 James O'Rourke 的观点,著名的济慈研究专家 Jack Stillinger 虽然未供职于哈佛大学,但是他的一些重要观点与哈佛学派近似,也应该被划为这一派别(O'Rourke,1987:27—29),与之相对的一派学者,被 Jack Stillinger 戏称为"玄学派评论家"(metaphysical critics)(Stillinger,1961:534)的一些济慈研究学者,包括 Newell Ford,Earl Wasserman 和 R. A. Foakes 等(Stillinger,1961:534),倾向于用富于哲学思想和含义的表达方式,对济慈诗歌进行超验和形而上的解读。两派的争论在20世纪五六十年代成为济慈诗歌研究的一个重要分水岭,其后的很多学者都不断尝试在两派针锋相对的观点间找到平衡(卢炜,2017:20—24)。

② 20世纪80年代之前的济慈研究,基本上是按照传统的将诗人的美学、哲学和生活相结合的感性的、定性批评和以新批评为代表的、以文本为中心的形式主义批评为主,由于济慈诗歌长期以来在读者和评论界形成的固有认识和观念,文学、美学和哲学之外的其他因素被摒弃在研究范围之外,或者不受主流学界的重视。1979年 Jerome McGann 发表的《济（转下页）

64

歌的"审美派"和"政治派"的纷争①。正是在这种热烈的氛围中,不同观点交相辉映、越辩越明,济慈颂诗的研究被不断推向新的领域和高度,使得济慈成为20世纪最为评论界关注的浪漫主义诗人之一。另一方面,正是因为众说纷纭、莫衷一是,使得很多观点针锋相对、互不相容,甚至很多评论的立足点十分近似,但是结论却大相径庭;另外,由于一些观点过于模棱两可、似是而非,导致争论失去方向和共有的立论基础,这些现象使得对济慈颂诗的理解产生了重大的分歧。这些分歧和模糊概念很大程度上是源于对济慈颂诗主题的认识和理解的差异以及由此衍生出的对一些重要的、具有代表性的词句和典故的解读,此外,济慈诗歌语言本身的复杂性和多样性(Vendler,1983:11)更加剧和深化了这一矛盾;或者反过来讲,由于对一些重要表述的不同理解(无论是由于济慈诗歌语言本身的难度,还是济慈使用语言时有意无意造成的误解),导致了评论界对济慈颂诗形形色色,甚至是截然相反的解读。因此,译者如何理解济慈颂诗的主题和内涵,也就成了译者翻译这些颂诗的基础,而译者对济慈一些用语、用典和表述的理解和翻译,也反映了译者对该诗的理解,两相对照、互为参考,成为译者打开济慈诗歌世界的钥匙。

解读朱湘翻译的济慈诗歌,同样需要这样一把钥匙。在朱湘翻译的济慈三大颂诗中,《夜莺颂》占据着重要的地位。首先,该诗因其优美的意境、完美的形式、深刻的思想成为最早被翻译到中国的济慈颂诗,也是迄今被译次数最多的济慈作品。作为最早的几位中国诗人译者,朱湘的翻译无疑是该诗最为重要的早期译文之一。研究朱湘对《夜莺颂》的翻译,既可以从中探求朱湘翻译济慈诗歌时对原文的理解和掌握、翻译的方法和策略以及译者的风格等一般性的原则,又可以通过考量朱湘对一

(接上页)慈与文学批评中的历史方法》(McGann,1979:988—1032)改变了这一局面,此后,以《秋颂》为研究对象,逐渐扩展到济慈其他诗歌作品研究的新历史主义方法被广泛采用,并且取得了卓著的成果,出现了一大批重要的以济慈所处时代历史、宗教、政治、经济和文化为研究对象的著作和论文,如:Roe,1998;Friedman,1996;Sider,1998等。

① 关于济慈诗歌的研究,已经延伸至女性主义、性批评领域,如Alwes,1993;性和心理批评,如Turley,2004等。在已经取得重要进展的新历史主义领域里,研究范围已经由济慈本人、他的朋友圈,拓展到与他有联系的其他众多同代人,如Turley,2012;甚至已经拓展到文学之外的其他范畴,建立起跨学科的研究视野,如Wootton,2006。关于"审美派"与"政治派"的争执,参见我国学者章燕,2004。

些文本细节的处理,对比同时代其他主要译者的翻译,了解朱湘较为独特和个性化的翻译理念与中国传统文化、审美和"五四"时期特殊的政治、经济和文化之间的关系,从而在整体上揭示朱湘翻译济慈诗歌的一些基本的思想和原则。

《夜莺颂》从诞生伊始就充满了传奇和神秘的色彩,而该诗的声名也随着其作者在两个世纪的沉浮中逐渐得到充分的肯定和赞赏。[①] 随着200 年来评论界和读者对该诗的关注不断升温,对该诗的研究和评论也经历了多个阶段,产生了各种不同的解读和派别,由此产生的对方法论、关注点和主题思想的争论和交锋构成了济慈诗歌研究的一个非常重要的方面。除了以文本为导向、以历时性的方法研究英国浪漫主义文学之前(包括浪漫主义诗人)的文学传统、文学原理、作家和文本对济慈《夜莺颂》的影响[②]以及基于诗人生平的文本解读之外,中西方评论界对《夜莺颂》研究的最重要的一个方向就是对夜莺形象的象征意义的探索和对该

---

① 根据最早的济慈传记作者 Richard Milnes 转述济慈的好友 Charles Brown 的记述,济慈在1819 年初夏的一个早晨,坐在他和 Brown 位于温特沃斯的居所的园子里,听到了栖息在一棵树上的夜莺歌唱以后,在很短的时间内写下了这首名垂千古的颂诗。而且,根据 Brown介绍,济慈把夜莺的手稿随便塞在一堆书里,是 Brown 本人找到并保存起来的。无论这一说法是否可靠,当代研究倾向于认为 Brown 的记述存在一定夸张的因素,例如,著名济慈手稿和版本研究专家 Jack Stillinger 通过比较认定,Brown 的这段描述与真实的济慈《夜莺颂》手稿存在诸多差异,但是在许多细节上,Brown 的这一描绘又是非常准确的(Stillinger,1982a:468);另一位当代著名的济慈诗歌版本专家 Miriam Allott 也指出 Brown 很可能记忆出现误差(Allott,1970:524)。一个不争的事实是:《夜莺颂》和济慈的诗名一样在 19 世纪寂寞无闻。在济慈的有生之年,除了几个身边的友人热情地赞扬了他的诗歌,主流评论界对他的诗歌和创作才能极尽诋毁和挖苦之能事;而在济慈身后,评论界的消极影响直到济慈逝世将近七十年之后才逐渐消除。济慈去世后,出版界十几年内不敢翻印他的作品,整个 19世纪前半叶,在英国出版的文学选读之中,济慈的诗歌寥寥无几。这一现象从 Milnes 的传记出版开始有所改善,但是济慈的诗名直到 20 世纪才得以完全确立(Matthews,1995:1—37)。

② 对济慈诗歌中外来文本和文学因素作用力的研究是济慈研究中一个长盛不衰的主题,众多评论家和济慈传记的作者都从这个角度探讨过济慈对英国、欧洲乃至西方文学传统的传承和发扬。专门研究这种影响的学术论文同样数量不菲,以《夜莺颂》为例,评论界从该诗中找到了上至索福克勒斯(Sophocles)、贺拉斯(Horace)、但丁、莎士比亚、约翰·多恩(JohnDonne)、弥尔顿,下至济慈同时代的浪漫主义前辈威廉·华兹华斯(William Wordsworth)和塞缪尔·柯勒律治(Samuel Tayler Coleridge)等著名作家和诗人的痕迹,济慈效仿和引用的诗人还包括一些籍籍无名的作家和诗人,如 18 世纪的英国女诗人 Charlotte Smith,18 世纪女作家 Jane West 等。研究《夜莺颂》中外来文本影响的论文主要有:Whiting,1963;Robinson,1976;Pollard,1956;Gradman,1976;Hollingswort,1972/1973;Nelson,1994 等。

诗主题的分析。

　　西方评论界对"夜莺"这一意象的含义产生过两种不同的观点，并且每一种观点都可以从大量的文本、典故和济慈本人书信等文献资料中寻到可靠的支撑。安德鲁·卡佩尔（Andrew J. Kappel）在《永恒的自然：济慈的〈夜莺颂〉》一文中总结了学者们对夜莺形象的两种理解：以理查德·福格（Richard Fogle）、厄尔·瓦瑟曼（Earl Wassserman）和沃尔特·杰克逊·贝特为代表的一派认为济慈的夜莺代表了夜莺这个种群的整体①，而以大卫·珀金斯（David Perkins）、道格拉斯·布什和斯图尔特·斯佩里为首的另一派则更强调夜莺是诗歌和艺术的象征（Kappel，1978：271）。前一种观点似乎希望将夜莺当做诗人倾诉的对象，它只是诗人情感迸发、诗情洋溢时一个客观的承载体；而后一种观点在抒发诗人主观感受和情感寄托之外，更多地赋予了夜莺将诗人内在感情外化的作用，并且使诗人所有主观色彩浓厚的感情得以上升到更为广阔的、更为超验的、更能与人类普遍情感沟通的境界。朱湘的夜莺到底体现的是现实意义上的种群整体性还是更具抽象意义的象征？如果朱湘的夜莺是一个象征的符号，那么这个符号的所指究竟是什么？

　　学者们同样对该诗的主旨做过众多精彩的解读和阐释。在各家之言中，《夜莺颂》被紧紧地和理想与现实的差距（Stillinger，1982a：486；Baker，1988：124；Fogle，1953：211）、瞬间与永恒的对立（Kappel，1978：270—284）、想象的力量和困惑（Alwes，1993：122；Tate，1985：151）、逃避苦难的冲动（Muir，1985：228）、对爱情的渴望（Wentersdorf，1984：70；Tate，1985：156）与对死亡的思索（Vendler，1983：83—93；Miller，1965：151）等主题联系在一起。朱湘本人如何思索和理解这些问题，并通过自己的译笔阐发对《夜莺颂》的认知？为了解答这些疑惑，深入研读、对比和分析济慈原文和朱湘的译文可能会提供些许答案。

　　西方学者詹姆斯·奥鲁克（James O'Rourke）提出了一个重要的观点：《夜莺颂》开篇之际，诗人说自己并没有"嫉妒"夜莺，进而产生与夜莺

---

① 更早的关于夜莺形象的争论发生在 H. W. Garrod 和 Amy Lowell 之间：前者的观点更为激进，认为夜莺就是一只夜莺，并不能代表整个种群，而 Lowell 的观点与后来 Fogle 等人的一致（Spens，1952：235）。

之间的距离,相反地,诗人希望能够和夜莺融为一体,分享夜莺的快乐(O'Rourke,1988:49)。根据这一理解,济慈是希望与夜莺合二为一,然后借助夜莺这一载体获得诗人作为凡人无法获得的感官和心灵的感受。因此,如何理解原诗第5—6行也就成了理解夜莺开篇乃至整篇的一个关键点。朱湘将这两句译为:"这并非嫉妒你的好运气,/这是十分欣羡你的幸福——"(朱湘,1986:151)通过"欣羡"一词可以看出,朱湘对这句诗的理解与一些西方学者有一定的差异,而从另一个角度又同另外一些学者不谋而合。从济慈文本的原文看,"'Tis not through envy of thy happy lot,/ But being too happy in thine happiness —",济慈借助诗中"我"之口,所要表达的应该是同夜莺融为一体的强烈愿望,是一种感情上被夜莺吸引得无法自拔的状态,在无法化身成夜莺时,希望能够将夜莺的快乐当做自己的快乐。希望与夜莺共同飞升,进入超越现实的理想境界(Stillinger,1982b:xxi),体味从未获得的终极快乐体验,是《夜莺颂》的一个重要主题(Bate,1963:503;Sperry,1973:263)。但是,朱湘采用"欣"字,使人感觉到他将诗中的"我"和夜莺割裂开来:"我"成为一个客观的、孤立于被观察体之外的略显冰冷的角色,缺乏参与度和热情,呈现一种赏玩的态度。另外一个表现与夜莺同去飞升的句子出现在第四诗节第35行,诗人将"already with thee"处理为"在你身边了",也无形中削减了诗中与夜莺共同升华的愿望和获得这种福祉的欣喜。与"欣羡"一样,这样的处理虽然不能排除朱湘出于对译诗节奏、内在韵律等的技术性考虑,但是,总体上也同样不能排除朱湘对诗中"我"和夜莺之间的关系存在不同于济慈和多数评论家的理解。

不过"羡"字的使用,又突出了上一句"嫉妒"的含义(Fogle,1953:212)并加以弱化,使之在程度上有所缓和,能够更加平衡、折中地表达一种痛并快乐着的矛盾、纠结和难以言传的特殊感受。这种感受折射出诗人暗自认为化身成夜莺享受前所未有的愉悦是一种奢望,进而产生出可望而不可即的遗憾和失落心理,而这种由于想象与真实的差异(Brooks,1939:31)、理想与现实的对比所产生的矛盾和对比也是济慈《夜莺颂》重要的主题之一。可以说,朱湘用"欣羡"一词间接地回应了一个主题,客观上也造成了对另一个主题的忽略。一方面,济慈诗歌主题的多样性、

68

不确定性和矛盾性,使得任何译者都很难在一种译文中兼顾各种不同的观点和近乎对立的情绪,顾此失彼在所难免。另一方面,更应该注意到译者主观因素和客观环境对译文取舍产生的作用。朱湘可能会在几个意义、感觉和内涵近似的词语中间权衡考量,而支配这些选择的一个重要原则很可能是在与时代文学、文化、思想潮流和一些规范性的原则发生交流和碰撞之后,诗人形成的独具个人色彩的创作、翻译理念和对艺术、人生、美学和哲学的深入思索。

"欣羡"一词的选用是朱湘译《夜莺颂》第一诗节中的一个微小的细节,诗人对另外两处文字的处理同样值得关注。朱湘对原文"Lethewards"这个典故的处理,放弃了更为接近原文意义和更为直观的译法,选择了更为艺术化和感性的方式,更为注重在读者心中营造带有唯美的情绪,产生诗意的节奏和感应。这在一定程度上抵消了原文沉重的基调。试比较原作、朱湘的译作与同时代的译者傅东华和李唯建的译作:

> My heart aches, and a drowsy numbness pains
> My sense, as though of hemlock I had drunk,
> Or empted some dull opiate to the drains
> One minute past, and Lethe-wards had sunk.

(Keats, 1982: 279)

> 我的心痛着,困倦与麻木
> 沉淀入感官,如饮了酖酒
> 不多时,又如将鸦片吞服,
> 我淹没进了西里的川流:

(朱湘,1986: 151)

> 我心隐痛,我觉——瘫欲梦,
> 　宛若毒芹——服,官感昏懒,
> 方满饮阿芙蓉,心神懵懂,
> 　已向迷魂河内沉没兹躬:

(傅东华,1935a: 217)

我的心痛，一种昏沉的麻醉使

　　我的感官受着痛苦，好像是我

喝了毒酒，或一分钟之前好似

　　倾进些麻醉剂，便沉入了迷河。

（李唯建，1934：48）

朱湘的"西里的川流"与傅东华的"迷魂河"和李唯建的"迷河"相比较，虽然更为流畅和富于韵味，更符合朱湘本人倡导的白话入诗、讲究自然的节奏（张旭，2008：172—174），但是傅东华和李唯建的译文明显更能体现出类似中国传统文化中"忘川"给读者带来的双向联想效果。从读者期待和接受的角度，朱湘的用词无法带来直观的冲击和力度，难以快速引起共鸣。但是，正如一些学者所分析的，朱湘译诗中后期倾向于将欧化语言引入汉语诗歌体系，以弥补汉语诗学的不足，为汉语提供语汇。具体表现：一、名词译名用音译，创造出很多生僻译名；二、将欧化语言与中国古典诗歌传统结合，在创造东方意境的同时，时刻提醒读者正在阅读西洋诗歌，并且通过这种陌生化的方式，强化译诗的表达效果（张旭，2008：128—130）。可以说，朱湘对这个西方文学和文化中著名典故的处理，充分体现出他对诗歌语言，特别是新诗语言的思考和贡献，也在某种程度上暗合了当时一些新派诗人对新诗创作用语和情感表述的诉求（臧克家，1934：457）。

　　此外，从整个第一诗节的译文看，朱湘还选用了一些较为轻快、柔和的词语，如"轻翼的""安详"，营造了一个略显静谧、安适的氛围，而对原文的一些轻松、灵动，甚至略显诙谐的处理，如"与山毛榉商议好了"和"扬起歌喉"都在客观上消减了原文中痛苦与欢乐的对立。朱湘的这些消减性解读、去功能化和弱化感情色彩的选词，很容易使读者得出结论：朱湘对痛苦与欢乐的矛盾的刻画不够完整、略欠深刻。另外，朱湘有意无意间拉大诗中"我"与夜莺之间的距离，实则降低了整个诗歌的格调和品位，造成了诗中叙述者"我"游离于整体诗歌描写的景致、营造的氛围和情感之外，与济慈可能表达的情绪和意境背道而驰。

　　事实上，朱湘可能希望以这种超脱、置身事外的轻灵和优雅看待人世间的痛苦和欢乐，而他采取的这些策略和手法似乎得益于自己独特的诗歌创作、审美和对艺术、世界、感觉、内心近似超验的理解和领悟。学

69

70

者们发现在朱湘的诗歌创作中"感受形态各异,但在产生方式和效果上,却存在着内在的一致性,简洁的语句与感受的纯净"(丁瑞根,1992:58);他的作品中常常透着"清澈宁静的眼光和稚气无邪的心灵"(孙玉石,1985:275);诗人"以清明无邪的眼,观察一切,以无渣滓的心,领会一切,——大千世界的光色,皆以悦目的调子,为世人所接受,[……]作者的诗,代表了中国十年来诗歌的一个方向,是自然诗人用农民感情从容歌咏而成的从容方向"(沈从文,1985:251)。学者们还注意到"作者在生活一方面,所显示的焦躁,是中国诗人中所没有的焦躁,然而由诗歌认识这人,却平静到使人吃惊"(沈从文,1985:260)。这一切似乎都暗示着忧郁、痛苦、悲伤、愁肠百转都和朱湘毫不相干,尽管诗人"性情孤僻,傲慢,暴烈,倔强,表面上冷若冰霜"(罗念生,1985:9),生活中一生不幸、颠沛流离,最终妻离子散、愤而投江自尽,但是,诗歌中的朱湘让人看不到一丝不快、愤懑、惆怅和无助的哀伤。这种发自内心的对轻灵、清澈、纯净的感觉世界的向往和渴望,对平静、从容和静谧的追求和喜悦,使得朱湘的诗歌创作在内涵和本质上具有内向的或者向心性的归属感,因而,当代研究认为,朱湘眼中的世界是:

> 一个充满了和谐美的世界——[……]他以一颗真纯之心亲近自然,抒写人性,其中表现的或是些许欢愉,或是一份宁静,或是几丝忧思,无不透露出一派安详和柔美。在人们多在文学中倾诉灵魂的苦闷或展示金刚的怒目的二三十年代,他的诗歌中这种和谐美感使他的诗充满纯自然的清新,又带有古典式的优雅。
>
> (朱湘,1994:4)

在这种内在气质和品格的指引下,他后来的诗歌翻译逐渐

> 遁入内心,不让现实社会占据自己的文学殿堂的主导地位,以这种向内发展的文学心理气质去接触外国文学,最终使他感兴趣的是远离尘嚣,逃避现实,吟颂大自然,抒发内心伤感的诗人,如:华兹华斯、丁尼生、朗费罗和德国的海涅等;或沉溺于梦幻和古典之美,不计功事,不问实效,专注于不被现实所扰的静谧与光明,如:斯宾塞、柯勒律治、济慈。
>
> (徐莉华、徐晓燕,2002:59)

因此,很难看到朱湘以积极出世的态度融入自己的创作和翻译过程中。济慈笔下以《夜莺颂》为代表的主要诗歌作品中展示的生与死、爱与恨、理想和现实的纠葛、梦想和现状的巨大落差、永恒与瞬间的对立、美与丑、冷与热、真实与虚假之间的辩证博弈。这些纷繁复杂的概念和主题交织在一起,这些思辨式的心灵拷问和挣扎,对每一个济慈诗歌的译者来说都显得过于复杂、宏大和形而上了。可以说,只有像济慈那样经历过人生一切磨难和困苦,仍然不改乐观、豁达、积极向上的生活态度和信念,才能够以完全忘我和无我的境界来审视人生的苦难和生死等一些重大主题。不能苛求朱湘去完成不可能完成的任务,通过一首诗的翻译为读者刻画出一个完整的、圆满的、有血有肉的济慈及其作品。能够为读者勾勒出济慈灵动、超脱、从容不迫的一面,并且在一定程度上反映出济慈作品的其他层面和深度,已经是朱湘为济慈诗歌中译和济慈形象构建做出的非凡贡献。从另一个角度讲,朱湘超脱、内向的视角,在诗歌创作时对梦幻和非现实世界的关注和探索以及灵活多变而又轻盈的语言,在翻译《夜莺颂》的某些诗节时恰好成为表现济慈诗歌复杂思想内涵的得力工具。

　　西方评论界也注意到,在《夜莺颂》中,诗人借助叙述者"我"徜徉、游转于想象世界和现实世界之间,而且诗人似乎故意混淆和含糊一些描写,造成了一种内心世界的想象与外部世界景致之间的感情误置(O'Rourke, 1988: 49),使得读者常常陷入两个世界的纠葛与冲突之中,无法分辨什么是真实、什么是虚幻,什么是诗人内心的视像、什么是对客观的描绘和记录。许多学者从该诗一个显而易见的悖论出发,引申出对现实和理想世界的分析和争论:夜莺顾名思义是出没于夜间的禽鸟,但是似乎诗人直到第四诗节才明确时间来到了夜里,前三节仿佛将场景置于白昼之中,由此,该诗前半部分许多涉及视觉的词语,究竟应该是真实的所见还是诗人或者叙述者主观想象的产物?这些词语产生的效果表明了济慈描绘的是一个外在的、客观的、经验的还是一个内在的、主观的、超验的世界?(O'Rourke, 1988: 48—51; Fogle, 1953: 213—215; Miller, 2006: 152—156; Sperry, 1973: 263—264; Bate, 1963: 504—506)例如,西方研究者争论的一个核心问题就是第三诗节中"Here, where men sit and hear each other groan"等描绘是否是济慈对现实世界的如实刻画和反映。许多学者指出,第三诗节就是对现实世界的描绘(O'Rourke,1988：50；Sperry,1973：264；Wasserman,1953：222,298—299),并且强烈地反映出济慈此时的心境以及痛失幼弟汤姆对他的打击(Bate,1963：505；Muir,1985：226；Vendler,1983：83)。但是,一些学者同时注意到济慈对这些苦难的描述是基于对人类共同的经历和对其进行的抽象,因而是用一种拟人化(Fogle,1953：213)的手法对广义人类情感和经验的提炼和升华(Sperry,1973：264),而非对个体或具体人物和事件的描绘。这些复杂的情感聚合体既源于现实又高于现实；既从属于诗人对感官世界的观察和个人经验的积累,又经过诗人内心世界的加工和深化,产生了形而上的质变。如何通过翻译,成功地将其中的微妙和情志传达给读者是一个不小的难题。

朱湘在处理这种含糊、朦胧、亦真亦幻的意境时为读者提供了一个很好的模式,他在翻译这些较为复杂、纠结和交融的感情时很有心得。

> Fade far away, dissolve, and quite forget
>   What thou among the leaves hast never known,
> The weariness, the fever, and the fret
>   Here, where men sit and hear each other groan;
> Where palsy shakes a few, sad, last gray hairs,
> Where youth growns pale, and spectre-thin, and dies;
>   Where but to think is to be full of sorrow
>   And leaden-eyed despairs;
> Where beauty cannot keep her lustrous eyes,
>   Or new Love pine at them beyond tomorrow.
>
> (Keats, 1982：280)

> 随了你远去,长逝,好忘记
>   在枝头你所不见的一斑
> 人世间的疲劳,热病,焦急；
>   在这里,我们人坐着对叹,
> 瘫疾抖动着苍白的稀发,

青年失色，瘦削了，便死亡；
在这里，一动念便是愁闷
与铅目的悲侂；
在这里，明眸不能常闪光，
到明天它便看不见爱情。

（朱湘，1986：152—153）

在其译作中，朱湘采用了融入诗中而又不经意间与诗歌描绘的苦难保持若即若离的态度；用词上，尽力避免绝对化和情绪化的表达，回避其他个人的情感因素的左右；语气上，尽量保持客观和审慎，同时，不失对人类共同遭遇的同情和悲悯。比较同期的译者李唯建的译作，可见两篇译作的差异。

完全的消去，溶化，十分的忘掉
你在林间绝不知的那些事情，
热症与疱癣病，疯狂与不舒畅；
那里人对人坐，互听叹息、呻吟，
那里瘫病摇脱几根愁的白发，
那里少年转成苍白，鬼瘦而死，
那里只要一想就满是些忧愁，
与异常失望与穷乏，
那里美不能常保明媚的眸子，
新的爱也不能永替明睛悲忧。

（李唯建，1934：50）

李唯建的这段译文力图做到字句、意象和情趣与原文的对应，但是在整体上，译文略显沉痛和压抑，尤其是第三句"热症与疱癣病，疯狂与不舒畅"和第六句"那里少年转成苍白，鬼瘦而死"。与朱湘的译文相比，李唯建的译文似乎写得过于沉重，用词太过严苛；强调了人类苦难的同时，戾气似乎太重，使得整个诗风难以升华；哀怨大于悲叹，似乎译者进入原诗情景过深。而朱湘源自内心深处的对宁静、柔美、祥和、美满的向往，对梦幻、纯净、轻灵的喜爱可能很好地中和了原诗中苦难、悲伤和忧愁的成分,达到了举重若轻、亦虚亦实的效果。另外,朱湘的轻、灵、远、玄、静、虚似乎更为接近济慈诗歌创作的两个重要原则:客体感受力("negative capability")(Keats,1958,vol. 1:193)和诗人无自我("a poet has no Identity")(Keats,1958,vol. 1:387)。前者着重接受客观世界的种种矛盾、朦胧、神秘和变幻莫测,保持一定的距离和陌生感,以较为轻灵、圆润和虚无的方法接近而不是急于投入其中;后者则更为强调融入客体、化为客体而不是闯入和改变客体,诗人的职责和功力被形象地描绘为一个随客体千变万化的无定形体。可以说,在翻译《夜莺颂》时,朱湘对外部世界的内化理解、超脱的视角、具有包容力的想象和轻盈灵动的诗风都在一定程度上契合了济慈的诗歌理念。

此外,如前文所述,由于中国文化中较为缺乏对死亡等抽象概念的哲学和形而上的深度思考,因此,在翻译《夜莺颂》中较为核心的第六诗节时,中国的译者很难完整、全面地反映原诗中对死亡的冥想以及由此引发的对人生、永恒、美、爱、快乐等概念的发散性和内省的思索(Sperry,1973:265)。很多学者也认为这一诗节除了体现济慈本人生活中与死亡息息相关的各种事件以及诗人本人对自己早夭的预感以外(Bate,1963:507),更多的是诗人对死亡的辩证的认识。如学者贝特所述,诗人一方面试图摆脱时刻笼罩着的死亡阴影,另一方面,在弱化死亡的残酷与不公的同时,将死亡淡化为两种具有抽象意义的性质:死亡的"强度"和"闲逸"(Bate,1963:507)。同时,伴随着对死亡的冥想,诗人还逐渐陷入潜意识层面,在生存与死亡之间抉择(Vendler,1983:93),这些都给朱湘的翻译带来了很大的困扰和挑战。然而译者天性中宁静、安详、超然自若的本质,轻灵、逸动的笔触,玄妙、细腻、丰富的内心世界,使他能够最大限度地接近济慈的内心,尽力营造出原诗具有的玄秘中不失清醒、厚重里不乏轻快的感触,并且将济慈对生与死的豁达与通透表现得较为准确。试看原作与朱湘的译作:

> Darkling, I listen; and, for many a time
> 　I have been half in love with easeful Death,
> Called him soft names in many a mused rhyme,
> 　To take into the air my quiet breath;

Now more than ever seems it rich to die,

   To cease upon the midnight with no pain,

      While thou art pouring forth thy soul abroad

         In such an ecstasy.

Still wouldst thou sing, and I have ears in vain —

      To thy high requiem become a sod.

（Keats，1982：281）

幽暗中我静听，有许多次

我几乎爱上闲静的死神，

我呼唤过他许多的名字

      向了天上摄去我的余生；

佳妙的莫如在这时断气，

在午夜安然的离去形骸，

听着你把灵魂这样倾泻

      成一片流利！

那时你还是唱，我已高迈——

在你的莽歌中于世长别。

（朱湘，1986：154）

朱湘把诗人与死亡多次遭遇、纠葛、最终在其人生中留下众多伤痕的那种复杂、慨叹和无奈，以至于产生出爱恋和向往的百感交集描绘得非常到位。由夜莺的歌声放射出的余音激荡诗人的内心深处，在意识的最底层激起波澜，余波袅袅让叙述者"我"产生了莫名的思绪，回忆起既往与死神的缠斗，进而产生了微妙的情愫，希望借此了却余生、脱壳而去，进入灵魂的崇高境界。朱湘的这段译文较为准确、精妙地传递了原文的很多重要的思想和情绪，而且在意味深长之处更显细腻和婉转。有几处译文完全体现了诗人译诗的特点和诗人朱湘的本色。比如，朱湘将"While thou art pouring forth thy soul abroad / In such an ecstasy"译为"听着你把灵魂这样倾泻/成一片流利"，虽然反映原诗文字意义上有所损失，有误译之嫌，然而从纯粹诗歌意境的转达和诗魂的勾画上看，这个译法非常优美和动人心弦。而"那时你还是唱，我已高迈——在你的莽歌中于世长别"两句同样生动,尽管,在完整转译原诗文字内涵的层面略有缺失,但是,朱湘此处的译文,将非常难处理的两个关键点"I have ears in vain"和"To thy high requiem become a sod"自然流畅地转译为易于理解的通俗语言,并且在太息、惆怅之余不失豪迈、洒脱之风。此外,这两处译文并非简单的刚性互译,而是具有很好的韧性和包容度,给予了读者反思和遐想的空间,利于激发读者对译文背后各种潜在含义的猜测和构想,余韵悠长。这两句的译文也表明了朱湘译诗的一个特点:在无法完全等值翻译时,可以尽可能地发挥汉语语言的表形、表意优势,通过转换的方式将原诗较为抽象的含义和较为微妙的感受通过较为形象的、外化的语言转达给译入语读者。正如中国学者高健总结的:

> 朱湘的高明之处在于在进行这类翻译时,必须从两种语言的语性出发,必须用汉语的辞采之美去替换原诗的音响长处,必须用更具体的形象去取代原来较抽象的表达,必须把原来只属于内容的东西推移转化到它的形式上来,从而使诗中的种种内在之美豁然毕呈,得到充分的外化。只有这样,我们的译诗才有可能避干枯而致丰腴,更多地富于诗味与文学美。

(高健,1993:33)

可以说在表意层面上,朱湘的这些处理都使他的译诗更接近济慈原诗的某些精神层面,而侧重对意境和风格的表达也是朱湘翻译理念中一个重要的环节,如有学者所言:

> 朱湘翻译总体上试图接近目标语诗学的规范,因而使用译入语规范对原诗进行改写,这种改写多出现在诗歌的"言和象"层,但它的最终目标仍是诗"意"那一层,也就是要将原作的意韵表达出来,以此让主体诗学圈内的读者品味到原作的风韵。

(张旭,2008:162)

当然,朱湘的这段译文并非完美无缺,对原诗中另外两个关键处的处理,体现出译者的不足和无奈。很多西方学者都阐发了对这个诗节中"easeful death"和"rich to die"这两个核心短语的理解,并且将其作为理解整个第六诗节的重点之一（Sperry，1973：265；Bate，1963：507；Fogle，1953：216；O'Rourke，1988：53；Kappel，1978：276）。朱湘把这两处分别译为"闲静的死神"和"佳妙的莫如在这时断气"，虽然朱湘的这两处译文基本转达了原诗的重要内涵，但是，第一处译文似乎欠缺对"easeful"这个词语的深度挖掘和表现，而第二处译文则更难以表现原诗中"rich"一词丰满、充盈的感觉，似乎死亡是一种洋溢于万物间的、势不可挡的、勃然而出的无形的力量，整体上感觉单薄、瘦削、骨感。这些缺憾一方面可能源于译者本人的内在思想、修为、经历、创作理念和手法、翻译策略和技巧等多方面的因素与济慈本人的存在差异，另一方面，中西方文化、思想、审美、哲学理念的不同可能导致译者无法领会这些细微的差别，而且即便有所感悟，可能也苦于没有合适的媒介传达这种跨文化、跨种族、跨时代的巨大鸿沟。

其实，这种源自文化、审美、哲学层面的差异，经过时代和种族因素的放大，常常呈现出诗歌的不可译性。这些不可译的因素在朱湘译济慈的诗歌中也随处可见，并且以富含历史、文化、宗教、哲学等传承的典故出现。以《夜莺颂》为例，许多源语词由于各种原因，几乎无法完整、完全地在译入语中找到等值的对应体。除了上文提到的第六诗节的两处难点外，第七诗节的几处用词和用典同样非常棘手。例如，第二行中有"No hungry generations tread thee down"一句，朱湘将其译为"没有饿的时代将你蹂躏"；有学者指出"tread"一词可以有两种理解：一种是将其解释为践踏、蹂躏，另一种理解是该词本身就包含着禽鸟交媾的意思，而这层含义又在上下文中引申出一代代生生不息，折射出生死轮回、循环往复的古老命题，回应了"no generations"（Harding，1975：15）。应该说朱湘的"蹂躏"一词已经最大限度地反映和表达了原诗可能存在的各种可能，但是在表现的深度和力度上似乎仍有不及，而这种字面意义和深层含义之间的转换和融合，是很多跨文化交际中最难分解和转达的部分，常被一句"只可意会、不可言传"所屏蔽。

最能体现上述文化不可译性的是该诗节的一个中心意象：Ruth。众多西方学者从各个角度分析和阐释了这个核心意象的含义。除了最为浅表的《圣经》典故之外，西方学者对 Ruth 及其可能的文学源流、引申的含义做出了各种解释。例如,有学者指出这里 Ruth 的形象可能有华兹华斯著名的抒情诗《孤独的刈麦女》中的苏格兰割麦女子的影子(Allott,1970:530;Garrod,1985:75);巴里·格拉德曼(Barry Gradman)在一篇文章中指出了 Ruth 形象可能影射了莎士比亚《李尔王》中的三女儿考迪莉亚(Cordelia),并且作者令人信服地从莎翁的原文和《夜莺颂》的上下文中,特别是"emperor and clown"等处找到了较为确凿的证据(Gradman,1976:15—22);当代学者甚至从新历史主义角度入手,将 Ruth 的形象和英国 19 世纪初的社会、政治、经济联系在一起,指出 Ruth 暗示了当时广泛存在于英国社会、受《谷物法》压迫的、代表底层人民生活艰辛的拾穗者(Bennett,1990:37)。对这样一个富于历史、文学、宗教含义的复杂形象,无论如何也无法在中国文化体系和语言框架之下找到对应物和替代品,因此,朱湘直接音译的方法,似乎也是不二的选择。

另外,济慈的诗歌往往是复杂、对立因素的聚合体,除了像 Ruth 这样一个意象具有多重含义和多重解读之外,许多不同的意象勾连在一起,常常具有更为深厚的含义和所指。例如,卡尔·温特斯多夫(Karl P. Wentersdorf)就专门撰文指出济慈在《夜莺颂》里系统地使用了一系列古希腊神话中的神祇,包括林神(Dryad of the Trees)、花神(Flora)、酒神(Bacchus)、月神(Diana or Cynthia)等,这些古典文学传统中代表美和爱的形象在整首诗中形成了一个独特完整的体系,并且,第五诗节中各种鲜花的意象在西方传统文化和文学中都具有不同的象征意义;通过详尽细致的文本解读,作者指出在《夜莺颂》的表层文本下,还有一个深层文本,两个文本相互对照产生出一个人类的美好愿景,期望用爱与欢乐来抵消人生苦短的严酷现实(Wentersdorf,1977:70—84)。甚至夜莺这个形象本身的性别都可以引起评论界的争议(Vendler,1983:81—82)。这些潜文本或者超文本的文化、审美、哲学和宗教的隐喻确实是中西诗歌翻译中几乎所有译者最难逾越的障碍之一。

朱湘已经倾尽所能对这些难题做出了较为令人满意的处理:至少朱湘对多数涉及西方文学、历史和文化的典故的理解和翻译都是准确的;对多数典故的内涵和外延大都在对上下文的翻译中,通过词语的选取、意象的勾勒和意境的营造进行了必要的铺垫和补充，例如，在第四诗节中，朱湘将原文中蕴含罗马神话中的"charioted by Bacchus and his pards"这一典故译为"文豹之车"，就很好地传达了西方文化中对酒神的描绘，将酒神乘坐豹子拉的车这层隐含的意义交代得非常清楚，并且语言优美传神、形象鲜明准确、意境悠远绵长，自然流畅又不显雕饰。对个别典故的误读和误译，如朱湘将第七诗节中"emperor and clown"译为"君与民"，也应该将朱湘的翻译活动还原到历史时代和文化语境之中去考量。一方面，由于中英文的差异，译文并未体现出原文单数名词的特征，因而间接地削减了原文可能隐含的深层含义；另一方面，由于译者所处的时代对济慈的研究尚未全面展开，取得的成果极为有限，而当时中国与西方的学术交流渠道也并不十分畅通。如本章前文所述，尽管自清末开始的翻译西方文化、文学、思想的浪潮在民国初年达到了一个高峰，民间对西方思想和文学的学习和接受较为普遍，心态更为开放，然而此时整个中国文化对西方文化、思想和文学的主要态度仍是现实的、启蒙的和改良的，这一观点同样代表了当时中国文学界和翻译界的主流思想（严家炎，2006：6；郭延礼，2010：177—181；秦弓，2009：23；王建开，2003：284；谢天振、查明建，2004：23；张旭，2011：90）。因此，即便"五四"时期的翻译文学因为处于转折时期而成为伊特马·埃文—左哈尔所指的主导地位（廖七一，2000：66），也很难改变翻译文学中对那些功利性、革命性不强，唯美色彩浓厚的诗歌和诗人的译介出现弱化，成为非主流的情况。对诗人和诗歌的译介尚且存在诸多不利因素，"五四"时期对这些诗人和诗歌的研究以及西方学术成果的引入和介绍更是凤毛麟角。而且限于当时不够发达的交通、信息和出版等外界条件，很难相信朱湘曾经获得和参阅过上述任何西方论著。有研究已经指出朱湘翻译英诗的源语文本主要有三个：《牛津英诗选》《英诗金库》和《英国巴那斯派长诗选》（张旭，2008：87），并且济慈的主要诗歌均选自《牛津英诗选》（张旭，2008：90）。这些选集均非研究济慈诗歌的专著，很难想象朱湘能够像50年后的西方学者一样，经过前人不断的学术积累和个人努力研修，发现"emperor and clown"实际上可能是影射莎士比亚的悲剧《李尔王》中的李尔王与他的小丑（Gradman，1976：19）。

80

因此，不能苛求朱湘的译文面面俱到、完美无缺，而应该肯定朱湘作为先行者的历史功绩。在翻译济慈《夜莺颂》的过程中，朱湘在理解、领悟和传达济慈诗歌的核心意象和主题思想，展示济慈诗歌灵动、飘逸而不失厚重、亦真亦幻却又百感交集、难于言辩的矛盾纠结，通过译文尝试揭示济慈的诗学和美学理念、营造和还原济慈诗歌风格，并且借助译文展现中文的可塑性和表现力、传达中国诗歌的诗意美等方面都做出了巨大的贡献。

朱湘另外一个对中国诗歌的重大贡献在于他通过翻译英诗"探索并企图建立一种新的诗语，至少是一种文学语言，借以提高和增强当日汉语的表现能力"（高健，1993：34）。如前文所述，中国白话新诗的诞生、发展和成熟都与"五四"时期对英诗的译介有着密切的联系，如学者坦言："中国新诗文体发展演变的轨迹其实就是外来诗歌影响的轨迹"（熊辉，2007：3），中国新文学"借助诗歌翻译来实现中国新诗的诞生"（徐剑，1995：45）。但是，一方面，由于中国的白话文运动和白话入诗都是脱胎于中国传统的文言文和文言诗，虽然当时很多诗人、学者大声疾呼要"革掉旧诗的命"（臧克家，1934：455），但是，文言诗和旧体诗作为一种存在了几千年的文学形式，仍旧具有很大的影响。如何汲取中国传统文言言简意赅、长于传情、精于达意的优点和精华，摒弃其古奥、生僻、雕琢、晦涩和难于表达复杂深奥含义的缺憾，成为当时中国诗坛和译界亟须解决的一大难题。另一方面，随着白话新诗运动的不断深入和扩大，过于强调对中国传统诗歌规范的突破和超越，妄图彻底从语言、形式、内容和思想上脱离旧诗的影响，使得新诗逐渐走上了散体化的歧途，导致了"新诗的'欧化'，见不出中国新诗所应有的'中国'色彩"（钱光培，1985：196），在诗歌语言层面也出现了欧化和异化的情况，这也不啻为诗歌翻译对中国白话新诗运动的一个反动。因此，如何在古老的文言文和新生的白话文之间取得平衡，找到一个合理的交汇点，达成各取精华、去除糟粕的双赢局面，进而形成一种真正意义上现代的，具有包容力、表现力和一定张力的新诗的语言是摆在朱湘和他同时代诗人、译者面前的一个前所未有的挑战。朱湘通过自己的翻译实践为寻找这个交汇点做出了积极的尝试，为当代和后世诗人、译者和读者开辟了一条较为可取的道路。

严家炎指出了"五四"时期中国作家中的一个普遍而独特的现象:《中国新文学大系》中记载了 142 位作家,其中 60% 以上有出国留学背景,了解西方文学和西方文化的内在精神及其最新发展,并且,这 142 位作家都通晓一两门外语,其中有译作的有 103 位,占 73%(严家炎,2006:35—36)。但是,留学西化的过程并没有抹杀这代作家内心深处对中国传统文化、习俗、理念的认同,因而,他们并非完全西化的一代,他们大多受过良好的旧式教育,内心深处认同传统的纲常(严家炎,2006:48)。朱湘就属于这独特的中西合璧的一代。很多史料业已证实朱湘自幼酷爱读书,尤其喜欢古诗词,以扎实的古文和古诗功底闻名于同学、友人之中(丁瑞根,1992:20—21;罗皑岚等,1985:25—26),许多诗人、作家都指出朱湘诗歌中弥漫和洋溢着中国古典诗歌的灵魂和精髓(沈从文,1985:255;苏雪林,1985:263),朱湘本人也曾指出中国诗歌新的灵感来源之一就是古代的民歌(朱湘,1994:103—104)。因此,朱湘诗歌的字里行间总有古色、古香和古韵流淌,这种对中国传统语言文字的深刻的理解、精深的掌握和发自内心的热爱同样表现在他的译诗之中,使得他很多词句的选取都散发出古朴的味道。另一方面,朱湘的古色古香并不是那种食古不化、冥顽守旧和呆板僵硬的返古,而是巧妙地将古典的内涵融合现代、口语、简洁的白话语言,并对其进行适度欧化和异化,"以直白的口语和诗话的白话入诗"(张旭,2008:118),将欧化语言与中国古典诗歌传统结合,在创造东方意境的同时,时刻提醒读者正在阅读西洋诗歌,并且通过这种陌生化的方式,强化译诗的表达效果(张旭,2008:127)。朱湘的这一举措既遵从了中国传统诗学规范,又对其进行了创造性的发扬和补充,进而产生出一个全新的、适合中国新文化和新文学的诗歌语言。

朱湘翻译的《夜莺颂》就有多处体现出这种全新诗歌语言的魅力。前文所述的"西里的川流"即是一处很好的例证。诗人将西方传统的典故以音译的方式呈现,给读者以陌生的突兀,同时对中国文化中的忘川进行了适度的简化和诗意处理,在整体上营造出一种中西合璧的意境,使得读者产生似曾相识和若有所悟的感受。第二诗节里,朱湘将最后两句译为"让我来饮下,好离去红尘,/随了你到幽黯里去逍遥"。这一处理虽然削减甚至略微曲解了济慈原诗中"unseen"和"forest dim"两个短语的含义和隐喻,但是朱湘此处借用中国传统词曲的表现形式和风格幻化原诗中的对应景物,使得读者仿佛置身于中国古典文学营造出的玄美奇幻之中,若有所思、回味无穷,而该诗节第六句中,朱湘将原诗的"Hippocrene"做了陌生化的音译处理,使读者产生出对比,瞬间中和了读者因为上下文中弥漫的东方情调而产生的错觉。与此类似的是在第四诗节的后半部分:

> Already with thee! Tender is the night,
> And haply the Queen-moon is on her throne,
> Clustered around by all her starry fays;
> But here there is no light,
> Save what from heaven is with the breezes blown
> Through verdurous glooms and winding mossy ways.

(Keats,1982:280)

> 在你身边了!这夜真温柔,
> 月后或许已经登了宝座,
> 四边围绕着有星仙一行——
> 这里,光是没有,
> 除去那天上随了风吹落,
> 渗下黯绿到苔径的微光。

(朱湘,1986:153)

朱湘巧妙地将中国诗歌传统中的典故化入译诗中,将"Queen-moon"和"starry fays"译为"月后"和"星仙"等古典神话中形象,营造出一个浩渺的天庭,使读者恍若置身东方情调的想象空间中;同时,最后两句的译法充分显示出译者对中国传统诗歌对意境、神韵的赞赏和对含蓄、朦胧的追求,使整个诗节具有画的质感和表现力度,很好地体现出西方学者赞赏的济慈诗歌所具有的画面感(Tate,1985:152,155)。但是,这里着力刻画的并不是一个中国的、东方的和古典的天上人间,为了确保读者能够在阅读译文的同时清醒地意识到中西方文化、审美和观念上的差异,避免造成情感误置和错觉,朱湘保留了第八行"there is no light"原文中典型的英文句式,对其进行了异化处理,使其在语序上违背中文正常的习惯,将其译为"光是没有"。朱湘的这一改动一方面可能考虑到了"没有"一词在押韵上可能与上文"这夜真温柔"更为契合,并且如果以"光"字结尾,会使最后一句结尾的"微光"显得重复、啰嗦;字数上,这句译文共六字,与该诗多数诗节中的第八行字数一致,较为符合朱湘对整饬、对称的追求和审美理念。另一方面,不能忽视诗人对整体氛围和平衡译诗中东方色调的考量。同样,朱湘的译文充满了生动、直白和有力的白话汉语,这些表达背后也折射了英文语法、句法和表述的影响。比如,朱湘大量使用的介宾短语结构作为时间、地点状语,如"在这里""在枝头""在午夜""在你身边"等,此外,类似英文祈使句的表述,例如"让我来饮下""随了你远去",也使得朱湘的白话文与中国传统的文言文产生了距离,更加具有现代气息。朱湘曾经对友人表示过要"创造一种新的白话,让它能适用于我们所处的新环境中,这种白话比《水浒》《红楼梦》《儒林外史》的那种更丰富,柔韧,但同时要不失去中文的语气:这便是我们这般人的天职"(朱湘,2007a:189)。通过对《夜莺颂》的语言分析,可以看出朱湘为了这一理想付出了艰苦的努力,无论效果如何,以他为代表的一代"五四"诗人对中国新诗语言的贡献是无法磨灭的。

其实,朱湘在译介济慈诗歌以及构建诗人济慈形象的过程中,取得的最大成就在于他对济慈诗歌形式的转译和对济慈诗歌音乐性的模仿,而这一转译和模仿的重大意义使得中国新诗在格律化和规范化的方向上具有了一系列重要的参照和模板。《夜莺颂》在形式、格律和韵式等方面是济慈最有代表性的一首诗歌,在英语诗歌历史上也具有划时代的独创性。朱湘对《夜莺颂》的翻译就很好地展示了译者对济慈诗歌形式转译的各种策略、方法和原则。

大约在1819年春,济慈已经熟练掌握了十四行诗的形式,但是他也深感这种形式的弊端和束缚,并且通过各种形式表达了求新求变的欲望(Bate,1963:496;Stillinger,1982a:467)。这种渴望变革的心情通过诗人艰苦的努力和不断的尝试,最终以一种全新的颂诗形式展现在世人面前。西方文学传统里,有两种主要的颂诗形式——品达体和贺拉斯体,而17世纪的英国诗人考利和德莱顿根据英语诗歌的特点,创造出贴近英语诗歌规律的不规则颂诗体(Fraser, 1985：13)。济慈的颂诗与这几种颂诗创作传统都不同：济慈只是借用了西方传统中的"颂诗"这个概念,在诗歌形式上,济慈的颂诗实质上是将两种最主要的十四行诗形式——彼特拉克式和莎士比亚式进行了改装和混搭。

西方学者经过分析指出：济慈的《夜莺颂》《希腊古瓮颂》《忧郁颂》和《慵懒颂》("Ode on Indolence")这四首颂歌中的每一诗节都是由十行诗组成,其中前四行构成一个莎士比亚式的四行诗(quatrain),而后六行构成一个彼特拉克式的六行诗(sestet),并且格律和韵式也随各自的诗行要求而变(Bate, 1963：497—498; Ridley, 1985b：97; Fraser, 1985：13)。这一开创性的变化使得每一诗节都具有四行诗的简洁、明了和完整性,而且后六行诗的加入给整个诗节带来了难以言表的催化作用,在满足和失落相生相继之时,使整个诗节在读者心中造成一种对下一诗行的期盼和空间的存在感,在声音和意思上都使读者得到满足(Ridley, 1985b：98—99)。并且十行的长度一方面足够表达较为复杂和朦胧的意义,另一方面也不至于过于冗长,整体上给读者一种正在阅读西方文学传统上的十四行组诗的错觉(Fraser, 1985：13)。济慈对十四行诗和英语颂诗体裁的创造性修改在《夜莺颂》中得到了很好的体现。除了遵循诗人首创的这种双十四行诗体叠加重组的基本模式外,济慈对《夜莺颂》的双十四行诗结构进行了微调：在每个诗节的第六行都将传统的五音步改为三音步(Ridley, 1985b：98);此外,《夜莺颂》自始至终保持每诗节的后六行韵式统一为"cdecde"的模式,成为济慈唯一一首坚持同一韵律模式的主要颂诗。因此,朱湘在翻译时需要面对原诗的三重挑战：形式上将两个异体十四行诗的叠拼进行有效还原,格律上体现出五音步与三音步的错落有致,韵式上展示两组完全不同却又在意义和声效上紧密联系的韵脚。

与此同时,朱湘还要面对来自译入语诗歌规范和个人诗歌审美的双重挑战。中国作为一个具有悠久文学传统和诗歌创作历史的文学大国,在漫长的历史岁月中逐渐形成了一系列具有指导性和规范性的诗歌创作和审美理念。曾有学者将这些规范归纳为：以字数建行,一行一句;讲究对偶、平仄,押韵;很少分章、分节;对外形要求总体简约,相对整饬化(张旭, 2008：31,33,149,221—222);重视节奏、格律和声韵及其产生的音乐性(谢冕,1985：33—43)。但是,在白话诗开始登上历史舞台之后,一些传统在追求诗歌形式解放的呼声和行动的影响下开始受到冲击,被弱化、边缘化,甚至有被否定的危险,其结果是早期白话诗在形式上失去诗性和诗意,形式结构散体化,诗人在诗歌语言的白话化和诗歌形式的自由化之间迷失了诗歌创格的方向,对新诗的形成产生了负面影响(钱理群等,1998：124;张旭,2011：224;熊辉,2007：145—146)。正如一些学者所言：早期白话诗打破了传统诗词的形式,但仍没有确定自己应有的形式。时代需要出现形式与内容的严格结合和统一,可供学习、足资范例的新诗作品,确立新的艺术形式与美学原则,使新诗走上"规范化"的道路(钱理群等,1998：128)。因此,顺应新诗对齐整、格律和匀称等规范性要求的新格律派诗人应运而生,他们在不同场合、通过不同的方式表达了"要把创格的新诗当一件认真的事情做"(徐志摩,1993：278),"我们不怕格律……因为格律是圈,它使诗更显明,更美"(陈梦家,1993：25),新诗需要有三美"音乐美(音节)、绘画美(词藻)、建筑美(节的匀称和句的均齐)"(闻一多,1995：355)等强烈的愿望。新月派提出规整、匀称的诗歌审美原则和格律化的诗歌形式等理念,使得这一派别很自然地将西方诗歌审美和形式与中国传统的诗歌理念结合在一起,并通过翻译西方诗歌,将西方的诗歌形式译介至中国诗坛。

朱湘就是那个时代"最认真地实践着新格律派'理性节制感情'美学原则的诗人"(张旭,2008：37),并且通过译诗实践,在诗歌形式和韵式的转译方面探索出了一套兼顾中西诗歌形式规范、兼具个人特色和时代精神的理论。《夜莺颂》原诗在形式上的挑战从另一个角度看恰好成为朱湘尝试、应用和展现自己诗歌形式翻译理念的一个舞台。在转译原诗形式、格律和韵式三个方面时,对形式的处理可能是最易于操作的,而且直观的效果也是最佳的。虽然,"五四"时期的一些西诗的白话译者出于各种考虑,并不总是能够坚持译诗与原诗等行,但是对坚信"'诗'是拿行作单位的""行的独立同行的匀配"(朱湘,1994：156),并且坚持诗歌建筑美的朱湘来说,保持诗行的对等是一个最基本、最简单的要求。然而,在保证外在的形式上的一致之后,如何体现原诗双十四行诗的复式结构,就成了一个难点。

即便是原诗,济慈也是通过两种十四行诗体的韵式不同,将每一诗节的前四行与后六行区分开来,因此,朱湘转译双十四行诗复式结构的努力要与转译原诗复杂的双重韵式结构结合在一起。《夜莺颂》的每一个四行诗韵式结构均为"abab",每一个六行诗均为"cdecde",这就要求整个诗节出现五个不同的韵脚,并且构成前后相连的有机整体。济慈在原诗中完美地实现了这一目标,前后两个部分韵式各不相同,但却在整体上构成了一个完整的诗节,并且在语气、含义和诗境上做到了勾连、对照和相辅相成,产生了复杂、朦胧和令人沉醉的诗学效果。应该说,朱湘意识到了济慈原诗中韵式上的创新和困难,也倾尽努力试图还原这一复杂模式,例如,原诗的最后一节是这样的:

> Forlorn! The very word is like a bell
> To toll me back from thee to my sole self!
> Adieu! The fancy cannot cheat so well
> As she is famed to do, deceiving elf.
> Adieu! Adieu! Thy plaintive anthem fades
> Past the near meadows, over the still stream,
> Up the hill-side; and now 'tis buried deep
> In the next valley-glades:
> Was it a vision, or a waking dream?
> Fled is that music... Do I wake or sleep?
>
> (Keats, 1982: 281)

原作前四节押/ei/和/elf/,后六行押/eidz/、/i:m/和/i:p/,形成一个四行诗韵脚和六行诗韵脚的有机组合。而朱湘的译作复原了这一变化和组合:

> 荒! 这个字好比是一声钟
> 从你那里敲落我的幻想!
> 别了! 幻想,那欺罔的仙童,
> 又那能教人一切都遗忘。
> 别了! 别了! 你那怨诉之音
> 已经低微过坪上,越水面,

登了坡；现在它已是深埋

入隔山的树林：

这是幻觉，还是我发梦癫？

歌声去了——我可已经醒来？

（朱湘，1986：155）

前四行诗分别隔行押/ong/和/ang/两音，并且第四句以句号结尾，在结构和意义上都构成了一个完整的表达单位；后六句中，每三句分别押/in/、/ian/、/ai/三个音，在诗意上也构成了一个完整单位，较为完美地复现了原诗的韵式和诗节的整体结构。可以说，从韵式和建行的技术层面来讲，该诗节做到了对原诗诗体形式和韵式的等值翻译，至少完成了霍姆斯所倡导的诗歌翻译中可以实现两种语言"匹配"的观点（Holmes，2007b：54）。

综观整首《夜莺颂》的译文，朱湘在处理每一诗节中六行诗的韵式问题时都显得较为得心应手。除了第三诗节外，其他各诗节的后六行都几乎严格按照三行韵的形式转译了原诗的韵式，而第二诗节中出现的第六行与第九行押韵不严的情况也可以解释为朱湘受到家乡方言的影响，将/in/与/en/等同为一个韵脚。可以说，朱湘对《夜莺颂》中彼特拉克式的十四行诗体韵式的转译获得了很大的成功。

中国传统的律诗讲究意义的排偶和声音的对仗（朱光潜，1997：187），因此，诗歌中更多的是以对句的形式传达音韵的对照，很少有抱韵形式出现。朱湘对这种抱韵的处理，使得翻译界和诗坛对中国诗歌语言的表现力、弹性和包容力有了新的认识，也间接地拓展了中国新诗对全新韵式的接受度，为新的诗歌语言和韵式进入中国诗歌做出了很好的尝试。但是，令人稍感意外和遗憾的是，朱湘在翻译四行诗时，似乎并没有完全遵循原诗的韵式，只在第一、三、四、八四个诗节中做到了还原原诗韵式，而在剩下的四个诗节中，诗人仅仅做到了一、三行押韵，对二、四两句则采取了较为宽松的押韵方式，甚至不押韵。可以想见，在以五言、七言的绝句和律诗见长的中国诗歌中，试图在十行诗中使用五个完全不同的韵脚是多么的困难。在殚精竭虑地搜寻韵脚的时候，朱湘似乎已经耗尽了所有精力和灵感，为了更好地诠释原诗中六行诗的韵律美、介绍全新的诗歌形式"使新诗人在感性上节奏上得到鲜颖的刺激与暗示"（朱湘，2007b：50），对符合中国诗歌传统和审美的四行对句诗体，朱湘只能选择战略上的收缩和放弃。

除去建行和韵式外，中国诗歌传统中更为重要的一个因素是"言"，即字数，而字数的多寡既关乎能否与原文对等或者匹配，又直接影响到朱湘诗歌美学中对形体整饬和匀称的追求。中英两种语言由于发音方式、发音部位、音调、声质、轻重、字形和书写方式等方面的异质，导致两种语言在视觉和听觉上存在重大差别。英语以强弱划分节奏，而汉语的节奏首先体现在顿的抑扬上（朱光潜，1997：134，154）；此外，由于英语词汇多为多音节，而音节的多少决定了音步的多寡，音步的数量与音节的轻重相间组合在一起衍生出诗歌中各种不同的格律，而汉语在字数和顿数的基础上，传统上在诗歌审美和创作中还要考虑平仄的规范，白话文还存在虚字多、助词多的特点。因此，两种异形、异质的语言之间，进行精确的形式对应确实存在相当的难度。不过，"五四"以来，中国译界逐渐发现并掌握了一套"以顿代步"的翻译原则和方法，尽量尝试兼顾译文的字数与顿数同原诗音步的对应关系。朱湘就是最早实践这一构想的译者之一。

为了更好地体现他的诗歌建筑美学，在形式上更加贴近原诗，朱湘采取了一系列方法，例如二三字顿交相使用，少用一四字顿，以期产生和谐美；严格限定每行字数，尽量删去功能词，以求诗歌语言的精炼；少用虚字，尽量赋予诗歌语句以张力（张旭，2008：180，188，193，214）。因此，在翻译《夜莺颂》时，可以看出朱湘严格按照自己坚信的翻译原则，将原作中每行五音步、十个音节转为四顿、十个汉字。以《夜莺颂》第二诗节为例：

> 唉，/要是有/一钟酒！/那深藏
> 　在地下，/冷了的，/尝来/令人
> 想起/那花神，/那绿色/之邦，
> 　舞蹈，/恋歌，/与日炙的/笑声！
> 要是有/一钟酒／，充满/温热，
> 　充满/真的，/羞红的/喜坡琴，

边上/闪动着/串珠的/酒泡，
染双唇/作紫色：
让我/来饮下，/好离去/红尘，
随了你/到幽黯里/去/逍遥——

（朱湘，1986：152）

译诗中除第八行外，每行十字，大略分为四顿；第八行由于原诗是三步六音节，译诗将其减少为两顿、六字，大体上也还原了原诗的内部结构。此外，朱湘还在译诗各行的整体缩进上试图与原诗保持一定的一致性：

Oh，for a draught of vintage that hath been
　　Cooled a long age in the deep-delved earth，
Tasting of Flora and the country green，
Dance，and Provencal song，and sunburnt mirth！
Oh，for a beaker full of the warm South，
　　Full of the true，the blushful Hippocrene，
　　　　With beaded bubbles winking at the brim，
　　　　　　And purple-stained mouth，
That I might drink，and leave the world unseen，
　　And with thee fade away into the forest dim —

（Keats，1982：280）

原诗隔行之间的缩进略有不同，尽管无法确定济慈这些错落有致的安排究竟有何寓意，但是朱湘却严格地按照原诗的缩进程度安排译诗各行首字的前后距离，力争做到还原原诗的外观。这一点在他的《番石榴集》中显得尤为突出。尽管《番石榴集》中《夜莺颂》和其他诗歌一样是按照当时广为接受的竖排方式排版，从右到左安排诗行，与原诗从上到下的横排方式在观感和阅读习惯上有很大的差异，朱湘在各行的缩进安排上却较后来出版的《朱湘译诗集》更为接近济慈的原始外观结构，虽然，《番石榴集》并非朱湘本人亲自编订，但确实更为真实地反映了译诗的原始形态和内部结构。

朱湘这些整饬翻译诗歌外形的手段一方面体现了朱湘对待译诗锱

铢必较、一丝不苟的严谨态度,另一方面也表达了译者对"五四"以来诗歌散化、语言放纵的担心以及通过翻译实践纠正这些流弊的决心。在更为广阔的层面上,朱湘对诗歌建筑美的诉求除了反映出"五四"时期以新月派为代表的新格律派对诗歌外形上的审美要求外,同样体现了译者对原诗诗歌美学的欣赏和尊重。在对诗歌形态整饬、匀齐、对称、工整的探求中,朱湘没有走上形式主义的审美极端,而是在追求符合中国诗歌形式审美要求的基础上,着重反映西诗诗歌形态上的独创之处,并试图在中国诗歌的建筑美与以英诗为代表的西方诗歌的形态美上维系动态的平衡。至少,以《夜莺颂》为考量,从翻译济慈诗歌的实践角度,朱湘的译文做到了平衡中西方两种美学诉求的力量;从济慈诗歌的译文形式分析,那些对朱湘本人的诗歌形式过于呆板、僵化的论断也许过于武断,有失公允。

除了对诗歌形式建筑美的反映和追求,朱湘还试图通过译文模仿原诗的声效和音乐美。诗歌的音乐美也是中国的诗学传统中孜孜以求的一个重要标准,并且形成了一套围绕节奏、声质、顿和韵等因素的诗歌音乐性审美。西方诗歌审美中同样存在对音乐性的关注,济慈作为一位热爱音乐的诗人(Bate, 1963:19),在诗歌创作中从意象、词汇的选取,到韵式、格律、节奏的把握都体现出了对诗歌音乐性的青睐和掌控(Stillinger, 1982a; O'Rourke, 1988:45; Betz, 2008:299—319)。《夜莺颂》更是如此。根据海伦·范德勒(Helen Vendler)的理解,《夜莺颂》的一个重要主题就是对人类艺术的探寻,而这一探寻锁定的目标就是音乐(Vendler, 1983:77)以及听觉的反思(Vendler, 1983:81)。如何通过译诗模拟、接近、反映原诗的声效特点和音乐性,并且使译诗在音乐美方面得到译入语文化和审美的认同? 这成了朱湘面临的另一个挑战。

朱湘应对这一挑战的方法之一就是通过律动的节奏和形式多样的协韵手段构织出上佳的音乐效果(张旭,2008:244)。朱湘对《夜莺颂》中原诗韵式的反映在本章已有所分析,需要指出的是,这种对原诗韵式的对等尝试除了反映了朱湘在诗歌形态上对建筑美的追求,也是其对诗歌音乐性探索的一个重要层面。尽管译诗的韵式难以和原诗完全吻合,译诗选取的韵脚具有汉语语言的押韵特点,很难完全体现原诗韵脚中的一些微妙和独特之处,朱湘在复原原诗韵式借以反映其声效特点方面仍然为后人做出了积极的尝试。如有学者指出,朱湘译诗有以行为成诗单位,而非以句为成诗单位,一句诗可以写很多行,韵脚落在行末而非句末,因而为押韵赢得了更大的空间(张旭,2008:267)。以第二诗节前四句为例:

> Oh, for a draught of vintage that hath been
> Cooled a long age in the deep-delved earth,
> Tasting of Flora and the country green,
> Dance, and Provencal song, and sunburnt mirth!

> 唉,/要是有/一钟酒!/那深藏
> 在地下,/冷了的,/尝来/令人
> 想起/那花神,/那绿色/之邦,
> 舞蹈,/恋歌,/与日炙的/笑声!

朱湘的译文将原诗四行一句的分行方式简化为四行两句,并且译诗的第二句采用了中国诗歌传统中非常少见的跨行方式延绵到第四行,拓展了译诗押韵空间,使诵读的感觉更加流畅,同时兼顾了译介原诗的结构模式,丰富了中国诗歌创作中对诗行概念的定义和内涵,并且在整体音效上体现出原诗沉醉于美酒之中所带来的欢乐的气氛和动感的节奏。

　　律动的节奏是朱湘译诗音乐性的另一个体现。中国诗歌传统认为节奏是诗歌形式的决定性因素(谢冕,1985:38),是连接诗歌和音乐的共同命脉(朱光潜,1997:10)。如本章前文所述,由于中英两种语言的自然属性不同,造成了英语以音步为节奏单位,现代汉语以顿为节奏单位的区别。针对这一差异,中国的译者创造性地使用了以顿代步的方法,试图在英语的音步和中文的顿之间取得联系。然而正如朱光潜所言:中国旧诗中的顿完全是形式的、音乐的,与意义常相乖讹,一个类型的诗歌有一个类型固定的读法,千篇一律,节奏机械、生硬。而白话诗在试图打破这一桎梏的同时,面临着一个两难的抉择:如果遵循语言自然的节奏,使音顿和义顿统一,结果便没有一个固定的音乐节奏,无音律可言,而诗的节奏根本无异于散文的节奏(朱光潜,1997:157—158)。

朱湘则对诗歌的节奏有着独特的观点,在他看来,诗歌的音节与节奏是密不可分的(朱湘,1994:178),并且这种音节/节奏在描绘诗歌意象、抒发感情、表达思想方面具有无可比拟的黏合作用(朱湘,2007a:177)。诗歌的变化万千和悦耳的音效就在于诗人对诗歌节奏的使用和掌控。为了达到这一目的,朱湘在译诗时尽量采用二、三字顿交相使用,少用一、四字顿的基本原则(张旭,2008:180),在强化诗行节奏的同时,体现出和谐的音乐效果和自然流畅的表达。《夜莺颂》的译文就很好地体现了朱湘这一原则的效果。以第二诗节为例,全诗节 38 个音顿中,仅有两个一字顿"唉""去"和两个四字顿"与日炙的""到幽黯里",其余 34个音顿全部为二、三字顿。并且,所有的二、三字顿间隔排位、错落有致,使得整个诗行呈现出节奏的均匀、整齐和动态平衡。综观《夜莺颂》全诗,仅有十行出现一、四字顿共存的情况,十行出现单个四字顿,三行出现单个一字顿,仅有一行出现两个四字顿并存,一、四字音顿出现的行数为 24 行,仅占全部 80 诗行的 30%;一、四字音顿的数量共 35 个,仅占全诗 304 个音顿的约 12%。朱湘就是通过这种音顿有机组合的方式构筑整体上节奏和音效的和谐共鸣,同时,由于英语诗歌多为抑扬格,轻重音交替出现,朱湘的这种音顿长短交织的做法至少在技术层面上模拟了原诗的格律模式,并且在音乐性上努力向原诗靠拢。

在注重译诗节奏与原诗格律之间的关系时,朱湘的译文还经常使用双声、头韵、叠韵和叠音的修辞使诗行内部的节奏富于变化和流转,在此基础上,辅以独特的象声词模拟原诗中一些独特的声音效果,这些辅助手段更加提升了其译诗音乐效果的仿真度。《夜莺颂》的译文中就使用了这些诗歌翻译的技巧。朱湘不仅使用了诸如"重重""逍遥"等双声和叠韵的修辞手法,最值得后人称道的是,他在翻译最后两个诗节时,对原诗"forlorn"一词的处理。根据西方学者奥鲁克的分析,"forlorn"这个词在语音学、韵式、修辞等三个方面具有非常独特的美学效果:在语音学角度上,/f/、/r/、/l/、/n/四个辅音的选取体现了对诗歌声效的追求,正是因为这四个辅音的存在,才使得最后诗节的"The very word is like a bell"变得异常生动,在读者的耳畔形成类似钟鸣的铿锵效果;在韵式上,该词与第七诗节的"corn"一词形成工整的押韵；在修辞上，f、r、l、n 四个字母恰巧依次来自第七节最后一行的"fairy lands"，构成一个神奇的字母重复(O'Rourke，1988：45)。此外，该词分别在第七诗节的末尾和第八诗节的开头出现，对诗歌的延绵起到了起承转接的关联作用，从修辞的角度也产生了意象和意义上的双向回环。因此，排除单词本身的词义，"forlorn"一词至少从不同角度体现了五重含义，对该词的翻译是衡量《夜莺颂》后半部分成功与否的关键，也成了译者必须面对的一个艰巨的考验。

诗歌中某些不可译的因素和该词含义的复杂性使得完全转译该词的所有层面成为不可能完成的任务。朱湘将该词译为"荒"，这一处理至少在两个层面上达到了对原诗境界的模仿。在词义转达这一层面，朱湘的译文虽然没有完整地展现出原文中各种复杂的意义和可能，但是，却较为准确地传达了原诗中叙述者孤苦无依、形影相吊的悲寥以及从梦中惊醒、恍若隔世、若有所思的精神状态。在声效和音乐性的转达上，"荒"一字以喉音/h/开始，产生出浑厚而粗糙的效果，类似钟鼓齐鸣一刹那的喧嚣，直入听觉的最深处，宛若现代音响中重低音的声效；而紧跟其后的元音/u/则略低回转、绵延，仿佛声音在空中逐渐散开、远去，宛如一个次中音娓娓道来；最后收尾的鼻音/ang/雄壮有力、振聋发聩，犹如激荡的高音，激昂蓬勃、宣泄而出。朱湘通过一字之译传达出三重听觉效果，顷刻间仿佛在诗行间奏响了一幕复调的交响乐，很好地诠释了济慈原诗中对声效和音乐性的微妙处理，并且直接强化了第八诗节第一行"这个字好比是一声钟"给读者带来的听觉震撼。尽管在汉语音顿与英语音步对应这一环节上，朱湘使用了一字顿"荒"，因而无法体现出原诗"forlorn"双音节抑扬格的节奏特点，但是在整体声效的模拟和音乐性的传达上，朱湘的这一译法进行了开创性的尝试，并且取得了非常显著的效果。

5. 总结

通过分析朱湘翻译的《夜莺颂》，可以发现他在诗歌主旨领悟、语言转译、诗歌形态复原等层面非常成功地传达了济慈诗歌的精髓和风貌，将诗人济慈的诗歌创作特点和美学理念较为全面地展现在中国读者面前。朱湘能够较为成功地完成选译济慈重要诗歌、构建诗人济慈形象这一任务，除了时代的选择、个人的努力以及过人的天赋之外，一个重要的、决定性的因素就是朱湘本人的美学理念同济慈的高度一致。

在济慈恢宏、复杂的思想体系中，一个最重要、最具有纲领性和指导意义的概念就是诗人对美的挚爱和不懈的追求。这一原则是济慈世界观、人生观和艺术观最为核心的价值和体现，对这一原则的执着坚守也贯穿了他诗歌创作的每个阶段。济慈对美的执着不仅体现在诗歌创作中，更深入到他思想和灵魂的深处，成为他内心不可分割的一部分，"beauty"几乎成了他作品中出现得最频繁的一个词，也是他写给友人的信件中最常见的词汇之一。济慈的美的本体、概念及其内涵和外延都极为丰富，济慈眼中的美可以是旖旎的自然风景、优美的形体和姣好的面容、雄壮巍峨的古迹、栩栩如生的艺术品等外化的美，也可以是想象的奇幻、神秘、绚丽、博大和精致，更是深入人类精神世界内部的对抽象的、玄秘的、超验的、升华的美，西方有学者甚至将济慈对美的专注与执着定义为一种宗教热忱，上升到哲学的高度，闪烁着神性的光辉（Sharp，1979：22—49）。

同样，对美的追求贯穿了朱湘富有才华而短暂的一生，如有的评论者所言："美是朱湘文艺观的核心内容，也是他毕生追求的最高理想。"（朱湘，1994：6）朱湘曾坚定地表示："我们读诗，读文学，是来赏活跳的美，是来求诗的真理的；赏与求有所得，我们就满足了，不再问别的事，任凭诗的真理与理智的绝对的真理符合也好，相反也好"（朱湘，1994：314），并且大声疾呼"查看文艺的标准是什么？我的意思以为是——诗的真理[……]我心中诗的真理即是美"（朱湘，1994：315）。在朱湘看来，美不应仅是停留在文字层面或者专是描绘美的酮体；美不仅是雕梁画栋、奇山异水，还应该包括平凡的一草一木；自然中有美，人性中亦然；奇幻中有美的种子，现实中也有美的结晶（朱湘，1994：315—316）。朱湘的这些观点与济慈的审美情趣不谋而合，两位诗人横跨百年时空，用诗歌共同构筑了一个美的天国。济慈曾在 1818—1819 年给弟弟乔治和弟妹乔治亚娜的一封信中表示：虽然我们天各一方，但是人与人之间可以跨越时空进行精神交流[……]灵魂间只需凭借相互的领悟就可以达到完全理解对方。济慈还提出了一个切实可行且趣味横生的方式：每星期天上午十点同时读一段莎士比亚的作品，这样两个灵魂就会靠得更近（Keats，1958，vol. 2：5）。朱湘用自己翻译的济慈诗歌，为这段对美的百年追求架起了一座艺术的桥梁，在心灵上和英国的诗歌先辈完成了全方位的沟通和交流。

尽管，由于篇幅所限，本书无法对朱湘翻译的其他济慈诗歌进行类似的、详尽的文本细读和比对，但是朱湘翻译《夜莺颂》时采用的基本原则和策略，对济慈作品主题和内涵的深刻理解和灵活把握，对济慈诗歌中灵动、飘逸、多变的风格的处理，对济慈诗歌语言、典故、意象的生动转译，对济慈诗歌形态的美学复现和大胆尝试，在其他五首济慈诗歌的译文中均有不同程度的体现。总之，诗人朱湘对济慈不同类型诗歌的优美、传神和个性化的翻译，使诗人济慈在中国读者中摆脱了仅以创作抒情诗、自然风情诗和爱情诗见长的形象，第一次较为全面地呈现在中国广大读者的面前，朱湘也因此成为中国济慈诗歌中译的最重要的先驱之一，并以此而彪炳于翻译史册。

但是，朱湘的译文存在先天不足，对济慈形象的构建在某些方面略有缺失和偏差。比如，由于时代所限，朱湘无法获得更多的济慈研究资料，因此在转译济慈诗歌时或多或少出现了误译和漏译现象；为了强调译文的"字数相等"，强行将济慈诗歌中的五音步抑扬格压缩为十个汉字，客观上造成了语句不通、意义缺失等问题。此外，朱湘的译文过分突出了济慈诗歌中灵动、柔弱的一面，忽略了济慈诗歌中体现出的力量与韧性，对诗人济慈的形象在中国的传播有一定的误导作用。但是，以朱湘为代表的民国时期的济慈诗歌中译者们已经完成了自己的历史使命，更加准确的译文和译作以及更为全面的诗人形象有待新时期、新译者来发掘。

第3章

查良铮：翻译济慈与隐晦书写

1. 导言

本章探讨了中华人民共和国成立后至 1978 年中国大陆改革开放政策全面实施期间，诗人查良铮对济慈诗歌的翻译及其对诗人济慈形象在中国构建的影响和推动。本章首先讨论了中华人民共和国成立之后时代语境的变化对整个社会心理的影响，特别是由于意识形态的因素导致中华人民共和国文化领域内出现的新情况。之后，本章借助各种史料和亲历者的回忆，全面解析了查良铮在面对这一历史洪流的冲击时内心的挣扎以及面对这些困扰时诗人采取的应对方式。与此同时，本章还着重探讨了译者在选译济慈诗歌时采用的原则和规范，并且通过对比与分析，将查良铮翻译济慈的实践置于一个更为广阔的文化、社会背景之下。最后，本章通过对济慈诗歌原文的细读，查良铮译文与原文、不同译者译文的对比和分析，结合济慈研究的最新成果，揭示查良铮翻译济慈诗歌的特点以及诗人济慈的形象在中国进一步形成和传播的过程。

2. 查良铮与中华人民共和国的政治和文化语境——

1949 年 10 月 1 日,中华人民共和国成立,中国现代历史掀开了崭新的一页,饱受欺凌的中国人民从此成为国家的主人,获得了历史上前所未有的尊重、自由和权益。获得新生的不仅是千万普通的中国人民,旧制度下的知识分子也从新政权和新制度的建立中获得了之前梦寐以求的稳定生活,并且在积极奋进的时代气息中找到了新的创作灵感。因此,中华人民共和国成立之后的一段时间,是中华人民共和国文学蓬勃发展的时期。中华人民共和国成立至改革开放的 30 年,又是中国文学创作和翻译史上极其特殊的时期,政治制度的变革不仅给知识分子带来了翘首以盼的认同感和自豪感,同时也伴随着持续不断的思想改造和"精神洗澡"(霍俊明,2006:204),知识分子在进行内省的同时,还要面对思想文化领域一轮轮暴风骤雨式的政治运动(霍俊明,2006:204)。面对这场席卷整个中国文化、教育领域的思想改造风暴,中华人民共和国文学翻译领域也不能幸免。虽然,从 1949 年至 1966 年间,中华人民共和国"在党组织和有关部门的领导下,[……]有组织、有计划地进行文学翻译工作,先后出版了 245 种英国文学译作和 215 种美国文学译作"(孙致礼,2009:3),但是,从 1953 年"三反五反"开始,历经 1957 年"反右"斗争和 1966 年开始的历时十年的"文化大革命",政治运动和意识形态纷扰使得译者在翻译题材方面受到极大的限制。此时,以政治为导向的翻译政策(Politics-oriented Translation Policy)(滕梅,2009:102—124)促使译者在能够享有一定题材选择的自由度之时,刻意规避政治题材的文学作品,转向"非政治"或"非意识形态"的作家和作品。及至"文革"时期,这种思想改造达到了登峰造极的阶段,意识形态上的牵制使得文学翻译完全沦为政治意识形态化服务的工具(张曼,2002:57),因而,十年"文革"期间中国的文学翻译史,成了勒弗维尔"操控论"的最佳注释。在这样的背景下,中国的作家和译者只能是"跟随时代唱应时的颂歌和赞歌,或者因受难而沉默喑哑，或者因经受炼狱而继续歌唱"(霍俊明，2006：205)。

中华人民共和国社会在政治、思想、文化和教育等领域内天翻地覆的变革，导致了时代语境的全面改变。这种改变无疑会对查良铮这样跨越新旧两个时代、具有敏感的政治身份和矛盾思想观念的知识分子产生巨大的冲击。这种冲击并非完全是雷霆万钧的致命一击，而是一个潜移默化、逐渐升腾直至爆裂的过程。其间，查良铮内心深处蕴藏的人生观、文艺观和价值观不断跟随着时代的躁动，起伏、摇摆和震颤，在矛盾、颠簸、挣扎中搅动和纠结，最终以爆发的方式与时代的意识形态主旋律发生了第一次冲突，而翻译济慈诗歌也成为查良铮在意识形态重压之下的隐晦书写。

在现有史料、文献和亲友回忆录中，一个词语经常伴随在诗人穆旦左右，那就是：爱国。爱国主义是查良铮人生观、价值观和道德观中最为重要的一个环节。对一个 16 岁时就已经开始思考中国民族解放、打破帝国主义枷锁的年轻诗人(穆旦，2006：8)，爱国思想注定会陪伴他一生，并且，在政治上和事业上屡遭打击、被迫沉默多年之后，仍然不改初衷(陈伯良，2004：126；英明瑗平，1987：137)。查良铮在人生两个重要关头，都选择了将自己的前途与中国的命运紧密联系在一起，从根本上改变了自己的人生轨迹：无论是放弃西南联大教职、毅然加入抗日远征军，还是放弃美国优渥的生活条件归国任教，无不体现出查良铮国家利益至上的观念。这种对中国的热爱和眷恋深入到查良铮内心的最深处，时常激荡起创作的波澜，可以说，穆旦的一些最优秀的作品(如《赞美》等)就是诗人发自内心的呐喊。

热爱祖国是查良铮人生观和价值观的一个层面。本质上，作为诗人的穆旦秉承了中国传统诗人的节操和人格的光辉(谢冕，2006：335)，不随波逐流、不人云亦云、坚守自己的原则和底线；诗人的敏感和才华使他对民族的苦难和力量(邵燕祥，1997：34)有着深刻的体会，并且经过诗人的心灵净化内化为对整个民族命运的关注。诗人的责任感和敏锐的洞察力形成一股合力，推动查良铮在时代大潮奔涌而至时，在内心深处激荡起创作的回潮，迫不及待地希望能够用自己诗人的视野探求、描绘和升华这一民族生命力得以重新迸发之时激情燃烧的时刻。此外，从参加一二·九和左翼进步社团"清华文学会"开始(易彬,2010:28;陈伯良,2004:19),查良铮活跃于一系列左翼文学组织中(陈伯良,2004:46,59,61),尽管没有直接的史料佐证1949年之前查良铮对中国共产党是否认同,但是,同许多中华人民共和国成立前夕的知识分子一样,查良铮具有"左倾"的倾向似乎是毋庸置疑的(陈伯良,2004:103)。爱国热情、"左倾"思想和诗人本身的特性,促使查良铮在许多中国留美学生彷徨和观望之时,胸怀对祖国的热爱、对新生政权的憧憬和对自己诗歌创作新天地的向往,义无反顾地回到了祖国的怀抱(王家新,2009:7)。

查良铮与绝大多数投入祖国怀抱的知识分子一样,满怀激情和对未来事业与生活的憧憬,克服众多困难,辗转返回中华人民共和国(周与良,1997:156—157;易彬,2010:134—136)。然而,查良铮也同许多中国知识分子一样个性鲜明、崇尚自由、痛恨一切不合理的管制与形形色色的羁绊。查良铮本人就曾说过:"一个人的可贵,是在于他有个性;而他的成功,是在于他的那种个性得以适当发展"(穆旦,2006:60);人应该顺从自己的本心,做适合自己做的事情,追求自己的梦想,不能压抑自己的天性,封堵自己内在的特长,尽管这样有可能被当成"神经"(穆旦,2006:159)。可见,查良铮认为自己应该从事写作、研究或者翻译等自由职业,而不是接受南开大学的教职,一方面,可能如他本人所言效果不佳、无胜任的把握(易彬,2010:139),另一方面,应该源于查良铮追求自由和个性独立发展的性格。

然而,这种个性化和自由化的思想性格与当时的社会语境和意识形态环境产生了冲突。有学者非常深刻地分析了查良铮所处的时代语境:

在文学上战时文化尤其是解放区根据地的文化形态不仅在建国初的和平建设时期没有消失,反而是通过各种国家机构得以不断强化。从建国初期开始,包括诗人在内的知识分子普遍感受到因新生而自豪的感觉。然而在接连不断的思想改造和"精神洗澡"中,诗人尤其是那些早年的现代主义诗人应该具有的知识分子的批判立场与内省意识已基本消失殆尽。确实,不可否认的事实是在一个到处充满着革命理想主义与乐观激情的颂歌年代里,知识分子的反思和反省的精神就有些"不合适宜"[sic]。在这场新的政治体制与文化机制以及新的国家想像的巨大洪流的冲击下,诗人们是在焦灼、紧张而又充满热望的复杂情绪中进行转换与蜕变的。

(霍俊明, 2006: 204)

20世纪50年代中国大陆的时代语境非常符合勒弗维尔文学系统操控论的观点。根据勒弗维尔的理论,操控文学系统的因素分为内部的和外部的两种,内因包括评论家、教师、翻译家等文艺领域内的专业人士,外因则主要是赞助人,包括个人、群体、党派、宗教组织、社会阶层、皇室、出版人和传媒;赞助人通过意识形态、经济手段和社会地位三重手段为专业人士设定了活动的范围和准则,共同操控一个文学系统内部的意识形态氛围(Lefevere, 2010: 14—17)。国家的各级宣传机构、文艺组织、出版机关和教育研究机构共同构成了一个强有力的赞助人,将几乎所有的专业人士纳入其中,组成一套组织严密、运转协调、高度一体化和秩序化的体系。这一体系对个体的作家和作品采取的是二分法:符合意识形态要求的作家和作品被经典化,与这一体系相悖的则被摒弃(Lefevere, 2010: 19)。面对这样一个只有两个选项的单项选择,查良铮必然会经历痛苦的内心挣扎和彷徨:对祖国的热爱和对创作的渴望使他希望能够接受改造、被主流接纳,但是,对个性的追求和对自由的向往又使他希望保持一定的独立性。融入主流是现实的、理性的选择,脱离主流是自由的、内心的选择,在权衡之后,查良铮希望能够走一条中间路线,保持一个微妙的平衡。然而,无法彻底臣服于主流导致他具有了"知识分子在新时代的那种既渴望迎接崭新的生活又希望保持知识分子良知的矛盾状态"(霍俊明, 2006: 209)。这种矛盾压抑着诗人本人的真我,可能在短时间内抑制诗人表达的冲动,但是,诗人之所以成为诗人的本性和率真使得查良铮不可能永远做一只笼中的金丝雀,矛盾的积累最终导致冲突的爆发,只不过是以一种特殊的方式。

"外文系事件"是查良铮与当时管理体制的第一次正面交锋,尽管众多史料和亲历者回忆大多语焉不详,至今对这一事件的起因经过尚有争议(周与良, 1997: 157;陈伯良, 2004: 115—116;易彬, 2010: 153—157),但其后果却非常严重,不仅使得查良铮被定性为"反党小集团"成员,影响上达教育部和中央办公厅(易彬, 2010: 154—157),而且还成了查良铮此后一系列厄运的开端,导致在其后的肃反、反右、"文革"等历次政治运动中,查良铮无一幸免。朋友早年的戏谈不幸成了现实,查良铮对自己未来要接受主流意识形态"训练"的预言同样一语成谶(易彬,2010:109,125)。理想与现实间残酷的差异让查良铮一度非常灰心失望,诗人的情绪开始转差,对新生活产生抱怨,对不断的会议和政治氛围的收紧感到不满,对朋友间因社会整体氛围的缘故产生的不信任和隔阂感到痛心(穆旦,2006:131—132),与之相伴的是诗人诗歌创作生涯的中断。

从1934年春首次发表诗歌作品开始,穆旦保持了较为稳定而旺盛的诗歌创作欲望,至1953年"外文系事件"之前,几乎每年都有诗作发表,其中一些著名的诗作,如《野兽》《赞美》《森林之魅——祭胡康河上的白骨》以及《诗八首》等也已成为中国新诗中的经典。在经历了中华人民共和国成立之初的一系列波折之后,穆旦仍然试图履行自己诗人的使命,创作了《葬歌》《九十九家争鸣》等具有一定艺术价值的诗作。然而,研究穆旦诗歌创作的历程后可以清楚地发现,1949年之前,穆旦的诗歌创作异常活跃,题材丰富、体裁多样、数量巨大,而在其饱受政治斗争困扰的年代,诗歌创作数量萎缩,内容和形式也趋于保守。

诗人穆旦逐渐失去了创作的环境和条件,在某种程度上却促成译者查良铮登上了历史舞台,此时,从1953年开始的翻译外国文学的活动成了查良铮排解心中抑郁、焦虑和失落的一剂良药。坚信"文艺工作如不对社会发表意见,不能解剖和透视,那就是失职"(穆旦,2006:152)的诗人穆旦被迫噤声,只能"用沉默来表明自己的态度"(孙志鸣,1997:215),但是,翻译外国文学作品则不同,译出外国作品可以"变为中国作品而不致令人身败名裂,同时又训练了读者,开了眼界"(穆旦,2006:227—228),更重要的是,心系中国诗歌发展的诗人认定翻译外国诗歌可以改变中国当时诗歌标语口号式的处境(穆旦,2006:223),"中国诗的文艺复兴,要靠介绍外国诗"(穆旦,2006:180),"中国的新诗如不接受外国影响则弄不出有意思的结果。[……]不只在形式,尤在内容、即诗思的深度上起作用"(穆旦,2006:148)。因此,诗歌翻译被查良铮当做自己诗歌创作的延伸和避难所,更是吸收国外诗歌优秀传统,提升中国新诗质量和表现力的重要途径。特别是在1957年"反右"运动开始,穆旦的作品多次遭到批判,诗人本人也被定性为"历史反革命分子",判处管制,失去了创作机会之后,翻译成了查良铮几乎唯一的表达自己思想的途径。虽然,查良铮1958年之后的翻译活动只能是一种"地下翻译",直到"文革"后期他才看到这些翻译作品出版的可能性,并且抱着未能目睹自己译作出版的遗憾离开人世,但是,从20世纪50年代开始,诗人穆旦的形象和重要性逐渐被翻译家查良铮所取代,翻译成了查良铮整个五六十年代展现诗人自我的一种方式。文学创作的路被堵死,文学翻译就成为文学创作的替代品和隐晦的文学创作,成为诗人穆旦的文学自我解脱,因为,"'穆旦'虽已无法动弹,'查良铮'却依然有机缘发表长篇大论"(易彬,2008:131)。翻译济慈诗歌作品也因此成了查良铮隐晦书写的一个重要成果。

回顾查良铮翻译外国文学的历程,诗歌翻译占据了最为重要的地位,除了苏联季末菲耶夫的《文学发展过程》《文学原理》以及译者身后由友人补全的译作《罗宾汉传奇》等译作之外,查良铮翻译的多数作品都是外国诗歌,其中以英国浪漫主义诗人拜伦、雪莱、济慈和俄罗斯浪漫主义诗人普希金的作品为最重。一方面,普希金、拜伦、雪莱和济慈等诗人积极、革命的浪漫主义精神可以得到当时主流意识形态的认同、接受甚至是鼓励(张曼,2002:52—53;王家新,2009:7),另一方面,这些诗人也是查良铮"在这个时期所能够选择的最贴近自己审美倾向的浪漫主义诗人"(张曼,2002:54),同时,穆旦(查良铮)"早期对浪漫派诗歌的拟作在客观上为后来翻译浪漫派诗歌打下了基础,使得诗人翻译家自身的风格与原作者风格甚为契合,有助于对原作精神的准确把握与再现"(商瑞芹,2007:60)。因此,从1954年译作《波尔塔瓦》出版到1977年临终前将译作《唐璜》的手稿转交给小女儿查平,在查良铮二十多年的诗歌翻译生涯里,浪漫主义诗歌一直是他译介的重点,特别是对拜伦和普希金诗歌的译介,更是倾注了诗人全部的心血。1958年对翻译家查良铮来说是最具特殊意义的一年。这一年共有包括《济慈诗选》《雪莱抒情诗选》《高加索的俘虏》在内的多部重要译诗集出版,见证了翻译家诗歌翻译的顶峰,同时又是查良铮的翻译家身份在公开场合的终结,从此以后,作为翻译家的查良铮也被剥夺了发表译作的权力,彻底丧失了话语权,完全转入"地下翻译"。《济慈诗选》正是在这一年由人民文学出版社出版,成了

查良铮由隐晦书写到全面失语的转折点。经历了回国前对前途无限的
向往和期待、回国初期的彷徨和失落、政治运动的冲击和文艺界无休止
的批判之后,查良铮将会以怎样的心态面对济慈——一个似乎可以完全
置身于政治和意识形态纷争之外的浪漫主义诗人? 译者将在意识形态困
扰、政治氛围日益严峻的时代语境下,为读者留下一个怎样的济慈形象?

3. 查良铮选、译济慈诗歌的基本原则和策略

在翻译外国诗歌的过程中,查良铮在诗歌的选取、诗歌理念分析和
翻译策略的制定等方面充分考虑了主流意识形态的接受程度,"体现了
他与主流意识形态认同的追求"(张曼,2002:53);另一方面,查良铮并没
有背离他的审美原则、一味地迎合主流诗学,他是在意识形态许可的译
介范围内找到了符合自己审美倾向的合适的译介对象(张曼,2002:53),
并且"始终坚持自己的审美品位与诗学观念,以诗歌翻译的隐蔽方式对
主流意识形态与主流诗学加以抵制"(商瑞芹,2007:213)。这也是查良
铮翻译外国诗歌时一贯坚持的中心原则。

查良铮翻译的《济慈诗选》很好地诠释了这一原则。在确立具体翻
译原则时,查良铮巧妙地坚持了意识形态和诗学上贴近革命的、无产阶
级的、积极的浪漫主义诗学原则,在诗歌选取、革命话语体系的运用和无
产阶级斗争色彩的勾勒上突出了阶级性和革命性,但在具体操作层面又
坚定不移地贯彻济慈诗歌审美第一的根本原则,从而将意识形态的正确
性和诗歌审美的重要性有机地结合在一起,隐晦地书写了济慈诗歌的
"美与真",较为客观地为中国读者勾勒出一个形象完整的诗人济慈。

查良铮在翻译济慈诗歌时,采用了以下三种方法尽力规避意识形态
风险。首先,查良铮的多数译诗集都有序言、后记、译者的话或者作者小
传,正是通过《济慈诗选》的译者序部分,查良铮将济慈及其诗作称为积
极向上的、革命的、符合无产阶级特征的作品。例如,查良铮强调济慈的
"家庭和出身在当时社会看来是相当卑微的"(查良铮,1958:1),进而无

形中拉近了济慈和广大无产阶级的距离,而实际情况是,济慈虽然比不得贵族和大地主出身的拜伦和雪莱,但是也绝非出身低微,至少从经济状况上考量,济慈家境殷实。尽管因为父亲意外身亡、母亲改嫁不慎、外祖父遗嘱不明,导致济慈兄妹四人可继承的财产遭受不少损失,但是,根据当时英国的法律,他们仍可以在 1817 年(即济慈 22 岁时)获得约 12 000 镑的遗产(Bate,1963:709),这在当时是非常巨大的一笔财富。"译者序"还强调了济慈脱离李·亨特(Leigh Hunt)的文学圈子是因为济慈看透了亨特所代表的"自由主义以及资产阶级社会进步学说的伪善本质"(查良铮,1958:2),并将济慈的不幸早夭归结为"社会制度和反动派对他的直接和间接的打击"(查良铮,1958:2)。事实上,济慈竭力摆脱李·亨特和雪莱的影响,完全是双方性格差异和他独立探索诗歌创作道路的需要(Keats,1958,vol. 1:168—171,213—214);而将济慈的死因归咎于传统势力的诋毁更是无形中矮化了济慈不畏艰难、不惧批评、勇于攀登诗歌顶峰的英雄形象(Matthews,1995:17—18)。类似的观点和表述还有很多,如将《伊莎贝拉》("Isabella")和《海披里安》的主题归结为"对自私自利、窒息人的心灵的贵族资产阶级社会的抗议"(查良铮,1958:3),将济慈创作《无情的妖女》归因于诗人注意民歌的写作(查良铮,1958:8),并且大量引述苏联文艺批评界的观点评价济慈及其诗歌。查良铮采用更为贴近无产阶级革命话语体系的表述介绍济慈的生平、诗歌创作的特点及其影响,一方面可能是因为在 20 世纪 50 年代,西方济慈批评尚未全面兴盛,同时,受到地缘政治和国际关系的影响,新中国在政治、经济、文化上更倾向于向苏联借鉴经验,因而,译者本人无法从西方文学研究领域获得更为全面和多元的认知视角;但是,查良铮也可能是为了规避主流意识形态和诗学的限制,迎合赞助人和文艺批评领域的专业人士,不得已而做出的妥协,否则,很难解释查良铮在 40 年代末 50 年代初留学美国三年,却在其翻译的济慈诗歌作品中看不出丝毫西方文学批评话语体系的特征,特别是以"新批评"为代表的西方文学批评理论在当时欧美评论界占有重要地位,但查良铮却只字未提。

其次,查良铮在选译济慈诗歌时,非常注意选择那些歌颂反抗贵族资产阶级强权、颂扬民族觉醒、追求民族独立的英雄人物的诗歌。这类诗歌有《写于李·亨特先生出狱之日》（"Written on the Day That Mr. Leigh Hunt Left Prison"）、《致克苏斯珂》（"To Kosciusko"）、《给拜伦》（"To Byran"）、《咏和平》（"On Peace"）、《访彭斯墓》（"On Visiting the Tomb of Burns"）、《写于彭斯诞生的村屋》（"Lines Written in the Highlands after a Visit to Burns's Country"）、《罗宾汉》（"Robin Hood"）等几首，几乎囊括了济慈所有的具有爱国主义色彩、热爱和平、反抗强权的诗歌。这些选诗，无论是弘扬爱国主义（如《致克苏斯珂》）、歌颂自由斗士（如《写于李·亨特先生出狱之日》）、缅怀民族英雄（如《写于彭斯诞生的村屋》）、期望推翻暴政、向往自由（如《咏和平》），都与中华人民共和国成立之后主流意识形态对革命、爱国主义、反侵略、反帝国主义干涉等诉求一脉相承，这些诗歌数量虽然不多，但是非常有利于中和济慈诗歌中过于强调"美"、感官感受、内心世界、想象世界等较为虚幻，不符合唯物主义世界观和无产阶级审美情趣的因素。一方面，尽管这类作品在济慈整个诗歌创作中仅占据较小的部分，其艺术价值和重要性也有限，但是，查良铮本人的爱国情怀和崇尚自由的知识分子情愫很可能使他心仪济慈那些追求自由、崇尚和平的诗歌，进而最大限度地翻译了这些作品，以期突出济慈作为爱国者和自由斗士的形象。但是，政治、宗教和意识形态纷争从来都不是济慈关注的中心，尽管，济慈同时代的批评界竭尽全力将他描绘成政治上的激进派、李·亨特的门徒，进而加以鞭挞和攻击（Matthews，1995：17—18，23；Fraser，1985：15），当代西方济慈研究学者也不遗余力地证明济慈诗歌中蕴含的政治色彩，但是，政治生活和意识形态的确是济慈最少涉及的两个领域，是济慈诗歌创作和济慈研究领域内的一个分支，无法取代济慈诗歌的主流。查良铮所处的时代，济慈研究尚未进入新历史主义和政治批评的全新阶段，即使出现过类似的研究成果，中华人民共和国当时较为封闭的外部条件，也无法使译者掌握这些学术研究的最新动态；况且，济慈这类诗歌作品仅占其创作总量很小的份额，查良铮不可能没有意识到这一悬殊的比例。将这些诗作译介给中国读者，同样也可能是查良铮规避意识形态压力的一个幌子。

最后，为译作提供大量注释是查良铮翻译浪漫主义诗歌的一个显著

106

特点,在其翻译的鸿篇巨制《唐璜》中体现得尤为明显。《济慈诗选》中的注释虽然数量不多,但是却包含有介绍诗歌创作背景、简述诗歌中主要人物和情节、解释原诗用典和译者的翻译策略、协助读者领会诗歌主题等重要作用,一些注释中甚至具有非常鲜明的阶级斗争和意识形态话语特征,最为明显的例证来自《伊莎贝拉》一诗。查良铮是该诗的首位全译者,他的译文对中国读者了解这首诗的主题和思想内涵,进而了解济慈诗歌中"传奇"这一类型的作品具有开拓性的作用。而查良铮在《伊莎贝拉》开篇的注释中是这样描述这首诗的:

> 本篇情节取自《十日谈》中第四日的第五篇故事,但与原来情节略有出入。原作为兄弟三人,济慈改为二人,并以与贵族缔亲作为谋杀的动机。篇中着力描写两兄弟的经济地位及剥削的残忍,这都是济慈添上去的,由此可见诗人对资本主义的不合理制度有相当深刻的认识。
>
> (查良铮,1958:108)

由此,济慈笔下的《伊莎贝拉》成了无产阶级控诉资本主义剥削和压迫,揭露封建贵族和资本家残酷、邪恶、伪善的血泪史;诗人济慈也一跃成为代表劳苦大众和被压迫阶层声讨剥削阶级的无产阶级斗士。这样的描述突出了济慈的阶级属性和革命性,维护了济慈的阶级属性和革命血统的纯正,也就等于对外宣布了译者翻译活动在政治上的正确性,变相地为译者支起了一把意识形态的保护伞。

然而真实的《伊莎贝拉》完全是另外一种情况。在这首长达 63 个诗节、504 行的叙事诗中,涉及明显意识形态色彩的记述只有短短的两个诗节,共 16 行。原作如下:

> With her two brothers this fair lady dwelt,
>   Enriched from ancestral merchandize,
> And for them many a weary hand did sweat,
>   In torched mines and noisy factories,
> And many once proud-quiver'd lions did melt
>   In blood from stinging whip; — with hollow eyes

Many all day in dazzling river stood,

To take the rich-ored driftings of the flood.

For them the Ceylon diver held his breath,

　　And went all naked to the hungry shark;

For them his ears gush'd blood; for them in death

　　The seal on the cold ice with piteous bark

Lay full of darts; for them alone did seethe

　　A thousand men in troubles wide and dark;

Half-ignorant, they turn'd an eay wheel,

That set sharp racks at work, to pinch and peel.

（Keats, 1982: 187）

查良铮的译文如下：

> 这个美人和两个哥哥住在一起，
> 　　祖先给他们留下了无数财产；
> 在火炬照耀的矿坑,在喧腾的工厂,
> 　　多少疲劳的人为他们挥汗；
> 呵,多少一度佩挂箭筒的腰身
> 　　为鞭子抽出了血,在血里软瘫；
> 多少人整天茫然站在激流里,
> 　　为了把水中金银矿的沙石提取。
>
> 锡兰的潜水者为他们屏住呼吸,
> 　　赤裸着全身走近饥饿的鲸鱼；
> 他的耳朵为他们涌着血;为他们,
> 　　海豹死在冰层上,全身悲惨的
> 　　射满了箭;成千的人只为了他们
> 　　而煎熬在幽暗无边的困苦里；
> 他们悠游着岁月,自己还不甚清楚；
> 他们是在开动绞盘,把人们剥皮割骨。

（查良铮,1958: 114）

查良铮的译文的确非常注重这个部分的译笔,力求在用词、语气和整体风格上接近当时的主流诗学对政治性和革命性的要求,因此,不遗余力地用"挥汗""煎熬""剥皮割骨"等充满力量和暴力美学的词汇渲染劳动者所面对的危险和苦难以及遭受的压迫和剥削,刻画无产阶级悲惨的命运、鞭挞资本主义的残酷。不少西方济慈研究学者也注意到《伊莎贝拉》中的上述劳资矛盾,并且运用当代西方意识形态研究常用的话语体系对这一片段进行了非常精辟的解读。① 但是,这些政治解读的立足点都是将《伊莎贝拉》一诗作为一首描写爱情的浪漫主义传奇,将传奇故事这一中世纪的文学类型置于资本主义制度之下,政治不过是济慈在为自己的创作树立一个可供对比的对立面(Sider,1998:69—70),更为激进的解读甚至将济慈的这几行诗句同他自己在文学领域内的名声和经济利益挂钩(Wootton,2006:53—55)。但是,与整首诗的全语篇语境相比,政治和意识形态成分仅仅是非常微小的一个分支,更多的学者从更为宏大的文学潮流角度思考,认为济慈意识到了"传奇"这一文学范式的潜力和局限性(Sperry,1973:198),创作这首风格奇特的浪漫传奇是源于诗人对"传奇"这一文学模式的疑惑和不信任,最终目的在于反传奇,打破欧洲传奇故事旧有的模式和局限,从关注想象的世界到现实世界,这种对传统浪漫传奇的突破和飞跃,最终促使济慈成为重要的浪漫主义诗人(Stillinger,1968:603—605)。

可见,将《伊莎贝拉》的主题简单归结为诗人控诉资本主义制度的残酷、同情劳动人民的苦难,完全是一种削减式的解读方法,将一首内容丰富、意味深远的诗歌简化为一首揭露政治制度黑暗的口号式的政治批判

---

① 最早注意到《伊莎贝拉》中对资本主义剥削控诉的是英国著名剧作家萧伯纳(George Bernard Shaw),这位较为"左倾"的作家曾指出:"如果卡尔·马克思考虑写一首关于资本主义的诗歌而不是一篇论文,他可能会写出《伊莎贝拉》。"(Shaw,1921:175)而当代的济慈研究学者更多地从社会经济角度分析了这首诗歌和资本主义社会经济发展的关系,如 Susan Wolfson, Daniel Watkins, Kurt Heinzelman 等学者都较为详细地解读了《伊莎贝拉》一诗中蕴含的资本主义社会经济因素以及阶级斗争、剥削劳动和经济上的控制等内容(Sider,1998:69—70)。最新的新历史主义研究成果,甚至发现充足的证据证明济慈创作《伊莎贝拉》的时期,受到李·亨特的激进报纸中许多关于资本家压榨工人的描写的影响。济慈创作《伊莎贝拉》期间,议会关于劳工问题也展开了激烈的争论。因此,《伊莎贝拉》中许多关于资本家残酷剥削工人的描写是有直接历史来源的(Sider,1998:71—72)。

诗。而用政治化、意识形态化的统一语境替代个体丰富而细腻的感受，用标语口号式的宣传替代优美的诗歌和文学作品，这些都是查良铮极力反对的文学创作途径(穆旦，2006：160)。因此，采用以偏概全的解读方式阐释《伊莎贝拉》，应该是查良铮迫不得已的选择。顾及主流诗学规范并不意味着毫无原则的妥协和屈从，正如张曼所指出的那样：

> 穆旦50年代的翻译选择体现了他与主流意识形态认同的追求。但并不意味着这是穆旦背离他审美原则的迎合之举。只要对穆旦具体的翻译选择细致分析一下就可以看出，穆旦在具体选择上还是体现了他的审美趣味。他是在意识形态许可的译介范围内找到了符合自己审美倾向的合适译介对象。
>
> (张曼，2002：53)

这种对当时主流意识形态和诗学规范的认同是有所保留的，妥协是为了能够得到许可，继续从事翻译活动，而在表面的顺从和认同之下的查良铮"始终坚持自己的审美品位与诗学观念，以诗歌翻译的隐蔽方式对主流意识形态与主流诗学加以抵制"(商瑞芹，2007：213)。查良铮选译的《济慈诗选》就是在符合主流意识形态框架的同时，坚持译者诗学规范和美学原则的一个很好的例证。

谈到坚持诗学和美学原则，首先需要厘清查良铮心中认同的诗学和美学原则究竟是怎样的，对济慈这样一位重要的英国浪漫主义诗人，译者究竟有怎样的理解，这也涉及查良铮以文学批评家和美学家的身份认知济慈诗歌的过程。有评论家指出："作为翻译家的查良铮，他主要翻译的是浪漫派诗歌[……]而且是按照浪漫主义诗歌传统和美学特征来从事翻译和批评的。"(王宏印，2006：105—106)查良铮出版的俄国和英国浪漫主义作家的译著都配有序言，通过这些序言，他简明扼要地阐明了对浪漫主义文学、美学以及涉及的时代语境、宗教哲学思想、艺术手段、政治环境和社会因素等多方面的理解，而且查良铮的倾向是：

> 不仅将诗人作为个人的思想与作品单个进行深入的描述，而且通过比较让他进入特定的文学流派和整个时代精神，因而与美的追求倾向的不同路径相联系。进一步而言，在进行如此分析的时候，他固然借用了一些国外的有关资料，而且

也凭借当时主流意识形态的基本观点进行评述,但另一方面,由于翻译活动的特殊要求与诗人本身对艺术的敏感,再加上对形而上问题的一贯的执着追求,使得穆旦的评论往往能够切中要点,而且新见迭出。

(王宏印,2006:110)

尽管受到当时意识形态因素的影响,查良铮仍然异常敏锐地发现了济慈诗歌中最重要的一些美学和诗学特质。查良铮首先否定了19世纪西方传统上错误地将济慈定位为"一个'为艺术而艺术'的典范和享乐主义颓废派的先导"(查良铮,1958:3)。这一见解固然是出于对济慈的意识形态洗白,但是客观上却为济慈澄清了广为流传的误解,提升了济慈的诗人地位。之后,查良铮不断提出济慈诗学体系中最为重要的一个概念——美,并且将其置于至高无上的地位,这种美体现在自然、艺术和感官的享受中,是置于"现实世界之上,[……]是更高的真实"(查良铮,1958:3)。而济慈对自然界的"永恒的美"、心灵对艺术的渴求、理想世界的美与现实世界的对比和冲突等一系列主题思想都被查良铮准确地发掘,并且在有限的篇幅内进行了精彩的阐释(查良铮,1958:6)。最后,查良铮还对济慈诗歌的美学和哲学内质进行了全面的阐述和升华:

> 济慈不是革命的浪漫主义者(虽然,他也许是朝这个方向接近),他没有在诗中提出改造现实生活的课题,他的作品也不像拜伦及雪莱那样尖刻而多方面地反映现实;但另一方面,他也和湖畔诗人们不同,即使只就"描写美"这一点而言;因为他所追求的美和美感,不在于神秘主义的、缥缈的境界(如柯勒律治),不在过去或另一个世界里,而就在现实现象中。他不像华兹华斯似的引人向往于过去的封建社会。他从热爱现在、热爱生活出发,他所歌颂的美感是具体的、真实的,因此有其相当健康的一面,而他认为,正因为这"优美"的好景不长,它就更为优美,更值得人以感官去尽情宾飨——济慈的诗在探索这样一种生活感受上达到了艺术的高峰。

(查良铮,1958:5—6)

查良铮深刻地领悟了济慈诗歌美学中最为核心的价值:对美的不懈追求、对现实世界的理性认知和热爱、对想象世界的复杂矛盾的心理、对永恒的向往和稍纵即逝的美的担忧。这些考虑也正是当代西方济慈研究领域内最为关注的焦点话题。查良铮在几乎毫无外界辅助条件的前提下，与西方济慈研究学者同时洞察到了济慈诗歌美学中的核心问题，准确地把握了济慈诗歌和美学思想发展的轨迹和脉络，并且通过译文加以精彩的阐释，使读者不得不惊叹于他先知般的洞察力和预见性。也正是基于对济慈诗歌美学的悟性和坚守，查良铮得以紧扣这些核心价值，在选译济慈诗歌时能够抵御意识形态的掣肘，将济慈诗歌创作中具有永恒价值的诗作译介给中国读者，还原了一个更为真实的诗人济慈。

　　基于诗歌审美第一、艺术性至上的原则，查良铮在选取济慈诗作时，着眼于全面体现济慈诗歌创作风貌、重点突出最能代表济慈诗歌美学思想、艺术手法上最为新颖和具有代表性的诗作。选材的范围从济慈创作最早的探索期开始，涵盖了其创作的成熟期、高峰期和晚期的几乎所有重要作品。所选的诗歌体裁则囊括了抒情诗、谣曲、十四行诗、颂诗、传奇故事等多个类型，除去受到篇幅限制而舍弃的长篇传奇如《恩迪米安》、长篇叙事诗《拉米娅》和两部《海披里安》（"Hyperion" "The Fall of Hyperion"）外，同样涵盖了济慈诗歌创作历程中的主要成就。在选诗的题材上，早期作品偏重于歌颂友谊、亲情，向往自由、亲近自然的快乐生活，如《给我的弟弟乔治》["To My Brother George（sonnet）"]、《给我的兄弟们》（"To My Brothers"）、《给海登》（"Addressed to Haydon"）、《对一个久居城市的人》（"To One Who Has Been Long in City Pent"）、《"快乐的英国"》（"Happy is England! I could be content"）以及《蝈蝈和蟋蟀》等。成熟期（包括向成熟期过渡）则主要选择标志着诗人思想和创作开始走向成熟、发生质变的作品，如《初读贾浦曼译荷马有感》《睡与诗》《初见埃尔金壁石有感》（"On Seeing the Elgin Marbles"）、《再读〈李尔王〉之前有感》（"On Sitting down to Read *King Lear* Once Again"）、《"每当我害怕"》（"When I have fears that I may cease to be"）等，特别是《睡与诗》这首为济慈诗歌创作走向更高阶段描绘出宏伟蓝图的宣言书，更是由查良铮首译至中国，而且译者还在译文之后加上了重要注释，详细解释了这首诗歌的主旨，分析了该诗的逻辑结构，指出了该诗在济慈诗歌生涯中承前启后的关键作用（查良铮，1958：68—69）。济慈诗歌早期中译者忽视了该诗的价值,查良铮的这个举措弥补了之前译者的缺漏,明确了济慈诗歌创作的发展阶段、展望了诗人未来的走向,一定程度上在读者心中重塑了诗人济慈的形象。高峰期的作品则广泛选取了最能代表济慈诗歌美学内质和特征的作品,借以揭示济慈思想的深度和广度、哲学和价值观中的矛盾性和创作手法的多样性。这一时期的重要作品,如以《夜莺颂》《希腊古瓮颂》和《秋颂》为代表的颂诗,以《圣亚尼节的前夕》为代表的叙事长诗,以《无情的妖女》为代表的谣曲等类型都在其中。此外,一些体现济慈世俗观念的诗作如《咏声名》(两首)("On Fame")也被查良铮介绍给中国读者,这对更为客观和真实地呈现出济慈思想的全貌起到了非常重要的作用。济慈创作晚期被查良铮重点译介的作品主要记录了济慈和恋人——未婚妻芳妮·布劳恩之间凄美、缠绵的爱情悲剧,如《"白天逝去了"》《"我求你的仁慈"》("I cry your mercy — pity — love! — aye, love")和《灿烂的星》等。通过译介这些不同时期、不同题材、不同类型的济慈诗歌,查良铮较为全面地为中国读者勾勒出一个热爱生活、珍视亲情友谊、深入思考人生、忠于爱情的诗人济慈。

在坚持审美趣味和艺术品质为中心毫不动摇的同时,在具体的翻译策略、翻译方法和翻译规范的选择上,查良铮的译文显示出很强的灵活性和创造性。由于时代语境的影响,查良铮很少撰写和发表文艺观点和理论,万幸的是查良铮在最后一次公开发表的作品《谈译诗问题——并答丁一英先生》中,将自己的翻译思想和原则进行了全面的概括和总结。在这篇发表于1963年的长文中,查良铮首先阐述了译诗原则的问题,指出丁一英与他本人分歧的根源在于丁一英采纳并以为圭臬的是"字对字、句对句、结构(句法的)对结构"的翻译原则,而查良铮则坚持"灵活运用本国语言的所有长处,[……]在本国语言中复制或重现原作中的那个反映现实的形象"的创造性翻译原则。之后,查良铮着重强调了诗歌翻译的特殊性:既要注重原诗的内容,更要考虑原诗的形式问题,"包括诗的韵脚、每行的字数或拍数,旋律、节奏和音乐性等"。因此,"考察一首译诗,首先要看它把原作的形象或实质是否鲜明地传达出来;其次要看它被安排在什么形式中"。所以,在具体操作过程中,译者需要突出重要的字词和意象,省略次要的内容,做必要的局部牺牲以获得整体上内容和形式的契合,并对牺牲的部分加以适当的补偿。[①] 这些论述是查良铮经过十多年的诗歌翻译实践总结出的指导性原则,并且具有很强的指导作用和可操作性。查良铮翻译的《济慈诗选》正是以这一翻译原则为核心,兼顾济慈原诗的美学、哲学和思想内涵,同时巧妙地回避了意识形态的干扰。本书以查良铮翻译的《圣亚尼节的前夕》为例,说明译者采取的翻译策略和具体手段。

4. 查良铮译济慈《圣亚尼节的前夕》

《圣亚尼节的前夕》是济慈 1819 年初创作的一首叙事诗(Stillinger,1982a:453),诗人自己当时也没有重视这首诗的价值,认为这首诗包含了太多的"不成熟、缺乏对人情世故的了解"(Keats,1958,vol. 2:174)。与三大颂诗相比,这首诗在探索人类思想、精神世界和现实生活等涉及人类本源的问题的深度和广度上,可能无法代表济慈的最高成就。中国的济慈研究学者和济慈诗歌翻译者也大多没有给予该诗足够的重视。然而该诗却是济慈所有诗歌作品中在当代西方评论界引起争议最大的一首,在超过半个世纪的争论中,学术界对该诗大到主题思想、细到某个词语、意象的含义都有了非常深入的认识。

19 世纪的评论界同济慈一样,并未给予这首诗足够的重视,并且从一些人物的描写和细节的安排上指出,济慈作为一首叙事诗的作者,在掌控叙事细节上尚显稚嫩,整个故事不过是基于一个迷信传说编织起来的毫无价值的东西(MacCracken,1907:145);20 世纪早期的西方评论家以更为理性和务实的态度,更加深入文本,开始关注该诗中蕴含的各种对比(contrast)(Finney,1936:549,559;Lowell,1925:170—171),或者分析某个意象的象征意义(Fogle,1945:327),或从来源入手分析济

---

① 以上引用和归纳参见查良铮,2007。如未做特殊说明,本章引用该文的内容均来自该文集。

慈可能参考的其他作品（Gordon，1946；Jordan，1928）。20 世纪中叶之前的评论界较为认同该诗蕴含了绚烂的色彩、梦幻般的意境、优美的音韵、感官的盛宴、扣人心弦的情节和令人神往的爱情，尽管一些研究者认为济慈的这首叙事诗缺乏实质性的内容，但仍从审美的角度出发，赞赏该诗蕴含的语言和韵律美（Wilson，1984：44）。无论是批评或者褒扬，这些评论的立论依据都是将这首诗定义为一首描写真挚爱情的、童话般的浪漫传奇（Stillinger，1961：533）：故事中的男主人公波费罗（Porphyro）冒着巨大的危险、克服一切险阻，深入遍布凶残敌人的城堡，在好心老妪安吉拉（Angela）的协助下，唤醒因圣亚尼节仪轨的魔力而沉浸在睡梦中的恋人玛德琳（Madeline），最终一同逃离古堡，消失在无边的风雪中。这个"罗密欧与朱丽叶"式的浪漫爱情故事在 20 世纪 50 年代被一派济慈研究学者演绎得具有宗教朝圣的味道。以瓦瑟曼、纽维尔·福特（Newell F. Ford）、R·A·福克斯（R. A. Foakes）等为代表的一批济慈研究学者从《圣亚尼节的前夕》所富含的宗教词语和意象入手，对该诗进行了充满玄学色彩的解读，并因此被冠以"玄学派评论家"（metaphysical critics）的称号（Stillinger，1961：534）。特别是瓦瑟曼根据济慈书信中两个非常著名的比喻"亚当之梦"和"人生就是一座由许多房间组成的大厦"（Keats，1958，vol. 1：185，280），将整个爱情故事解读为波费罗在精神世界的朝圣之旅：波费罗在精神世界里不断上升，直到在玛德琳的床边最终进入了超验世界，两个恋人借此获得了更为崇高的精神境界（Stillinger，1961：537）。这种乐观的、童话式的、大团圆的解读方式在 60 年代引发了以斯蒂林杰等为代表的怀疑派的质疑，并且彻底颠覆了之前所有评论家对该诗进行的正面的浪漫主义解读，将该诗重新拉回到现实主义的解读框架内。斯蒂林杰基于文本细读，广泛引用济慈本人的观点、各种史料和前期评论成果，推翻了玄学派的论点，将波费罗认定为一个类似莎士比亚《辛白林》中 Iachimo 的恶棍、窥淫狂（Peeping Tom）和强奸犯，将玛德琳勾勒成一个受迷信思想蒙蔽的受害者，并且给予该诗结尾以开放式的讨论空间（Stillinger，1961：542，544—547，550）。从此，西方济慈研究学者以这两派针锋相对的观点为依据，对该诗的主题展开了长达半个多世纪的争论，尽管，70 年代之后，各种新兴的批评流派和观点风起云涌,但无论将这首诗理解为对正统基督教观点的诙谐模仿(Gibson,1977:39—50),将一对恋人间的关系理解为相互引诱(Thomson,1998:340),从女性主义视角分析玛德琳的梦境(Alwes,1993:77—87;Rosenfeld,2000:50—54),从新历史主义(Banerjee,1995:529—545)、当代叙事学(Ragussis,1975:378—394)、意识形态研究(Farnell,1995:401—412)等角度阐释该诗,所有观点的争鸣几乎都是在玄学派和怀疑派所限定的两个极端解读之间进行的(卢炜,2017:20—24)。波费罗和玛德琳之间的关系究竟是"罗密欧与朱丽叶"还是"Iachimo 和 Imogen"? 这成了所有研究该诗的学者不得不面对的一个抉择。这个选择题同样摆在了查良铮的面前。

查良铮选择将这个故事理解为"象罗密欧与朱丽叶一样年轻而美丽的爱情故事,在充满敌视的背景中进行":

> 一方面,年轻的恋人如何热烈地追求光明与温暖,另一方面,又不时地指出那个粗暴、冷酷、酗酒的世界的存在,它随时都可以把这美丽的爱情象肥皂泡一样地戳破。[……]这故事本身就象是对"美"的一支赞歌,悠悠然盘旋在半空,令人神往不已。

(查良铮,1958:7)

译者对这首诗歌的解读,符合济慈一贯刻画的理想世界与现实世界的矛盾和冲突、美的转瞬即逝与苦难的经久不衰,也是查良铮本人更能认同的一种审美品位,是两位异国诗人对同一哲学论题和审美体验的共鸣,也是人性趋向美好事物共性的自然选择。然而,50 年代意识形态的影响也是一个不容忽视的因素。《圣亚尼节的前夕》包含了太多封建的、腐朽的、迷信的甚至是淫秽的内容:虽然女主人公最终背叛了她的封建家族,但整个过程充满了封建迷信(波费罗借助迷信色彩的"圣亚尼节"传说达到了最终目的)、背叛(女主人公玛德琳的贴身奶妈安吉拉背叛了自己的主人,引导波费罗潜入玛德琳的闺房)、色情(波费罗在闺房的壁橱内偷窥玛德琳宽衣就寝,并且最终与之发生关系)、私奔(两人逃离城堡)。因此,即便是选择了一个正面的视角来叙述故事,译者同样面临很大的意识形态压力。完全无法想象如果查良铮按照怀疑派的解构主义思路去阐释并翻译这首诗会是怎样的后果。

即便如此,查良铮在翻译这首诗时也需要小心翼翼,时刻规避可能的意识形态风险,因为,这首长篇叙事诗演进所需的所有重要情节,也是《圣亚尼节的前夕》之中最著名、最优美的几个诗节,正是从主流意识形态角度考察非常敏感的地方。除了该诗的开篇和结尾两个诗节广受西方评论界的关注之外,波费罗和安吉拉商议如何接近玛德琳、波费罗偷窥玛德琳就寝、波费罗溜出藏身之处布置场景、借助圣亚尼节的神秘力量与玛德琳亲密接触直至发生关系,这些历来为西方评论界研究热点的章节也是查良铮在翻译时无法回避甚至稍有不慎就可能酿成大祸的地方。如何处理这几处重要的诗节,可能是查良铮最为艰难的抉择,也是体现查良铮翻译原则、翻译技巧和成就的试金石。

开篇第一诗节具有非常重要的作用,决定着整个诗歌的基调和走向。西方学者已经发现,这个诗节除了蕴藏着丰富的冷与热、生与死、年轻与垂老的对比之外,在语法角度大量出现倒装句,意在突出三个重要的词汇——"chill""silent"和"numb";从语音学角度,大量的元音/o/和/i/体现的是惊恐和退缩的情绪,这都与传统上认为的叙述一个浪漫故事的背景相违背(Banerjee,1995:534)。查良铮如果希望行文伊始就让读者认为这是一首传统意义上的浪漫爱情传奇,又不至于脱离原文真实的语境和效果,就需要适度中和原文中过于明显的悲凉、恐怖氛围,同时不能冲淡原诗所蕴含的矛盾对照的色彩。因此,与前辈译者朱湘的译文相比,查良铮的译文似乎在节奏和气氛上舒缓了不少,不以急进的节奏和惊恐的氛围取胜,而是通过突出前后对比、渐进地反映一个寒冷、寂静、深邃的冬夜。诗人巧妙地利用了程度副词,深感严寒的众生都僵在了那里,好似一个零声效、零动作的定格镜头;在一切沉寂之时,突然读者听到了不断传出的诵经声,越来越快,不稍停息,疾风骤雨般划过,又飞升开去,悄无声息,达到无声胜有声的境地。这种折中和妥协的结果是,查良铮在译文中减少了朱湘译文所包含的恐惧、不安的气息,更具有了一丝爱情故事所需的人间温暖。如果说,朱湘的译文更符合以怀疑派的观点解读这首诗,那么,查良铮的这种较为温和的处理方式无疑更适合用来讲述一个具有玄学隐喻色彩的爱情故事,并且在核心意象和意境上并没有偏离济慈原文的主干。

波费罗与安吉拉意外相见,并且在波费罗软硬兼施、威逼利诱之下,安吉拉答应帮助波费罗伺机潜入玛德琳的闺房是全诗第一个重要的情节,也是查良铮需要面对的第一个重要挑战。这个情节从全诗第 11 诗节开始,至第 21 诗节结束,约占全诗篇幅的四分之一。不过,这其中最为重要的是第 16 诗节的前四行,原作如下:

> Sudden a thought came like a full-blown rose,
> Flushing his brow, and in his pained heart
> Made purple riot: then doth he propose
> A stratagem, that makes the beldame start:
>
> (Keats, 1982: 233)

这个诗节最核心的词汇是"stratagem",对这个词的不同理解和翻译可能导致波费罗、安吉拉两人产生两个截然不同的形象,对整个故事的发展和结局造成完全相反的理解。西方评论界对这个词及其衍生出的含义持有两种完全对立的解读。一种观点认为波费罗是整首诗的英雄(the Hero of the poem),他潜入城堡并没有歹意,他在玛德琳的卧室里也只是作为一个旁观者(watcher)存在,他的"stratagem"只包括用计来到玛德琳身边借机唤醒她,并不包含后来的诱奸行为,因此,安吉拉的帮助也不能被认为是协同作案,老妇人还是那个慈母般的形象(Waldoff, 1977: 179—183);而另一派则认定"stratagem"就是暗示波费罗接近玛德琳之后会实施奸淫的计划,并且通过非常精彩的文本解析,指出了波费罗实质上是个窥淫狂,而安吉拉在波费罗的淫威之下,成了一个满脑子中产阶级价值观的孱弱老妪的形象(Stillinger, 1961: 538—540)。

查良铮希望从一个浪漫爱情故事的角度阐释和翻译这首诗,因此,他很难认同和选择将波费罗描写成一个色情狂,但是,济慈开放式的、充满矛盾对立的诗歌创作模式使得文本的语境和很多细节又在一定程度上支撑了这一形象,而且,"stratagem"这个词的基本意思就是"蒙蔽他人(尤指敌人)的计谋、策略或花招"(霍恩比,1997: 1509),含有敌视和贬义的色彩。查良铮秉承的忠于原诗的形象和实质的译诗原则(查良铮,

2007：114)在这里产生了矛盾：形象和实质可能并不一致。查良铮最终选择了忠于原文的实质，但是又略作调整，以使译文能够更接近自己认同的价值体系，将这四行译为：

> 突然有个念头，象玫瑰花开，
> 红透了他的鬓角，又在他心中
> 搅起一片紫波：而等他说出来
> 这个计谋，老婆婆却吃了一惊：

（查良铮，1958：142）

"计谋"这个相对中性的词汇很好地调和了两派解读中的矛盾：既照顾了正面解读，将波费罗描绘成一个聪明、果敢、机智的年轻人，又通过"谋"字使读者可以联想到"阴谋"，在一定程度上体现出这个计划可能具有的不合常理、不甚光明正大的阴暗面，甚至有可能使读者联想到"谋略"等更为宏大的词语，这无形中又可能提升了波费罗的形象。可以说，"计谋"这个词非常圆满地解决了原诗留给译者和读者的困难，甚至在某种意义上拓展和丰富了济慈原文的内涵。经过这样的译笔，波费罗的形象不至显得过于邪恶或者过于清白，特别是在第 20 诗节，波费罗答应要迎娶玛德琳之后，安吉拉也部分洗脱了从犯的罪名。

相比之下，同样翻译过该诗的朱湘选择了回避这个词汇，将这四句诗意译为：

> 心头忽生一计，有如花发，
> 令他双颊蔷薇一样绯红，
> 怦怦心跳如逸缰之马，
> 但她闻此计时如遇马蜂。

（朱湘，1986：167）

虽然，"计"这个字将解读和想象的空间保留给读者，避免了译者需要面对的抉择，但是，译文中的两个"计"被译者混为一谈，在原文中则各有所指，因此，从忠于原文文字的角度，朱湘的译文不能说非常成功；另一位译者李祁将这个词译为"计策"（李祁，1948：67），虽然试图忠于原文的意思，但是无法体现出原文语境里透露出的略显邪恶的含义，缺乏查良铮译文的灵活度和深度。

第24至26诗节是全诗第二个重要的情节节点。这三个诗节主要叙述了玛德琳进入自己的卧房，向上天祈祷，最后更衣就寝。西方评论家们对这三个诗节进行了非常深入和全面的研读。济慈同时代的评论已经关注到在这几个诗节中诗人对视觉效果的掌控（Matthews，1995：157，172），而当代学者则更为详细地分析了济慈在第24诗节中借助声效和感官触觉，对门窗进行细致刻画，对读者的视觉造成的冲击（Betz，2008：308）；第25诗节寒冷的月光（wintry moon）的隐喻作用（Ragussis，1975：386—387）；第26诗节中，济慈描写玛德琳宽衣解带、上床就寝体现出的是各种感官感受的组合，而非仅仅是视觉的刺激（Bennett，1992：115—116），并且认为波费罗偷看到玛德琳脱衣，暗示着一种性占有（sexual possession）（Waldoff，1977：185）。其中，第26诗节对查良铮尤为关键，这是一个描写少女脱衣就寝的场景，具有非常明显的情色氛围，如何处理这样的隐讳场景是他在这首诗的翻译过程中面对的第一个类似考验。原作如下：

> Anon his heart revives：her vespers done，
>
> Of all its wreathed pearls her hair she frees；
>
> Unclasps her warmed jewels one by one；
>
> Loosens her fragrant boddice；by degrees
>
> Her rich attire creeps rustling to her knees：
>
> Half-hidden，like a mermaid in sea-weed，
>
> Pensive awhile she dreams awake，and sees，
>
> In fancy，fair St. Agnes in her bed，
>
> But dares not look behind，or all the charm is fled.

（Keats，1982：235）

查良铮的译文如下：

但他的心跳起来,晚祷完毕,

她就除去发间的珠簪和玉针,

又将温馨的宝石——摘取;

接着解开芳馥的胸兜,让衣裙

窸窣地轻轻滑落在她膝前,

这使她半裸,像拥海藻的人鱼;

沉思了一会,她睁开梦幻的眼,

仿佛她的床上就睡着圣亚尼,

但又不敢回身看,生怕幻象飞去。

(查良铮,1958:146—147)

查良铮将前面三行玛德琳逐一除去身上的珠宝、退去衣物描写得非常温馨、舒适,仿佛让读者置身于一个轻松、惬意的环境中,和玛德琳一起享受去除附着在身上的这些赘物带来的快乐;而且叙述的笔调优美、柔和、平缓,仿佛玛德琳本人是在自己身体上雕琢一件艺术品。译者采用非常平实的动词——"除去""摘取""解开",体现出女主人公自然、毫不文饰的特点。在行文过程中,查良铮也不拘泥于和原诗的字句、意象、语法完全对等,在不影响原诗主要意象和情节的前提下,充分发挥译者的主动性和创造性,调整字句的顺序,让整个行文更加流畅,更有动感,营造更为符合整个诗节语境的叙述氛围。这一方面符合他坚持的译者需要突出重要的字词和意象,省略次要的内容,做必要的局部牺牲以获得整体上内容和形式的契合(查良铮,2007:114—115),另一方面也可能有照顾原诗该处描写的特殊性:济慈在这一诗节使用了一般现在时描写玛德琳的动作,与整个叙事大量使用的一般过去时形成了对照,而这也显示了叙述人沉醉于自己营造的紧张的氛围中,被精彩的故事吸引,不能区分现实和故事、过去和现在(Ragussis,1975:382)。查良铮的译文传达出的节奏感和流畅度似乎客观上应对了这一时态上的差异。但是,在最敏感的第六行,查良铮选择了比原诗更为激进的直译:"这使她半裸,像拥海藻的人鱼"。这是一个相当大胆的突破,因为原诗中济慈使用的都是春秋笔法,将内衣落地之后的玛德琳比做隐藏在海藻中的美人鱼,但是,并没有明确指出玛德琳衣不蔽体这一事实。查良铮这样直白的译法并非意在挑战主流意识形态的权威,而可能是出于技术、审美和语境几方面的考虑。技术上,美人鱼作为传统的艺术形象在西方可谓家喻户晓,但对 50 年代的中国读者可能稍显陌生,如果采用隐晦的译法,效果可能有所折损;如果采用注释的方式,可能产生更大的意识形态问题:指出美人鱼上身赤裸等于强调了这一事实,变相曝光了裸露,吸引读者更大的关注,而不指明又失去了注释的意义。从审美和语境考察,济慈在第 25 诗节将做晚祷的玛德琳刻画出具有圣徒般的虔诚(Gibson,1977:44—45),查良铮的译作也追随这一思路,特别是这几行:

> As down she knelt for heaven's grace and boon;
> Rose-bloom fell on her hands, together prest,
> And on her silver cross sofe amethyst,
> And on her hair a glory, like a saint:
> She seem'd a splendid angel, newly drest,
> Save wings, for heaven;

(Keats, 1982:235)

她正在合掌

> 向天默祷,象有玫瑰复落手中;
> 她那银十字变成了紫水晶,
> 她的发上闪着光轮,有如圣徒:
> 又好似光辉的天使正待飞升,

(查良铮,1958:146)

这完全是圣徒升入天堂之前的恢宏场面,作为备选天使的玛德琳在做着最后的准备。这种圣洁、崇高、富于宗教气质的美使得玛德琳的肉体具有了圣徒的光彩,这样的裸体具有艺术的美和宗教的神圣,如果将其遮蔽或者隐而不选,可能是对整个诗节意境的破坏;而将这样清纯、圣洁、出淤泥而不染的躯体展露给读者,应该更符合查良铮对美和浪漫爱情的期许。查良铮希望读者面对的是一具激起读者美感和对爱情无限向往的肌体,而不是诱发肉欲和感官刺激的肉体。对美的热爱和渴望,对神圣、纯洁事物的珍视,对激发读者正面感官感受的期待,可能使查良铮敢于直面意识形态压力,坚持直译原诗较为委婉的肉体描写。

与之相比,朱湘对第 26 节的翻译简洁明了,古色古香,符合他一贯的译诗风格与原作的叙事特征:

> 自鬓边卸下珍珠,
> 又从胸口取下温暖的珍宝,
> 解开香的肚兜,呈现肌肤,
> 轻轻的落下身上的衣襦:
> 半遮半见,有如拥藻的龙女——

(朱湘,1986:171)

只不过在处理裸露情节时,朱湘显得更为含蓄和收敛。但是,"龙女"一词却给读者造成了更大的障碍,毕竟中国古典传统中的女性神仙多是衣冠楚楚,或轻灵或端庄,很难和济慈笔下融合了宗教的圣洁和世俗的美丽的女性形象产生直接的联系。因此,从表达效果上看,查良铮的译文更能反映济慈原诗中玛德琳复杂多面的形象和性格特征。

李祁的译文则更为香艳、柔暖,更具霏靡之色,脂粉气息更为浓郁:

> 把攒围在鬓边的明珠全取下
> 又一一摘下偎得暖暖的珍饰,
> 绣衿半解满怀射出幽幽蘭麝,
> 衫裙带垂绣裳窸窸窣窣缓卸,
> 半遮半掩如半浸水草中海仙,

(李祁,1948:69)

完全是一派"花间词"的手法和意境。在这种彻底"归化"的翻译策略指导下,李祁的译文已经脱离了济慈原诗的风格和语境,近乎译者的再创造和改写。抛开翻译活动的文化和跨文化视野,仅以忠实于原文的内涵和风格作为考量三个译文优劣的标准,查良铮的译笔无疑是最接近原诗内在气质的。

查良铮需要面对的第三个挑战,也可视为最为艰巨的一个挑战,是全诗第 28—36 诗节的翻译。这个部分是全诗的情节和情感的双重高潮,描写了波费罗如何溜出藏身之处、摆开宴席、取出乐器、弹奏一曲,并且借助圣亚尼节的神秘力量和玛德琳昏睡不醒的便利条件,最终成功地与玛德琳发生了肉体关系。查良铮需要处理好两个非常关键的问题:第一,如何通过9个诗节八十余行诗,体现出自己对这个爱情故事阳光的、积极的解读,并且将这个浪漫的爱情故事的正面信息转译给中国读者;第二,如何转译第36诗节男欢女爱的场景。

除瓦瑟曼等玄学派的正面隐喻解读之外,很多西方济慈研究学者也对这首诗中波费罗和玛德琳之间的关系进行了正面的阐释,如认为玛德琳所生活的天堂般的理想世界其实是一个充斥着僵硬、寒冷、蒙昧的残酷的世界,因此,波费罗把玛德琳从这样一个堕落的世界中解救出来无疑是她的幸运(Wiener,1980:126);波费罗在玛德琳床畔的表现,体现出他的焦虑(anxiety)(Betz,2008:312),并从词源学出发,分析"波费罗"这个名字的深层含义——"带火者"(Gibson,1977:45)和"叛逆者"(Gilbreath,1988:21—23),进而将两位恋人的性关系解读为波费罗为了挑战传统权威强加在年轻恋人身上的贞洁观以及解救玛德琳的需要(Gilbreath,1988:24);一些较为中庸的阐释也认为玛德琳并没有拒绝波费罗的肉体接触,两个人发生关系至少是互施魔法、互相吸引(Harvey,1985:90)、互相引诱(Thomson,1998:340)。但是,这些积极正面的解读也无法回避另一个事实:支持这些阐释和批评思路的济慈文本,同时也可以支持另外一些完全负面、灰暗的阐释,除了斯蒂林杰的革命性黑色解读之外,不少济慈研究学者都从文本的角度找到了证据支持,将波费罗和玛德琳的关系定性为强奸犯和受害者。波费罗是个不够男人的阴柔形象(Turley,2004:25—26),玛德琳也并非纯洁的圣女,而是一个有罪的女人(Stillinger,1961:548),无论是文本中的具体意象,还是济慈叙述故事的整体基调和色彩,都倾向于将波费罗认定为强奸犯(Alwes,1993:79,84;Turley,2004:123)。

查良铮希望对这对恋人的故事做出"罗密欧与朱丽叶"式的浪漫解读,就无法回避这些黑色或灰色阐释造成的不良影响。然而,济慈诗歌文本中潜藏的这些阴暗的因素并非存在于词法、句法层面,而是从语篇的范围着眼。也即从微观视角分析,个别词句、意象可能具有多重解读的可能,但是,在语篇层面上,济慈为译者的解读和翻译提供了选择单一模式的可行性。译者可以通过个性化的用语和表达方式,采用不同的翻译策略和手法,消解各种矛盾对立的解读模式,将这个译文协调至一个统一的语境中并且符合译者对原诗的理解、译者的语言风格和诗歌审美。查良铮也充分利用了济慈诗歌的这种弹性,在译作中较多地使用了语体色彩偏中性和褒义的词汇,叙述的节奏较为舒缓、抒情,特别是几段恋人间的真情表露更是柔情似水、情意绵绵。如第 31 诗节:

"And now, my love, my seraph fair, awake!
Thou art my heaven, and I thine eremite:
Open thine eyes, for meek St. Agnes' sake,
Or I shall drowse beside thee, so my soul doth ache."

(Keats, 1982: 237)

"呵,现在,我的爱,我美丽的天使,
醒来吧!"波菲罗在床边低语:
"你是我的天堂,我是你的隐士:
睁开眼睛呵,别把今宵虚掷,
不然,我就心疼得在你身边长逝。"

(查良铮,1958: 149)

第 34 诗节:

While still her gaze on Porphyro would keep;
Who knelt, with joined hands and piteous eye,
Fearing to move or speak, she look'd so dreamingly.

(Keats, 1982: 237)

她把两眼仍旧注视着波菲罗,
而他呢,两手紧握,满目怜惜,
却不敢惊动她,也不敢言语。

(查良铮,1958: 150)

第 35 诗节：

> "Ah，Porphyro！" said she，"but even now
>
> Thy voice was at sweet tremble in mine ear，
>
> Made tuneable with every sweetest vow；
>
> And those sad eyes were spiritual and clear：
>
> How chang'd thou art! How pallid，chill，and drear!
>
> Give me that voice again，my Porphyro，
>
> Those looks immortal，those complainings dear!
>
> Oh leave me not in this eternal woe，
>
> For if thou diest，my love，I know not where to go."
>
> （Keats，1982：237—238）

> "波菲罗呵！"她说，"怎么，我听到
>
> 你的声音刚才还那么甜美，
>
> 你的誓言还在我耳边缭绕，
>
> 那多情的目光多么神采奕奕：
>
> 呀，你怎么变了！这么苍白，冰冷！
>
> 我的波菲罗呵，请再还给我
>
> 你那不朽的眼神，喁喁的话声！
>
> 爱，别离开我，使我一生难过，
>
> 要是你死了，我岂不永远漂泊？"
>
> （查良铮，1958：150）

这三段诗文各具特色：第一段是波费罗的独白，表达了对玛德琳无尽的爱意、希望唤醒她与他共度良宵。查良铮的翻译理念在这一部分同样得到了充分的展示：译者一贯反对字对字、句字对句字、结构对结构（查良铮，2007：108），主张整体性和创造性翻译。因此，在翻译这个诗节时，查良铮将原文的四句诗扩展为五句，增加了原文中没有的内容——"波菲罗在床边低语"，而这个内容实际上是出现在原诗的第 32 诗节的第一行。查良铮这样改变原诗诗句位置、对原诗进行创造性的修改，是出于整体翻译效果的考虑。一方面，这样的诗句位置重组可以更好地兼顾译

诗的韵式,更重要的是,这种内容转移可以使译诗的每一个诗节的整体意境和风格与原诗更为协调。如第 31 诗节描写的是波费罗走出隐蔽所,布置好丰盛的宴席之后,决心开始与玛德琳心灵交流的时刻,是他开始酝酿感情、表达爱慕的第一步。这个时候,波费罗的肢体语言和实际的话语同样具有重要作用。"波菲罗在床边低语"这个译文同时解决了读者对这两个问题的关注和期待,非常自然地将波费罗的举止和内心世界呈现给读者,从整体效果上看,这样的处理优于完全依照原文,在第 32 诗节才指出波费罗的体态和轻声细语、希望与玛德琳交谈却又犹豫着害怕惊醒梦中人的微妙境地。此外,查良铮把原诗"for meek St. Agnes' sake"一句译为"别把今宵虚掷"是一个非常精彩的创造性翻译。这个增译不仅从韵律模式上承接了上下文,非常形象地拓展了原诗的内容和意境,勾勒出了波费罗此行的最终目的和其形象的复杂性,等于为诗歌叙述留下了伏笔,也在一定程度上保留了原诗具有的黑色解读,深化了读者对这个诗节乃至整个诗歌后半部分的理解。

第二段译文虽然没有直接的对话,但却是玛德琳从梦中逐渐清醒、看到眼前恋人时两人各自的第一反应。查良铮在处理这个细节的时候,同样依照整体和创造性的原则突出最重要的内容——两个人的表情,而省略了原诗中波费罗"跪下了"这个动作(在译文第 33 诗节最后一行,查良铮已经译出了这个短语,等于已经对原诗的省略做出了形式补偿),刻画出一对恋人"执手相看泪眼,竟无语凝噎"(柳永,2003:130)的精彩画面,做到了无声胜有声。

第三段译文是一个完整的诗节,通过玛德琳的独白,揭示出她从梦中醒来回到现实世界时,面对梦中恋人与现实中恋人形象之间巨大的差异而产生的惊恐、痛苦、失落和渴望重现梦境中完美恋人形象的无助的哀求。查良铮仍然是创造性地调整译诗词语和意象的顺序,把原诗最后一行的"my love"前移至译诗的第八行,省略了原诗中一些意义相近的表达,如"drear"和"complaints"。从译文与原文文字和意象一一对应的角度考察,查良铮的这种省略、替换和位移可能不完全符合"以信为本"的基本原则,但是,查良铮的译文在使用这些翻译策略时,是站在整体对等和风格翻译的层面思考和具体操作的。译者对部分细节的模糊处理、对次要情节的省略转移,最终是为了在整体上更好地翻译济慈诗歌的核心价值和审美情趣,更为忠实于原诗的创作风格和意境。这种抓大放小、聚焦整体效果的翻译理念,其实在翻译济慈诗歌时具有良好的效果。经过查良铮的译笔,波费罗和玛德琳的形象变得更加生动、鲜明、有血有肉。

查良铮在翻译《圣亚尼节的前夕》时需要面对的最大的挑战,是如何转译第 36 诗节男欢女爱的场景。济慈在创作这首诗时,这种源自意识形态的压力犹如泰山压顶,最终迫使济慈不得不放弃已经创作好的内容,选择更能为 19 世纪资本主义意识形态接受、能够被出版社出版的洁版。尽管济慈对女性有着非常复杂的心理(Keats,1958,vol. 1:341),但这首诗却是他以正常的男性视角审视两性关系的一个案例,因此,在他创作的最初版本中,波费罗和玛德琳的床笫之欢也是从男性占有女性的角度出发的。[①] 这个版本引起了济慈诗集出版商的编审兼法律顾问理查德·伍德豪斯(Richard Woodhouse)的强烈反对,因为,这个版本描写的两性关系完全是丈夫对妻子行使自己法定的权力(Keats,1958,vol. 2:163),而原文中的男女尚未举行婚礼、获得法律的认可,就已发生两性关系。这样的描写完全突破了伍德豪斯所代表的保守的、传统的价值观和道德体系(Farnell,1995:407),因此,才有保守的意识形态希望一对恋人能够在逃离险境之后,能够举行"诚实、贞洁、严肃的婚礼"(Keats,1958,vol. 2:163)。同时,这一版本的某些用语变相地承认了波费罗是在玛德琳睡梦之中,意识并不完全清醒的状态下与之发生了关系,等同于强奸(Stillinger,1961:544—545),将这样类似犯罪细节的描写公开出版,更难见容于主流意识形态。因此,尽管济慈曾经强硬地表态:这首诗就是为了男人写的,对自己的创作引发的争论负全责,并指出这种状态下波费罗的所作所为,只要不是阉人(eunuch),完全是一个男人正常的反应(Keats,1958,vol. 2:163),在 19 世纪主流意识形态和出版商的双重压力下,不得已做出了很大的妥协和让步,这才有了最终成印的定版。这一定版也成为最后主要济慈诗歌选集通常使用的版本,查良铮所参考

---

① 济慈《1820 年诗集》中这首诗的原诗版本与最终版本在描写一对恋人发生关系时主要的差异在第 35 诗节的最后两行以及整个第 36 诗节(Stillinger,1963:210)。

的西林考特(E. De Selincourt)编订的版本也是采用了这个与斯蒂林杰一致的最终定稿,其第 36 诗节原作如下:

> Beyond a mortal man impassion'd far
> At these voluptuous accents, he arose,
> Ethereal, flush'd, and like a throbbing star
> Seen mid the sappire heaven's deep repose;
> Into her dream he melted, as the rose
> Blendeth its odour with the violet, —
> Solution sweet: meantime the frost-wind blows
> Like Love's alarum pattering the sharp sleet
> Against the window-panes; St. Agnes' moon hath set.

(Keats, 1982: 238)

这个版本大量使用了暗喻和非常隐晦的表达,既是济慈向当时的主流意识形态和社会习俗妥协的结果,又是济慈本人从经济利益出发不得已的选择(Banerjee, 1995: 539—540)。尽管使用了诸多修辞技巧和隐晦的意象,这个诗节仍然包含了非常明确的性暗示,特别是对济慈时代的读者来讲,很多含义一目了然(Turley, 2004: 113)。济慈用这种阳奉阴违的方式,圆滑地调和了与主流意识形态及其诗歌创作的赞助人(出版商)之间的矛盾,但是这一行为实属胆大妄为,即便是做出了极大的修改和妥协,圣亚尼节也只是济慈用来表达自己思想的一个基督教的幌子,而济慈诗歌中对圣亚尼节这个宗教节日及其内涵与外延的使用以及整首诗的内容(如男子混入女子闺房,引诱良家妇女等),本身就是对当时正统意识形态和规范的挑战(Farnell, 1995: 406—407)。

与济慈相比,查良铮面临的意识形态压力更加巨大。翻译和出版《济慈诗选》前后,正是查良铮遭受主流意识形态和诗学规范批判的最高潮,翻译这些具有色情描写的细节,译者的压力可想而知;舍弃这些描写,又会割裂和损害整个诗歌的情节和情感,进而造成对诗人济慈形象的歪曲。查良铮最终选择了顶住压力,忠于济慈诗歌原作的内容和情感内涵:

听了这情意绵绵的话,他立刻
站起身,已经不似一个凡人,
而像是由云雾飘起,远远沉没
在那紫红的天际的一颗星。
他已融进了她的梦,好似玫瑰
把它的香味与紫罗兰交融;——
但这时,西北风在猛烈地吹,
刺骨的冰雪敲打窗户,给恋人
提出警告:节夕的月亮已经下沉。

(查良铮,1958:151)

显然,济慈的原文所蕴含的性暗示已经随着时代语境的改变而淹没于历史长河中,而且济慈使用的诗歌隐喻足够委婉、含蓄,为查良铮的直译提供了很好的伪装和掩护。查良铮在翻译时又非常注意使用比较唯美和富于诗意的语言,表达的意境也大大超出了两性关系所涵盖的范畴,这样的处理既确保了如实反映原诗的审美内质,又没有突破原诗的意识形态底线。而且查良铮将原诗中一个非常具有感官刺激的词语"voluptuous"改译为"情意绵绵",将原诗一个性意味非常明显的意象"throbbing star"拆分开、置于两个不同的诗行,简化为"沉没[……]在天际的一颗星",大大抵消了原诗中和性有关的想象,使得读者不易察觉到译诗中的性暗语。在翻译策略上,查良铮仍旧坚持整体翻译和创造性翻译的原则,不拘泥于译诗中单个词语或者意象与原诗的绝对对应,而是灵活有度地将重要的内容安排在整个诗节的语境中,在整体上保持诗节译文流畅、自然、优美和传情,尽力转译原诗的审美品质和诗歌意境。

与之相比,朱湘的译作更加玄秘、空灵和古朴,但是,对一对恋人之间水乳交融的亲密无间缺乏更加深刻的描述,两性关系如同被置于了更为形而上的理性世界,少了一分人间的关怀和热情:

闻这一番热情洋溢的话,
他快乐穿心的立起身来:
足底如踏云雾,血升双颊,
好像星辰抖在天宇之怀。

> 他融入了此梦,不可分开,
> 有如蔷薇地丁融合香味——
> 　此时原野霜风拂木惊埃,
> 披霙敲窗,似欲侵入堡内,
> 天地昏暗,因为圆月已经西坠。

(朱湘,1986:175)

与朱湘和查良铮的译文相比,李祁的译作则又次之,叙述缺乏足够的节奏感,情感的表达也欠缺力度,语言不够精练,缺少一丝诗歌的气息和韵味:

> 听到这钟情的语调他便起身,
> 他的一片热情远远超过一切凡庸,
> 他仙化了、他红润了、烨烨光升,
> 有如一颗星高悬深杳的蓝空,
> 他和入她的梦,同她消溶、消溶,
> 玫瑰香浓和入紫罗兰的香清,
> 甜美的化合。这时紧张的霜风,
> 夹雪珠如爱的警告频击窗棂,
> 频击着窗棂,圣哀格连的月亮已西沉。

(李祁,1948:70—71)

同为诗人译者的查良铮和朱湘,二人的译文也各有千秋、各具特色,查良铮的译文长在意味、柔美和含情,更加突出了济慈诗歌中的美学色彩;朱湘的译文贵在语言古朴、气势雄浑,突出了两性关系中波费罗强势的侵入,也在一定程度上符合济慈创作该诗的初衷。与之相比,李祁的译文虽然基本准确,但是缺少诗人独具的敏感和表达的精妙,整体而言较为平淡、缺乏灵性。

　　查良铮需要完成的最后一个任务就是为这首诗收尾。这一看似简单的工作其实隐藏着一个很大的风险。西方济慈研究学者很早就指出,《圣亚尼节的前夕》结尾处隐含着非常巨大的解读空间。一直以来,学者根据济慈诗歌文本、书信、济慈创作该诗时思想的变化等对该诗的结尾做出了三种不同的阐释：一种理解认为该诗是一个大团圆式的结局，一对恋人逃出邪恶势力的控制，享受了永恒的快乐和爱情；另一种理解则认为该诗是以悲剧收场，一对恋人被风雪吞没；更多的当代学者倾向于认为这首诗的结尾是开放式的、可供评论家和读者展开无尽的想象。[①]作为译者的查良铮完全可以置身事外，采用超脱的方式，避免加入这场似乎没有结果的争执之中。事实上，查良铮的译文并没有过度卷入这场争论之中，只是非常平实地转译了原诗的内容，但是，兼具诗人和批评家特质的查良铮还是敏锐地察觉到济慈在诗歌结尾处的意犹未尽和意味深长，因此，在诗选的序言中，查良铮特意提到了该诗结尾的开放式解读空间：

> 还有，成为本诗另一特点的是，它的结尾既不是悲剧，也不是快乐的收场。诗人
> 告诉我们，在远古，有一对年轻的恋人终于逃进了严冬的风雪之中，如此而已。
> 这故事本身就像是对"美"的一支赞歌，悠悠然盘旋在半空，令人神往不已。
>
> （查良铮，1958：7）

查良铮在西方学者尚处于探索和争论的阶段时，已经以如炬的目光发现了济慈诗歌结尾处的朦胧和开放性，并且将济慈的这一处理方式升华到其诗歌创作和美学体系中最为核心的部分：对"美"的追求。对于济慈这样对美和艺术创作的探求达到几乎苛刻的诗人来说，能够于150年后在遥远的东方找到一个诗的灵魂，能够深刻地理解他的思想和艺术精髓，实在是他的大幸；而对查良铮来说，济慈的诗歌也是他在特殊历史时期能够发现的为数不多的美的光芒，能够翻译济慈的诗歌，对饱受打击的

---

① 对这首诗结尾是否是大团圆的争论其实是对一对恋人之间关系的争论的延续，每个时期的学者都从各自的立场和角度出发，选择三种解读中的一种加以论证。济慈曾经对该诗的结尾做过一次修改，其结果是使得结尾更加扑朔迷离，引发了更多的争议和猜测（Ragussis，1975：378）；基本上，20世纪五六十年代的"玄学派评论家"倾向于认为该诗的结尾是皆大欢喜的，而以学者 Herbert G. Wright 和 Jack Stillinger 为代表的怀疑派则认为该诗是以悲剧收尾的（关于两派学者的观点争锋可参见：Stillinger，1961：550；Ragussis，1975：393；Waldoff，1977：178；Harvey，1985：93），之后，随着学术研究的深入，更多的学者认为该诗的结尾是开放式的（如 Wiener，1980：127—128），并且给予了该诗多达59种不同的解读（Stillinger，1999：147—150）。

诗人来说同样不啻为天赐良机。

在坚持审美第一，规避意识形态干扰的同时，查良铮在具体的翻译策略和翻译方法上做出了很多开创性的努力，为丰富英诗中译的理论和实践做出了突出的贡献。除了前文提到的坚持整体上忠于原文的内容和风格，创造性地在译诗中灵活调整原诗的词句和形象，突出主要内容，适当省略次要成分，并且进行适当的止损之外，查良铮整体创造性翻译原则的一个重要贡献来自对诗歌形式转译的创新。

查良铮之前共有济慈诗歌中译者 38 位，共翻译了济慈诗歌 46 首。其中，能够兼顾译文的内容与形式、译笔优美传神、可读性和艺术价值较高的译作数量并不多，能够形成一套西诗中译理论，并且能够将其贯彻至诗歌翻译实践的译者更是寥寥，仅有朱湘能够达到这一境界。综观整个民国时期的济慈诗歌中译，译者采取的翻译策略种类繁多，且各种较为随意和散体化的翻译逐渐成为主流。即便被当代翻译研究广为赞赏的朱湘，其支持的新月诗派的"理性节制情感"的美学原则与诗的形式格律化的主张（钱理群等，1998：129）在当时也几乎是另类的存在，不断受到当时评论界和翻译界的讥笑和诟病，朱湘等人的诗歌还被讥笑为"豆腐干诗"（张旭，2008：227）。因此，在一个诗歌翻译规范尚未成熟、诗歌形式转译的重要性尚未被广泛认知的时代，查良铮对诗歌形式转译的努力和成果便有了非常重大的划时代意义。著名当代诗人兼翻译家的双重身份，使得查良铮在诗体移植过程中积累的先进经验不仅可能影响到诗歌翻译界，而且可能扩散至诗歌创作领域。

《济慈诗选》成为查良铮实践自己诗歌形式转译的一次良机。作为英国诗歌历史上罕见的天才，济慈对英诗形式做出了革命性的创新，这种创举不仅体现在他对英诗不规则颂诗体的改良，也体现在他对传统的英诗固有形式的继承和发扬，《圣亚尼节的前夕》恰恰体现了济慈对英诗传统形式的传承。而查良铮对该诗形式的转译也体现出中国一流的诗人译者在处理诗体移植时的非凡创意。《圣亚尼节的前夕》是一首非常典型的斯宾塞体诗歌，其形式特点是由八行五音步抑扬格和最后一行六音步抑扬格"亚历山大体"组成的复合结构，韵式为 ababbcbcc。查良铮的译文对原诗斯宾塞体的韵律模式进行了大胆的归化处理，将韵脚调整为121234344(查良铮,1958:135)。这一改变具有两个好处:一方面,与原诗相比,在韵律模式上,译诗的前八行可以看做是将两个相对独立而又有机联系的汉语四言格律诗拼接在一起,第九行作为第二个四言诗的补充结构,对整个诗节进行归纳和收尾。这样的拆分和整合较为符合中国诗歌传统的模式(卞之琳,2007:278);另一方面,译诗中增加了一个韵脚,也为译者在翻译过程中降低了押韵的难度,毕竟,在汉语格律诗的韵律模式中,九行三韵并非易事。在模拟原诗格律方面,查良铮既没有走朱湘等人片面追求字数相等的道路,也没有步诗人译者卞之琳和孙大雨等人之后尘、选择"以顿代步",而是另辟蹊径,选择灵活地掌握字数,兼顾译诗的拍数、旋律和音乐性。

查良铮选择放弃已有的诗体移植形式,是因为这些较为成熟的翻译模式和他所秉承的整体翻译原则有着根本性的矛盾。无论是朱湘的字数对等模式,还是卞之琳等人的"以顿代步"模式,其根本的立论基础是译诗与原诗的行、句式、结构等句法层面的对等。无论是字数还是顿数,其实质都是建立在中国诗歌传统以字数建行的原则之上的,这样的对等是微观层面的对等。而查良铮所信奉的是全语篇层面的对等,是译诗与原诗在整个诗节乃至整首诗范畴内的对等,是一种宏观上的等值或者等效。尽管两种原则存在着根本性的差异,但在具体实践过程中,查良铮的译文在字数和顿数上也非常接近另外两种译法,可见,两种完全不同的翻译理念没有优劣之分,使用得当都可以产生优美、传神的译文。在实际翻译过程中,查良铮在涉及韵脚、字数、拍数、旋律等译诗形式的技术层面的问题时,仍然坚持整体性的原则,强调整体风格的翻译,不拘泥于个别的疏漏,做必要的局部牺牲以获得整体上内容和形式的契合,并对牺牲的部分加以适当的补偿(查良铮,2007:114—115)。

济慈诗歌一向以丰富的语言、生动的描绘和意象的密度(Stillinger,1982b:xxv)著称。济慈在有限的诗行内将意象的数量最大化,并且通过自己对英语语音的独特感悟,在关注语言的声效时,用文字意象刺激人体其他感觉器官,因此,他创作的诗歌不仅是听觉的艺术、视觉的盛宴,还是嗅觉、味觉和触觉等人体感觉器官的大阅兵。西方评论家敏锐地指出《圣亚尼节的前夕》中第24—25诗节和第28—30诗节都体现出济慈对英语语言声学效果的敏感以及通过诗歌语言传达人体感官感受的超凡能力(Bennett,1992:116;Betz,2008:307—310)。如何转译这样的效果,成了查良铮面临的又一考验。

　　如本书第一章所述,完全模拟济慈诗歌的音乐性非常困难,尽管中译者采用各种方式接近原诗的音乐美,但是,很多情况下,这些努力可能是徒劳的。以《圣亚尼节的前夕》中声音效果最为突出的第 30 诗节为例,西方学者从单元音、双元音、辅音及其多种组合入手,分析了济慈在这一诗节中对英语音效的完美使用(Betz,2008:310)。这种异质语言的语音特质几乎是完全不可译的,但是,在不影响内容的前提下兼顾形式;尽量在字数或者顿数上接近原诗,尽量保留并适当归化原诗的韵式;在节奏和声律效果上,利用汉语的优势和特点尽量传达可以被中国读者接受的音律美,这都是译者可以做到的。此外,排除纯语音角度的障碍,济慈通过英语语音的特性传出的对人体其他感官的刺激也有可能被译者转译给译入语读者。查良铮的译文正体现了译者在这两个层面的努力和功力。原文如下:

> And still she slept an azure-lidded sleep,
> In blanched linen, smooth, and lavender'd,
> While he from forth the closet brought a heap
> Of Candied apple, quince, and plum, and gourd;
> With jellies soother than the creamy curd,
> And lucent syrops, tinct with cinnamon;
> Manna and dates, in argosy transferr'd
> From Fez; and spiced dainties, every one,
> From silen Samarcand to cedar'd Lebanon.

(Keats,1982:236)

查良铮的译文如下:

她覆盖着喷香的雪白被褥,	11 字
正安享为蓝眼睛锁住的睡眠;	12 字

波菲罗这时从橱柜里搬出	11 字
蜜饯、苹果、青梅和木瓜多盘,	11 字
还有各种果酱,滑腻似乳酪,	11 字
透明的果子露含有肉桂味,	11 字
还有各种香糕,以及自摩洛哥	12 字
运来的蜜枣、仙果,无一不备,	11 字
无论是沙马甘、或黎巴嫩的珍贵。	13 字

(查良铮,1958:148)

查良铮的译诗前八行在字数上保持一个相对固定的 11 至 12 字,最后一行以 13 字作结,体现出原诗五音步和六音步的差异;韵式上以121234344 为骨架,虽然,第 5 和第 7 行未能严格押韵,但是,这一疏漏是为了在诗节整体上更加接近原诗的风格和意境而做出的牺牲。因为,既然已经无法完全转译原诗的格律和音乐性,不如将重心转移至诗歌内容上,争取在意象的多样性和感官的冲击上更好地体现原诗的力道,毕竟,原诗的声音效果最终是体现在对其他感官的刺激上。为此,查良铮的译文着重从视觉、味觉和触觉入手,丰富译诗在这些感官领域对读者的震撼。因此,查良铮的译文在视觉效果上既有白、蓝、青等显性色彩,又有苹果、木瓜、蜜饯、奶酪等食物,给读者的想象空间涂上不同的颜色;味觉上既有香、甜、肉桂味等直接的味觉刺激,又有奶酪、水果、糕点带来的复合香气弥漫在读者心中;触觉上还有坚硬的苹果和青梅、腻软的蜜饯、轻柔的棉被、丝滑的奶酪、湿润的果汁等硬度不一的物体。短短一个诗节内色、香、味俱全,成了一场感官的饕餮盛宴。

与之相比,朱湘的译作同样也尝试在音乐性和感官刺激方面双管齐下,以便更好地体现原作对声觉、味觉、触觉等多方面的描写:

她仍安静的睡着,未惊醒,	10 字
在香喷喷的白如雪被中。	10 字
他自匿处搬来一堆果品:	10 字
青梅、蜜饯、苹果,种类无穷,	10 字
果酱如乳膏般滑腻酥融	10 字
透明的果汁露,中浸肉桂,	10 字

135

桴液,椰枣,舟舶运自极东,	10 字
芬芳糕点产沙马冈城内,	10 字
以及列巴南的饼稽,甘美名贵。	12 字

(朱湘,1986:172—173)

从译诗规整、外形美观的角度,朱湘的译诗略胜查良铮的一筹;朱湘的译文前八行每行 10 字,最后一行以 12 字收结,也遵从以译诗字数替代原诗音步数的原则;译诗韵式依照原诗,只是在起首第一行和第三行押韵似有不齐。整首译诗的文笔也很流畅,用词雕琢华贵,也从一个层面上体现出原诗描写的丰饶和奢华。但是,朱湘在意象的数量上和色彩的多样性上略少于查良铮,而这些数量和种类上的多寡却是查良铮关注的重点:在无法全面转译原诗的声效和格律模式时,作为必要的形式补偿,对原诗描写的核心内容就必须给予全部保留。

如果说朱湘和查良铮的译文在反映原诗形式上各有千秋,李祁的译作就相形见绌了:

她仍合着美目安安稳稳的睡,	12 字
裹着光滑细腻香罗织的香念,	12 字
他从柜里捧出大堆各种果类,	12 字
甜制苹果、梅、榅桲、同甜瓜晶莹,	12 字
果酱甜过乳酪制成的甘酪饼,	12 字
透明的糖汁,散放着肉桂浓香,	12 字
还有甘蜜同大枣,远到的奇珍,	12 字
由船装自费兹,还有精致的香糖,	13 字
来自出香彩的来伯仑同出绸的西马康。	16 字

(李祁,1948:69)

首先,在译诗形式的规整度上,李祁的译文虽然前面七行都以 12 字为限,但在最后两行则完全突破了字数限制,特别是最后一行以 16 字结尾,完全打破了原诗的行内节奏,几乎彻底抵消了译者之前为限制字数所做出的努力。这种字数上的差异也在一定程度上表明了不同译者对译入语语言的把握能力,毕竟,能够以最经济的方式清楚地转达复杂的内涵是考察一个译者翻译功力的主要依据。其次,李祁的译文在押韵方面也有不少瑕疵,可以说除了少数几处之外,整个诗节的韵式是混乱无序的。这两个方面的问题也说明译者没有意识到原诗诗体形式的重要性,或是由于自身诗歌修为和汉语语言能力的欠缺,导致译者有心无力。至于意象的多样性、语言的流畅度、韵律感和节奏等更为微妙、细致之处,李祁的译文也没能达到朱湘和查良铮两位诗人译者的境界。可以说,从对原诗的理解、诗体移植、语言的流畅度、描绘的精彩程度、译诗的风格和意境等多角度、全方位的对比之后,几乎可以得出结论:作为诗人译者的朱湘和查良铮,其译作的整体水平要明显高于普通译者,对济慈诗歌全貌的反映和对诗人济慈形象的构建也发挥了更为重要的作用。

5. 总结

　　作为两代济慈诗歌中译者中的佼佼者,朱湘和查良铮在不同的历史语境中完成了对济慈诗歌的较为全面的译介,为中国读者勾勒出了一个较为完整的诗人济慈。尽管,朱湘的很多翻译理念、翻译策略、使用的翻译规范、译文的语言风格和整体意境与查良铮不尽相同,但是,两位诗人在对济慈诗歌蕴含的"美"、艺术的永恒魅力、人类情感的共同诉求、理想与现实的矛盾等诸多涉及人类思想、美学、哲学等精神层面的深度挖掘与探索上,与一百多年前的异域诗人有着惊人的共识。朱湘是不幸的,因为英年早逝的他失去了进一步探索和开拓济慈诗歌广阔领域的机会;朱湘也是幸运的,他不仅将其诗歌生命中最繁华、最炫目的一个瞬间留给了济慈,而且成功地避开了身后汹涌而至的时代洪流。

　　从这个角度来说,查良铮是异常不幸的:在出版《济慈诗选》等译著之后,他被迫搁笔,没能再出版一部诗作和译作,直至生命的最后时刻。从 40 岁开始,直到 59 岁离世,一个旷世诗魂在其创作的黄金时代被横亘在面前的意识形态壁垒所吞噬,一个不世的翻译奇才在奋笔疾书的高潮被无休止的政治运动推向无底的深渊。然而,历史是公正的。查良铮对济慈诗歌精髓准确的领悟、对济慈美学思想深刻的认识、独具特色的译诗理念和优美传神的译笔使得查良铮的《济慈诗选》最大限度地抵御了意识形态的羁绊和政治色彩的沾染，隐晦地书写了一代中国知识分子对文学、艺术和美的不懈追求，在中国文学的失语时期，较为全面地反映了济慈诗歌的永恒魅力和济慈美学思想的灿烂光辉，将一个对人生、亲情、友谊、爱情充满向往和热爱的诗人济慈展现给中国读者。而且，译文本身超越了时代和历史语境，成了中国英诗中译宝库中的一份无价珍宝，影响了后来几乎所有的济慈诗歌中译。诚然，查良铮的《济慈诗选》留下了不少遗憾，特别是入选诗歌数量偏少，但是，以查良铮为代表的中华人民共和国第一代翻译家，带着民国时期特有的思想、学识和精神，克服了难以想象的苦难，为后人留下了光辉的篇章。

查良铮完成了时代赋予自己的使命，新的济慈诗歌中译者们正在改革开放春风的吹动下，重新拿起笔，为新时代的读者翻译出更多、更美的济慈篇章。

第 4 章

屠岸：济慈诗歌的跨世纪歌者

1. 导言

　　本章探讨了 20 世纪 70 年代后期改革开放政策开始实施之后，中国大陆翻译界对济慈诗歌译介的总体情况和特征以及诗人译者屠岸对济慈诗歌的翻译及济慈的诗人形象在中国构建的推动作用。本章首先指出改革开放政策的贯彻实施对中国社会诸多方面以及外国文学翻译的重要影响。之后，本章聚焦 20 世纪 80 年代中国大陆诗歌翻译界的一次关于诗歌形式转译的大讨论，通过对比不同时期的译者译文及其采取的翻译策略，回顾西诗中译历史上对诗体移植的各种观点和见解以及"以顿代步"译法的特征与不足。最后，本章将着重探讨"以顿代步"译法的重要代表——诗人译者屠岸对济慈诗歌的译介成就及其特征，通过对济慈诗歌原文的细读，对屠岸译文与原文、不同译者译文的对比和分析，结合国内外济慈研究的最新成果，揭示了屠岸的"以顿代步"翻译原则在翻译济慈诗歌过程中的灵活运用及其对在新的历史文化语境中重新构建诗人济慈的形象所起到的重要作用。

2. 改革开放以来中国的济慈诗歌翻译

"多元系统"翻译理论的创始人,伊特马·埃文—左哈尔提出,作为自成一体的、活跃的系统,翻译文学可以对文学系统乃至整个译入语文化系统的构建产生影响(陈德鸿、张南峰,2000:117—118);翻译文学在文学多元系统中的位置由当时多元系统的组合模式而定(陈德鸿、张南峰,2000:118),而翻译文学在译入语文化中处于主导地位的条件有三个,其中之一就是一种文学正经历某种危机或转折点(陈德鸿、张南峰,2000:118)。20 世纪 80 年代的中国大陆,从某种意义上说,正处于左哈尔所述的转折点上。随着十年"文革"的结束和改革开放的全面展开,中国社会发生了巨大的变化,在政治、经济、社会、文化、思想等方面都经历了深刻的变革。在思想政治上,中国共产党提出了一系列具有划时代意义的改革理论和指导思想,不断深化政治体制改革,引导中国不断取得更大的发展和进步。在经济上,改革开放 30 年,中国经济取得了令世人瞩目的发展。在文学领域,作家和译者重新拥有了创作和翻译的自由,但是,在国内外的特殊历史环境下,由于"文革"等历史原因,中国大陆文化领域出现了许多几近空白的真空或准真空地带,而翻译外国作品可以迅速填补这些空白,因而获得了与创作文学近乎平等的地位。这也说明了为何在近三十年的时间里,济慈诗歌的翻译总量和译者的数量超过了1949 年至 1978 年间的总和,在中国大陆重新迎来了一轮译介济慈诗歌的高潮。

1979 年至今,中国大陆参与济慈诗歌翻译的译者共计 41 人,翻译活动呈现出如下时代特征。首先,改革开放后,济慈诗歌中译一改之前译文多以散译形式出现的特点,30 年间中国大陆出版了朱维基的《济慈诗选》(1983)、屠岸的《济慈诗选》(1997)、任士明与张宏国合译的《济慈诗选》(2006)以及王明凤的《夜莺颂》(2009)等济慈诗歌的四个英汉选译本;特别是屠岸的《济慈诗选》共选译了 83 首济慈诗歌,"包含了济慈的几乎全部重要作品"(屠岸,1997b：9),创造了迄今为止济慈诗歌中译领域译诗数量、体裁多样性等多项历史之最,也使该译本成为改革开放三十余年来最重要的济慈诗歌中译本(卢炜,2014：47)。这些独立成册出版的济慈诗歌选集,虽然收录的济慈诗歌数量多寡不一,译者所采取的翻译策略、翻译规范和翻译手段各不相同,译文的质量也因为译者本身的语言与文学修为、才气、文笔、对异质语言的掌握和领悟等的不同而有所差异,但是,这些济慈诗歌中文译本选集的出现显示了济慈诗歌旺盛的生命力,在新的形势下吸引了更多的中国译者和读者,诗人济慈的影响与形象也进一步得以深化。众多译者的出现也从一个侧面说明济慈诗歌超越了一般西方文学经典作品的影响力,更为平民化、更具亲和力,因而,在中国现当代的时代语境中更具有生命力。尽管当今中国社会英语教育日益普及,年轻一代读者的英语水平整体上较之以前有了大幅提高,越来越多的年轻读者能够通过阅读原文了解原著,翻译的价值和影响似乎会受到一定的削弱,但多部济慈诗歌选本的出版无疑说明济慈诗歌在中国读者中仍然广受赞誉。伟大的诗人、杰出的作品、优美的译作仍是广大读者关注的焦点,并不会随着时代语境的变迁和受众领悟能力的起伏而淡出读者的视线。

其次,改革开放后,济慈诗歌中译作品常出现在各种诗歌选集之中。这些选集大体可以分为两类:第一类多冠以诸如"抒情诗集""世界诗选""英国诗选"等名称,其编者或译者常常从某一审美视角、意象、主题或诗歌类别出发,将所选诗歌分类,因此,济慈诗歌中众多歌颂自然、探讨人生、赞美爱情的短诗常常得以收录(卢炜,2014：47)。由于这些选集的编者并非译者,因此,一些早期比较成熟、被广泛接受和认可的译本和译文不断被重复选取,在一定程度上促进和强化了某些译者和译文的经典地位。这种经典化的倾向非常明显地体现在赵瑞蕻、查良铮和屠岸三位译者身上。著名学者、翻译家赵瑞蕻虽然并非以翻译诗歌见长,但由于其经典译著《红与黑》的巨大影响力,加之"文革"之后百废待兴,译界和读者渴望获得译作的急迫心情,使得他于 1979 年翻译了济慈的三首短诗——《蝈蝈与蛐蛐》《有多少诗人把流逝的岁月镀上金》("How many bards gild the lapse of time")、《为憎恶流行的迷信而作》("Written in

Disgust of Vulgar Superstition")以及两首著名颂歌《夜莺颂》和《秋颂》，这些诗歌译作面世后迅速流行，被八九十年代的各种选本争相收入。而查良铮的《济慈诗选》从问世以来就一直受到翻译界和读者的广泛关注和好评，因此，查良铮译济慈诗歌也成为各个英国诗歌中文选译本的重要内容。而且，由于查良铮译《济慈诗选》是中国大陆乃至大中华文化圈内第一个结集成册的济慈诗歌译本，影响甚广，台湾大学、香港大学、香港中文大学等港台地区高校的图书馆内均有收藏。在济慈诗歌"复译"本不断推出的21世纪初，查良铮译济慈的许多单篇仍不断入选各种诗选和英诗鉴赏词典。屠岸的《济慈诗选》出版于1997年，成为迄今为止最全面、收录济慈诗歌最多的一个中文译本，其中的很多译作也被众多诗歌选集广为刊选。这一现象一方面说明这些重要的济慈诗歌译者，特别是诗人译者，其译作的水平之高，超越了同期的其他译者，对构建诗人济慈的形象也产生了极大的推动作用；另一方面，这些较早期的译文被大量选入当代译诗集中，也从一个侧面说明，当今的译者和译著没有达到、更不用说超越前辈的水准，济慈诗歌中译的整体水平可能呈现一种停滞甚至是下滑的趋势，这同样值得中国当代的济慈诗歌中译者思考和关注。在当今全球化和信息技术风起云涌之时，海量资讯、极速传播、便捷沟通成为当代学者、译者和读者的福音。与之相对，中西方学者对济慈及其诗歌创作的研究已经建立起一个非常完整的体系，中国的译者经过几代人的努力已经探索出了很多翻译济慈诗歌的切实可行之路。因此，与之前的济慈诗歌中译者相比，当代的中译者占有了更多史料，了解了国内外学术界更多的济慈研究成果，具有更多可供参照比对的译文，对济慈及其诗歌应该有更为深刻的领悟，可以也应该翻译出更为优秀的作品。然而，事实上，丰富的史料和研究成果并没有转换为更为出色的译作，反而出现了译作整体水准的下降，这一点值得关注与研究。

第二类选集的编者多为一些学者、诗人和翻译家，他们在各自的译文集中选译济慈的重要诗歌作品(卢炜，2014：47)。这类译者中不少是普通的学者和译者，就其译作的影响力而言，可能难以与之前重要的诗人译者媲美；但他们人数众多，20世纪80年代以来，已知的该类型译者共有18人，约占改革开放以来中国大陆济慈诗歌中译者总数的一半。因此，他们也构成了改革开放以来中国大陆济慈诗歌中译的基础,其翻译活动和成果保证了济慈诗歌中译 30 年来在中国大陆的活力,其译作也是其他重要译者和译作的必要补充,为其他重要的诗人译者提供了广阔的生存土壤。他们的出现及卓有成效的翻译活动也证明了济慈诗歌在中国具有广泛且源源不断的受众,诗人济慈的形象已深入几代中国读者的心灵深处。

另一类译者的译文集对济慈诗歌的中译产生了更为深远的影响,其中的译者包括孙大雨、卞之琳、丰华瞻、黄杲炘等人。由于他们大多是中国当代诗坛的重要诗人或著名翻译家,尽管他们翻译济慈诗歌的数量比较少,但他们通过翻译济慈诗歌,提出了影响中国西诗中译发展的一些重要的理论、原则和规范,也从不同侧面、不同角度揭示了济慈诗歌的永恒魅力,共同勾勒了诗人济慈的形象(卢炜,2014:47)。从 80 年代开始,也正是济慈诗歌中译者中的一些著名学者、诗人和翻译家,发起或积极参与了中国诗歌翻译界一次关于诗歌形式转译的大讨论,并且通过翻译济慈诗歌,体现了各自的翻译理念,客观上促进了济慈诗歌中译的全面发展。

3. 济慈诗歌中译与西诗中译形式的探讨 ————

从"五四"时期开始,中国的西诗译者就开始探索如何既翻译原作的内容,又接近、模拟甚至还原西诗的节奏和韵式,进而更为完整地对原作进行诗体移植(黄杲炘,2007b:xi),并且逐渐寻找到一些具有实际操作意义的理论和方法。在经历了通过半格律体和格律体中国古代诗歌的形式套译外国诗歌、白话文散体译诗等阶段的探索,出现了以朱湘为代表的中文译作与原作字数相等的译法和以孙大雨为代表的以顿代步译法,并且,两种译法在充分考虑到形式补偿之后,都在很大程度上实现了对原诗的诗体移植(卢炜,2014:47)。之后,又出现了查良铮的整体创造性翻译原则,进一步丰富了中国西诗中译的理论。这些翻译理论和规范,体现了不同的翻译理念和时代特征,兼具强烈的译者个性。这些翻译原则和规范大都源于译诗实践,因此具有很强的可操作性和指导性,在各自独特的时代语境下,都产生过较为优美、传神的译文。下面仅以济慈的短篇名作《美丽的无情女郎》第四诗节为例。对该诗节的理解和翻译最能体现不同译者对原文的解读和对各自翻译理念的应用,通过分析不同时期译者对不同翻译原则和规范的理解和使用,也可以深化对济慈诗歌中译的认识。

原文:

> I met a lady in the meads,
>
>   Full beautiful — a faery's child,
>
> Her hair was long, her foot was light,
>
>   And her eyes were wild.

(Keats, 1982:270)

从民国初至今,各个时期的中文译文按发表时间排列如下:

> 绿野遇佳人。
>
> 美丽如天仙。
>
> 长发步轻盈。
>
> 横波最可怜。

(陈铨,1926:15)

> 我在牧原上逢着位姑娘,
>
> 美透了的,——是天上的安琪;
>
> 长的头发,轻松是她脚步,
>
> 但她眼里却满注着淫意。

(邢光祖,1936:108)

> 我在草地里逢见一位女郎,
>
> 她真真美丽,——天仙似的,
>
> 她的头发长长的,她的步态轻盈,
>
> 她的眸子却显得有些野生。

(李岳南,1945:56)

我在草坪上遇见

　　一个妖女，美似天仙，

她轻捷、长发，而眼里

　　野性的光芒闪闪。

（查良铮，1958：105—106）

我在坪间遇一妖女，

　　绰约如天上仙人，

长发委地，轻盈脚步，

　　目射异样光明。

（朱湘，1986：158）

我在草原上见一位姣娘，

　　一位绝色天生的女仙姬，

她鬘发修长，她脚步轻盈，

　　她秀眼野而奇。

（孙大雨，1999：427）

原诗为英诗中较为常见的谣曲（ballad），每一诗节共有四行诗，其中第一、三行四音步抑扬格不押韵，第二、四行三音步抑扬格押韵，韵式为"xaxa"，形成"歌谣诗节"（黄杲炘，2007b：168）。济慈对传统的歌谣诗节进行了一定的革新，将原来的第二行三音步抑扬格拓展为四音步抑扬格，而第四诗行则由四至五个音节构成二音步或二步半。这样修改的结果既保留了传统"歌谣诗节"的韵律模式，又增加了诗行的长度，进一步增强了诗行的容量和诗歌的表现力，第四句四至五个音节间的转化可以造成整个诗歌产生句式和音律上的参差变化，较传统的三音步结尾更为灵活多变。抛开原诗蕴含的象征意义和深层内涵，这首诗在诗歌形态上较为接近中国诗歌传统和审美观念。

　　在上文列举的诸多译文中，朱湘的译文秉承了其一贯采用的字数相对法，将原诗的四音步对应为译诗的八个字，三音步译为六个字。例如，第三行"Her hair | was long, | her foot | was light,"四个音步被朱湘译为"长发委地，轻盈脚步，"且译诗韵式依原诗而定，译者翻译济慈诗歌

时巧妙地将古典的内涵融合现代的、口语的、简洁的白话语言,并将其适度欧化和异化。整个译文流畅、自然,体现出一个诗人译者成熟、自成一家的译诗风格。陈铨的译文是使用中国古典格律诗体套译英诗的典型,无论是译诗的诗体特征还是语言风格都体现出浓重的中国传统诗歌特点,译者作为"学衡派"的成员,坚持用中国传统诗歌形式转译英诗是其不二之选。同样是第三行,在陈铨的笔下则变成了"长发步轻盈",丝毫不见原诗应有的格律和韵式特点,完全归化为一句古汉语五言绝句。邢光祖的译文虽然在字数上整齐、韵式上依从原诗,但是一方面译者忽视了原诗三音步和四音步之间的差异,在译诗中一律以十字相对应,另一方面,译诗的语言欧化色彩浓厚,如第三句被其翻译为"长的头发,轻松是她脚步,"完全打乱了中文应有的语序,转而按照英语的句法结构安排译语的语序,使语言的流畅性受到很大的影响,这也说明在白话文使用尚在推广和深化的阶段,译诗的语言也无法完全去除其负面影响。李岳南的译文是彻底的白话散体译法,译者不考虑原文的诗体形态和韵律模式,也完全忽视了通过译诗字数反映原诗格律模式的可能,译诗语言也是完全的白话文,"她真真美丽,——天仙似的,/她的头发长长的,她的步态轻盈,"两句,不仅丧失了诗歌应有的节奏和韵律而完全演变为散文,而且叠字的多次出现削减了语言的优美,句式上欧化色彩也较为浓重,与现代汉语有较大的距离。查良铮的译文体现出了其诗歌翻译中整体性和创造性翻译思想的灵光,不以译诗与原诗的诗体形式对应为主要目标,而专注于译诗的神似,并且能够兼顾原诗的韵式。如"她轻捷、长发,而眼里/野性的光芒闪闪。"两句,译者采用了兼顾整体的译法,将原诗最后一句的"wild eyes"分别置于第三句尾和第四句首,既保证了忠于原诗的内容和诗意,又对原诗的结构进行了创造性的改造,并且兼顾了译诗与原诗韵式的近似。孙大雨的译文是典型的"以顿代步"译法,译者将原诗的四音步诗行译为十字,并且将这十个字有机地安排出四个不同的汉语音顿,如原诗第三句"她/鬓发修长,她/脚步轻盈,"将最后一行的三音步译为三个汉语音顿,如原诗第四句"她/秀眼/野而奇",且韵式依原诗,使原诗的诗体形态和韵式在译诗中得到了最大化的体现。

上述六位不同译者的译作,体现了 20 世纪 80 年代之前英诗中译领域一些主要的诗歌形式转译的策略和原则。仔细分析这些译作及其隐含的翻译原则可以发现：中国近现代西诗中译起步于中国传统形式译诗，逐渐出现白话自由体译诗，其后出现了以音节（字数）和音顿（顿数）为依托的字数相等和以顿代步的译诗原则，译诗开始由较为随意的感性行为提升至理性译诗，由定性译诗逐渐达到了与原作格律接轨（黄杲炘，2007a：XXXII—XXXIII）。由此，译诗活动获得了一定的规范性、科学性和专业性的约束，不再是完全个性化和自由的随机活动。然而，随之而来的问题是，译诗活动的自由度和翻译规范的接受度之间不可避免地会产生矛盾和冲突，甚至在同一翻译规范的内部都有可能对规范形式的宽与严、紧和松、简与繁产生不同的理解。最终在20世纪80年代，这些矛盾和冲突在中国西诗中译界引发了一场关于诗歌形式转译的旷日持久的大讨论。

这次辩论的第一阶段始于丰华瞻1979年发表的《略谈译诗的"信"和"达"》一文，该文提出："译诗时的'信'，指忠实于原诗的意义与诗情，而不是指刻板地忠实于原诗的语法结构、词汇、行数、韵律等"（丰华瞻，1979：41）；并且在其后一系列文章中，丰华瞻进一步完善了关于译诗民族化的优势、译诗过分关注形式转译的弊病等观点。他的观点在其后十多年间得到了多位学者和译者的支持，如劳陇在《译诗要像中国诗？像西洋诗？》一文中明确指出"译诗还是采用中国诗格式为好"（劳陇，1986：48），王宝童在《也谈英诗汉译的方向》译文中同样指出"译诗的方向是民族化"（王宝童，1995：37）。作为回应，一些学者和译者则强烈反对民族化译法，反对以中国传统的诗歌形式转译英诗，认为"译诗必须像原诗，才是对广大读者负责的表现"（楚至大，1986：16），"把英语格律诗译成现代汉语格律诗（白话格律诗）"（杨德豫，1990：2）才是正确的翻译原则和路线，并一致推崇"以顿代步"的译法。在反对"民族化"译法的阵营中，著名诗歌翻译家黄杲炘代表的"以顿代步、兼顾字数与顿数"（黄杲炘，2007b：77）派无疑是最具有战斗精神和理论建树的。黄杲炘在《一种新的译诗要求》《格律诗翻译中的"接轨"问题》《诗未必是"在翻译中丧失掉的东西"——兼谈汉语在译诗中的优势》等文章以及《从柔巴依到坎特伯雷——英语诗汉译研究》和《英诗汉译学》等论著中，提出汉语语言特点和兼顾顿数与字数的优势。这些论著的出版使得黄杲炘逐渐成为"以顿代步"派的旗手,也使其成为即将到来的辩论第二阶段"以顿代步"派的主力辩手。

辩论第二阶段的起因是劳陇发表论文《我看英诗汉译中的"以顿代步"问题》,指出英诗汉译中"以顿代步"译法的隐患,认为"诗律不可译,[……]在诗歌翻译上,我们完全可以用自由诗的格式"(劳陇,1992:38)。劳陇的这一观点实质上是否定了"以顿代步"译法在转语西诗格律方面的尝试,转而推崇自由体译诗。如果说,第一阶段辩论的焦点是"民族化"译法和"以顿代步"译法的优劣,那么第二阶段的争论重心则转移至"以顿代步"和"自由化"的译法之争。这篇论文在实质上是向"以顿代步"译法提出了两个非常尖锐的核心问题:英语的音步和汉语的顿具有两种完全异质的语音特点,不可能在效果上达到等值;"以顿代步"是一种人为的规律形式,过分强调外形的对等,忽略了更为重要的诗意和诗味的近似,反而不如采用更自由的译诗形式,更侧重译诗的内容、神韵和风格。

在进入 21 世纪之后,这些观点被年轻一代的"以顿代步"译法的反对者加以扩展和发挥,使这次辩论进入了第三阶段,在这些反对的声音中,傅浩和刘新民是最具代表性的两位学者和译者。作为学者、诗人兼翻译家,傅浩曾撰文指出"以顿代步"译法的局限,如仅着眼于外形的近似,而忽略了效果的对等(傅浩,2005:132—133)。作为学者,刘新民同样指出顿数不能全面反映原诗格律、字数对再现节奏影响甚微等(刘新民,2007:118)。面对新老两代学者和译者的疑问,黄杲炘在《译诗的进化:英语诗汉译百年回眸》《"三兼顾"译法是译诗发展的结果——答张传彪、刘新民先生》《也谈怎样译诗——兼答傅浩先生》等文中给出了正面的回应,再次重申了自己秉承的"以顿代步、兼顾字数和顿数"译法的优势。由于辩论双方在理论基础、审美价值取向、对不同翻译原则和规范的认识等方面差异巨大,导致两方各执一词,无法说服对方,也使得这次大辩论最终没有得出双方认可、具有指导性和可操作性的翻译规范。但是,辩论的过程中,双方的探讨不断深入,论点几经升华,双方翻译规范的优劣也得到了进一步的展示,这无形中对提升双方翻译规范的影响力有着巨大的推动作用。特别是作为主要辩方的"以顿代步"派,在历经三个阶段的辩论之后，其知名度无疑得到了显著的提高。作为主辩方，"以顿代步"译法在对原诗诗体移植、韵式移植、格律模仿等方面与其他译法相比具有巨大的优势，然而，沉迷于原诗和译诗形式的对等，强调形似的结果很有可能忽视了神似，削弱了译诗对原诗内容、意象和精神内涵等核心价值的把握和反映。如何协调形式翻译与内质翻译、如何在形似与神似之间达到一个有效的平衡，成了横亘在"以顿代步"派面前的一条鸿沟。① 面对这一挑战，当代著名诗人、学者、翻译家屠岸先生通过自身实践，将"以顿代步"译法应用于济慈诗歌的中译，取得了突出的成就，向当代学者、译者和读者展示了"以顿代步"译法在使用得当的情况下可以在形式和内容之间找到平衡，兼顾译诗和原诗的形似和神似并非不可能完成的任务。

4. 屠岸译济慈诗歌的基本原则和策略

　　屠岸最早于 20 世纪 30 年代开始发表诗歌作品，其中不仅有结集成册的旧体诗诗集《萱荫阁诗抄》，十四行诗诗集《屠岸十四行诗》以及白话新诗诗集《哑歌人的自白》等重要作品，还有大量诗歌创作发表于各个时期的报纸、文学刊物和诗刊等媒介，这些诗歌作品的问世展现了诗人屠岸对当代中国诗歌体裁、题材和形式的良好把握及其诗歌创作兼顾中国古典诗歌和当代白话诗特点的独特性质。此外，屠岸作为译者的诗歌翻译活动也可以追溯至 20 世纪 40 年代，在长达半个多世纪的诗歌翻译实践中，屠岸翻译过莎士比亚、惠特曼（Walt Whitman）、彭斯（Robert Burns）、布朗宁（Robert Browning）等众多西方著名诗人的作品，而其中屠岸的译作——《济慈诗选》尤为重要。

　　自 1997 年出版以来，屠岸的《济慈诗选》深受读者喜爱，获得了翻译界的好评，并于 2001 年获得第二届鲁迅文学奖文学翻译彩虹奖。该选

---

① 更多有关这次辩论的经过及影响，参见卢炜，2014：46—55。

集问世以来逐渐成为济慈诗歌中译领域内的经典版本,对济慈诗歌中译、济慈诗歌在中国的深入传播、诗人济慈形象在中国的进一步塑造等产生了深远的影响,屠岸也凭借这一突出贡献成为当代中国济慈诗歌中译最重要、最杰出的代表。《济慈诗选》的成功是多方面因素共同作用的结果。首先,中国大陆改革开放政策的全面实施、文艺领域的思想解放、中国翻译界蓬勃发展的形势为屠岸的译本获得成功提供了较为宽松、开放和自由的时代语境。经历了前所未有的时代大变革之后,中国翻译界的活力得以重现,翻译作品得到了更有力的推介、获得了更广泛的受众。查良铮时代的意识形态枷锁被破除,限制译者翻译实践活动的操控机制逐渐弱化,勒弗维尔笔下的"赞助人"(Lefevere,2010:15)以正面形象出现,帮扶、资助、推动了译者的翻译实践:正是在时任人民文学出版社外国文学编辑室负责人任吉生的鼓励和策动下,屠岸才得以有计划地翻译济慈,并于三年后完成了这一涵盖八十多首济慈诗歌作品的巨著(屠岸、卢炜,2013:3)。其次,"五四"运动以来中国诗歌翻译界形成的历次诗歌翻译原则与规范的探讨以及朱湘以降众多济慈诗歌中译的先行者为屠岸更为丰富和全面的译文提供了理论和实践的参照。其中,中国诗歌翻译界对西诗中译领域诗体移植的探讨与屠岸实践"以顿代步"译法形成了良好的互动,而几十位民国和1949年之后的济慈诗歌中译者,特别是朱湘、查良铮和朱维基在译介济慈诗歌上进行的开拓性的工作,也使得屠岸获益匪浅(屠岸,1997b:10)。

最后,作为创作时间长达七十余年而且成就斐然的诗人译者,屠岸成功的决定性因素是他对济慈及其诗歌发自内心的感悟、理解、喜爱和认同,坚持自己翻译原则和诗歌美学的执着精神以及勇于挑战济慈诗歌翻译领域难题的决心和勇气,屠岸对济慈诗歌高度的感悟、认同、欣赏以及人生经历的契合,是他成功翻译济慈的重要因素之一。他本人在多个不同场合、通过不同的媒介表达过对济慈诗歌的热爱、对济慈早夭的叹息和济慈诗歌对自己克服困难、平复心境、提升人生境界的重要贡献。屠岸与济慈的结缘始于抗战即将结束前后,大约在1943年至1944年前后,屠岸开始接触到济慈的诗歌,并且迅速被吸引。这种如磁铁般的吸引起因是由于两位横跨百年的异域诗人同病相怜,正如屠岸所言:

济慈 22 岁得肺结核,我也是 22 岁得肺结核。在解放以前,没有特效药,肺结核是不治之症,我最好的小学老师,最好的朋友张志镳和一位邻居都是死于肺结核。我当时得病之后就感觉和济慈的处境非常的相似,甚至想到自己可能遭受到和济慈同样早夭的命运,因此,在感情上就时常受到济慈的打动,被他吸引。

(屠岸,2010:239;屠岸,2007:406)

这段机缘巧合的邂逅,在屠岸认同了济慈的诗学和美学理念之后,逐步升华为一种诗人之间的惺惺相惜和后辈对前辈的顶礼膜拜。如屠岸所述:"我把济慈当做异国异代的冥中知己,好像超越了时空在生命和诗情上相遇。"(屠岸,2010:239)特别是在"文革"时期,济慈的诗歌甚至跃升为屠岸的精神信仰。在"文革"期间,除了受到政治上的歧视和压迫外,屠岸还被迫在"五七干校"接受劳动改造。艰苦的生活、繁重的劳动和思想的束缚使得诗人内心深处极度苦闷、压抑,而诗人将济慈的诗歌视为对抗一切郁闷和痛苦的良药,无论是白天参加劳动,还是夜晚万籁俱寂之时,屠岸都以背诵济慈的诗篇寻求精神上的慰藉。他在晚年曾深情地回忆这段历史:在最黑暗的岁月里,"济慈的诗美成了我的精神支柱,使我获得了继续面对生活的勇气"。甚至在屠岸晚年失眠的时候,都要默念济慈的诗歌才能进入梦乡(屠岸,2010:239)。从及冠之日到耄耋之年,济慈的诗歌几乎陪伴了屠岸的一生,在其人生的几个低谷之中,济慈的诗歌和思想鼓舞和激励屠岸勇于面对困苦和挑战,最终使他将人生之舟顺利地驶过了一个个险滩。这种伴随终生的热爱超越了时空、种族和信仰,成为屠岸翻译济慈诗歌的第一动力。

如果说对济慈诗歌的热爱、共同经历产生的心灵交汇、苦难磨炼之后的深刻领悟将屠岸逐步引入了济慈诗歌的艺术殿堂,那么两位异国诗人对诗歌本质和诗歌美学认知的高度统一,就是屠岸更为深入理解济慈的内心世界、诗艺的精妙和诗歌内涵复杂性的主要基石。

如前所述,济慈的诗歌理念和美学观点较为庞杂,并且由于诗人本身不以形而上的思辨和系统的哲学见长,其诗学和美学观点散见于其诗歌创作和与友人的书信来往之中。然而,在济慈纷繁复杂的美学思想中,对"美"的追求贯穿于他几乎所有的主要作品之中,成为其纲领性的艺术指导思想,体现了其最为核心的价值观和艺术观,深入其思想和心灵的深处。这种美既是外化的自然风光、精美的艺术品、姣好的面容,又是内在的、抽象的、超验的、想象的美。济慈对美的辩证的、全面的、升华的认识遍布他的诗歌创作和书信集。①

在某种意义上,在济慈诗歌主要中译者之中,屠岸是对济慈美学思想最为推崇、受济慈美学思想的影响最大,对济慈美学思想认识最为全面和深刻的一位。在屠岸看来,"济慈诗歌的主旋律是对美的颂赞"(屠岸,1997b:4),"他(济慈)的作品表现出纯美,用美来对抗丑,他(济慈)对人世的爱就体现在对美的歌颂上"(屠岸,2010:239—240)。屠岸最为推崇的济慈名言就是《希腊古瓮颂》中的著名格言——"美即是真、真即是美"(Beauty is truth,truth beauty)(屠岸,1997a:18)。屠岸不仅认可和赞同济慈的这一观点,将其奉为自己"心灵的宗教"(屠岸,2002a:213),并且根据自身的认识和理解对这句诗所体现的美学思想进行了深入的阐释、凝练和升华:

> 一切丑,一切人间的苦难和不幸,在时间的长河中,都只能作为假而暂时存在。只有丑的对立面——美,才具有恒久的生命力,因为它的本质是真。"真金不怕火烧"。真正的艺术所体现的美,是一种永恒的存在。
>
> (屠岸,2002a:212)

可见,对济慈诗歌中"美"的因素的不懈探寻和深刻感悟是屠岸开启济慈诗歌大门的钥匙。屠岸曾指出,"真正的艺术是诉之于心灵的艺术"(屠岸,2002a:210),正因为两位诗人对"美"的共识,使得他们在两百年的时间跨度里完成了心灵的碰撞和沟通,在某种程度上达到了灵魂的合二为一。因此,作为译者的屠岸才可以更为深刻地领悟诗人济慈的心灵、体会

---

① 关于济慈诗歌和书信中涉及对"美"的思考,如 *Endymion* 中开篇的"a thing of beauty is a joy forever"以及《希腊古瓮颂》中结尾处对 beauty 和 truth 的诘问。济慈在书信中也经常谈到对"美"的认识,并希望与友人讨论和分享,这些信件主要包括:1817 年 11 月 22 日与 Benjamin Bailey 的著名的"亚当之梦"(Keats,1958,vol. 1:183—187);1818 年 4 月 9 日与 J. H. Reynolds 的信(Keats,1958,vol. 1:266—268);1818 年 6 月 25—27 日给弟弟汤姆的信(Keats,1958,vol. 1:298—301);1818 年 12 月至 1819 年 1 月写给弟弟和弟媳的长信(Keats,1958,vol. 2:4—30);1819 年 7 月 8 日写给范妮·布劳恩的情书(Keats,1958,vol. 2:126—127);以及 1820 年 2 月写给范妮·布劳恩的信(Keats,1958,vol. 2:263)等。

济慈诗歌的精妙以及节奏中美的音符和"闪光的意象"（屠岸，2010：240）。

　　屠岸成功的最后一个主要原因在于他勇于挑战济慈诗歌翻译领域难题的决心和勇气。翻译济慈诗歌的挑战源自多个方面。作为最早被译介到中国的主要英国浪漫主义诗人，从 20 世纪 20 年代开始到屠岸出版《济慈诗选》之前，共出现了六十余位济慈诗歌的中译者（含海外、中国港台地区译者），济慈的主要诗作都得到了不同程度的译介。这些中国济慈诗歌中译界积淀的成果，从选题、视角、内容、翻译策略和手法，到具体意象的转译、语言的使用以及其他一些细节的理解和掌握，对屠岸以及更为后起的中译者，无疑具有很好的借鉴和辅助作用，后来的译者能够汲取前人的经验和教训，可以译出更为成熟、出色、优质的译文。然而，这笔宝贵的财富也很有可能成为后来译者的困扰。毕竟，早期的译者中包含了徐志摩、朱湘、查良铮等中国诗坛的著名诗人、翻译家，随着时间的推移，他们的许多译作已经成为济慈诗歌中译领域的经典，无形中压缩了后来译者寻求突破和创新的空间。遵循前人的脚步，很容易被贴上因袭守旧、墨守成规的标签，甚至被视为抄袭和剽窃；摒弃前人的经验、另辟蹊径同样面临两难的困局：一方面，中国翻译界根深蒂固的"忠于原文"的思想，迫使译者的一切翻译实践必须以原文为中心，类似"如果译者是为了生动地再现原文而需要具有独立性（independence），那么'译者有权选择对原文进行有机的改动'"（Bassnett，2004：85）的声音仅仅能够在翻译理论研究领域被部分接受；另一方面，译者在忠于原文内容和思想的过程中，经常会受到当代文学评论领域多重解读和解构主义批评的影响，进而陷入进退维谷的窘境：随着中外学者对诗歌原文不断深入的挖掘和探究，不同学派对同一首诗歌的主题的解读可能大相径庭，对同一意象和表述的阐释可能截然相反；经过这样的解读和解构，同一原文可能会产生多个意义相近、相对甚至是相反的文本。如果忠于某一个解读所产生的文本，则势必违背另一种文本阐释，在不同解读和阐释间徘徊的译者可能无所适从。因此，当代的济慈诗歌中译者可能会受到过去的译文和现在的原文的双重胁迫，译文很可能被两种来自两个领域的力量所扭曲。

　　在面对这一复杂难题时，屠岸采取了兼容并蓄、坚持自我的基本原则。在选材上,他没有因为济慈诗歌的主要作品几乎都已经被前期译者涉猎而另辟蹊径,放弃传统的、更为中国译者和读者所接受的济慈诗作。他严格依照济慈诗歌"美学至上、艺术至上"的原则,选译最重要、最能体现济慈诗歌成就和美学思想的诗作,如三大颂歌、十四行诗和谣曲等。此外,为了使中国的读者更为全面地认识和了解诗人济慈,他还将翻译的重点向济慈的长篇诗歌做出了一定的倾斜,所选的 83 首济慈诗歌作品中,囊括了《伊莎贝拉》《圣亚尼节的前夕》《拉米娅》等三首济慈最著名的叙事诗,以及《恩迪米安》和《海披里安》等两首济慈重要的传奇和史诗作品。此外,他并没有回避前人的努力和功绩,而是非常明确地指出自己在翻译过程中受到了朱湘、查良铮和朱维基等早前译者的影响(屠岸,1997b:10);对这些先行者为济慈诗歌中译做出的贡献,他给予了充分的肯定和赞许(屠岸,2010:72),对他们译文的优点和失误同样直言不讳(屠岸,2002b:442—444)。在应对原文与译文关系时,他能够秉承忠于原文的思想和内容,"以'信'为基础"(屠岸,2002b:435—436;屠岸,2007:389),排除各种当代文本解读带来的负面影响和干扰。对这种翻译策略可能带来的一元解读,他始终坚持"诗无达诂"的原则,强调个性化的解读,以我为主,不强求调和众口(屠岸,2002a:212)。正是由于他坚持了这些基本的翻译原则,又根据实际情况做出灵活的、不伤根本的变通,使得他的译文能够在 20 世纪八九十年代中国诗歌翻译界对济慈诗歌的译介风起云涌之时,成为极具特色的济慈诗歌中译精品。

对济慈诗歌的衷心热爱、坚持原则不动摇、勇于接受新时期的挑战是屠岸翻译济慈诗歌的基本立足点,而在具体操作层面,屠岸则贯穿了两个重要的指导思想:"客体感受力"和"以顿代步"。对"客体感受力"而言,1817 年 12 月写给弟弟乔治和汤姆的家信,是济慈书信中被引用次数最多、最令人困惑(Bate,1963:237)的一封,正是在这封信中,济慈第一次提到并且较为完整地表述了"客体感受力"(Negative Capability)①这

---

① 关于这个术语的中译,因为各位译者对其理解不一,各持己见,至今尚未有统一的规范译法,例如"消极感受力""反面感受力""客体感受力""否定能力""自我否定力"等。济慈对这一概念的定义是:"When man is capable of being in uncertainties, Mysteries, doubts, without any irritable reaching after fact & reason." (Keats, 1958, vol. 1: 193)

一引起争议最多的文学概念：

> 一些事情开始在我思想上对号入座，使我立即思索是哪种品质使人有所成就，特别是文学上，像莎士比亚就大大拥有这种品质——我的答案是消极能力，这也就是说，一个人有能力停留在不确定、神秘与疑惑的境地，而不急于去弄清楚事实与原委。
>
> （傅修延，2002：59）

此后，济慈又在不同场合对这个概念进行了诠释和拓展，如在 1818 年 2 月 19 日致友人 J·H·雷诺兹（J. H. Reynolds）的信中，济慈指出"人应该处于被动与接受的状态，从而获得灵感，不能像蜜蜂那样四处寻觅"（Keats，1958，vol. 1：231），还有 1818 年 10 月 27 日致友人伍德豪斯的信件中关于"诗人无自我"的论述等（Keats，1958，vol. 1：387）。西方济慈研究学者很早就对这一概念进行了深入的研究和阐释（Bate，1963：231—263），而中国的济慈研究学者也以东方文明独特的视角对这个充满神秘色彩的术语进行了哲学、美学、艺术和宗教的阐述（张思齐，2005：119—121；黄晓艳，1999：47—50），虽然对这一概念的内涵与外延各家学者众说纷纭，但是"Negative Capability"无疑已经成为济慈诗学、美学领域内的核心内容，也已成为理解济慈诗歌作品的一个重要的切入点。

　　屠岸也以极大的热情和精辟的见解加入解读和阐释的队伍之中，并且，由于其诗人兼翻译家的双重身份，使得与一般研究型学者相比，屠岸在阐释过程中增加了诗歌创作和翻译实践层面更为深刻的个性化解读：

> 济慈所有成熟的作品都具备诗人赋予的独特的品格。我们听到舒徐而优美的旋律；看到鲜明而具体的描绘。诗人把触觉的、味觉的、听觉的、视觉的、运动的、感官的各种感觉组合起来，成为整个经验的总体感受和全面领悟。诗人对身外客观事物的存在，产生极度愉悦的感觉——诗人似乎失去了自我意识，与他所沉思的事物融为一体，这也就是诗人所说的"客体感受力"（negative capability）。
>
> （屠岸，1997b：7）

而诗歌创作和诗歌翻译是两个不尽相同的过程，译者在领悟原作的同时,需要兼顾译入语的语境,而译者个性化的因素也不可避免地会出现在译文之中。因此,"好的诗歌翻译作品是在不可避免地留有译者个人气质的同时尽可能多地保存原作的精神实质的产物"(屠岸,2007:391)。要做到这一点,译者需要客观、深入地了解原作的内容和产生的历史文化背景。屠岸正是在深入理解了济慈的"客体感受力"之后,带着译者的感触、思想、审美观念和译入语文化价值体系进入济慈诗歌的原文之中,接近和融入原作产生的时代语境、文化背景、诗人独特的个性化认知和诗学、美学观点,体会济慈创作诗歌时的内心世界,进而在翻译过程中兼顾原诗和译诗的诗学、文化和美学特征。屠岸对这个翻译的心路历程做过非常精彩的诠释:

> 济慈认为诗人在创作诗歌过程中应该放弃自我、放弃主观的感受和定势思维,全身心地投入到客体即投入到所吟咏的对象中去,将主体的自己和客体的对象融为一体。这种说法和中国传统的一些说法类似,例如,中国传统观点就有"有我之境"和"无我之境"这种说法,"客体感受力"可以相当于"无我"的境界。但是,"无我"并非真正意义上的失去自我,因为,感受要从"我"开始,"我"也要参与感受的全过程。"无我"是讲放弃定式思维,抛开自我原有的一切去感受吟咏对象。既然叫"客体感受力",那么就有感的"力",这个力是由"我"来体现的。济慈的"客体感受力"虽然是对诗歌创作过程说的,但是我认为同样可以应用到诗歌翻译中。诗歌翻译同样需要这种"客体感受力",译者也要放弃自己固有的思维定势,融入到翻译对象的原文之中,拥抱原文,体会原文的文字、思想和意境,体会原作者的创作情绪,将自己融入原文之后获致的理解转化到译入语的语境之中。这是我翻译济慈诗歌和其他诗歌的基本原则和方法。

> (屠岸、卢炜,2013:3)

在某种意义上,无论是坚持客体表现力,放弃自己固有的创作模式和思维习惯,还是进入"无我之境",屠岸的翻译基本原则实质上都体现出融入济慈诗歌的核心价值领域,体会济慈深邃、复杂、精妙的思想,使译诗的风格和神韵符合原诗的美学宗旨,这种与原作诗人核心价值观的高度一致最终令屠岸的译文从 20 世纪 80 年代之后众多的济慈诗歌译作中脱颖而出。

如果说济慈的"客体感受力"是屠岸翻译思想的指导纲领,那么屠岸坚持并且取得一定成就的"以顿代步"就是其翻译济慈诗歌的重要手段。如前文所述,屠岸并非"以顿代步"翻译理念的创始人,但却是该翻译规范的集大成者。"以顿代步"是屠岸翻译济慈诗歌的基本译诗原则和操作规范。这一翻译规范"遵循神形兼备的译诗原则,即既要保持原诗的风格美、意境美,也要尽量体现原诗的形式美、音韵美"(屠岸,1997b:9),其基本原则是用汉语的"顿"(每顿中包含一个重读)代替原诗英语的"步",译文诗行的顿数与原文诗行的步数相等。以英诗中常见的五音步抑扬格为例,原诗的每行五音步可以被转译为以意群为单位的五个音顿,每一个音顿内包含一至三个汉字,其中必有一个重读字,轻重读字的安排根据译诗内在的节奏灵活掌握,并将译诗的韵式按照原诗的形式排列(屠岸,2007:407—408;屠岸,1997b:9)。这一由孙大雨创立、卞之琳完善的翻译规范,在屠岸笔下得到了进一步的继承和发扬,形成了"等行、以顿代步、韵式依原诗"(屠岸、卢炜,2013:3)的基本原则。屠岸在翻译《济慈诗选》的过程中,坚决地贯彻了"以顿代步"的翻译规范,力求译诗和原诗在形式上保持一致,从一定程度上解决了之前济慈诗歌翻译中译诗与原诗难以形似的问题,这也是他的译文能够在很大程度上超越同时期其他译文的一个重要原因。

与多数"以顿代步"派译者一样,屠岸相信:"诗歌的内容和形式是统一的,是相互依存又相互制约的,只有同时传达两者,才能传达全貌。"(屠岸,1997b:9)在"客体感受力"和"以顿代步"两个原则的指引下,屠岸通过不懈的译诗努力,以诗人的译笔和敏锐的洞察力,将济慈的诗歌译介给中国读者,并且力图做到译诗与原诗的"神似"和"形似"。屠岸翻译济慈诗歌首先依靠的是"客体感受力",而运用这一原则的第一步则是需要进入原文、融入原文,如屠岸所言:"翻译诗歌,首先要进入原文、拥抱原文,然后发挥自己的创造力。"(屠岸、卢炜,2013:3)而进入原文除了需要熟读原文文本,更需要尽可能地掌握"原作产生的历史背景和文化背景"(屠岸,2007:391),这就需要译者以学者从事学术研究的精神,深入文本内部,探究文本产生的时代背景,挖掘诗人创作的来龙去脉。

5. 屠岸译济慈诗歌研究

以前文所分析的济慈著名的抒情谣曲《冷酷的妖女》中文译文为例，绝大多数的中译者强调译名字面意思忠实于原诗标题，将这首诗中"La Belle Dame"直译为美女、美妇，因而突出了"La Belle Dame"的无情和美艳，无形中强化了诗中魅惑骑士的"La Belle Dame"人的属性，进而失去了对"La Belle Dame"的身份更为深入的理解和分析，也间接地削减了"La Belle Dame"与骑士之间复杂的关系以及由此衍生出来的各种解读。实际上，根据该诗两个现存版本中的任意一个分析①，都可以发现无论从较为正面的解读视角入手，将"La Belle Dame"定义为仙子（faery）（Allen，1960：3）、水仙（naiad）等（Slote，1961：22—30）形象，还是将"La Belle Dame"与邪恶的、具有神秘魔法的女巫联系在一起（Sperry，1973：235—241），突出的都是其所蕴含的超自然因素，进而表现了济慈在创作该诗时的矛盾、复杂、纠结的内心世界，反映出两百年来，评论界对该诗的内涵、主要形象的象征意义及其形象变迁对其他艺术领域的影响的探索。② 而凸显这个译名的超自然和非人类特性，也折射出译者真正进入了文本和济慈的内心世界。如前所述，90 年来，也仅有朱湘、查良铮等几位译者选择将这首诗中的"La Belle Dame"译为"妖女"。屠岸也做出了同样的决定，将这首诗译为《冷酷的妖女》，说明他真正进入了主题、了解了济慈创作该诗的时代背景和文化背景、接近了济慈美学和诗

---

① 这首诗共有两个版本，分别是 1848 年 Milens 出版的《济慈传》中记录的原始版本以及李亨特 1820 年 5 月出版于 *Indicator* 的修改版。两个版本在内容上有重大修改，详情参见 Cohen，1968。

② 该诗因其复杂的文本来源、神秘的氛围、矛盾的主题、充满象征意义的人物形象而成为济慈诗歌中最受评论界关注的诗歌之一。西方传统研究除了对该诗的文本进行溯源、并对该诗的象征含义进行当代的阐释之外，一个很重要的研究方向就是探讨该诗对 19 世纪以来西方绘画艺术的影响。这种影响不仅体现在艺术史研究领域，而且通过对不同时代的绘画等视觉艺术领域内艺术家基于该诗的各种阐释和艺术创作，反馈出该诗主题、内涵、象征意义、人物形象等的时代特征，从而丰富了该时代济慈诗歌研究的内容。关于西方艺术与该诗的互动关系，可参见 Scott，1999。

歌创作体系的核心地带。

　　而且,屠岸与其他济慈诗歌诗人译者相比,更接近济慈诗歌创作和美学认知的中心,更加深刻地了解和体会了济慈诗歌创作中充满矛盾、复杂多变的主题和象征。笔者同样选取屠岸译的《冷酷的妖女》中第四诗节为例,借以具体化这一差异。译文如下:

> "草地上我遇到一位姑娘,
> 　美丽妖冶像天仙的小女儿,
> 　她头发曼长,腿脚轻捷,
> 　有一对狂放的眼珠儿。

（屠岸,1997a:184—185）

　　如前所述,朱湘、查良铮和屠岸在译诗题名中译出"妖女"二字,说明了这几位诗人译者更加敏锐地注意到原诗语境中蕴含的超自然的力量,侧重描绘"La Belle Dame"非人类的、具有邪恶特质的象征意义。与众多将"La Belle Dame"理解为仅仅具有美丽外貌的凡间女子的中译者相比,这种解读方式在阐释的深度和广度上无疑具有很强的弹性,但是,西方关于"La Belle Dame"形象的象征含义并非只有这一类负面的黑色解读。不少研究表明"La Belle Dame"的外貌和身份并没有任何邪恶的色彩(Cohen,1968:11),相反,这一形象可能暗示着诗人对理想的、超凡的美的追求(Allen,1960:3)。"La Belle Dame"的形象在西方绘画史上也经历了巨大转变,从19世纪中期从属于诗歌中"骑士"的次要形象,到逐渐伴随着欧洲新女性主义的兴起以及西方研究者对济慈诗歌的深入理解,获得了诗中女主人公的核心地位(Scott,1999:503—535)。这一转变也反衬出"La Belle Dame"形象在艺术上的复杂性和多变性。除了传统意义上的"女巫"形象外,"La Belle Dame"被当代学者赋予了更为复杂多样的内涵:她成了骑士爱的牺牲品,她与骑士的关系已不仅仅是简单的欺骗与被欺骗,而是分享了某种共同的情感经历(Scott,1999:532)。因此,简单地将"La Belle Dame"理解并翻译为"妖女"也可能存在着削减和解构原诗复杂内涵的风险。

　　面对这种两难的困境,屠岸巧妙地选择了一个折中的方案:在译诗

160

标题中突出"La Belle Dame"超自然的女巫特质,而在具体诗行之内则淡化、模糊"La Belle Dame"具有的邪恶、魅惑、神秘等负面因素,突出她的女性色彩和气质。因此,屠岸的译文将第四节中的几个重要意象,如"lady"和"faery's child"直译为"姑娘"和"天仙的小女儿",为"La Belle Dame"增加了一丝人气和人性。朱湘和查良铮的译文中,"lady"被译为了"妖女","faery's child"则被分别译为了"天上仙人"和"天仙",可见两位诗人译者对这两个词的理解几乎是一致的。但是,将"lady"译为"妖女",无形中强化了"La Belle Dame"的妖性,突出了其邪恶本质,等于将读者推到了负面解读的一方;而将"faery's child"译为"天上仙人"或者"天仙"又与原文存在差距,并非完整意义上的忠于原文的文字内涵,毕竟,原文中"faery's child"蕴含着"La Belle Dame"是以一位年轻、青涩的小女孩的形象出现在骑士面前,而不是一位成熟、妩媚的成年女性。因此,屠岸的这一折中处理,虽然没有朱湘和查良铮两位前辈的译文那般古朴、洗练,但在忠于原文内涵、接近济慈诗歌创作核心理念上却更胜一筹。

不可否认,屠岸的这一译法可能同样兼有译诗形式方面的考虑。"等行、以顿代步、韵式依原诗"(屠岸、卢炜,2013:3)是屠岸诗歌翻译规范中的基本原则,其中,"以顿代步是最主要的,做到了严格意义上的以顿代步,译诗和原诗自然就会等行了"(屠岸、卢炜,2013:3)。如前文所述,原诗为英诗中较为常见的"谣曲",经过济慈的改良之后,变为了第一、三行四音步抑扬格不押韵,第二行三音步抑扬格拓展为四音步抑扬格,第四行为灵活的二音步半,韵式为"xaxa"。屠岸根据"以顿代步"的基本原则,将原作的四音步转化为译诗的四音顿,二步半转化为三音顿,具体划分如下:

> "草地上/我遇到/一位/姑娘,　　　　　4顿
> 美丽/妖冶/像天仙的/小女儿,　　　　4顿
> 她头发/曼长,/腿脚/轻捷,　　　　　4顿
> 有一对/狂放的/眼珠儿。　　　　　　3顿

对照原作的格律模式:

> I met | a la | dy in | the meads,
> Full beau | tiful — | a fae | ry's child,
> Her hair | was long |, her foot | was light,
> And her | eyes were | wild.

可见,经过此番改造和转化,译诗每一个诗行的顿数与原诗的音步数基本一致,原诗的音步被译诗的音顿替代,原诗的格律模式也因此被部分地转化为译诗的音顿构成模式,诵读原诗时产生的节奏也在一定程度上体现在朗读译诗的过程中,而且译诗与原诗的诗体形式保持了高度一致。当然,这种转化有着自身的不足,比如原诗的重音就很难被完整转移至译诗之中,而且,由于汉语的音顿多是以义顿为分割点,需要根据汉语的意群划分顿数,其结果必然是汉语每个音顿所包含的汉字字数不一致,出现了一字至四字不等的汉语音顿,因而无法达到原诗每个音步只有两个音节的效果。同时,由于屠岸以及其他主要"以顿代步"的支持者坚持使用"当代白话——以北京语言为标准音,以北方话为基础方言,以典型的现代白话文著作为语法规范的普通话"(屠岸,2002b:436)为译诗语言,无法避免当代白话汉语中助词过多的情况,因此,与大量加入文言、半文言用语的朱湘的译文相比,整体的译文不够精练,而查良铮的译文秉承其诗歌翻译的基本原则,突出重要的字词和意象,省略次要的内容,做必要的局部牺牲以获得整体上内容和形式的契合(查良铮,2007:108—115),因此,在遣词造句上,对原诗的次要意象和内容做了删节,语言上同样非常简练。结果,从译诗的字数上看,朱湘的这段译文共33字,查良铮的共35字,而屠岸的译文则有45字之多,这也是屠岸采用"以顿代步"译法并且更为接近济慈原诗形式和美学特征而必须付出的代价。当然,屠岸选择将原诗的"faery's child"直译为"天仙的小女儿",也是考虑到了译诗押韵的要求。译诗的韵式依原诗也是屠岸"以顿代步"译法的重要组成部分和基本原则。《冷酷的妖女》一诗的韵律模式为"xaxa",每一诗节的二、四诗行押韵,因此,屠岸的译诗也严格遵循这一模式。

实际上,屠岸在翻译《济慈诗选》时,对原诗的格律模式均采用译诗中"以顿代步"的方式进行模拟和诗体移植,而对原诗的韵式则基本予以保留,并且在适当的环境下进行微调,以适应译文的押韵要求。济慈的诗歌创作体裁涉及英语诗歌的几乎所有类型,而且,由于济慈对很多英诗传统的格律和韵式进行了大胆的改良和创新,衍生出许多更为精妙、复杂、表现力更强的诗歌形式,能够将一种自成体系的翻译规范严格执行到底,转译济慈所有的重要诗歌类型,绝对是一项复杂而艰巨的任务,需要译者具有良好的中英文基础,对济慈诗歌创作理念和美学思想有着透彻的理解,对所用翻译规范具有极好的认识和掌控力。从这一层面考量,屠岸坚持以"以顿代步"译法翻译《济慈诗选》,是济慈诗歌中译领域,也是整个英诗中译领域的一项具有创造性的尝试。

十四行诗是济慈诗歌创作中最为重要的类型之一,也是他创作数量最多的诗歌形式。根据统计,济慈共创作了 61 首十四行诗(屠岸,1997a:89),而屠岸共计翻译了其中的 55 首。因此,十四行诗成为屠岸尝试"以顿代步"译法翻译济慈诗歌的重要领域。十四行诗在全世界范围内享有盛誉,也是英语诗歌中最为重要的一个诗体类型。十四行诗最早起源于意大利的西西里(聂珍钊,2007:331;黄杲炘,2007b:282),经过意大利文艺复兴时期的重要诗人但丁和彼特拉克等人不断的完善和定型,最终成为文艺复兴时期重要的诗歌形式,并且于 16 世纪中叶经由英国外交官、诗人托马斯·怀亚特(Thomas Wyatt)和亨利·霍华德(Henry Howard)介绍进入英国,并且经过菲利浦·西德尼(Philip Sidney)、埃德蒙·斯宾塞、威廉·莎士比亚、约翰·弥尔顿、威廉·华兹华斯、济慈、伊丽莎白·布朗宁夫人(Elizabeth Browning)等英国著名诗人的倾力打磨,成为英国诗歌中最引人瞩目的诗歌类型。

在传统意义上,流行于英国的十四行诗共有两个主要形式:彼特拉克式或意大利式,莎士比亚式或英国式(Perrine,1982:207—208)。这两种形式的格律模式都是英诗传统的五音步抑扬格(iambic pentameter)。英语中多数的格律诗歌都采用抑扬格,而英诗中几种最主要的诗歌类型,如十四行诗和素体诗(blank verse),都是五音步抑扬格,因此这种五音步抑扬格就成了英诗最重要的格律模式。这种格律模式每行有五个音步(foot),每个音步由一个轻音和一个重音构成,通常轻音在前、重音在后。由于中英文两种语言在语音特征等层面具有巨大差异,中国英诗中译领域曾经探索过通过字数相等、字数相应等方法转译英诗抑扬格,但效果并不十分理想(黄杲炘,2007b:36—57)。对于这种对格律模式要求近乎苛刻的英诗形式,屠岸的"以顿代步"译法是否可以超越前人呢?以济慈的《为什么今夜我发笑? 没声音回答》("Why did I laugh tonight? No voice will tell")为例,原文和屠岸的译文如下:

> Why did I laugh tonight? No voice will tell:
> No god, no demon of severe response,
> Designs to reply from heaven or from hell.
> Then to my human heart I turn at once—
> Heart! thou and I are here sad and alone;
> Say, wherefore did I laugh? O mortal pain!
> O darkness! darkness! ever must I moan,
> To question heaven and hell and heart in vain!
> Why did I laugh? I know this being's lease—
> My fancy to its utmost blisses spreads:
> Yet could I on this very midnight cease,
> And the world's gaudy ensigns see in shreds.
> Verse, fame, and beauty are intense indeed,
> But death intenser—death is life's high meed.
>
> (Keats,1982:243)

为什么/今夜/我发笑/? 没声音/回答:	13 字
上帝/在天堂/,严于/应对的/魔鬼	12 字
在地狱/,都不屑/回答/这句/问话。	12 字
我随即/转向/自己的/心灵/求索。	12 字
心灵/! 你和我/在发愁/,感到/孤单;	12 字
为什么/我发笑/? 啊/,致命的/苦痛!	12 字
黑暗啊/! 黑暗/! 我/无时无刻/不悲叹,	13 字
问天堂/,问地狱/,问心灵/,全都/没用。	13 字
为什么/我发笑/? 我知道/生存的/租期,	14 字
我让/幻想/伸展到/极乐的/境界;	12 字

但是/我也许/在今夜/停止/呼吸，　　　　　　12 字

见到/尘世的/彩旗/一片片/碎裂；　　　　　　12 字

诗歌/，名声/，美人/，浓烈/芬芳，　　　　　10 字

死更浓——死/是生的/最高/报偿。　　　　　11 字

（屠岸，1997a：114）

屠岸的译文每行均以五顿代替原诗的五音步，全诗 14 行，共 70 顿，其中多数为二、三字顿，仅有三个一字顿、一个四字顿。由于汉字多为单音节，一字一音，这种字数的安排使得绝大多数顿的音节数符合或者接近原诗每音步的音节数，同时，二、三字交替相间的音顿安排也符合现代汉语的语音和诵读习惯，可使整个诗行在诵读时较为自然、流畅，不至于产生过分生硬或者机械的诵读节奏。由于译文中的汉字轻重读不能反映原诗的抑扬格，因此，"以顿代步"只能在形式上接近原诗的格律，并不能真正替代原诗的抑扬格。但是，屠岸的"以顿代步"对此又做了一定的形式补偿：原诗每行共 10 个音节，屠岸的译诗将每行字数控制在 10—14 字之间，并且根据本书统计，屠岸翻译了济慈 55 首十四行诗，共计 770 行，绝大多数诗行内的汉字数是 12—13 字，这种有规律、有节制的字数，又对译诗行内字数与原诗音节数的差异进行了整体上的校正。可以说，大量使用二、三字顿和将行内字数控制在 12—13 字之间，保证了屠岸的"以顿代步"在兼顾译诗字数和顿数的同时，也充分考虑并且在某种程度上反映了原诗在格律方面的特性。

同时，两种十四行诗形式在诗歌结构、内容安排和韵式上都存在着显著的差异。彼特拉克式由一个八行诗（octave）加一个六行诗（sestet）构成，前八行韵式为两个抱韵（abba），后六行的韵式较为灵活多变，常见的有"cdcdcd"和"cdecde"等形式（Perrine，1982：207），而且一般整首诗的用韵数不会超过 5 个（黄杲炘，2007b：282）；在诗歌内容的安排上，这种形式的十四行诗前八行一般用来描绘场景、展示观点或者提出问题，而后六行则用于发表评论、给出示例或者揭示答案（Perrine，1982：207）。莎士比亚式由三个四行诗（quantrain）加一个对句（couplet）构成，每个四行诗韵式都为套韵（abab），结尾的对句押同一韵脚，正统的莎

士比亚式一般应有七个韵,韵式为"abab cdcd efef gg";在诗歌内容安排上,三个四行诗给出三个例子,结尾对句给出结论(Perrine,1982:208),体现出全诗的"起、承、转、合"(黄杲炘,2007b:293)。

作为英国诗歌历史上为数不多的天才诗人,济慈也是一位技艺精湛的十四行诗能手,无论是彼特拉克式还是莎士比亚式的十四行诗,济慈都能运用得得心应手,并且都创作出了经典的作品。在济慈已知的 61 首十四行诗作品中,共有 39 首采用了彼特拉克式,包括最早展现出其非凡诗歌创作才能的《初读查普曼的荷马》,以及《蟋蟀和蝈蝈》《初见俄尔金大理石雕像》等中国读者耳熟能详的诗作。济慈的莎士比亚式十四行诗虽然仅有 16 首,数量不及彼特拉克式,但是,其中包含了其诗歌创作中后期最重要、最著名的作品,如《我恐惧,我可能就要停止呼吸》《致芳妮》以及广为后人赞叹的《明亮的星》等。尽管创作出了数量巨大、质量上乘的十四行诗作品,济慈一直没有停止探索十四行诗的奥秘,一直致力于对传统的十四行诗形式进行改良和创新。这种创新的一个重要成果就是济慈在英语诗歌中创造出了独特的颂诗形式,而在十四行诗创作领域,济慈虽然没有取得划时代的成果,但是,同样为英语十四行诗的革新做出了重要的贡献。

济慈很早就开始了对英语十四行诗体的探索,早在 1816 年 8 月写给弟弟乔治的十四行诗中,济慈就尝试将彼特拉克式的前八行和莎士比亚式的后六行结合起来,构成一个韵式为"abba abba cdcd ee"的混搭型;之后,济慈还曾试图反其道而行之,将两个莎士比亚式的四行诗和一个彼特拉克式的六行诗变体组合在一起,形成韵式为"abab cdcd efe ggf"的混搭型;此时的济慈仍不满足,通过各种形式表达了创立全新十四行诗形式的欲望(Bate,1963:496;Stillinger,1982a:467),这种强烈的求知欲和探索精神最终催生了《如果英诗必须受韵式制约》("If by dull rhymes our English must be chain'd"),这一韵式为"abcabdcabcdede"的特殊的十四行诗形式。因此,在济慈笔下,至少创作出五种韵式不同的十四行诗形式,这对任何一个中译者都是巨大的挑战。屠岸采用了译文韵式基本依原诗韵式并针对不同类型的韵式灵活改变的基本原则。总体上,如果原作的韵式为莎士比亚式,译作就完全保留原作的韵式,如这首《致芳妮》:

I cry your mercy —pity —love! —aye, love,

Merciful love that tantalises not,

One-thoughted, never-wand'ring, guileless love,

   Unmask'd, and being seen —without a blot!

O, let me have thee whole, —all, —all —be mine!

   That shape, that fairness, that sweet minor zest

Of love, your kiss, those hands, those eyes divine,

   That warm, white, lucent, million-pleasured breast, —

Yourself —your soul— in pity give me all,

   Withhold no atom's atom or I die,

Or living on, perhaps, your wretched thrall,

   Forget, in the mist of idle misery,

Life's purposes, —the palate of my mind

Losing its gust, and my ambition blind.

（Keats, 1982：374）

我恳求你疼我,爱我! 是的,爱!

   仁慈的爱,决不卖弄,挑逗,

专一的、毫不游移的、坦诚的爱,

   没有任何伪装,透明,纯洁无垢!

啊! 但愿你整个属于我,整个!

   形体,美质,爱的细微的情趣,

你的吻,你的手,你那迷人的秋波,

   温暖、莹白、令人销魂的胸脯,——

身体,灵魂,为了疼我,全给我,

   不保留一丝一毫,否则,我就死,

或者,做你的可怜的奴隶而活着,

   茫然忧伤,愁云里,忘却、丢失

生活的目标,我的精神味觉

变麻木,雄心壮志也从此冷却!

（屠岸,1997a：125）

原诗是传统的莎士比亚式,韵式为"abab cdcd efef gg",共七个韵脚,而屠岸的译文韵式同样为"abab cdcd efef gg",但是由于译文中"c"和"e"押在一个韵脚上,整个韵脚的数量变为六个,因此韵式也变为"abab cdcd cfcf ee"(屠岸,1997a:126)。这种根据翻译中押韵的具体要求减少韵脚数,虽客观上造成译诗韵式的变化,并没有改变译诗整体韵式完全依照原诗的实质,反而增加了译者翻译的难度,因为韵脚数量的减少意味着译者需要寻找到更多具有相同韵脚的汉字,以满足押韵的需要,而每增加一个韵脚,也就意味着给译者增加了一次变韵的机会。屠岸减少韵脚数量、使译诗中某几个韵脚重合的押韵方式,成为其在应对济慈十四行诗各种类型中的一个常用选项,也从一个侧面说明了屠岸熟练地掌握了汉语语言的声韵特点以及不畏挑战的勇气。

如果原诗是彼特拉克式,屠岸译诗则基本保持前八行的韵式不变,对后六行的韵式做必要的修改和转化。如原诗的后六行传统的韵式"cdcdcd"和"cdecde"等会被转变为"cddccd"[如《女人! 当我见到你爱虚荣》("Woman! When I behold thee flippant, vain")]、"bcbdcd"[如《啊! 我真爱——在一个美丽的夏夜》("Oh! How I love, on a fair summer's eve")]、"cddcdd"[如《献诗——呈李·亨特先生》("To Leigh Hunter, Esq.")]等。以著名的《初读恰普曼译荷马史诗》为例:

> Much have I travell'd in the realm of gold,
> And many goodly states and kingdoms seen;
> Round many western islands have I been
> Which bards in fealty to Apollo hold.
> Oft of one wide expanse had I been told
> That deep-brow'd Homer ruled as his demesne;
> Yet did I never breathe its pure serene
> Till I heard Chapman speak out loud and bold:
> Then felt I like some watcher of the skies
> When a new planet swims into his ken;
> Or like stout Cortez when with eagle eyes
> He star'd at the Pacific—and all his men

Look'd at each other with a wild surmise—
Silent, upon a peak in Darien.

(Keats, 1982：34)

我曾经旅行过许多黄金的邦土，
　　见过许多州郡和王国美好；
　　我还曾经居住在西方诸岛——
那曾被诗人们献给阿波罗的岛屿。

我时常听人说起那广袤的疆域——
　　荷马的领土，在那里他蹙额思考，
　　但只有恰普曼发了言，慷慨高蹈，
我才吸到了那里的清气馥郁。

于是我自觉仿佛守望着苍天，
　　见一颗新星向我的视野流进来，
或者像壮汉柯忒斯，用一双鹰眼

凝视着太平洋，而他的全体伙伴们
　　都面面相觑，带着狂热的臆猜——
站在达连的山峰上，屏息凝神。

（屠岸，1997a：48）

原诗是标准的彼特拉克式，韵式为"abba abba cdc dcd"，并且采用链式韵(chained rhyme)（聂珍钊，2007：332），不仅要求韵脚连环相扣，位置严格固定，而且只有四个韵脚，每个韵脚需要重复使用三到四次。而汉语由于自身语言的性质，寻找韵脚相对较难，因此，对中译者而言，既要考虑忠于原诗的内容和诗意，又要兼顾原诗复杂的韵式，而一个韵脚的增减很多情况下可能成为影响译诗内容与形式的重要因素。为此，屠岸不得已采取了折中的方法，将译诗的前八行韵式与原诗保持一致，而对后六行译文的韵式和韵脚进行了微调，将后六行变为"cdc ede"，不仅调整了译诗的韵式，而且增加了一个韵脚，使译诗的韵脚数变为五个，在保持原诗韵式总体结构不变的前提下,缓解了由于原诗韵脚数较少而给译者带来的押韵压力。由于通常情况下,彼特拉克式十四行诗的韵脚数要少于莎士比亚式的十四行诗,因此,中译者在翻译彼特拉克式十四行诗的韵式时,整体的难度要大于翻译莎士比亚式的十四行诗,这可能令屠岸在翻译济慈的彼特拉克式十四行诗时,在维持原诗韵式宏观结构的基础上,经常对后六行进行微调,增加韵脚数,以降低押韵难度。

　　出于同样的考虑,屠岸对济慈其他更为灵活和复杂的十四行诗变体,则尽可能予以保留,仅作微调、不做结构性改变,在押韵压力过大以至于可能影响对原诗内容和诗意的转达之时,选择增加韵脚数,减少因协韵而伤害原诗内容;在不影响原诗内容和诗意时,尽量保持原诗韵式,甚至减少原诗的韵脚数,以增加译诗的押韵难度。以济慈十四行诗中韵式最为复杂的《如果英诗必须受韵式制约》为例:

If by dull rhymes our English must be chain'd
　　And, like Andromeda, the sonnet sweet
　　　　Fetter'd, in spite of pained loveliness;
Let us find out, if we must be constrain'd,
　　Sandals more interwoven and complete
To fit the naked foot of Poesy;
　　　　Let us inspect the lyre, and weigh the stress
Of every chord, and see what may be gain'd
　　By ear industrious, and attention meet;
　　　　Misers of sound and syllable, no less
Than Midas of his coinage, let us be
Jealous of dead leaves in the bay wreath crown;
So, if we may not let the muse be free,
　　She will be bound with garlands of her own.

(Keats, 1982: 278)

如果英诗必须接受韵式的制约,
可爱的十四行必须带上镣铐,
不管多痛苦,像安德罗墨达般;

> 如果我们必须受格律调节，
> 那就让我们给诗的赤脚找到
> 编织得更加精美的草鞋穿上：
> 让我们审查弦琴，掂量每根弦
> 发出的重音，且看勤勉的听觉
> 和细心测试能求得怎样的音调；
> 正如迈达斯那样贪爱金钱，
> 让我们珍惜声韵，就连一张张
> 枯叶也善于用来编织桂冠；
> 如果我们不想让缪斯脱缰，
> 那就让她受制于自己的花环。

（屠岸，1997a：123）

原诗的韵式非常特殊，为"abcabdcabcdede"，其中"a、b、c、d 各出现三次，e 出现两次，交错回环、灵活多变"（屠岸，1997a：124），只是在行数上沿革了传统的十四行诗，几乎完全摆脱了英诗两种主要十四行诗韵式的羁绊。这种五个不同韵脚交相呼应，却又变化多端、毫无定法的韵式，给中译者带来了极大的挑战。屠岸的译文对原诗韵式进行了必要的简化，将原诗的韵脚"c"和"e"合二为一，减少了韵脚数量，保留了原诗整体的韵式结构，也等于在很大程度上复制了原诗的韵式。

还应当指出，屠岸翻译的济慈十四行诗在韵式的相似度、韵脚的数量、各韵脚的相互位置以及押韵的宽严上与原诗仍存在一定的差距。出现了一些韵脚数量增减过于频繁以及韵式调整过度的情况，这也反映了翻译过程中内容与形式之间不可避免的矛盾冲突：选择忠于内容可能会伤害译诗的韵式，选择依照原诗韵式则可能削弱原诗的诗情。为了中和矛盾、协调内容与形式两个层面的关系，译者常需要做出必要的妥协和调整，"以顿代步"译法实质上也是一个不断修正译文内容与形式的过程。对此，屠岸晚年就曾进行了较为深刻的分析，他认为：

> 诗歌翻译过程中内容与形式发生矛盾几乎不可避免。用以顿代步的方法，也会出现"削足适履"或者"抻足适履"的情况。为了译文形式上与原文的契合，前者是去掉可以省略或简化的部分，后者是加入一些辅助的东西。为了翻译诗歌的

形式，不得已对内容做出一定的牺牲，但是，必须做到：去掉的只能是次要的东西，为了突出主要的东西，去掉次要的东西反而能烘托诗意；增加的东西只能是为了强调重要的东西，增加不能成为累赘，而应是烘托诗意。这样掌握起来是有难度的，但是，译者还是应该知难而上，尽量做到内容和形式兼顾。

（屠岸、卢炜，2013：3）

总体而言，屠岸的译文确实达到了整体上韵式依照原诗的既定目标，较为完整地对原诗的诗体形态进行了移植和复原。同时，他的诗体移植完全建立在译诗对原诗内容、气质、风格、神韵的深刻领悟以及对济慈诗歌美学思想完整接受和转达的基础之上，是结合了济慈诗歌内容、思想和形态三方面因素，平衡了济慈诗歌的源语特征、译入语语言文化习惯和诗人译者个性化手法的综合产物。从这个角度考察，屠岸的"以顿代步"译法尽管在翻译济慈十四行诗时存在一些不足和疏漏，但是，屠岸的译文是迄今为止济慈诗歌中译里反映原诗的内容与形式最为全面和契合的作品之一。

屠岸在翻译济慈抒情诗和十四行诗等短篇诗作时，需要以"客体感受力"作为支点进入原文，体会济慈的创作意图和创作思绪，之后通过"以顿代步"的方法将原诗的内容和形式转译成中文，那么，在翻译篇幅较长的叙事诗、传奇和史诗时，屠岸需要面对同样的过程和更大的挑战。例如，在翻译济慈的第一首长篇传奇《恩弟米安》时，屠岸就需要面对来自原诗内容和形式的两个方面的挑战。

济慈从 1817 年 4 月起开始创作这首长诗，经过八个多月的艰苦努力，辗转多处住所，克服各种困难，终于在当年 11 月完成，之后几经修订，最终于 1818 年 4 月出版。全诗共有四部，长达 4 050 行，讲述了希腊神话中的牧羊人恩弟米安历经千险寻找自己梦中爱人——月神狄安娜的故事。该诗问世后不久就成为政敌攻击李·亨特等政治激进派的目标，使得济慈本人受到殃及①，不仅影响了济慈本人的诗歌创作，而且在

---

① 一般认为，英国保守评论界对济慈及其《恩弟米安》的攻击和谩骂可以称得上是有史以来对一位文学青年最无耻、最卑劣的流氓行径。济慈由于步入诗坛时得到了李·亨特、雪莱等政治上的自由主义激进派的提携和指引，遭到了当时英国政界和评论界保守势力的敌视。这些保守力量以济慈出版《恩弟米安》为契机，大肆攻击济慈的诗歌作品及其 （转下页）

19 世纪乃至 20 世纪很长一段时间内,对济慈诗歌的传播、评论界和读者了解济慈内心世界、重塑济慈诗人的品格和形象等,都产生了极大的负面作用。① 同济慈的大多数诗歌一样,西方评论界对《恩弟米安》的认识也经历了一个从简单到复杂的过程。除了敌对阵营对济慈的嘲讽和挖苦之外,与济慈同时代的正面评论大多来自济慈的朋友(Allott,1970:118),早期的济慈评论无论是友人还是敌人都觉得很难分析和评判他的作品,所以济慈去世后多年,对他的作品仍处于赏析阶段(Matthews,1995:2),这首诗也具有同样的命运;19 世纪的西方评论界对该诗褒贬不一,但基本上认同该诗是济慈"学徒期"的作品(Allott,1970:118);19世纪末至 20 世纪,学术界对该诗的研究进一步深入,从欧文夫人发表第一部研究济慈诗歌的著作开始,这首诗就一直没有离开评论界的视野:

(接上页)艺术思想,更有甚者对济慈的出身、家庭和生活品位等个人隐私进行诋毁和讽刺,其目标实际上是针对亨特等人,济慈因此无辜受到牵连。最猛烈的炮火来自保守派杂志《布莱克伍德》和《评论季刊》,前者以评论家洛克哈特为代表,对济慈极尽诋毁之能事,即便是诗人死后也不放过,仍借机讽刺挖苦;后者则通过文章贬低济慈诗歌,直到 70 年之后,济慈声名早已如日中天,该刊的论调依然没有改变。而当时最重要、最著名的文学评论刊物《爱丁堡评论》(*Edinburg Review*)在这次争论中故意保持沉默,以免卷入其中,无疑也使亟须支持的济慈雪上加霜(Matthews,1995:13—26;Fraser,1985:15—16)。

① 尽管济慈的朋友们不遗余力地对保守评论界卑劣的言论进行反驳,但是,这些负面评论造成的影响巨大而深远。《恩弟米安》由于受到《评论季刊》杂志的恶意攻击、诋毁,出版后六个月才卖出第一本(Matthews,1995:8)。济慈之后出版的诗集 *Lamia, Isabella, The Eve of St. Agnes, and Other Poems*,这一"人类历史上最重要的单部诗集"(Fraser,1985:15)也销路不佳,济慈去世之后的十几年间,英国没有人敢翻印出版他的作品(Matthews,1995:8—9)。1819 年至 1859 年之间,英国共出版了 33 部英国文学选集,其中有 26 部选集没有收录任何一首济慈的诗歌(Matthews,1995:10),虽然不能将其统归结于保守评论的功效,但是,这些近乎苛刻的批评甚至谩骂,无疑对济慈诗歌的传播和诗人形象的构建形成了巨大的阻碍,至少,对当时身陷经济困境的济慈兄弟们来说,这些障碍的直接结果是济慈版税收入大幅减少。同时,由于济慈的早亡,加上雪莱在《阿童尼》("Adonais")一诗中将济慈的死归结于评论界的恶毒攻击,使得评论界和读者长期以来将济慈看成是一个敏感、脆弱、被评论所伤、郁郁不得志的弱者和可怜虫,极大地扭曲了真实的诗人济慈。济慈是一个严于律己、勤于自省、对诗歌创作态度极其严肃的诗人,他对《恩弟米安》的缺点和不足有着比评论界和友人更清醒的认识,他曾不止一次在书信中提到该诗的问题(Keats,1958,vol. 1:374),并对自己创作该诗时的状态不甚满意(Keats,1958,vol. 2:323)。在一些书信里,济慈显示了他的睿智、眼界和强大的内心世界,他清醒地认识到自己这次尝试的价值、展示出了不甘平庸、决心攀登诗歌创作巅峰的决心(Keats,1958,vol. 1:373—374)。济慈的这种良好的心态、清醒的头脑、坚决的意志使得他能够坦然面对保守势力的攻击(Stillinger,1982a:430),并且将其作为努力的动力(Fraser,1985:15)。

争论的中心从该诗是否为寓言诗（allegory）逐渐转移到隐喻的具体含义。[①] 当今，随着研究的深入和拓展，这首曾经被认为"应该被查禁和扔掉的作品"（Arnold，1970：118），逐渐摆脱了受轻视的、二流作品的标签，成为济慈诗歌创作前期和成熟期的重要分界线。评论界也一致认为，尽管不是济慈创作的最优秀的作品，但是在创作该诗期间，济慈认识到传统浪漫传奇故事和想象的缺陷（Stillinger，1968：539），开始深刻地反省自己的创作方向，因而《恩弟米安》是理解济慈后期成熟作品的关键（Miller，1965：33），济慈创作的许多伟大诗歌都构建在这首诗之上（Allen，1957：37），这首诗也集中体现出济慈浪漫主义世界观和对理想世界与现实世界的认知（Stillinger，1982b：xvi—xix）。

屠岸综合了各家之长，将《恩弟米安》的象征意义解读为"内涵极其丰富却又多处令人费解的寓言，体现诗人对理想女性的追求和对超凡脱俗的完美幸福的探索"（屠岸，1997b：6）。这一解读简洁明了、直达济慈诗歌美学的核心，同时既回避了评论界的主要纷争，又充分融合了各种学术观点的精华。除了主题较为宏大、思想较为复杂之外，原诗将故事背景置于古希腊神话之中，对不甚熟知古希腊罗马神话和西方文学传统的中国读者来说，理解这些神话故事及其蕴含的深层含义无疑是重要但却非常困难的。为此，屠岸付出了艰苦的努力，为全诗做了 174 条注释，其中绝大多数注释用以说明原诗中出现的古希腊罗马神话人物、英雄传说、人文地理、自然环境等，并对一些重要的人物关系进行了解释。此

[①] 西方济慈研究学者从 19 世纪末期开始就认为该诗是济慈的一首寓言诗（allegory），这一观点由 Mrs. Frances Owen 首先提出，并且得到 Robert Bridges，Sidney Colvin，Ernest de Selincourt，Claude Lee Finney，Douglas Bush 等众多著名济慈学者的认可。这些学者对该诗的解读略有不同，但是基本上认为这首诗体现了诗人对理想的追求，这种理想被解读为"美""爱""柏拉图式的和谐""快乐"等抽象意义，并且对全诗进行了隐喻解读（allegorical interpretation）。与此同时，还有另外一批学者，如 Amy Lowell，Newell F. Ford，E. C. Pettet，Charles I. Patterson 反对对该诗进行隐喻解读，认为该诗体现了济慈对女性的性爱而非柏拉图式的精神爱恋。20 世纪后期，学者们对该诗主题的研究又有新的进展，Sperry 和 Allan 等将全诗解读为恩弟米安想象力发展成熟的过程以及诗歌创作的过程。当代济慈研究学者则用更为广阔的时代语境、哲学思辨、西方文学传统等维度对该诗进行了深入解读，如有学者认为该诗是济慈与伟大的史诗诗人关于史诗理想主义（idealism）的一次争论，是济慈重塑西方史诗传统的一个伟大尝试（Sider，1998：14）。关于《恩弟米安》主题和象征意义的学术争论，参见 Allen，1957：37—38；D'Avanzo，1967：61；Miller，1965：33—34；Sperry，1973：90—93；Allott，1970：118。

174

外,《恩弟米安》的故事情节极为复杂,涉及人间、地下世界、仙境、异域等不同场景,想象和现实世界不断切换,人物形象也不断发生变化,为此,屠岸在译文最后附上了八百余字的内容概要,为中国读者理解和欣赏该诗提供了有力的帮助。

在翻译实践中,屠岸充分贯彻"以顿代步"译法,充分考虑了原作的格律、风格和韵式,较好地实现了对三者的兼顾。以该诗起首部分为例:

> A thing of beauty is a joy forever:
> Its loveliness increases; it will never
> Pass into nothingness; but still will keep
> A bower quiet for us, and a sleep
> Full of sweet dreams, and health, and quiet breathing.
> Therefore, on every morrow, are we wreathing
> A flowery band to bind us to the earth,
> Spite of despondence, of the inhuman dearth
> Of noble natures, of the gloomy days,
> Of all the unhealthy and o'er-darkened ways
> Made for our searching: yes, in spite of all,
> Some shape of beauty moves away the pall
> From our dark spirits.
>
> (Keats, 1982: 64)

> 美的/事物/是一种/永恒的/愉悦:
> 它的/美/与日俱增;它/永不湮灭,
> 它/永不消亡/;为了/我们/,它永远
> 保留着/一处/幽静/,让我们/安眠,
> 充满了/美梦/,健康/,宁静的/呼吸。
> 这样子/,在每天/清晨,我们/编织
> 绚丽的/彩带/,把自己/跟尘世/系牢,
> 不管/失望/,也不管/狠心人/缺少
> 高贵的/天性,不管/阴暗的/日月,
> 也不管/我们/探索时/遇到/不洁
> 又/黑暗的/道路/:是的/,不管一切,

有一个/美的/形体/把棺椁/褪卸，
褪卸自/我们的/灵魂。

（屠岸，1997a：276）

济慈的美学思想并非超验主义式的感悟，也非传统基督教式的笃信和顺从，而是源于对人性心灵和精神层面的满足和慰藉。济慈的美也并非形而上学式的思辨哲学的产物，而是具体化、人性化的美，因此，济慈笔下美的事物多根植于人类生活，并能给人以愉悦和精神上的重生。所以，济慈的美学世界不是充满了逃避、理想主义和视觉想象，而是他能在美的世界里发现一种全新的精神价值（Sharp，1979：25—33）。而原诗节选是济慈最为人称道、最能反映其上述美学思想的一个诗节。在此，济慈并未陷入对美的抽象的哲学思辨之中，也没有对美做出教义问答式的阐释，而是将美作为一个具体的存在，融入人类生活的不同层面、不同阶段和不同情景之中，体现美的崇高和伟大，体现美对人类灵魂的救赎作用。而屠岸的译文同样遵循济慈诗歌创作浓缩意境、质感坚实的特点，通过精确、传神、张弛有度的译笔，将原诗中的重要意象一一勾勒在读者面前，在读者心中唤起感官的享受和心灵的愉悦，激起用美抵御一切丑恶、不公、忧伤、失望的负面情节的决心，解放内心深处对完美、快乐和心灵自由的向往。

在语言风格上，由于屠岸的译诗以当代白话为译诗语言，这样的译诗语言不仅通俗易懂，而且有助于避免过多生僻词汇和不同方言对当代中国读者的干扰。因此，这段译诗中的语言多为鲜活、直白、清晰的现代汉语口语词和较为通俗易懂的书面语，避免过多使用古旧、生僻的词汇以及夸张的表达和华丽的辞藻，也没有陷入口语化和俚语化的俗套之中，很好地平衡了译诗语言的归化与异化。整体语言风格庄重、典雅，又不失通俗、灵巧，一方面体现了英语原诗简洁明快、优美律动的特点，另一方面也更易于被广大中国读者理解和接受。

在形式上，原诗为"英雄双韵体"（heroic couplet），每行均为五音步抑扬格，每两行一韵。但是，济慈的《恩弟米安》是一种较为特殊的双行体，该诗体是在原有双行诗的基础上，运用了跨行技巧的"开放双行诗节"（聂珍钊，2007：298），每行的韵尾并不是诗歌意义的结尾，因此，在译诗过程中，既要转译原诗的韵式，又要注意原诗诗句并非终止于每行末

176

尾,而是要随着诗节的进展而前进。译诗每行五顿、每两行一韵,韵式为"aa bb cc dd"。更重要的是,屠岸在译文中尝试部分恢复原诗跨行的技巧,在译文遵循原诗两行一韵的基础上,争取使诗行末尾的用词与下一行开始部分形成语法、思想和逻辑上的承接关系。虽然,译文并没有完全做到将原诗每一个跨行都完整地转译到译文中,但是在第3至第4、第6至第7、第8至第9、第10至第11诸行,屠岸都成功地实现了对原诗跨行的精确模仿。

对比其他译者的译文,也许更能体现屠岸对原作内涵理解的深度、对原作气质的领悟、对现代汉语的把握和转译原诗诗体形式的努力。以下是朱维基的译作:

> 一件美好的事物永远是一种欢乐:
> 它的美妙与日俱增;它决不会
> 化为乌有;而是会使我们永远有
> 一座幽静的花亭,一个充满美梦,
> 健康,和匀静的呼吸的睡眠。
> 因此,每天早上,我们都在编织
> 一根绚丽的带子把我们束缚于人世,
> 不管失望,不管无情的人缺少高贵的
> 本性,不管愁苦的岁月,不管设下
> 为我们搜索的不健康的黑暗的道路:
> 是呀,不管一切,一个美的形体
> 从我们阴暗的精神上移去棺衣。

(朱维基,1983:4)

朱维基的译文整体上体现出一种现代汉语白话文的初级阶段的特征:语言上生硬、拗口、烦琐;语句间缺乏必要的助词和连接词,语言不够流畅、清晰;一些表达呈现出支离破碎的感觉,欧式用语特征明显,译文多处出现硬译,如:"一件美好的事物""健康,和匀静的呼吸的睡眠""为我们搜索的不健康的黑暗的道路"等译文并未进行归化处理,以符合汉语的表达和使用习惯,而是照搬原诗英语句式。从译文的内容上看,译者对原文中一些词句和意象的理解存在偏差，比如朱维基对"不管设下/为我们搜索的不健康的黑暗的道路"两行诗的理解与原文存在一定差距。"Of all the unhealthy and o'er-darkened ways / Made for our searching"这句英文中的所属关系，被错译为中文的无主语动宾关系，为读者理解原诗设置了很大的障碍。从译诗的形式来看，朱维基的译文既没有考虑原诗的格律模式，也没有遵从原诗的韵式，而是完全的散体化自由译，并且由于译文过度散漫，既失去了原诗格律和韵式携带的节奏和音乐性，又没有体现出汉语译诗的自然的节奏和旋律。尽管不能仅凭几行译文就对朱维基翻译济慈诗歌的整体水准和实际效果妄下定论，但这些问题还是集中显示出译者对现代汉语缺乏良好的驾驭能力，对原文的理解和掌握、对济慈诗歌创作理念和美学思想、对诗歌形式转译等方面与优秀的诗人译者相比存在明显的代差。

此外，屠岸译文的另一个难点和亮点是他对原诗第四部"回旋歌"的翻译。这首回旋歌出现在原诗第四部第146至第290行之间，共17节，154行。原诗前三个诗节的主体格律为抑扬格，其中，一、二行为二音步，四、五行为三音步，三、六行为五音步，韵式为"aabccb"；第四、五诗节在原有结构的基础上，增加了两个三音步诗行，一个五音步诗行，韵式为"aabccbddb"；之后第六至十四诗节的格律模式是由二至五音步的抑扬格组成，韵式多为英雄双韵体的变体。以原诗第一诗节为例：

> O sorrow,
>
> Why dost borrow
>
> The natural hue of health, from vermeil lips? —
>
> To give maiden blushes
>
> To the white rose bushes?
>
> Or is't thy dewy hand the daisy tips?

（Keats，1982：142）

> 真叫人/忧伤！
>
> 为什么/要向
>
> 朱唇/借颜色/，那健康的/自然/红艳？——

要把/少女的/羞容

送给/白玫瑰/花丛?

也许/你手指/带露/碰到了/雏菊瓣?

(屠岸,1997a:410)

译诗一、二行为两顿,四、五行为三顿,三、六行为五顿,韵式同样依原诗。屠岸的这段译文,通过二三字顿的交替使用,间杂以个别四字顿,如"那健康的"等,通过汉语抑扬顿挫和文字间自然的节奏,反映原诗深沉、忧伤的氛围;此外,屠岸通过增减字的方式,将原诗中的"O sorrow"转译为"真叫人/忧伤!"形成一种咏叹调,婉转地表达了歌者的哀婉,并改变译文中文字的顺序,将"thy dewy hand"灵活地翻译为"你手指/带露",避免了直译可能造成的译文文字上的僵硬和不和谐,从而在整体上将原诗中印度女郎的这首忧伤、婉转、深沉的短歌翻译得如诗如画、韵味悠长。

而原诗最长的第十四诗节共有 16 行:

I saw Osirian Egypt kneel adown

　　Before the vine-wreath crown!

I saw parch'd Abyssia rouse and sing

　　To the silver cymbals' ring!

I saw the whelming vintage hotly piece

　　Old Tartary the fierce!

The kings of Inde their jewel-sceptres vail,

And from their treasures scatter pearled hail;

Great Brahma from his mystic heaven groans,

　　And all his priesthood moans;

Before young Bacchus' eye-wink turning pale.—

Into these regions came I following him,

Sick hearted, weary—so I took a whim

To stray away into these forests drear

　　Alone, without a peer:

And I have told thee all thou mayest hear.

(Keats,1982:145)

其中，第二、四、六、十、十五行为三音步抑扬格，其余各行为五音步抑扬格，韵式为"aabbccddeedffggg"。屠岸的译文完全依照原诗的韵式，并将原作的三音步和五音步抑扬格，分别用"以顿代步"转译为三顿和五顿：

> 我看见奥西里斯的古代埃及
> > 向葡萄藤王冠屈膝！
> 我看见干渴的阿比西尼亚配合
> > 银铙钹的脆音唱歌！
> 我看见酒浆漫溢，热辣辣浸穿
> > 古老凶猛的鞑靼！
> 印度的一代代帝王让宝杖垂下，
> 从库里取出珠宝像電子般抛撒；
> 伟大的梵天在神秘的太空呻吟，
> > 祭司们全发出哀声；
> 任年轻酒神变白的眼睛眨巴。——
> 跟在他后面，我来到这些地方，
> 我情绪懊丧，心力交瘁，忽然想
> 离开大伙儿走进萧肃的森林，
> > 没伴侣，单独一人：
> 你可以听的，我已经都讲给你听。

（屠岸，1997a：415—416）

译文风格雄浑、宽广，表达的意境悠远、深邃，充满了沧桑的气息和时代的重负，与之前诗节的哀婉、幽怨形成了鲜明的对比，在一首译诗之内，风格变化如此剧烈，又如此自然、流畅，足见屠岸的译笔已经达到超凡的境地。

《恩弟米安》是屠岸运用"客体感受力"和"以顿代步"原则翻译济慈长篇诗歌的一次重要尝试，也是一次成功的探索，其意义在于，"客体感受力"和"以顿代步"的译诗原则不仅适用于抒情短诗的翻译，同样也可以在篇幅较长、情节复杂、形式多变的长篇叙事诗、传奇和史诗的翻译中取得良好的效果。基于同样的翻译原则，屠岸翻译了济慈的多首长篇诗歌,如《伊莎贝拉》《圣亚尼节的前夕》《拉米娅》和《海披里安》等。这些长诗均非屠岸首译,但是,综合各个译者的译文,屠岸的译笔无疑是独具特色的。译者自身的文学修养、英文功底、对济慈诗歌的独到解读、对济慈诗歌美学思想的深入研究以及对"以顿代步"译诗原则的熟练运用是屠岸成功翻译济慈长篇诗歌的保障。

　　需要进一步指出的是,在屠岸的翻译理念中,"以顿代步"是在翻译技巧方面对原诗外形的模仿,属于翻译实践中"术"的层面,"客体感受力"是译者和原作者在文学、翻译、哲学、美学等"道"的更高层面进行全方位的探讨。以"道"为先、以"术"为辅;"道""术"相成、齐头并进,是屠岸翻译理念的终极标准。因此,屠岸特别重视在翻译过程中与原作者在思想上和精神世界里的对等交流:

> 译者须有与原作者在精神上的沟通;译者必须深切体验原作者的创作情绪,这"体验"虽然不一定体现在生活的广度上,却必须体现在生活的深度上。当译者用全身心拥抱原作的时候,当译者的灵魂与原作的精神融为一体的时候,诗歌翻译的杰作便会产生。

(屠岸,2007:391—392)

这种跨时空的交流使译者能够进入原作文本、深入了解原作时代背景和文学传统,并且全身心地投入原作者创作时的特殊心境中,将个人的人生经历、情感起伏、审美情趣、思想嬗变与原作者的加以对照、沟通、融合,去体会原诗作者的精神世界及其蕴含的喜、怒、哀、乐,酸、甜、苦、辣,领悟原诗的精神和韵味,也即"神韵"(屠岸、卢炜,2013:3)。这一过程需要译者有丰富多彩、跌宕起伏的人生经历,更需要译者有一颗善于通过这些经历领会、糅合、提炼和升华出诗歌意象与诗歌语言的能力,这也许就是屠岸所谓的"感觉诗歌创作需要'灵感',而诗歌翻译需要'悟性'"(屠岸、卢炜,2013:3)。这种悟性导致不同译者在接收了等量信息之后,根据各自人生经历、知识水平、思想境界、认知模式和习惯,筛选、分析、处理信息,将其转化为不同的译入语文本。在此过程中,译者如能熟练掌握和使用"以顿代步"等行之有效的诗体移植策略,能够使译文在神似的同时,在外形上更为接近原诗,最终才能译出神形兼备的优秀作品。

6. 总结

在翻译济慈的诗歌时,屠岸在领悟原诗主题和内涵时,能够博采众家之长,紧扣原诗的核心和精髓;在转译原诗诗体形式时能够贯彻"以顿代步"原则,对原诗进行全面的诗体移植;并能想读者所难,在译诗中标注充足的注释和内容梗概,以帮助读者深入了解和领悟原诗的内容。因此,屠岸翻译的《济慈诗选》能够经得起时间的考验,成为济慈诗歌中译领域的精品。

早年的一次偶遇使屠岸和济慈结下了不解之缘,丰富的人生阅历、过人的才华、对诗歌的无限热忱、对美的不懈追求,使他与济慈进行了长达半个多世纪的跨时空交流,并且以自己超群而不羁的诗才、巧妙而精湛的译笔将两个诗魂的碰撞准确地记录下来,赠予后世的读者。通过屠岸的译笔,济慈作为英国浪漫主义诗人在抒情诗、叙事诗、史诗等不同题材和体裁上取得的突出成就被较为完整地呈现给中国读者,使其形象得以在中国获得了迄今为止最为全面的展示。作为译者,屠岸是幸运的,经历了近现代从民国、中华人民共和国至 21 世纪以来的历次社会变革和时代更替,有幸见证和参与了济慈诗歌在中国译介和传播的漫长过程;当代读者和济慈诗歌的爱好者也是幸运的:在世纪之交,能够欣赏到一位跨世纪诗人以其生花妙笔所传达的来自异域的、汇集了人类文学艺术与思想精髓的天籁之音。

第 5 章

杨牧：海峡彼岸的"夜莺"

1. 导言

　　本章通过分析中国台湾地区著名诗人、翻译家杨牧对济慈诗歌的译介活动及其采取的翻译策略、原则和规范等问题，探讨他对济慈形象在中国的构建所做出的贡献与产生的影响，以期以一斑窥全豹、以点带面地研究中国港台地区和海外华人文化圈对济慈诗歌的译介成就与特征。本章首先通过语言、风俗、艺术、思想、经贸、历史等多方面的分析和对比，介绍现代台湾文化与中国传统文化的渊源和传承关系，通过史料和文献分析，分析台湾文化与大陆传统文化之间的差异，以及造成差异的原因和在文学领域引起的不同结果。之后，着重讨论杨牧的诗歌创作理念和诗歌翻译原则，通过对济慈诗歌原文的细读，对杨牧译文与原文以及其他三位诗人译者译文的对比和分析，结合国内外济慈研究的最新成果，揭示杨牧如何将自己独特的诗歌创作及翻译原则和理念应用于济慈诗歌的中译以及诗人济慈的形象在大陆以外的华人文化圈内的进一步形成和传播的过程与成就。

2. 杨牧与台湾文化、大陆文化和西方文化的关系

在过去相当长的时间内，由于历史和政治的原因，海峡两岸事实上处于彼此隔绝的状态，然而，文化同源性和一体性作为一条重要的纽带，将中国台湾与中国大陆紧紧连接在一起，使台湾地区文化深深地打上了中国传统文化的烙印（林国平，2007：4）。这种文化上的同根同源体现在历史沿革、宗教习俗、传统教育、伦理道德、文学艺术等不同领域。其中，台湾当代教育体制注重对以儒家为代表的传统思想和伦理道德的教育和培养，强化台湾民众对传统文化中儒学的接受，并且推崇适应当代社会发展和时代变革的新儒家思想，注重"行"的教育、民族精神、人格培养和对传统人文精神的追求（黄俊杰，2006：201—233），这些举措进一步强化了两岸文化中紧密相依的存续关系，特别是对民族精神和传统人文精神的培养，促使台湾文化对中国传统的历史和文化不断进行回溯性探索和总结。尽管当代台湾学者中逐渐形成了对所谓"台湾意识"（黄俊杰，2006：3）的思索和研究，刻意将台湾对中国传统文化的传承分割为文化和政治两个层面，但是，这些学者也承认文化认同具有抽象性、理想性与长期性，因此，台湾地区不会因为短期的政权更迭而改变文化内涵，进而否定对中国传统文化的认同（黄俊杰，2006：170）。而在文学艺术领域，由于"台湾文学的最初开创者，是按照中国古代文学的诗歌与散文范式，来建立台湾文学的文体模式；按照中原文化的基因，规范了台湾文学发展的方向、形式、内涵和风格"（姚同发，2002：206），这种追本溯源的结果是，"台湾文学的发生和发展，无论是古代还是现代，都直接源于中国文学，承袭中原传统"（姚同发，2002：207），因此，文学领域内，台湾与中国大陆有着不可分割的承袭关系，而"五四"新诗运动对台湾新诗的辐射影响就是这种文学存续性的直接体现（姚同发，2002：216—221）。

另一方面，由于独特的地理位置、复杂的历史纠葛、政权交替和意识形态的纷争，台湾在政治制度、意识形态和与异质文化的交流等层面走

上了一条与大陆不同的道路,逐渐演化出一套特殊的岛屿文化,成为糅杂了一种中华传统文化和资本主义自由民主政治体制的奇异体,被称为"台湾经验"(龚鹏程,1995:1)。"台湾意识"和"台湾经验"都在一定程度上体现出一种矛盾性,导致了台湾文化中的三个重要冲突:传统与现代、中原与台湾和西方与本土(黄俊杰,2006:175)。在文学领域,如有的学者指出:台湾文学在数百年的发展中,有着与大陆不尽相同的历史际遇和文化机缘,从而形成了它在历史进程中的某些特殊形态。其原因是台湾社会的移民性质造就了台湾文学的移民性格和遗民性格;创作指向转移,寻根意识与本土意识的重合,造就了中原文化的一种亚文化形态;特殊的历史遭遇(外族入侵)产生的精神创伤,造成了文学中的漂泊形态和流亡意识;两岸半个世纪的隔绝,使台湾走上了与大陆不同的发展道路,文学也呈现出不同的形态和风格(姚同发,2002:209—210),因此,政治、文化、历史际遇和意识形态等方面的差异导致了台湾文学遵循了与大陆传统文学截然不同的历史轨迹。

台湾文学中这种与大陆传统文化之间既有传承、又有独特个性的复杂关系在诗人译者杨牧的身上得到了充分的体现。杨牧,本名王靖献,1940年生于台湾花莲县,年仅15岁便开始写诗,16岁首次发表诗作,1957年开始用笔名"叶珊"发表作品,并于1972年改名"杨牧"(奚密,2012:15)。在长达半个世纪的诗歌创作生涯中,杨牧先后出版了《北斗行》《禁忌的游戏》《海岸七叠》《时光命题》《涉事》等多部诗集以及多部散文集和译著,最终在诗、散文、评论、翻译等领域取得了重大成就(陈芳明,2012:i—iii)。与众多台湾诗人不同的是,杨牧在人生经历和文学创作方面都最大限度地容纳了台湾文学所能包含的一切异质文化因素。杨牧出生于战火纷飞的第二次世界大战期间,彼时日本已经窃取台湾将近半个世纪,对台湾的文化渗透和对中国传统文化的排斥已经初见成效,因此,幼年的杨牧接受过较为系统的日文教育,对日本文化有着较为深入的了解(赖芳伶,2012:74—75)。同时,杨牧的出生地——花莲是台湾本土原住民文化的重要根据地之一,以"奇莱"为背景的原住民文化、自然景色以及由此激发的对大自然、神话、宗教、生命、诗歌与艺术等的冥想和探究成了杨牧一生思想和创作的重要动力和源泉,"奇莱"也因此构成了"一个抽象的总体象征"(赖芳伶,2012:45),杨牧对这一段历史曾经有过详细、深刻的记述(杨牧,2003:9—66)。此后,青年杨牧同多数台湾年轻人一样,参军、上大学,但是,杨牧又有着超越当时文学青年的创作热情和文学天赋,并且依靠自身的努力和时代的机遇,参加了当时台湾蓬勃兴起的现代诗运动,远赴重洋求学,接受西方文化和思想的熏陶,获得伯克利大学的博士学位,并且最终成功跻身美国主流文化,成为西雅图大学的教授、著名的"学院派"诗人(奚密,2012:35)。然而这些丰富的异质文化的输入和浸染,并没有削弱或冲淡杨牧对中国传统文化的喜爱,相反,杨牧的诗歌和散文中无不体现出深厚的中国古典主义文学功力以及对中国历代诗歌传统的深刻理解和掌握。杨牧的博士论文即是以研究中国最早诗歌典籍《诗经》中口语诗歌传统及其套路为题(Wang,1974)。深厚的古汉语和中国古典诗歌修养,加上谙熟西方文学、批评理论和诗歌传统,杨牧绝不是一个忽视中国诗歌传统,片面追求西方诗歌理念和技巧的"舍本逐末"(古继堂,2011:59)的台湾现代派诗人。有学者指出,"作为诗人、散文家、学者、文学评论家、翻译家,杨牧在 20 世纪70 年代的影响达到了一个前所未有的高峰"(奚密,2012:41),其实,作为一个融合了大陆传统文化、台湾近现代本土文化、原住民文化、美日等外来文化的一专多能的诗人翻译家,杨牧对台湾文学各个领域的影响远未止步于 70 年代,而是通过自己不断的诗歌创作和诗歌翻译活动在 21 世纪对台湾地区的当代诗歌乃至中国当代诗歌产生了持续而深远的影响。

与多数中国传统意义上的诗人不同,杨牧在从事诗歌创作的同时,将很大一部分精力用于思索、探求诗歌的本质属性,诗歌发生、发展的过程,诗歌的功效以及与传统和现实的关系等具有哲学思辨性的诗歌理论问题,并且将自己的人生经历、诗歌创作的经验和反思融合在其中,形成自己系统的诗歌创作理论,因此,杨牧也成为当代中国诗人中少有的理论家。这些诗歌创作理论较为系统地出现在《奇莱前书》《奇莱后书》《一首诗的完成》和《隐喻与现实》等多部著作之中,涉及诗歌与人生、美学、自然、历史、传统文化、想象、现实的关系等重大论题,也包含了诗人对诗歌的定义和创作的方法论以及诗人对诗歌中意象、音乐性、色彩、舞蹈、内容与形式等的看法。这些理论探索是研究杨牧诗歌创作心路历程的重要资料,其中,诗人对诗歌创作的很多构想和原则,体现了其对诗歌翻译的基本理念。广义上,杨牧的《奇莱前书》和《奇莱后书》,通过"奇莱"这一隐喻将"看似独立各有小主题的许多文章,统合在一个完整的有机组构里,[……]表征诗人杨牧对自己时代的领悟,以及他对传统累积文化的信任和理解"(赖芳伶,2012:81);从技术层面上,杨牧的诗歌理论特别关注诗歌的音乐性、色彩、文字和意象的搭配和组合,如"诗的音乐性是作品风格的一部分,和诗的色彩同为作品的外在条件"(杨牧,1989:146);"意象系统,[……]才是文字发展过程里追逐的重心"(杨牧,2009:156);"追求完整的文字结构,完整的形音义关系,[……]才是我们的目的"(杨牧,2009:402)。这些论述都暗合了杨牧关于"诗关涉"中文化关涉和技术关涉两个层面的分析(杨牧,2007c:16—24),而杨牧的"诗关涉"不仅涉及诗歌创作过程中宏观和微观两个层面的探讨,同时也是他诗歌翻译理论中的重要一环。

杨牧对"诗关涉"的定义如下:

> 所谓诗关涉(poetic referentiality),指一篇文学作品在它确定的范围之内,亦即在可认识的体格姿势之内,因充分赋予各种有机组成因素以互相激荡的机会,而导致意义之产生,进而确定其全部的美学层次和道德旨归,这种以形式统摄内容,以文体浮载主题的艺术性格,就诗之本质,或诗之所以为诗的定义观之,是正面,必然的,而在这过程中诸有机因素彼此间的动静消长,即我们所谓诗关涉。
>
> (杨牧,2007c:16)

这一定义体现了诗歌的根本内质在于内容受到形式的制约和影响,主题必须服从于整个诗歌体裁的需要,但是,在这一纲领引导下,诗歌内部的各种因素——意象、典故、声色、节奏、文字、象征、意蕴、神韵等以及这些因素相互作用产生的美学和哲学层面的各种情感、思想、冥想和刺激都处于一种动态平衡的状态,因此,诗歌的本质成为一种流动而完整的思想和感情的有机体,而诗歌创作也变身为一个复杂的心理、认知、文化、审美和运用技艺的过程。杨牧对诗关涉的定义不仅在于阐释诗歌创作的文化心理和审美情趣,更在于将其进一步细化到文化和技术两个层面加以诠释。杨牧心中的诗歌的技术关涉是指诗的声音和色彩（杨牧，2007c：16），是一种暗含（connotation）的间接提示之美（杨牧，2007c：20），是通过声韵、意象、色彩等外化的因素传达诗歌内旨的需求；而文化关涉是一首诗的组构，是支持一首诗使它不至于解体的实际条件，包括诗人对他时代的领悟以及他对传统累积文化的信任与理解（杨牧，2007c：21），考察的是诗人融合现代与过去，处理个性化与诗歌传统之间关系的能力。

这些针对诗歌创作而言的原则，实则同样可以指导诗歌翻译的实践活动，杨牧认为译诗要注重文化和技术两个层面的要求，在通达、尔雅之外，译者还需把握作品的技术之美，将作品的声色特征用另一种文字表现出来，是知识和感性的双重挑战（杨牧，2007c：24），而对诗歌翻译过程中文化层面和技术层面的双重关注正是杨牧英诗汉译的纲领性法则。

在文化翻译层面，杨牧译诗的文化关涉主要体现在译诗不仅要体现原诗的诗旨、意象、语气、旋律节奏，体现其含蕴和精华，不但要翻译原诗的思想内容，还要再现原诗的形式风格，更要借此开启时代的美学和文化风气（杨牧，2007f：34），达到透过翻译撷取外国文学精华，丰富现代汉语的语言和美学层次，还兼有政治和伦理上提升现代中国，特别是台湾地区容纳新的社会秩序的文化格局的宏伟目标（曾珍珍，2012：132）。因此，译者不仅需要了解和领悟原诗的思想内涵和时代风貌，通过译文传达原诗的内容、意象、节奏，更要全力转译原诗的神韵和风格，而译诗的最终目的是文学艺术的交流，传承历史、文化和审美的精华以及启迪时代文学品味和美学认知，所以，译者不仅是传递外国著述的贩夫走卒，更是激发新时代、新气象的先行者。而在此过程中，"如何在汉语里再现原文文字的调性与神韵"（杨牧、曾珊珊，2013：1）成为杨牧译诗的焦点，为此，译者必须要做声音的演员、将原作声音的神韵表演出来，同时又要做擅长化身的文字表演者，古代文学作品的演奏者和指挥家，并且在翻译时进入原作者的想象，用自己的文字去逼近原作者的心像（杨牧、曾珊珊，2013：1），详熟审视诗人不同的学习背景、伦理心境、艺术体会、文化理想，思辨其演化特征（杨牧，2007f：36）。因此，译者发挥着重要的能动作用，而不再是被动的传声筒，转而成为译者和读者、过去和现在、译文与原文以及异质文化间沟通的桥梁。

就技术翻译层面而言,杨牧译诗的技术关涉主要体现在灵活多变、不拘一格的语言、适度异化的文字、充满想象力的意象以及对声效和色彩的有效掌控上。为此,杨牧惯用的手法有适度采用古典文言语和句式修饰白话文语体,遣词用字要追求"去熟悉化",加入日语、英语等外来语言的因素,修辞上刻意链接古代汉语文学中的各种语体风格,产生的效果是对古代汉语多元文化的涵容,通过参差有致的断句结构调控律动,体现译诗的音乐性,但不拘泥于原诗的韵式和格律(曾珍珍,2012:134—157)。这些翻译手段使杨牧的译诗文字和语体风格上接中国古代诗歌传统,下达当代汉语白话文,同时容纳了英、日、原住民和本土语言文化的特性,从而给读者既熟悉又陌生的复杂感受;突出译诗的音乐性和节奏感,而不落入原诗预设的韵式和格律陷阱之中。

杨牧英诗汉译中的这些原则、策略、方法和特征在其翻译济慈诗歌的过程中都得到了充分的体现。他的诗歌创作原则和理念充满了对现实、理想、自然、人生等重大主题的哲思和冥想,在内质和精神层面似乎与西方现代派诗歌的立意与思想更为接近。然而,本质上诗人杨牧是一位浪漫主义者,对人类文明的理解和对诗歌的阐释更加接近浪漫主义的观点,特别是英国浪漫主义诗学的思想、情调、自然观、上下求索和反抗精神(杨牧,1986:6—8;奚密,2012:18—19)。在众多英国浪漫主义诗人中,杨牧特别推崇济慈,高度评价其诗歌造诣,称若非早亡,济慈在叙事诗上的成就必将超越弥尔顿,抒情诗将独步英诗浪漫千年,成为莎士比亚之后第一人、英国的歌德(杨牧,1986:7)。大学时期的杨牧曾经非常迷恋济慈的诗歌,每天都和济慈对话,想象济慈诗歌的世界、语言、感情和美(杨牧,1986:107—108)。为此,杨牧专门写下了15篇散文,合称《给济慈的信》,在这些满含深情的半自传式的书信中,杨牧想象着济慈和芳妮·布劳恩相爱、交往的情景,不断向济慈提出各种问题,引用济慈的书信和诗歌的内容,回应济慈对美的观点(杨牧,1986:68,70,80,81,127),济慈成了杨牧的精神寄托、心灵伴侣,而杨牧对想象中的济慈无话不谈,探讨人生、自然、幻想、内心丰富的情感、忧虑与彷徨、童年的经历、灵魂、青春的故事、思想的演变及哲学等涉及杨牧青年时代世界观、价值观和人生经历的一切话题。济慈和他的诗歌成了诗人杨牧内心深处一个永恒的符号。

不仅如此，大学时代的杨牧还尝试翻译济慈的长篇传奇《恩底米安》，共翻译了一千余行，包括了第一卷的全部和第二卷的前 79 行(杨牧，2007b：3—4)。虽然，由于他年轻时期译笔生疏，文思不成熟，加之内心彷徨，译诗最终未能完成，被束之高阁(杨牧，2007b：4—5)。但是，翻译济慈的诗歌从此成为杨牧毕生追求的目标之一。因此，当将近半个世纪之后，杨牧翻译出版《英诗汉译集》时，济慈也成为该选集收录诗作最多的英国浪漫主义诗人。

杨牧选译的 13 首济慈诗歌具有一些引人注目的特点。首先，他选译的济慈诗歌多为抒情短诗，主要是十四行诗和颂诗两类，其中，十四行诗有七首，另有包括《夜莺曲》在内的济慈主要颂诗五首，杨牧称之为"讴歌体"(杨牧，2007d：12)，仅有《女洵美兮无情》一首谣曲，并且无任何济慈的叙事诗、史诗和传奇等长诗入选。究其原因，一方面是由译者整个译诗集选取诗歌的基本标准所致，杨牧在译诗集的"跋"中已经指出"此书所收主要都在英诗之抒情传统"(杨牧，2007a：395)，在"引言"中，译者也着重追溯了英诗两大主要类型——十四行诗和颂诗的渊源和流变(杨牧，2007d：8—14)，因此，整本选集所选的诗作都是各个时期英国诗人的抒情短诗，济慈的作品当然不能例外。另一方面，杨牧所选的济慈诗作，全部是济慈诗歌创作中最具有代表性，最能体现济慈诗学、美学和哲学思想的重要作品。从初入诗坛即令人耳目一新的诗作《初识侘普曼译荷马》，到反映诗人的人生观、世界观开始升华的《观艾俄金爵士藏大理石雕》以及诗人诗风转变趋向激昂、深邃的《重读〈李尔王〉有作》和《当我忧虑恐惧》，再至高峰期的杰作《夜莺曲》《希腊古瓶颂》和《给秋》，及至创作末期的经典情诗《北极星，我但》。杨牧选译的济慈诗作包含了济慈对诗歌、生死、永恒、艺术与人生、声名、美与真、爱情等重大论题的深入思考，完整地勾勒出诗人济慈思想不断成熟、人生观逐渐成形和诗艺日臻完善的整个过程。因此，尽管选集所选的济慈诗歌数量有限，类型较为单一，但仍可以较为全面地概括诗人济慈诗艺的主要特点和创作的主要成就，进而折射出诗人复杂深邃的思想和跌宕起伏的人生经历。选译这些重要诗作,也证明作为诗人译者的杨牧对济慈诗歌的艺术价值和思想维度有着清醒而深刻的认识。

其次,如果说作为译者,杨牧对济慈诗歌的遴选和甄别体现了其在诗的文化关涉层面深入到济慈所处的时代,触及了济慈的内心世界,那么,他在译诗中对济慈原诗题名的翻译则体现出译者主动性和个性化翻译的特征,同时反映了诗人杨牧在诗的文化和技术关涉两个层面的一些独到之处。大体而言,20世纪上半叶,济慈诗歌中译者由于没有统一的译名规范,对诗歌题名的翻译较为随意,而1949年之后的大陆译者,由于受到具有"赞助人"色彩的官方组织和约定俗成的翻译原则的双重影响,对济慈主要诗歌题名的翻译往往具有一定的规范性。但是,由于杨牧的多重文化身份以及台湾文艺界缺乏相应的文化管理机构对译名进行规范和引导,杨牧翻译济慈诗歌采用的题名与中国大陆通行的译名有很大不同。更为重要的是,杨牧的译名完全是个性化选择的结果,有着明显的译者特征,体现了译者一些非常重要的译诗原则。其一,杨牧的译名多为直译,并且融入了译者对原诗内涵的个性化理解。如杨牧将济慈的"On First Looking into Chapman's Homer"中的"Looking into"译为"识",而不是大陆通常翻译的"读",这样一来,济慈与荷马的邂逅就不仅仅是一面之缘、泛泛之交,而是思想上的神交。年轻的诗人济慈从一开始就已经进入并了解了荷马笔下恢宏的英雄时代,突出了查普曼所翻译的荷马史诗的英译本对济慈的震撼,也反映了年轻的济慈对伟大文学传统的渴望和深刻的领悟能力。结合济慈原作中有关荷马的史诗作品对济慈内心世界的冲击,杨牧的译名确实更为接近济慈原诗的主旨和境界,也在客观上印证了译者借助诗的文化关涉进入原诗的重要性。其二,杨牧的译名在直译的基础上,刻意保留了一定的"陌生化",给读者既熟悉又陌生的复杂感受,增加译诗的辨识度和对读者的心理冲击。如济慈著名的情诗"Bright Star",中译者通常的译法是取原诗第一行的起首语"Bright Star",并适当加以修饰,译为《明星》《灿烂的星》《明亮的星》等。但杨牧将原诗第一句"Bright Star, would I were stedfast as thou art—"从中一截两段,将原文的虚拟语气拆开,仅保留一小部分内容,译成《北极星,我但》。这种译法既不符合通常节译为《明星》的译法,也有别于将原诗起始句作为题名的习惯,因而使读者心中产生突兀、错愕的感觉,无形中加深了读者对译诗的印象。其三,在直译的同时,杨牧引入古汉语和中国古典诗歌的成分,对原诗的题名进行深度归化。这一特点在杨牧翻译的"La Belle Dame Sans Merci"一诗中最为明显。杨牧本人曾专门解释过这个译名产生的原因:

> 我将济慈的"La Belle Dame Sans Merci"译成《女洵美兮无情》,洵美取自《诗经·郑风》:"洵美且都",句型采楚辞体。济慈既以外文拟诗题,译者合当以不寻常的语言与句构对等译出。

(杨牧、曾珊珊,2013:1)

杨牧的这番表述为研究其诗歌翻译理念提供了三个方面的信息。第一,无论杨牧的诗关涉理论及其翻译实践涉及多少文化和技术层面的关联因素,中国传统翻译理论中对忠于原文的考量仍然是杨牧诗歌翻译的立足点,对等仍旧是一个不二的准则。第二,深厚的古汉语和中国古典诗歌的积淀,使得杨牧能够张弛有度地应用古典文言语和句式,并可以将古代汉语文学中各种语体风格信手拈来,因而杨牧译诗的文字和语体风格紧承中国古代诗歌传统,在当代众多济慈诗歌中译者中独树一帜。第三,正因为融合了传统、现代、本土、异域的语言、文化和审美情趣,杨牧才能在译文中挥挥洒洒、收放自如,在有限的文化和文字空间内推陈出新、不拘一格,在归化与异化、古朴与新潮、原则与个性之间游刃有余。

3. 杨牧译济慈诗歌研究

为了更为系统和全面地揭示杨牧翻译济慈诗歌时的原则、策略、方法和特征,本章拟以其翻译的《希腊古瓶颂》为例详析如下。当代西方济慈研究界通常认为这首颂诗的创作时间大约是在 1819 年春天,时间上紧接着济慈著名的《夜莺颂》(Stillinger,1982a:466;Allott,1970:532;Fraser,1985:11—12)。这首诗的命运和声誉同它主人一样,在两个世纪的时间里几经沉浮。由于受 19 世纪早期英诗传统和读者接受的影响,叙事诗和史诗仍旧占据主导地位,同济慈其他主要颂诗一样,《希腊古瓮颂》从降生的那天起就处于被忽视和被轻视的境地,最初只能在一些籍籍无名的杂志中获得发表的机会,而在济慈最重要的 1820 年诗集中,这首诗也被置于次要地位(Fraser, 1985:11, 37)。直到 19 世纪 80 年代,这首诗才有了第一个倾慕者——欧文夫人(Owen, 1985:44),然而在 20 世纪初期济慈诗名与日俱增之时,仍有挑剔的评论家对该诗提出各种批评和诘难,如著名学者加拉德就批评《古瓮》一诗的最后一个诗节用词不妥、格律不规范、主旨与之前四个诗节不协调、转化显得突兀(Garrod, 1985:68),而著名诗人兼评论家艾伦·泰特(Allen Tate)也认为《古瓮》的最后一节拖沓而且形式凌乱(Tate, 1985:160)。随着研究的不断深入,这种毁誉参半的情况到 20 世纪中叶之后得以改变,该诗成为最受当代评论界瞩目的济慈颂诗作品,而学者和读者也将其列为济慈诗歌创作的最高成就和其最著名的诗作(Matthews, 1995:37;Robinson, 1963:12)。

《古瓮》一诗引起众多学者和读者关注的一个重要原因就是该诗蕴含的丰富而深刻的主题。而对《古瓮》的中译者而言,领悟这些主题的深度和广度可能直接影响到译文的准确度和对原诗美感的传达。西方济慈研究者对《古瓮》的思想内涵、主旨和象征意义等进行过非常详尽的解读,得出了许多非常具有启发性的结论。经过研究者的不断分析,《古瓮》一诗体现了济慈关于创造、表达、感觉、思想、美、真、艺术的思索(Vendler, 1983:116),集中探讨了永恒和美的稍纵即逝(Havens, 1926:209),自然间的美、理想的美、形式上的美与外化的美的关系(Austin, 1964:436),情感与永恒(Patterson, 1954:209),人生苦短与艺术的永恒(O'Rourke, 1987:27)。曾经有学者纠缠于济慈在创作《古瓮》时是否有实物蓝本可依(Patterson, 1954:211),并为济慈最终找到了一个可供参考和临摹的原型(Robinson, 1963:13),但在多数学者看来,济慈笔下的古瓮更多的是作为一种象征意义存在(Burke, 1985:103—122),济慈将古瓮作为承载自己美学思想的载体,而这一美学载体超越了人生的一切:生、死、忧苦、过去、现在、未来,同时,至高无上的艺术克服了一切阻碍,使得美与真紧密联系在一切(Vendler,1983:134—135),因此,古瓮既是一件艺术品,代表着人类精神和艺术的最高境界,也是诗人济慈自身思想和灵魂的外化和延伸(Wigod,1957:113)。无论研究者采用何种解读,对古瓮的象征意义做出何种阐释,一个不言自明的事实是,《古瓮》一诗中充斥着各种矛盾(paradox):理想与现实、动与静、生与死、艺术的永恒与生命的短促。对这些矛盾的理解和领悟,考验着学者对济慈诗歌创作和思想世界的认知程度,而将这些纷繁复杂的矛盾用另外一种语言呈现给异质文化中的读者,同样也考验着译者。这些矛盾的思想和主题都是以诗句和文字的形式出现在译者眼前的,因此有必要将《古瓮》的原文与杨牧的译文进行详细比对,以阐明译者对原文以及诗人济慈的理解。

《古瓮》开篇即出现了一个非常重要的矛盾体:"unravish'd bride"。下面首先以原诗第一诗节为例进行分析:

> Thou still unravish'd bride of quietness,
> Thou foster-child of silence and slow time,
> Sylvan historian, who canst thus express
> A flowery tale more sweetly than our rhyme:
> What leaf-fring'd legend haunts about thy shape
> Of deities or mortals, or of both,
> In Temple or the dales of Arcady?
> What men or gods are these? What maidens loth?
> What mad pursuit? What struggle to escape?
> What pipes and timbrels? What wild ecstasy?
>
> (Keats,1982:282)

西方学者很早就关注了这个寓意丰富的形象,比如查尔斯·佩特森(Charles I. Patterson)就指出这个意象蕴含着双重比喻:一方面,"unravish'd bride"是个暗喻,说明诗人(或者诗中叙述人)眼中外形优美、充满远古气息的希腊古瓮超越了时间;另一方面,它也是一个明喻,直接说明诗人心中的古瓮就是一位恬静的新娘(Patterson,1954:210),佩特森还认为,济慈虽然没有具体明确的古瓮标本,但他一定是参照了某些类似古物的外形,并且这些参照物的外形应该是和女性身体的线条类似,这些线条暗含了女性的生殖能力,因此,呼应了第一诗节中带有强烈的性暗示用语,如"maidens loth""mad pursuit"和"wild ecstasy"等(Patterson,1954:210—212;Vendler,1983:117;Brooks,1985:136)。虽然这种解读在一定程度上符合当代女性主义理论对济慈诗歌的某些阐释(Alwes,1993:127—128),但是,这种解读一方面不仅消减了济慈原诗中丰富的意蕴,另一方面造成了"unravish'd"与后文中各种性暗示的矛盾,既然画面中充满了疯狂的两性求欢,如何能够保持新娘不受侵犯?而且,这种解读将济慈诗歌的主题庸俗化了,也间接矮化了诗人济慈。与此相对,另一种解读认为"unravish'd"一词是济慈用来说明古瓮完好无损,没有被发掘和盗抢所破坏,而"bride"一词明确意指古瓮,表明济慈不希望读者立即联想到希腊古瓮通常是用来装殓骨灰的,继而和死亡直接联系起来,而是希望读者将古瓮看做年轻和快乐的象征(Combellack,1962:14—15)。这种阐释纠正了前一解读中过于关注性暗示的偏颇,但同时又走向了另一个极端:原文中"bride"所体现的女性的优美、婚姻的神圣等正面含义被完全解构和抹杀,原文中的比喻失去了对象。此外,《古瓮》第一诗节第二行"foster-child"一语同样具有矛盾复杂的含义,与"unravish'd bride"一道深化了济慈本诗节蕴含的辩证思想。如果说"unravish'd bride"与本诗节最后的性暗示存在不可调和的矛盾,那么"foster-child"一词就更加深了这层矛盾:从一个角度看,济慈似乎强化了性暗示的因素,促使其后诗行中暗示弥漫在酒神节传统中的男女、人神最终得以交媾,并且孕育出后代;但从另一个视角分析,这种疯狂性派对缔造出的的确是一个"foster-child",一个被寂静和时间收养的孩子,其结果是,整个第一诗节可以被解读为:一个已婚的新娘,在疯狂的性派对狂欢之后仍能保持童贞,并且孕育了一个孩子,最终被他人收养。这种逻辑上的悖论和混乱,导致了众多评论家从不同角度为其开脱,如有学者指出,是寂静和时间年岁太大,无法养育自己的后代,只能收养他人的子嗣(Brooks,1985:136);另有学者指出,古瓮被喻为"foster-child"完全是因为古瓮真正的父母是雕塑家和他手下的石头(Bate,1963:

511)。但这些观点视角和论点都无法全面解释这两个比喻与其后诗文的逻辑关系,也无法消除整个诗节的内在矛盾,因此,又有一种评论认为济慈的上下文中存在一种消解过度解读的氛围,因此,不能将《古瓮》中的"unravish'd bride"和"foster-child"完全理解为一种拟人的修辞手法,进而将古瓮与新娘以及孩子完全画等号(O'Rourke, 1987:33)。如果将"unravish'd bride"中处女和新娘的含义完全对等译出,将"foster-child"直接解释为法律意义上的收养和抚育,必将削弱济慈原诗中矛盾、复杂的内涵。然而,如果不采用这种忠于原文文字和意象的译法,也可能将译者置于两难境地,使译文失去立足点。如何处理《古瓮》第一诗节中比喻的本体与喻体之间若即若离的关系,成了对所有中译者的考验:这短短几句诗行中蕴含的复杂而矛盾的辩证关系,在翻译过程中需要译者对其复杂性具有良好的辨识和领悟,同时,在各种解读之间获得最佳平衡点。

杨牧的译作较好地实现了这一预想:

> 你静止,无声,一往不乱的新娘,
> 　你沉默与迟迟时间眷顾的孩子,
> 林木史笔,你竟如此完美将一则
> 　花样传奇说得比我们的诗更好:
> 是甚么树叶镶边的故事主导着萦绕
> 　你塑形的神抑或人,亦神亦人,
> 抑在天浮关或在亚伽提谷地? 这是
> 　甚么凡夫亦仙骨? 少女奈何不愿意?
> 甚么事追逐? 甚么事一心逃避?
> 甚么鼓和笛? 甚么奔放的狂喜?

(杨牧,2007e:259)

杨牧的译文在描写男欢女爱的两性追逐时,对原诗中具有强烈性暗示的标志性用语加以弱化或者选择放弃不译,如原诗中感性色彩较为浓厚的"maidens loth"就被译为"不愿意",进而消减了女性对这种疯狂行为的憎恶,还对另一个体现具有暴力性侵犯的用词"mad pursuit"中的"mad"选择了不译。这些处理淡化了男性狂热的求媾,将原诗中疯狂的淫乐和

196 男性对女性的野蛮的性占有,尽量描绘成男女间爱情的游戏。这种细致入微的处理有效地回应了杨牧在译诗开篇的翻译策略。杨牧将开篇的"unravish'd bride"译为"一往不乱的新娘",其中"一往不乱"这个词语暗示了新娘冰清玉洁,不为尘世所染,但是回避了直面新娘贞洁问题的尴尬,也就变相地回避了之后与酒神节日氛围中两性关系的直接联系。总体上,杨牧的策略既有效地指出新娘一尘不染的本质,又兼顾了弥漫在整个诗节中的男欢女爱的情色暗示,很好地平衡了原诗中大量蕴含的性暗示与开篇处关于贞洁的新娘之间的矛盾。对比其他几位诗人译者对"unravish'd bride"的处理,更能看出杨牧独到之处:

下面以另外三版中文译文作为对照进行分析:

> "安静"的未曾合欢之新妇,
> 　拜认与"沉默""悠久"的女儿,
> 郊野的史家,把故事叙述,
> 　说得比诗歌更藻丽一些:
>
> 　　那上面绿叶为缘的故事
> 是谈的天坡,亚卡地谷中
> 　神或人,神与人的那些话?
> 这些是什么人神?什么女子,
> 不愿意,奔逃,挣扎在当胸?
> 　什么铙管?什么狂喜爆发?
>
> (朱湘,1986:148—149)

> 你委身"寂静"的、完美的处子,
> 　受过了"沉默"和"悠久"的抚育,
> 呵,田园的史家,你竟能铺叙
> 　一个如花的故事,比诗还瑰丽:
> 在你的形体上,岂非缭绕着
> 　古老的传说,以绿叶为其边缘,
> 讲着人,或神,敦陂或阿卡狄?
> 　呵,是怎样的人,或神! 舞乐前

多热烈的追求！少女怎样地逃躲！

怎样的风笛和鼓铙！怎样的狂喜！

（查良铮，1958：75）

你——"宁静"的保持着童贞的新娘，

　　"沉默"和漫长的"时间"领养的少女，

山林的历史家，你如此美妙地叙讲

　　如花的故事，胜过我们的诗句：

绿叶镶边的传说在你的身上缠，

　　讲的可是神，或人，或神人一道，

活跃在腾陂，或者阿卡狄谷地？

什么人，什么神？什么姑娘不情愿？

　　怎样疯狂的追求？竭力的逃脱？

什么笛，铃鼓？怎样忘情的狂喜？

（屠岸，1997a：16）

无论是朱湘的"未曾合欢之新妇"、查良铮的"完美的处子"还是屠岸的"保持着童贞的新娘"都强调了原诗中新娘的贞洁无瑕，也就等于认同了原诗中比喻的本体和喻体，将古瓮与新婚女子以及后文中的性描写紧密联系在一起，消减了原诗中蕴含的更为复杂和辩证的内在联系，也消减了古瓮可能具有的其他象征意义。相对于其他几位诗人译者的理解和翻译，杨牧这种若即若离、欲说还休的处理可能更加显示出他对原诗独特和深入的理解。

　　另外，杨牧用"眷顾"形容原诗中"foster-child"与"silence and slow time"之间的关系，淡化了原诗中"silence and slow time"与"child"的契约收养关系，拉大了两者之间的距离，避免了原文中由于收养含义所产生的一系列矛盾和冲突，而朱湘的"拜认"、查良铮的"抚育"和屠岸的"领养"都变相地将"silence and slow time"与"child"的关系定性为亲属和收养，也从一定程度上削弱了原诗在这一层面的复杂性。同时，朱湘和屠岸将"child"译为女孩，查良铮则直接把"unravish'd bride"和"foster-child"合二为一，朱湘等三位诗人译者的这种译法，无疑是在整个第一诗节增加了一个女性形象，间接强化了整个诗节女性化的氛围，更加突出

197

198

了第一句中"unravish'd bride"的女性色彩,与西方评论界将古瓮与女性身体和女性生殖能力联系在一起的观点是比较吻合的。但是,正如前文所述,这种理解同时也解构了其他含义,客观上不利于对济慈诗歌丰富意义的阐释。杨牧的译文则回避了这个养子的性别问题,将其译为中性的"孩子",这样就等于保留了进一步解读和想象的空间,增加了济慈诗歌主题的复杂性和古瓮的多重象征意义,达到了其他几位诗人未能取得的效果。

最后,在第一诗节的最后,诗人(或者诗中的叙事者)接连发出七个问题,这些问题涉及《古瓮》向读者提出的第一个重要假设:他们是谁?他们在做什么?(Vendler,1983:118)而这些看似无法回答的问题实际上触及了西方文艺理论中的一个重要议题——视觉艺术和文字表达艺术的区别和优劣。而济慈通过这一系列的发问,实际上向读者传达了一个重要的信息:与雕塑等诉诸视觉的形象艺术相比,诗歌能表达更为明确和丰富的含义,具有更强的表现力,也因此更配得上被称为"林木史笔"(O'Rourke,1987:34)。因此,这七个问题应该被完整、全面、准确地呈现给读者。朱湘将七个问题缩减至五个,并且,"什么女子,/ 不愿意,奔逃,挣扎在当胸?"两句存在一定的漏译,只是突出了女子不从、逃避,而没有表明男性形象在追逐、威胁,实际上损害了原诗的力量和表达的完整。查良铮的译文则将原诗中表达疑问的问号全部改为了表达肯定语气的叹号,这样等于表明原文中存在的疑虑和假设都已不复存在,诗人(或叙述人)已经获得了确定的答案,因而,这种译法在一定程度上是误译。屠岸和杨牧的译文都较为忠实地反映了原诗的内涵与叙事风格,但对原诗中的问题"What maidens loth? /What mad pursuit? What struggle to escape?"两位诗人译者的理解有所不同:屠岸译文"什么姑娘不情愿? / 怎样疯狂的追求? 竭力的逃脱?"回答的是"What and How?"而杨牧"少女奈何不愿意? /甚么事追逐? 甚么事一心逃避?"则侧重回答"Why?"相比较而言,杨牧"少女奈何不愿意?"一句要比屠岸的译文"什么姑娘不情愿?"似乎更通顺,更利于读者理解。

综上可见,杨牧在翻译《古瓮》一诗时,对济慈的创作思想、美学观点和时代的信息具有独特的理解和领悟,并且借助诗的文化关涉的理论,在翻译时进入原作者的想象，用自己的文字去逼近原作者的心像（杨牧、曾珊珊，2013），详熟审视诗人不同的学习背景、伦理心境、艺术体会、文化理想，思辨其演化特征（杨牧，2007f：36）。因此，在翻译过程中，杨牧能够深入济慈创作的核心地带，竭力把握原诗复杂多变的主题、充满矛盾的意象及其象征意义，并在译文中试图从整体和细节上都能够较为全面地反映济慈创作的无限可能。

　　济慈在诗歌作品中可以将矛盾的内涵统一在一个意象之中，将对立的内容用一个短语表述，从而达到一语双关、一词多义，将一个复杂辩证的观点用最简单的方式呈现给读者。然而，多数情况下，译者受到多方面因素的限制，难以兼顾，必须对原文的含义进行取舍，将济慈原诗中矛盾统一的辩证思维简化为一个较为简单的二元问题。最能体现译者选择和无奈的是《古瓮》中最后一个诗节中那句脍炙人口的箴言："Beauty is truth, truth beauty."在西方评论界，济慈的上述诗句曾引起了极大的争论，其中包括了这句箴言的象征意义和指示对象。从 20 世纪早期 T・S・艾略特（T. S. Eliot）、米德尔顿・穆雷（Middleton Murry）和 H・W・加拉德等人质疑（Brooks，1985：113）这句诗的功效和象征意义开始，在近百年的时间里，不断有研究者分析和研读这句箴言的含义以及对理解整首《古瓮》一诗的影响。艾略特等人的质疑主要着眼于原诗最后两句与整个诗篇的逻辑关系以及如何理解"Beauty/Truth"中蕴含的深意。因为无法理顺这些矛盾的关系，这些学者转而对这句话进行了较为笼统的否定，如艾略特就使用了语气非常激烈的词"blemish"来说明济慈这句话伤害整个诗篇（Eliot，1985：128）。早期学者的这些负面观点逐渐被后来的学者修正，评论界开始形成较为完整和系统的解读，如将"Beauty/Truth"理解为"部分真实"（the semireal）与"全部真实"（the real）的关系（Miller，1971：69），或者将"Truth"理解为最高真理（highest value），将"Beauty"理解为世俗的女性美（the warm pulsating beauty of lover and maiden in real life）或艺术之美（the beauty of arts）（Wigod，1957：118—119），又或将"Beauty"理解为代表了诗歌和艺术（the essential word of art or poetry），而"Truth"代表了知识或者科学"the essential word of knowledge（science）"（Burke，1985：103）。因此,根据这些解读,济慈的这两句诗就可以被转化为"the semireal is real""the highest value is the beauty of lover or arts"和"art is science"。显然,这样的解释很难令人满意,也难以自圆其说,因而有学者指出,不能将济慈的这两句箴言进行机械的哲学式分析和解读,而应将其理解为济慈表达的一种信念(Wigod,1957:120)。这样的模糊化理解也正符合了中国译者对这句箴言的翻译所采用的策略,规避关于其象征意义的深度探讨,仅对其进行字面上的直译,既保留了对原诗和译诗的想象空间,又暗合了中国独有的文化传统和诗歌审美,强调诗歌的整体意境,精于抽象、朦胧的概括,不做精确和逻辑性强的思辨。比较四位诗人译者的译文:

"美即真理,真理即美"

(朱湘,1986:151)

"美即是真,真即是美"

(查良铮,1958:77)

"美即是真,真即是美"

(屠岸,1997a:18)

"美即是真,真即美"

(杨牧,2007e:263)

朱湘把"truth"翻译为"真理",在一定程度上消减了原诗丰富多样的象征意义,压缩了读者理解和想象的空间,应该说略逊于其他三位诗人。除了朱湘之外,其他三位译者的译文几乎没有差别,查良铮和屠岸的译文甚至一模一样,而杨牧仅做了微调,减少了一字,但整个译文的内在含义与另外两位译者的几乎无异。但是,正是这一字之差导致了杨牧的译文可能更为接近原文,因为,原文中第一个逗号之后"truth beauty"之间是没有系动词的,杨牧将译文"真即是美"中的"是"删去,虽然无法在语法上完全再现原诗的这一微妙之处,但是也无限接近了英语这一独特的省略。可以说,在这句箴言的众多中译里,杨牧的版本无论从外形还是内质上都应该是最接近济慈原文的一个。

在象征意义的层面上,《古瓮》的中译者可以回避哲学思考和矛盾解读,但是,在指示对象上,这一问题变得无法回避。由于济慈的《古瓮》没有手稿存世,现存的所有原稿都是他的朋友留下的手抄本,而这些抄本在最后两行诗文上存在重大分歧,导致对这两句诗乃至对整首《古瓮》的解读产生了重大的争论。

济慈《古瓮》箴言的四个手抄本分别是(Whitley,1985:123—126):

乔治·济慈(George Keats)版:

> Beauty is truth, — Truth Beauty, — that is all
> Ye know on earth, and all ye need to know.

查尔斯·戴克(Charles W. Dilke)版:

> Beauty is truth, — truth beauty, — that is all
> Ye know on earth, and all ye need to know.

查尔斯·布朗(Charles A. Brown)版:

> Beauty is Truth, — Truth Beauty, — that is all
> Ye know on earth, and all ye need to know.

理查德·伍德豪斯(Richard Woodhouse)版:

> Beauty is truth, — Truth beauty, — that is all
> Ye know on earth, and all ye need to know.

这四个手抄本在 Beauty/Truth 的大小写上差异明显,可能暗含着诗人不同的象征和指代。此外,根据这些手抄本和可能存在的济慈手稿,在济慈有生之年问世了两个不同的印刷本,一个刊载于一本名为 *Annal of the Fine Arts* 的杂志中,另一个出现在济慈 1820 年的 *Lamia* 诗集中,两个版本仍然存在重大差异(Whitley,1985:123—126)。

Annal of the Fine Arts 版:

> Beauty is truth, truth beauty. — That is all
> Ye know on earth, and all ye need to know.

1820 年 *Lamia* 版:

> 'Beauty is truth, Truth Beauty', — that is all
> Ye know on earth, and all ye need to know.

这两个版本的箴言,不仅大小写与四个抄本不同,更为关键的是取消了四个抄本中连接两句箴言的破折号,这样的修改将手抄本中体现的"Beauty is Truth""Truth beauty"和"that is all Ye know…"三重含义消减为"Beauty is Truth,Truth beauty"和"that is all Ye know…"两重含义(Whitley,1985:125)。两个版本分别以句号、大小写和引号的形式强化了这一二分原则。手抄本和印刷本的差异产生了一个困扰了济慈研究者将近一个多世纪的问题:"Beauty is truth,Truth beauty"究竟是谁说的,听众或者接收信息的又是谁? 随着济慈诗歌版本研究的深入,这一问题不但没能得到解决,反而日趋复杂,在 20 世纪五六十年代出现了另外一个版本,即道格拉斯·布什(Douglas Bush)版:

> "'Beauty is truth, truth beauty', — that is all
> Ye know on earth, and all ye need to know."

从而导致了对这一疑问探讨的进一步升级,并且逐渐形成了以瓦瑟曼、柯林斯·布鲁克斯(Cleanth Brooks)等为代表的"浪漫派"和以斯蒂林杰、布什、帕金森等为代表的"现实派"根据不同的济慈诗歌文本,围绕这句箴言演绎出截然相反的几种解读和争执（O'Rourke，1987：27—30），最终产生了四种不同的答案："Beauty is Truth，Truth beauty"是诗人讲给全人类、古瓮讲给全人类、诗人讲给诗中古瓮上的人物、诗人讲给古瓮的。而对这句箴言的不同理解又导致了对"that is all Ye know..."一句的三种解读：是古瓮说给读者的、诗人说给读者的还是诗人说给古瓮上的人物的？这一问题最终导致了对原文中"Ye"是单数还是复数的不同理解（Fraser，1985：123—131；O'Rourke，1987：27—30；Halpern，1963：284；Williams，1955：342—345；Wood，1940：837；Wigod，1957：117；Vendler，1983：133—134）。

对中译者而言，对济慈原诗的不同版本进行比较，可能缺乏实际意义和可操作性，毕竟这些存在于英文大小写和不同标点符号之间的隐喻很难通过另一种语言完整地展现给异质文化的读者，然而又无法完全忽视或者回避究竟是谁对谁说了那些掷地有声的箴言。全诗最后两行中的"Ye"究竟指的是什么？这些都是译者无法回避的问题。为了更为清晰地展示不同译者的策略以及和原文的互动关系，现将四位诗人译者的译文与原文对照如下：

原文如下：

> O Attic shape! Fair attitude! with brede
>   Of marble men and maidens overwrought，
> With forest branches and the trodden weed；
>   Thou，silent form，dost tease us out of thought
> As doth eternity：Cold Pastoral!
>   When old age shall this generation waste，
>   Thou shalt remain，in midst of other woe
> Than ours，a friend to man，to whom thou say'st.
> "Beauty is truth，truth beauty，" — that is all
>   Ye know on earth, and all ye need to know.

（Keats，1982：283）

啊，希腊的形状！美的姿态！
上面满是那石雕的男、女，

树的枝条,被践踏的蒿莱;
你超越了我们的思域,
与"永恒"一样! 冰冷的牧歌!
在老年断送了本代之时,
你仍将存在着,眼看后嗣
受新愁,朋友般的你要说,
"美即真理,真理即美——这是
你所知,你应知的八字。"

(朱湘,1986:150—151)

哦,希腊的形状! 唯美的观照!
　上面缀有石雕的男人和女人,
还有林木,和践踏过的青草;
　沉默的形体呵,你象是"永恒"
使人超越思想:呵,冰冷的牧歌!
　等暮年使这一世代都凋落,
　只有你如旧;在另外的一些
忧伤中,你会抚慰后人说:
"美即是真,真即是美,"这就包括
　你们所知道、和该知道的一切。

(查良铮,1958:77)

啊,雅典的形状! 美的仪态!
　身上雕满了大理石少女和男人,
树林伸枝柯,脚下倒伏着草莱;
　你呵,缄口的形体! 你冷嘲如"永恒"
教我们超脱思虑。冷色的牧歌!
　等老年摧毁了我们这一代,那时,
　你将仍然是人类的朋友,并且
会遇到另一些哀愁,你会对人说:
　"美即是真,真即是美"——这就是
　你们在世上所知道、该知道的一切。

(屠岸,1997a:18)

啊古希腊原型，美好的姿态，交缠

错置以大理石象似男女的纹路，

密林木差木牙，和脚下践踏的草莱；

无声的形在，你揶揄强制我们

以思维，如永恒：淡薄的田园风！

当老去的岁月终于将这代耗尽，

你依旧长存，在我们无法想象的

忧患间，为人生知己如是说道：

"美即是真，真即美"，这是世间所有

你知道的，也就是所有值得你知道。

（杨牧，2007e：263）

在上述四组译文中，朱湘、查良铮和屠岸都不约而同地选用了同一个视角，即，认为"Beauty/Truth"是古瓮讲出的富有哲理和启迪的箴言，而其听众则是广义上人类的后代，古瓮则以良师益友的身份对后人娓娓道来一个旷世真理。朱湘对这句箴言的理解类似于西方 20 世纪 60 年代"浪漫解读派"的观点，认为"美即真理，真理即美——这是你所知，你应知的八字"全部是古瓮讲给后人听的内容（O'Rourke，1987：28），因此，可以推断出朱湘是完全认同箴言是古瓮讲给全人类听的这一观点。而查良铮和屠岸的译文最近似，两位诗人不仅认为箴言是古瓮所说，而且将听众解读为复数，因而使用了"你们"这样的复数代词，扩大了听众的覆盖面，进一步明确了听众是全人类这一属性。其结果是，朱湘的译文似乎是古瓮对个别人的低声细语，而查良铮和屠岸的译文则更像是对全人类的大声疾呼。查良铮的译文将原文中的破折号取消，更为明显地将箴言和之后的内容置于一个语境下，使其共同接受古瓮的支配，更为直接地表明古瓮所述的内容，因而在一定程度上接近了朱湘的理解。而屠岸的译文保留了原文中的破折号，也就无形中保留了原文中箴言前后的两重含义，致使读者可能将箴言和之后的内容分开理解，造成一种箴言是古瓮所说，而之后"这就是你们在世上所知道、该知道的一切"似乎有可能是诗人说给古瓮或者读者的错觉，因而预留给读者更多的解读和想象空间。

相比之下,杨牧的理解与之前三位诗人有较大的不同。首先,杨牧并没有完全认同箴言是古瓮讲给全人类的这一观点,而是缩小了听众的范围,将听众的身份限定为"人生知己",由此可以产生出两种不同的理解:一是可将"人生知己"与前文中被岁月耗尽的一代人联系起来,将其推广至全人类范畴,回归朱湘、查良铮和屠岸等多数诗人推崇的主流解读中,因此之前的"为"可以理解为"作为";二是可将"人生知己"的意义压缩至济慈本人的"人生知己"这一范围,因此,箴言演变成为诗人与古瓮之间的内心交流,此时,"为"则应该理解为"为了"。其次,杨牧采用了不被多数中译者选用的单数代词"你",并且摒弃了朱湘将"你"植入整个箴言之内的做法,也在译文与原文之间建立了一个更为动态和活跃的对应关系。从 20 世纪 40 年代开始,不断有济慈研究者赞同将原文中的复数主语"Ye"解释为单数,进而推导出最后一句"that is all Ye know…"实际上是诗人讲给古瓮听的(Wood,1940:345;Halpern,1963:288;Wigod,1957:117),而济慈用"Ye"代替单数主语是为了声音和谐的考虑(Halpern,1963:287),只有将"Ye"理解为单数,将最后一句的逻辑关系定位为诗人讲给古瓮听,《希腊古瓮颂》才能在真正意义上被称为"Ode 'on' a Grecian Urn"(Williams,1955:345)。因此,杨牧用单数"你"替换原文中复数的"Ye",正契合了西方济慈研究界所倾向的解读,在一定程度上拓展了济慈诗歌中译的学术内涵。同时,杨牧并没有完全倒向单数派一方,在译文中,为了对冲单数主语对读者解读可能产生的影响,他取消了原文中的破折号及其代表的箴言前后的两重内涵,似乎又向读者表明这句诗也可能和箴言一样由古瓮本身发出。最终,杨牧译文的效果是既蕴含了古瓮针对全人类讲出警示箴言,又暗示了诗人与古瓮之间难以割裂的复杂关系。所以,从对"beauty/truth"这对矛盾的处理可以看出,与其他几位诗人译者相比,杨牧可能更为深入和透彻地领悟了原文中的复杂和矛盾,也更深入了济慈的内心世界。究其原因,杨牧从青年时代开始就已经远渡重洋前往美国学习,不断接受西方思想和文学批评的熏陶和浸染,潜移默化中更能接受西方文学和批评领域内的思辨性原则和对文本的多重解读。此外,杨牧在美国求学和任教的几十年间,正值西方文学研究和文学批评领域新思潮、新流派、新方法风起云涌之际,也是济慈研究在理论、方法论、文本重构取得突破性进展的时期,使得他有可能跟踪和掌握最新的理论和研究成果。这些因素可能最终合力促使杨牧在译文中展示出了超越其他大陆诗人译者的文本阐释能力和结合学术研究成果驾驭多重解读和文本解构的能力。

如果说,西方求学、任教和长期生活的经历赋予了杨牧更多的对济慈诗歌较为复杂多变的理解,促使其在译诗的文化关涉上能够别出心裁地为中国读者展示异域文化的精妙,深谙以《诗经》等为代表的中国古典诗歌传统,则确保了杨牧的译诗将中英两种语言紧密联系在一起,进一步使读者领略两种文明的不同风格。

关于英诗汉译中译文语言风格的选用以及对英语句式、语法、结构转译时归化和异化的度,台湾翻译界同样展开过激烈的讨论。以著名诗人覃子豪为代表的归化派认为"译诗的文法必须中国化,方能为读者接受""译诗要保存原来的形式和风格,但绝不能把西洋文法的倒装句法,同样搬过来……既然译成中文,首先要用中国文法……"(覃子豪,1960:46)因此,该派力主译诗从句法到文法全面本土化和中国化。与之相对的异化派则认为译诗的最高境界是不只要忠于原诗的字义,而且要忠于原诗的整体结构,譬如节奏、句法等(陈祖文,1971:45),在中国当代译诗语境里,归化和古代化等同,而汉化英诗之后,英诗失去了本来的面目,过分归化原文是"一得九失"(陈祖文,1971:9),因此,该派的支持者极力反对将英诗过分归化为汉诗的翻译主张。

杨牧对译诗语言的选用综合了这两派的观点,从中吸取了各自的优点,摒弃了两派主张中较为极端的弊病,发展出一套自成体系的译诗语言。一方面,杨牧主张适度采用古典文言语和句式修饰白话文语体,强调译者需根据具体情况"详熟审视"(曾珍珍,2012:134),并且在尊重原文的同时,适度在译文修辞和比喻用语上植入古代汉语的语体和文体风格,产生对古代汉语多元文化的涵容,在文化上进行"纵的继承"(曾珍珍,2012:151)。另一方面,杨牧在译文中掺杂了大量的欧式用语和句法结构,对译文进行适度的"陌生化"处理,使译文的语言与译入语习惯产生一定的距离,避免译文因读来通顺而过度透明化(曾珍珍,2012:145)。因此,杨牧的译文将古汉语的典雅、简练,现代汉语的直白、通透以及欧式语言的略显艰涩、古奥巧妙地融合在一起,形成了独特的译诗语言。

　　下面试以《希腊古瓮颂》第三和第四诗节为例,采用原作与译作对比的方式分析杨牧译作的语言特征。原作如下:

> Ah, happy, happy boughs! that cannot shed
> 　　Your leaves, nor ever bid the spring adieu;
> And, happy melodist, unwearied,
> 　　For ever piping songs for ever new;
> More happy love! more happy, happy love!
> 　　For ever warm and still to be enjoy'd,
> 　　　For ever panting, and for ever young;
> All breathing human passion far above,
> 　　That leaves a heart high-sorrowful and cloy'd,
> 　　　A burning forehead, and a parching tongue.
>
> Who are these coming to the sacrifice?
> 　　To what green altar, O mysterious priest,
> Lead'st thou that heifer lowing at the skies,
> 　　And all her silken flanks with garlands drest?
> What little town by river or sea shore,
> 　　Or mountain-built with peaceful citadel,
> 　　　Is emptied of this folk, this pious morn?
> And, little town, thy streets for evermore
> 　　Will silent be; and not a soul to tell
> 　　　Why thou art desolate, can e'er return.

(Keats, 1982: 282—283)

> 啊快乐,快乐的树枝,未曾有过
> 　　落叶的一天,从不向三春道别,
> 而那快乐,无倦怠的乐工
> 　　永远吹奏著吹著他的新歌。
> 再来快乐的爱,快乐,快乐的爱!
> 　　永远的温暖持续令人入迷,

　　　　　　永远的心跳喘息，永远年轻，
　　　　一致呼吸他们生理的热情超越新高，
　　　　　　遂教孤心独愁无著落，餍饫丰饶
　　　　　　头为之热，唇燥舌干。

　　　这些又是何许人一路朝牲祭礼走来？
　　　　　你打算，啊神秘的祭师，带它到
　　　甚么青色神坛，这牛牝犹苍天下牟牟
　　　　　低鸣，胁腰细毛装饰著花环？
　　　从那一座筑有瞭望堡的河边或海岸
　　　　　或依山势崛起的小镇，这虔诚
　　　　　　奉献之晨，倾其居民来到？
　　　小镇，何况你的街道注定将愈发
　　　　沉寂，不会有人活着说奈何。
　　　　　一旦净空，更无复往昔。

（杨牧，2007e：261）

　　总体上，杨牧的两段译文是以现代汉语白话文为基干，主要语法基本上依照现代汉语语法，但在主体结构的字里行间加入了一些古代汉语文言用词，如"三春"和"头为之热"等，杂糅如一些古典诗词散曲的句式和腔调，如"遂教孤心独愁无著落，餍饫丰饶"等，在整体上造成了译文以现代汉语白话文为主、古汉语文言为辅、古典诗词语言为点缀的独特语言风格。从词法和修辞角度看，杨牧的译文古色古香、充满传统诗歌曲词的韵味和风致，更有富含中国佛教思想的用语，如"说奈何""一旦净空，更无复往昔"等，是一种向中国传统诗歌风格和审美靠拢的归化译法，可以使读者产生似曾相识的亲切感，仿佛正在阅读一首具有中国古典诗词特征和韵致的汉语现代诗。

　　　与此同时，在句法层面，杨牧的译文又突破了现代汉语的句法结构对句式的规范和限制，大量使用超长但并不完整的句子以及欧化的句法和结构，如"永远的温暖持续令人入迷""一致呼吸他们生理的热情超越新高""从那一座筑有瞭望堡的河边或海岸/或依山势崛起的小镇"等。这些类似英语中主从复合句中从句或者独立结构的句子可能会在读者心中产生疏离感,造成不熟悉英文语法和句式但谙熟汉语语法和句式的中国读者的陌生感和某种程度的不适,进而抵消了译文整体用词和意境上的归化色彩。

此外,西方济慈研究学者发现《希腊古瓮颂》具有与济慈其他几首颂诗完全不同的句式和修辞特点,范德勒指出济慈在《古瓮》一诗中放弃了一直擅长的描绘性(descriptive)写法,转而采用了提议性(propositional)的写法,而且为了不让这种转变过于生硬呆板,济慈用了两种重要的修辞手法对诗歌内容进行丰富和润色——重复核心词与重复句型结构(Vendler,1983:137),如"happy"一词就在前五行中出现了六次,"forever"一词加上与之意义相近的"ever"一词也在整个第三诗节中出现了六次,并且原文中这些特殊的语法和修辞隐含着重要的含义。① 因此,转译这些特殊的语法、句法和修辞,也是《古瓮》的中译者必须完成的任务。

这些较为明显的结构特征没有逃过几位诗人译者的眼睛,朱湘、查良铮和屠岸的译文中,这几处重要的并列结构基本都得到了完整的转译:

> 啊,幸福的树枝永不落叶,
> 　永不与芳菲的春季送行;
> 幸福的乐师,不疲,不停歇,
> 　永久的吹出常新的乐声;
> 更幸福的爱! 更幸福的爱!
> 永远的热烈,享受到无穷,
> 永远的喘气,永远的少年;
> 远胜过凡间的浓情蜜态,
> 不让悲哀,餍饫落在心中,

---

① 例如,肯特(David Kent)指出济慈在第三诗节中大量使用疑问、重复、分词等语法和修辞形式,在一定程度上对冲了原诗中表达肯定和赞成语气的词语所产生的效果,最终使读者对整个诗节所表现的艺术可能超越时空而永恒的主旨产生一定的怀疑,使全诗的语气笼罩在一种矛盾的氛围中(Kent,1987:25);此外,范德勒还指出古瓮上的人物与古瓮本身相对浮现,聚焦一者,另一者即遁入背景之中,两者不能同时出现,这意味着诗人眼中的"现实"与诗人意识到这种现实只能存在于以古瓮为代表的艺术品中的非现实性发生了矛盾。济慈希望调和这一矛盾,因而在两诗节中出现了许多 can 与 cann't(Vendler,1983:127—128)。

炽热在额上,焦枯在舌尖。

(朱湘,1986:150)

呵,幸福的树木,你的枝叶
　　不会剥落,从不曾离开春天;
幸福的吹笛人也不会停歇,
　　他的歌曲永远是那么新鲜;
呵,更幸福的、幸福的爱!
　　永远热烈,正等待情人宴飨,
　　　　永远热情地心跳,永远年轻;
幸福的是这一切超凡的情态;
　　它不会使心灵餍足和悲伤,
　　　　没有炽热的头脑,焦渴的嘴唇。

(查良铮,1958:76)

啊,幸运的树枝! 你永远不掉下
　　你的绿叶,永不向春光告别;
幸福的乐手,你永远不知道疲乏,
　　永远吹奏出永远新鲜的音乐;
幸福的爱情! 更加幸福的爱情!
　　永远热烈,永远等待着享受,
　　　　永远悸动着,永远是青春年少,
这一切情态,都这样超凡入圣,
　　永远不会让心灵餍足,发愁,
　　　　不会让额头发烧,舌敝唇焦。

(屠岸,1997a:17)

"happy"和"for ever"在朱湘的译文中分别出现了四次和六次,在查良铮的译文中分别出现了五次和四次,说明两位译者已经觉察到济慈在整个第三诗节中感情的力度和情绪的烈度;在屠岸的译文中,"happy"出现了四次,而"for ever"更多达九次,甚至超过了原诗中出现的次数,表明了译者对诗行中孕育着的感情可能有着更为敏锐和强烈的认同。杨牧的译文同样基本上反映出原文非常独特的句法和修辞特点。原诗第三诗节中的六个"happy"被诗人完全转译到译文中,特别是第一句"Ah, happy, happy boughs!"和第五句"More happy love! more happy, happy love!"都被译者直接完整地译为"啊快乐,快乐的树枝"和"再来快乐的爱,快乐,快乐的爱!",而原诗中的"for ever"则在译文的相应位置出现了四次,这些译文都较为精确地还原了原诗的意境和内涵。四位诗人译者对这些多次复现的特殊词语和结构的忠实转译,突出了译者对原文的深刻理解,体现出弥漫在第三诗节的对永恒的快乐和完美艺术世界的疑虑,淋漓尽致地刻画出理想与现实、人生与艺术的矛盾对立,为其后全诗主旨在第四和第五诗节的升华做了充分的铺叙。

与此同时,有学者指出济慈《古瓮》一诗的整体语言呈现出询问式、感叹式和短语式的特点,全诗缺少完整独立的句子(Kent,1987:21)。特别是第三诗节,充满了呼唤语(apostrophe)、疑问句、祈使句和感叹句以及对短语、句式结构的各种重复,分词形式的大量使用等较为独特的语言和修辞形式(Kent,1987:22—24),使得整个诗节呈现一种碎片化的语言。四位诗人译者的译文也从侧面证明了这一推论。四位诗人译者的译文中从一字感叹句、二字短语到字数较多的短语都有出现,所有译者的译文中整个第三诗节多是断续的、迸发式的感叹、抒情和疑问,几乎找不到一个语法和意义上接近完整的汉语陈述句。这种短促、零散而数量巨大的句式,一方面体现出诗人胸中蓬勃的感情、激荡的热忱似有喷涌而出的冲动,而另一方面,这种深沉的渴望又似乎被有意弹压了下来,使人感到无处宣泄而淤积于心中的怅然,似欲言又止、意犹未尽。这些复杂多变的情绪都被各位诗人译者用自己的译笔准确地捕捉和记录了下来。

然而,与其他三位诗人译者不同,杨牧在反映这种矛盾对立的情绪方面又向前推进了一步,他的译文中每个短语的字数从1字至15字不等,在字数的跨度上是所有诗人译者中最大的,而这种字数跨度上的落差实质上体现的是诗人情感烈度上的落差。因此,从反映矛盾和复杂情绪的角度考虑,杨牧的译文在强度和深度上应该是超越了其他三位译者。更重要的是,杨牧的译文在句式结构上超越了其他三位诗人,将原文中甚至不曾出现的跨行现象引入译文中,如"啊快乐,快乐的树枝,未曾有过/落叶的一天,从不向三春道别,"一句。这种将欧式句法和句式引入译文的手法,在某种程度上是对原文的超越,表明整个诗节中诗人的情感似乎已经无法压抑,处于迸发的边缘,因而在语言和节奏的延续上,已经一发而不可收。在第四诗节,这样的跨行更为突出,如:

> 你打算,啊神秘的祭师,带它到
> 甚么青色神坛,这牛牤犹苍天下牟牟
> 低鸣,胁腰细毛装饰著花环?
> 从那一座筑有瞭望堡的河边或海岸
> 或依山势崛起的小镇,这虔诚
> 奉献之晨,倾其居民来到?
>
> (杨牧,2007e:261)

比较其他几位诗人译者的处理,更能彰显出杨牧及其翻译手法的差异:

> 玄秘的祭司,你牵着那牛,
> 向天长鸣,滑如丝的腰际
> 缀着花,是去那个祭坛头?
> 在这虔诚的清早,他们来
> 自那条河边,海岸的小市,
> 自那个筑堡而居的山城?
>
> (朱湘,1986:150)

> 这作牺牲的小牛,对天鸣叫,
> 你要牵它到哪儿,神秘的祭司?
> 花环缀满着它光滑的腰身。
> 是从哪个傍河傍海的小镇,
> 或哪个进京的堡寨的山村,
> 来了这些人,在这敬神的清早?
>
> (查良铮,1958:76—77)

> 神秘的祭司,你的牛向上天哀唤,
> 让花环挂满在她那光柔的腰身,

> 你要牵她去哪一座青葱的祭坛?
> 这是哪一座小城,河边的,海边的,
> 还是靠山的,筑一座护卫的城砦——
> 居民们倾城而出,赶清早去敬神?

（屠岸,1997a：17）

在六句诗行中,杨牧使用了四次跨行,并且只有两个句末标点,朱湘则使用了两次跨行和四个句末标点,在句式结构上和杨牧的译文较为接近,但就处理这一特殊句式的决心而言,杨牧显然比朱湘更为坚决果敢。另外两位译者则完全没有采用这一大胆的突破,只是按照原作的结构亦步亦趋。

杨牧在译作中模仿欧式句式的大胆尝试,一方面是对原诗情绪、节奏和结构的丰富和补充,另一方面也加大了译作的语言与译入语习惯之间的距离,避免了译文过于流畅通顺而造成的过度透明化,从而在心理上和情感上给予中国读者更大的冲击。但是任何创新的尝试都要付出相应的代价,也正是因为杨牧的这些创举,客观上导致了其译诗在外形上对原诗的忠实程度有所下降,其上述译文应该是四位诗人译文中和原诗外在结构相差最远的。加之杨牧的译文中大量出现的英诗长句,最终导致杨牧的译文在具有众多优点的同时,缺点同样鲜明：译诗整体不够流畅,可读性较差,在一定程度上缺乏汉语诗歌审美非常珍视的诗意。然而也正是由于杨牧的译文中夹杂着古汉语文言文词汇、中国古典诗歌的风格和曲调、外来用语、句式和语法,使其译诗具有很高的辨识度,在语言层面形成了独树一帜的杨氏译诗风格。

如果说在理解原诗文化内涵和灵活运用汉语作为译诗语言两个层面上杨牧都有所创新,那么在诗歌关涉的技术层面,他同样敢为天下先,特别是在翻译英诗韵式和转译原诗音乐性上树立了一个先行者的形象。追求诗歌的音乐性可以视为杨牧诗歌美学的核心价值。他曾在多部作品中论述过音乐性对诗歌创作的重要意义(赖芳伶,2012：79),而这些重要的思想集中体现在其作品《一首诗的完成》中关于"音乐性"的一章内容里。杨牧首先提出了"诗一定具备了音乐性"这一观点,之后,他指出从远古时期诗歌产生的背景和过程分析,诗歌、音乐和舞蹈之间具有三位一体的关系,而当代诗歌中的音乐性是指"一篇作品里节奏和声韵的协调,合乎逻辑地流动升降,适度的音量和快慢",达到这些效果不在于诗歌内在文字的选择是否得当,而在于"外在技巧的布置使用,或圆融,或突兀",在于"字里行间错落伸展的节奏",在于"句法的变化,起伏流离,于平衡和倾斜间步步莲花,美不胜收",最终达到"天籁和人心互生共鸣",而非由于近体律诗兴起之后对平仄、韵式和对偶的过度追求(杨牧,1989:143—155)。这些源自杨牧诗歌创作的经验同样适用于其诗歌翻译活动,而他译诗音乐性的诀窍就在于参差有致的断句结构调控诗歌的律动,而非遵循原诗的韵格(曾珍珍,2012:157),所以他认为:

> 译诗会碰到格律的问题,不同语言的诗歌传统往往因其语言的音韵特色而产生不同的格律形式,如果原诗是押韵的四行诗,或许译诗也可以尽量试着押韵,但不必要拘泥於对等的押韵规律,有时甚至只要以注解说明原诗的格律形式就够了。

(杨牧、曾珊珊,2013:1)

因此,杨牧译诗音乐性的表达难点不在转译原诗的格律和韵式,而在于通过译诗表达和接近英诗声韵效果,同时,通过译诗创新和完善中国新诗的表现力和音乐性。

在翻译《希腊古瓮颂》时,杨牧完全放弃了对原诗韵式的转译和模拟。原诗为特殊的不规则颂诗形式,全诗共五个诗节,每一诗节都是由十行诗组成,其中前四行构成一个莎士比亚式的四行诗(quatrain),而后六行构成一个波特拉克式的六行诗(sestet),并且格律和韵式也随各自的诗行要求而变(Bate,1963:497—498;Ridley,1985b:97;Fraser,1985:13),如,《古瓮》一诗的第一诗节韵式为"ababcdedce",第二和第五诗节在韵式上为"ababcdeced",而第三和第四诗节为"ababcdecde"。杨牧的译文一律将其以汉语无韵自由体译出,省略了所有的韵式变化。在对原诗格律模式的模拟上,杨牧同样摒弃了中国"五四"以来曾经出现过的几个主要的诗体移植方式,既没有如朱湘一般以汉字字数对等转译英诗的五音步抑扬格,也没有采纳屠岸、孙大雨等诗人译者尝试并完善的以顿代步译法,甚至并未像查良铮一样,在译文中从整体效果出发,兼顾

216 译诗字数的规整和对原诗韵式的灵活反映。杨牧的译文完全从诗歌内部的节奏和音乐性出发,通过遣词造句以及句式和句法的变化,将整个译文中律动的节奏通过起伏流动的变化、语调语气的升降转折、语速的缓急有致、语音的高低起落调动和调试出诗歌固有的和内在的音乐性,进而达到模仿原诗音乐性的效果。以《古瓮》第二诗节为例:

> Heard melodies are sweet, but those unheard
>   Are sweeter; therefore, ye soft pipes, play on;
> Not to the sensual ear, but more endear'd,
>   Pipe to the spirit dities of no tone:
> Fair youth, beneath the trees, thou canst not leave
>   Thy song, nor ever can those trees be bare;
>   Bold lover, never, never, canst thou kiss,
> Though winning near the goal—yet, do not grieve;
>   She cannot fade, though thou hast not thy bliss,
>   For ever wilt thou love, and she be fair!

>   (Keats, 1982: 282)

> 听见的音乐是美,但听不见的
>   更美。所以温存的笛子,继续——
> 不为感官的耳,更要如此贴切,
>   为精神吹奏无调的小曲:
> 树下好少年,千万不要让你的歌声
>   中断,而那些树也永远不许枯槁;
>   大胆情人,你将永不得亲吻——
> 虽然对方如此接近——但毋庸沮丧,
>   她不会消逝,纵使你福分荡然,
>   你爱得永远,她就永远美丽。

>   (杨牧,2007e: 259)

从用词的角度,杨牧通过一系列抽象的反义词语如"听见""听不见""继续""中断""沮丧""荡然""消逝""永恒"等层层推进,辗转腾挪,两相呼应,将整个诗节的内容划分为正反、积极和消极两个阵营,同时隐含着节奏上的或升或降、有起有伏、时缓时急。同时,杨牧还将这些矛盾对立的短语植入长短不一、错落有致的句子之中,造成整个诗节节奏上的流动,并且,通过使用跨行和破折号等句法和标点上的变化,将译诗中固有的、稍显呆板的节奏打乱,使整个诗行间的动态特征更加明显。在语气上,译诗逢双数诗行发生语气和意义上的变化和递进,不断对诗歌的内容进行调整和铺陈,并且在声效上达到了参差变化之中蕴含着一定旋律的效果。最终,整个译诗在内容上层层递进,不断深化主题;节奏上,缓急有度、一咏三叹,达到了内容和节奏上的和谐共振,相辅相成。

反观其他三位诗人译者,他们或多或少都在中国传统诗歌理念的约束下,选择了某种特定的韵式,同时兼顾原诗在格律方面的某些特征,在译文中或以字数或以顿数统领整个译诗的诗行构架。杨牧曾指出:"打破韵律限制,试验将那些可用的因素搬一个方向,少用质词,进一步要放弃对偶,以便造成错落呼应的节奏;我们必须为自由诗体创造新的可靠的音乐。"(杨牧,1989:155)以其翻译的《希腊古瓮颂》为例,在摒弃中国传统诗歌韵律模式的束缚,回归古朴、自然和内在音律和谐的道路上,杨牧的确为整个中国新诗的发展开拓出一片崭新的天地。其实,杨牧不仅是在翻译济慈颂诗时完全抛弃了中国译诗传统中对对偶、韵式、字数和顿数等限制性规范,而且在翻译济慈诗歌的其他类型时,同样将这一原则贯穿到底;不仅如此,在济慈的一些短篇抒情诗作中,杨牧依然引入了欧式句法和句式结构,大量使用跨行,灵活使用各种标点,打乱原有的诗歌节奏,在译诗中重树符合其本人音律理念的诗歌节奏和韵律。杨牧在其《英诗汉译集》中一共选译了济慈诗歌 13 首,涵盖了十四行诗、颂诗和谣曲等三个主要抒情短诗类型,其中,除了在谣曲《女淘美兮无情》中部分转译了原诗的韵式结构之外,其他所有的诗歌都被译成其独创的自由无韵体。可以说,杨牧不折不扣地贯彻执行了自己奉为圭臬的翻译原则,并且在整个华语文化圈内为自己在济慈诗歌中译以及英诗中译领域确立了"game changer"(奚密,2012:42)的形象。

当然,如前所述,任何创新的努力都会有无法回避的窘迫,都有无能为力之时,杨牧通过译诗对济慈诗歌音乐性的模仿和探索也同样不能幸免。这种挫败感源于两个方面。首先,英语语言本质特征和音韵特点造成了济慈诗歌中众多不可译因素。仍以《希腊古瓮颂》为例,在原诗第四诗节末尾有一处双关语,"and not a soul to tell / Why thou art desolate, can e'er return"一句中"return"一词的最后一个音节中的三个字母正好组成"urn"这个词,而且读音恰好也是/ɜːn/,而第五诗节"Ye know on earth, and all ye need to know"一句中,"on earth"这个短语恰好可以在母语听众的耳中与"urn"一词相呼应,引导听众回忆起古瓮的原始功用是盛殓焚尸之后的骨灰(O'Rourke,1987:42,46)。类似这样的双关语和文化联想,任何中译者应该均无法在译文中得以展示,因此,也不应苛求杨牧能够超越语言本身的极限,将这些微妙的、只可意会不可言传的文化关涉转达给中国读者。另一方面,杨牧对译诗音乐性的探索属于非常个性化和充满主观色彩的尝试,与诗歌神韵、意境这样较为虚无和见仁见智的问题一样,很难做客观的量化分析,也很难得到其他译者和某些读者的一致认同,因此,可以想见,反对、批评甚至嘲讽之声定会不绝于耳。然而,无论这种尝试的效果如何,无论译界和读者的反应如何,杨牧敢为天下先的勇气都值得钦佩。

4. 总结

济慈曾在一封写给友人伍德豪斯的信中表述过一个影响深远的概念:诗人无自我。在这封信中,济慈提道:

> 说到诗人的个性[……],它不是自己——它没有自我——它是一切又不是一切——它没有个性[……]。一名诗人是生存中最没有诗意的,因为他没有自我——他要不断地发出信息,去填充其他的实体——太阳、月亮、大海,世上的男男女女,作为有冲动的生灵,他们都是有诗意的,因此,都有不变的特征——而诗人却没有,没有自我。

(傅修延,2002:214)

其实,何止是诗人应该抛弃自我,融入眼前的大千世界,一位合格的、成功的译者也应该放弃自我固有的观念,化身为作品中的人物,去体会原作者创作的精神内涵。从某种程度上讲,杨牧深谙此中之道,在他看来,一个成功的译者应该同时是一位优秀的演员——声音的演员,将原作声音的神韵表演出来。当原作者是文字学家时,译者也应该是擅长化身的文字表演者。优秀的译者还应该像个演奏者或指挥家面对乐谱,透过自己生动的语言,把作品背后活生生的灵魂召唤出来,并惟妙惟肖地呈现给读者(杨牧、曾珊珊,2013:1)。

杨牧同时用自己的翻译践行了自己作为诗人译者的定位。作为一个融合了中国大陆传统文化、台湾地区近现代本土文化、原住民文化、美日等外来文化的一专多能的诗人翻译家,他利用其特殊的文化身份及丰富的人生阅历和诗歌创作经验,深入济慈作品的最核心的部位,体会济慈创作的最核心的价值,并且用自己独特的诗歌语言和音乐节奏为中国读者呈现了一出神韵的盛宴、文字的嘉年华和音乐的灵魂之歌,将济慈诗歌解读上的弹性集中展示给华人读者,展现出多元的诗人济慈及其非凡的创作才华。

结　语

从 1923 年第一首济慈诗歌中译文《白昼将去了》公开发表至 2013 年底,济慈诗歌中译历史横亘 90 年,在中国大陆、中国港澳台地区和海外的华人中共出现了 92 位济慈诗歌的中译者,其间因为中华人民共和国的成立和改革开放政策的全面实施而形成了以大约三十年为一个周期的两个译介高峰和一个译介低谷。由于时代语境的影响和诗歌本身独特的艺术属性,诗人译诗成为中国近现代诗歌翻译领域内一个独特的现象。在济慈诗歌中译领域,诗人译诗现象尤为明显。在上述 90 年间,不仅出现了人数众多的济慈诗歌的诗人译者,而且济慈诗歌中最主要、最有影响力的中译几乎全部来自这些诗人,可以说中国读者对济慈诗歌的理解,对诗人济慈思想、价值观、美学主张的认知很大程度上都源于中国诗人的译介。正是这些诗人译者对济慈诗歌文本及其内涵的深刻领悟、对译诗语言和诗歌形式美的不懈追求和对济慈诗歌音乐性的不断探索和捕捉,促使济慈诗歌被广大中国读者接受和喜爱,完整地为中国读者描绘了一个划时代的、伟大的英国浪漫主义诗人。

本书通过研究、分析和对比不同诗人译者对多首济慈诗歌的解读和翻译,参考多元文化理论、描写翻译学理论以及文学翻译与操控理论,结合中西方济慈诗歌研究和批评的学术成果,揭示了这些诗人译者在解读济慈诗歌内涵、运用汉语语言对原诗进行诗体移植和音乐性的模拟等层面的显著特征,并且研究了不同诗人译者基于自身诗歌创作及翻译理念,如何在不同时代语境下在翻译规范与个性化译笔之间寻求平衡,以及不同时代的历史、文化、政治、意识形态、美学、社会心理等诸多因素对济慈诗歌中译以及诗人济慈形象塑造可能起到的作用。

根据伊特马·埃文—左哈尔的文学多元系统理论,翻译文学通常在译入语文化和语境内处于从属地位,而翻译文学在译入语文化中处于主导地位的条件有三个:第一,一种文学处于幼稚期或处于建立过程;第二,一种文学处于外围状态或弱小状态;第三,一种文学正经历某种危机或转折点(廖七一,2000:66)。"五四"时期中国的翻译文学,正是处于一种源于文学内部危机引起的变革之中,而这一变革重要的外部表现形式之一就是白话文运动和中国白话新诗创作,而中国白话新诗的诞生、发展和成熟都与"五四"时期西方诗歌,特别是英诗的译介有着重要的联系。本书中三位重要的诗人译者——朱湘、查良铮和屠岸都经历过民国时期这段光辉的文学革命,虽然,他们各自的创作时期和时长不同,但是,他们都用自己翻译济慈诗歌的实践参与了这项重要的文化建设。某种意义上,他们都是左哈尔文学多元系统理论最好的证人。可以说,正是以三位诗人为代表的"五四"时期的诗人和译者大力译介西方诗歌,将西方诗歌的音韵、格律、节奏、意象和形式引进中国,才最终促成了中国现代诗歌从传统的格律诗、旧体诗占主导地位的文学模式下挣脱出来,走上了一条全新的、独立发展的道路。在这个翻译西诗、引介西诗、影响中国诗歌创作的过程中,诗歌翻译引领了整个时代文学变革的潮流,与小说翻译等其他翻译活动共同为翻译文学在 20 世纪中国文学界争得了一席之地。

根据勒弗维尔的理论,操控文学系统的因素分为内部的和外部的两种。内因包括评论家、教师、翻译家等文艺领域内的专业人士,外因则主要是赞助人,包括个人、群体、党派、宗教组织、社会阶层、皇室、出版人和传媒;赞助人通过意识形态、经济手段、社会地位三重手段为专业人士设定了活动的范围和准则,共同操控一个文学系统内部的意识形态氛围(Lefevere,2010:14—17)。这一体系对个体的作家和作品采取的是二分法:符合意识形态要求的作家和作品被经典化,与这一体系相悖的则被摒弃(Lefevere,2010:19)。面对这样一个只有两个选项的单项选择,查良铮经历了痛苦的内心挣扎和彷徨:对祖国的热爱和对创作的渴望使他希望能够接受改造,被主流意识形态接纳,但是,对个性的追求和对自由的向往使他希望保持一定的独立性。融入主流是现实的、理性的选择,脱离主流是自由的、内心的选择,在权衡之后,查良铮希望能够走一条中间路线,保持一个微妙的平衡,结果就是一个折中的《济慈诗选》的诞生。然而,并非所有的"赞助人"都是负面的、破坏性的,中国大陆改革开放政策的全面实施、文艺领域的思想解放、中国翻译界蓬勃发展的形势为屠岸的译本获得成功提供了较为宽松、开放和自由的时代语境。经历了前所未有的时代大变革之后,中国翻译界的活力得以重现,翻译作品得到了更有利的推介、获得了更广泛的受众。查良铮时代的意识形态枷锁被破除,限制译者翻译实践活动的操控机制逐渐弱化,勒弗维尔笔下的"赞助人"(Lefevere,2010:15)以正面的形象出现,帮扶、资助、推动了译者的翻译实践:正是在时任人民文学出版社外国文学编辑室负责人任吉生的鼓励和策动下,屠岸才得以有计划地翻译济慈,并于三年后完成了涵盖八十多首济慈诗歌作品的巨著。同时,零赞助人也并不是诗歌翻译领域的最佳状态,大体而言,20世纪上半叶,济慈诗歌中译者由于没有统一的译名规范,对诗歌题名的翻译较为随意,而1949年之后的大陆译者,由于受到具有"赞助人"色彩的官方组织和约定俗成的翻译原则的双重影响,对济慈主要诗歌题名的翻译往往具有一定的规范性。由于杨牧的多重文化身份以及台湾地区文艺界缺乏相应的文化管理机构对译名进行规范和引导,他翻译济慈诗歌采用的题名与大陆通行的译名有很大不同,这在一定程度上造成了同一中华文化圈内沟通和理解的障碍。济慈诗歌中译的历史客观上证实了当代翻译文学研究领域这些理论的基本框架和范畴具有相当程度的实用性。

通过比较研究四位不同诗人译者的翻译原则和翻译策略,对济慈诗歌内容和形式的转译以及对译入语特点等的分析和研究,还可以发现四位译者在多个层面上具有相似性:

首先,四位诗人译者在翻译济慈诗歌的过程中,基本贯彻了忠于原作思想和内容的原则,在济慈文本多重解读和解构之间,常以某一核心内涵和解读为中心,尽力兼顾其他释义和观点,在矛盾和复杂的文本阐释之间获得一种动态的平衡。四位诗人译者均将济慈诗歌中"美"的探求作为解读和阐释济慈文本的基础，从而衍生出各种独具译者个性、体现不同诗人译者诗歌创作理念、美学、人生观和文化背景的文本解读，进而突出了济慈诗歌创作和思想体系的不同侧面。朱湘在理解、领悟和传达济慈诗歌的核心意象和主题思想时，突出了济慈诗歌灵动、飘逸而不失厚重、亦真亦幻却又百感交集、难于言辩的矛盾纠结等特征；查良铮紧扣济慈诗歌美学中最为核心的价值——对美的不懈追求，并加以升华，在解读和翻译济慈诗歌文本时立足主流文本解读，灵活兼顾其他对应的文本阐释，试图全方位向读者展示济慈诗歌的各个层面，并且在不经意间积极回应和延伸了当代西方济慈研究的某些争议和结论；屠岸则秉持济慈诗歌创作中关于"客体感受力"与诗歌"美"的辩证关系，坚持济慈诗歌美学感悟至上的原则时，在文本阐释上同样力图反映济慈诗歌的矛盾性和复杂性；杨牧在济慈诗歌原文及其代表的西方文化和中国传统诗歌审美之间建立联动，并且适度引入西方济慈研究的成果、结合自己独特的文化审美，将济慈诗歌融入中国传统文化的氛围之中。这些诗人译者对济慈诗歌独到的见解不仅丰富了中国读者对诗人济慈及其诗歌创作的认识，而且在一定程度上与西方济慈研究成果产生了良性互动，间接为全世界济慈诗歌研究做出了贡献。

其次，四位诗人译者都提出了独具特色的翻译理念或者具有可操作性的翻译规范。朱湘的译诗坚持以诗歌的"音乐美、绘画美、建筑美"为原则，提出以汉语固定字数对应英语音步数的译诗规范，并且通过等行、韵式依原诗、交替使用汉字长短顿和通过特殊修辞形式等模拟原诗音律特点，在译入语的使用上，坚持将文言的言简意赅、长于传情、精于达意的优点与现代白话文简洁明了、通俗易懂等特点融为一体，并且适度将其欧化，形成一种真正意义上具有包容力、表现力和一定张力的新诗语言。查良铮提出了创造性翻译原则，突出重要的字词和意象，省略次要的内容，做必要的局部牺牲以获得整体上内容和形式的契合，并对牺牲的部分加以适当的补偿，不拘泥译诗中个别语言和意象与原诗的绝对对应，而是灵活有度地将调整和调动置于整个诗节的语境中，对部分细节做模糊处理、对次要情节进行省略或位移，在整体上保持诗节译文流畅，并通过适度约定字数、在保留原诗韵式基础上微调译诗韵式等手段,尽力转译原诗的意境和音韵。屠岸在坚持译诗忠于原诗内容和风格的基础上,贯彻了"以顿代步"的译诗原则,用汉语的"顿"代替原诗英语的"步",译文诗行的顿数与原文诗行的步数相等,最终达到"等行、以顿代步、韵式依原诗"。在翻译济慈诗歌中,针对不同诗歌类型和体裁,严格依照原诗的韵式(仅做部分微调以适应汉语押韵的特点)对原诗进行诗体移植,并试图通过"以顿代步"在译诗中创造出接近原诗格律模式的效果。杨牧则依据"诗关涉"的原则,在文化和技术两个层面对原诗进行转译:在文化层面,杨牧将译者化身为原作的表演者,深入原作者的心像,详熟审视诗人不同的学习背景、伦理心境、艺术体会、文化理想,思辨其演化特征;在技术层面,杨牧的译诗语言适度采用古典文言语和句式修饰白话文语体,遣词用字要追求"去熟悉化",加入外来语言的因素,通过参差有致的断句结构调控律动,体现译诗的音乐性,但不拘泥于原诗的韵式和格律。这些诗人译者的翻译思想为丰富我国西方诗歌翻译理论、方法和策略,做出了重大贡献,在很大程度上影响了同时代以及后世济慈诗歌翻译乃至整个西诗中译的发展进程。

再次,四位诗人译者用各自翻译济慈的实践活动直接回应了各自时代的热点话题,体现了不同时代的政治、经济、文化、意识形态、文学思潮在诗歌翻译领域内的变迁。

在一个政治制度、经济体制、价值导向、文化取向、思想体系、道德规范等正经历着剧烈变革的时代,各种思潮在不断的碰撞和交锋过程中引发了广泛的迷茫、困惑、彷徨,也给这个时代带来了新的思索和挑战。在旧有的思想体系和价值观念濒临崩塌、新生的评价体系尚未成熟之际,朱湘及其代表的"五四"时期中国译者试图通过译介西方文学中的经典,借鉴其中积极、正面、新颖的思想、内容和外在形式,借以在中国传统的文化规范与西方的文化范式之间找到平衡,并为新生的中国文学寻到一方适宜生根发芽的沃土。在中国的新诗运动处于摆脱传统旧诗对诗歌内容和形式上的束缚和矫枉过正、逐渐走上散体化歧途的紧要关头,朱湘旗帜鲜明地扛出引介西方诗歌的改革大旗,借鉴英诗的创作理念、模式、题材和体裁,丰富中国新诗的创作技巧、思路和选材模式,并且在接受国培养能够了解、认识甚至部分接受外国诗歌所体现的社会、文化、哲学、美学和宗教观念的本土读者群，进而为新诗的创作提供更为广泛的接受者。诗人以自己的翻译实践在诗歌翻译的宏观和微观两个层面（Holmes，2007b：55）回应了时代的呼声，并且将个性化的翻译风格、翻译理念、翻译策略融入其中，使其翻译具有明显的个人烙印和鲜明的时代特征。通过翻译济慈诗歌中最具代表性和最有影响力的诗作，为中国新诗创作和西诗中译提供了可资参照的范本，也因此成为济慈诗歌中译的先行者。

无休止的政治运动不断冲击中华人民共和国的文艺界，文学翻译受到殃及，译者刻意规避政治题材的文学作品，向"非政治"或"非意识形态"靠拢，不少优秀的译者被迫搁笔噤声……在这样的时代背景下，怀有知识分子自由主义思想的诗人译者查良铮勇敢地通过译笔，在主流意识形态可以接受的中间地带，坚持诗歌审美第一、艺术性至上的原则，选译了几十首济慈诗歌作品，全面体现济慈诗歌创作风貌、突出了济慈诗歌的美学思想和艺术手法，为特殊时期的中国读者展示了济慈诗歌的艺术魅力。查良铮也因其翻译的《济慈诗选》成为继朱湘之后，中国最著名、最重要的济慈诗歌的诗人译者。

在中国大陆改革开放之后文学创作和文学翻译领域各种思潮蓬勃发展的新时期，各种济慈诗歌复译本和重译作品不断涌现，对诗歌翻译应该采用的标准各方争执不休之际，屠岸通过翻译济慈诗歌，践行了自己倡导的译诗"以顿代步"原则，积极参与了中国的西诗中译界关于诗歌形式转译，即诗体移植的大讨论，促进了中国当代西诗中译理论和实践的不断发展。屠岸的《济慈诗选》不仅对济慈诗歌中译、济慈诗歌在中国的深入传播、诗人济慈形象在中国的进一步塑造产生了深远的影响，屠岸本人也凭借这一突出贡献成为当代中国大陆济慈诗歌中译领域最重要、最杰出的代表。

21 世纪以来，全球化、多元文明、多重解构和后现代思潮等各种新兴思想风起云涌，面对世纪之初全人类共同面对的时代巨变，诗人杨牧以其独特的文化身份、学术背景、人生经历、审美视角和翻译理念将济慈重新阐释给华人读者。杨牧通过翻译济慈诗歌中的名篇，在语言、文化、审

226

美和思想内涵等方面对中国古典文化和现代文化进行了纵的继承,并通过异化的语言、突兀有致的节奏在译诗中体现了当代多元文化和全球化语境下中西文化横的联系,成为全新文化和时代济慈诗歌另类的演唱者。

最后,在四位济慈诗歌诗人中译者的共同努力下,济慈的形象得以全方位、多视角、多层次地展现在中国读者面前。

从"五四"时期至中华人民共和国成立将近三十年,济慈诗歌的中译虽然得到了蓬勃发展,产生了广泛的读者群,然而译者受中国传统诗歌理念和文学审美的影响,多数中译者除了集中译介了济慈的名篇《夜莺颂》外,显然更乐于翻译济慈的抒情短诗。就翻译对诗人形象的塑造而言,这些零散的、碎片式的译作容易在中国读者中形成固有的思维模式,认为济慈不过是一位以抒情见长的浪漫诗人。朱湘翻译济慈诗歌的活动很大程度上改变了中文读者的上述成见。他通过遴选和翻译济慈诗歌作品中最具代表性的题材和体裁,较为提纲挈领地为中国读者勾勒出济慈诗歌的核心价值,使一个玄妙、灵动、飘逸的济慈,一个充满矛盾和想象力的济慈,一个诗歌意象丰富、语言优美、节奏明快、富于音乐性的济慈第一次出现在中国读者面前。

查良铮在中华人民共和国文化界的特殊历史时期,克服意识形态和政治斗争的纷扰,大量遴选和译介最能体现济慈诗歌美学、哲学和人生观的诗作。查良铮的译文不仅涵盖了济慈诗歌创作各个时期的几乎所有重要作品,囊括了多个诗歌类型,体现了济慈诗歌创作的主要成就,而且,众多之前诗人译者忽略的重要作品也被查良铮首次译介给中国读者,如向世人宣布其诗歌创作走向更高阶段,并且为之描绘出宏伟蓝图的《睡与诗》,以《忧郁颂》《咏声名》等为代表的济慈创作高峰期的其他重要诗作都是查良铮首先介绍给中国读者的。通过译介这些不同时期、不同题材、不同类型的济慈诗歌,查良铮较为全面地为中国读者勾勒出了一个热爱生活、珍视亲情友谊、深入思考人生、忠于爱情的诗人济慈。

在中国进入改革开放的全新历史时期之际,济慈诗歌译本繁多、译法五花八门、翻译水准参差不齐、译者为译诗标准争执不休之时,屠岸选译了83首济慈诗歌,涵盖了济慈诗歌创作的全部时期和所有类型,以实际行动回应了中国西诗中译界关于译诗标准的争论,提升了当代中国济慈诗歌中译的整体水平。屠岸的译文不仅语言优美、韵味悠长、深得济慈诗歌的神韵和美感,而且,屠岸践行的"以顿代步"译法突出了济慈诗歌对韵式、格律、结构和节奏等领域的探索和成果,在技术层面为中国读者揭示了济慈精湛的诗艺。此外,屠岸投入大量精力翻译济慈诗作中常被中国译者和读者忽视的史诗和传奇等诗歌类型,并为很多长篇诗歌做了详尽的注释和内容梗概,使中国读者更为深入和全面地了解了济慈诗歌及其深邃的思想。正是凭借屠岸的《济慈诗选》,当代中国读者获得了迄今为止最为完整的诗人济慈的形象。

作为一个融合了中国大陆传统文化、台湾地区近现代本土文化、原住民文化、美日等外来文化的一专多能的诗人译者,杨牧对济慈诗歌的独特转译一方面体现出现代汉语作为鲜活的当代语言,具有超乎寻常的表达能力和弹性,而现代汉语诗歌形式则具有无可比拟的伸缩性和包容性;另一方面也证明济慈诗歌可译性强、对个性化翻译和发散性多元文化具有很强的适应性,具有顽强的生命力和超越一切时代的永恒魅力,为中国读者展示了济慈诗歌征服一代代读者的一个重要原因。

诗人译诗是我国近现代外国诗歌翻译所特有的文化现象,在济慈诗歌中译中尤为明显,诗人译者因自身诗歌和文学素养的差异、获得相关济慈研究资料的多寡以及所在社会历史语境和生活经历的不同,在选取原作、翻译策略、翻译技巧、翻译风格、译文形式等方面具有较大的差异,从不同层面反映了各自时代的历史、文化、文学思潮、政治、经济和意识形态等因素对济慈诗歌翻译的影响与互动,也从不同的角度和层次为中文读者构建出诗人济慈的形象。

济慈生前十分在意自己百年之后是否能够名垂青史,不止一次表达过希望成为伟大诗人的崇高理想(Keats,1958,vol. 1:170,373,394;Keats,1958,vol. 2:263)。他曾在一封给弟妹的信中写道:

> 要是我看到已故多年的任何伟人做过同样的事情,我会感到非常高兴,譬如说吧,要是知道莎士比亚在开始写"生存还是毁灭"时取什么样的坐姿就好了——这类事情由于时空距离而变得有趣。

(傅修延,2002:2—3)

结

语

228 在济慈离世两百余年之后,通过中国译者,特别是各个时代诗人译者的不懈译介努力,他的诗歌已经跨越了时空、文化、信仰、审美的牵绊,成为不可动摇的文学经典。济慈不仅在中国获得了他梦寐以求的读者与声望,而且以他诗人的敏锐、深邃的思想、博大的胸怀、豁达的人生态度感染了一代代的中国读者,而他作为英国浪漫主义杰出代表的诗人形象也在中文语境中得到了完美的塑造。

济慈诗歌译名中英文对照

（以诗歌标题首个单词英语字母为序）

1. 《给海登》："Addressed to Haydon"
2. 《明亮的星》《最后的诗》《最后的十四行诗》《绝笔十四行诗》《灿烂的星》《北极星，我但》《明星》："Bright Star"
3. 《恩迪米安》《恩迪芒》《恩弟米安》《恩底米安》：*Endymion*
4. 《"快乐的英国"》："Happy is England! I could be content"
5. 《有多少诗人把流逝的岁月镀上金》："How many bards gild the lapse of time"
6. 《海拔里安》："Hyperion"
7. 《致 F·勃朗》《"我求你的仁慈"》《致芳妮》："I cry your mercy — pity — love! — aye，love"
8. 《如果英诗必须受韵式制约》："If by dull rhymes our English must be chain'd"
9. 《伊莎贝拉》："Isabella"
10. 《美丽的无情女郎》《无情的女郎》《妖女》《无情女》《无情美妇》《没有慈心的美丽姑娘》《一位美丽而没有慈心肠的姑娘》《残忍的姣娘》《无怜悯的美女》《无情的美妇》《狠心的美女》《无情女行》《无情的美女》《无情的美人》《无情的妖女》《女淘美兮无情》《无情美女：民谣》《冷酷的妖女》："La Belle Dame Sans Merci：A Ballad"
11. 《拉米娅》《拉弥亚》："Lamia"
12. 《写于彭斯诞生的村屋》："Lines Written in the Highlands after a Visit to Burns's Country"
13. 《希腊古瓮颂》《希腊皿曲》《希腊古瓶颂》："Ode on a Grecian Urn"
14. 《慵懒颂》："Ode on Indolence"
15. 《忧郁颂》："Ode on Melancholy"
16. 《夜莺颂》《夜莺曲》《夜莺歌》："Ode to a Nightingale"

17.《啊！我真爱——在一个美丽的夏夜》："Oh! How I love, on a fair summer's eve"

18.《李恩谭与叶爱萝》："On a Leander Which Miss Reynolds，My Kind Friend，Gave Me"

19.《咏声名》："On Fame"

20.《初读查普曼的荷马》《初读查普曼有感》《初读贾浦曼译荷马有感》《初读恰普曼译荷马史诗》《初识侂普曼译荷马》《初读查普曼英译荷马史诗》："On First Looking into Chapman's Homer"

21.《咏和平》："On Peace"

22.《观弥尔顿的一缕头发有感》："On Seeing a Lock of Milton's Hair"

23.《初见埃尔金壁石有感》《初见俄尔金大理石雕像》《观艾俄金爵士藏大理石雕》："On Seeing the Elgin Marbles"

24.《再读〈李尔王〉之前有感》《重读〈李尔王〉有作》："On Sitting down to Read *King Lear* Once Again"

25.《蚱蜢和蟋蟀》《蛐蛐和蝈蝈》《蝈蝈和蟋蟀》《蝈蝈与蛐蛐》《蟋蟀和蝈蝈》："On the Grasshopper and Cricket"

26.《访彭斯墓》："On Visiting the Tomb of Burns"

27.《罗宾汉》："Robin Hood"

28.《睡与诗》："Sleep and Poetry"

29.《白昼将去了》《"白天逝去了"》："The day is gone and all its sweets are gone"

30.《圣艾格尼丝前夜》《圣亚尼节之夕》《圣亚尼节的前夕》《圣哀格连夜》："The Eve of St. Agnes"

31.《海拔里安之陷落》：*The Fall of Hyperion: A Dream*

32.《秋颂》《秋曲》《给秋》："To Autumn"

33.《给拜伦》："To Byran"

34.《致克苏斯珂》："To Kosciusko"

35.《献诗——呈李·亨特先生》："To Leigh Hunter, Esq."

36.《给我的弟弟乔治》："To My Brother George（sonnet）"

37.《给我的兄弟们》："To My Brothers"

38.《对一个久居城市的人》："To One Who Has Been Long in City Pent"

39.《"每当我害怕"》《我恐惧，我可能就要停止呼吸》《当我忧虑恐惧》："When I have fears that I may cease to be"

40.《为什么今夜我发笑？没声音回答》："Why did I laugh tonight? No voice will tell"

41.《女人！当我见到你爱虚荣》："Woman! When I behold thee flippant, vain"

42.《为憎恶流行的迷信而作》："Written in Disgust of Vulgar Superstition"

43.《写于李·亨特先生出狱之日》："Written on the Day That Mr. Leigh Hunt Left Prison"

参 考 文 献

卞之琳,2002,译诗艺术的成年,《卞之琳文集》(中卷),合肥:安徽教育出版社,第505—509 页。

卞之琳,2007,翻译对中国现代诗的功过,载海岸编,《中西诗歌翻译百年论集》,上海:上海外语教育出版社,第 274—285 页。

陈伯良,2004,《穆旦传》,杭州:浙江人民出版社。

陈德鸿、张南峰编,2000,《西方翻译理论精选》,香港:香港城市大学出版社。

陈芳明,2012,"抒情的奥秘——杨牧七十大寿学术研讨会"前言,载陈芳明主编,《练习曲的演奏与变奏——诗人杨牧》,台北:联经出版事业股份有限公司,第 i—iv 页。

陈凌,2010,《翻译:中西诗性话语交融的家园》,上海:华东师范大学出版社。

陈梦家,1993,《新月诗选》序言,载方仁念选编,《新月派评论资料选》,上海:华东师范大学出版社,第 21—29 页。

陈铨,1926,无情女,《学衡杂志》,54:148—149。

陈向春、赵强,2010,重建中国诗学:"朱湘"价值的再发现,《文艺争鸣》,01:96—100。

陈子善编,2007,《孤高的真情:朱湘书信集》,上海:上海人民出版社。

陈祖文,1971,《译诗的理论与实践》,台北:寰宇出版社。

成仿吾,2007,论译诗,载海岸编,《中西诗歌翻译百年论集》,上海:上海外语教育出版社,第 40—45 页。

成仿吾,2011,诗之防御战,《创造周刊》第一号。转引自张旭,2011,《中国英诗汉译史论(1937 年以前部分)》,长沙:湖南人民出版社。

楚至大,1986,译诗须象原诗——与劳陇同志商榷,《外国语》,1:13—16,41。

从滋杭,2008,《中西方诗学的碰撞》,北京:国防工业出版社。

戴望舒，2007，诗论零札（二），载海岸编，《中西诗歌翻译百年论集》，上海：上海外语教育出版社，第 99—100 页。

232 丁瑞根，1992，《悲情诗人朱湘》，石家庄：花山文艺出版社。

丰华瞻，1979，略谈译诗的"信"和"达"，《外国语》，1：40—41。

丰华瞻，1993，诗歌的翻译，《中西诗歌比较》，台北：新学知文教出版社，第 11—17 页。

丰华瞻，2009，诗歌翻译的几个问题——英诗汉译的体会，载罗新璋、陈应年编，《翻译论集》（修订本），北京：商务印书馆，第 885—894 页。

傅东华，1935a，夜莺歌，《文学》，4（1）：216—223。

傅东华，1935b，英国诗人济慈，《文学》，4（1）：216—227。

傅浩，2005，《说诗解译》，北京：中国传媒大学出版社。

傅修延译，2002，《济慈书信集》，北京：东方出版社。

高健，1993，论朱湘的译诗成就及其启示——为纪念诗人逝世六十周年而作，《外国语》，5：30—35，29。

龚鹏程编，1995，《台湾的社会与文学》，台北：东大图书股份有限公司。

辜正坤，2003，《中西诗比较鉴赏与翻译理论》，北京：清华大学出版社。

古继堂，2011，《台湾文学与中华传统文化》，北京：九州出版社。

顾永棣编注，1992，《徐志摩诗全集》，上海：学林出版社。

郭沫若，2007，批判《意门湖》译本及其他（节录），载海岸编，《中西诗歌翻译百年论集》，上海：上海外语教育出版社，第 15—18 页。

郭延礼，2010，《近代西学与中国文学》，南昌：百花洲文艺出版社。

韩石山编，2005，《徐志摩全集》，天津：天津人民出版社。

何炳松、程瀛章，1990，外国专名汉译问题之商榷，载张岂之、周祖达编，《译名论集》，西安：西北大学出版社，第 18—34 页。

洪振国，1986，后记，《朱湘译诗集》，长沙：湖南人民出版社，第 335—344 页。

黄杲炘，1992，《英美爱情诗萃》，上海：上海译文出版社。

黄杲炘，2007a，译诗的进化：英语诗汉译百年回眸，载海岸编，《中西诗歌翻译百年论集》，上海：上海外语教育出版社，第 XI—XXXVI 页。

黄杲炘，2007b，《英诗汉译学》，上海：上海外语教育出版社。

黄俊杰，2006，《台湾意识与台湾文化》，台北：台湾大学出版中心。

黄晓艳，1999，谈济慈的"否定能力"，《国外文学》，4：47—50。

霍恩比著、李北达编译，1997，《牛津高阶英汉双解词典》（第四版），北京：商务印书馆。

霍俊明，2006，还有什么色彩留在这片荒原——1957 年的穆旦或一个时代的灵魂史，《中国当代文学研究 2006 卷》，第 207—221 页。

江枫、许钧，2007，形神兼备：诗歌翻译的一种追求，载海岸编，《中西诗歌翻译百年论集》，上海：上海外语教育出版社，第 377—388 页。

康白情,1920,新诗底我见,《少年中国》,1(9):1—14。

赖芳伶,2012,杨牧"奇莱"意象的隐喻和现实——以《奇莱前书》《奇莱后书》为例,载陈芳明主编,《练习曲的演奏与变奏——诗人杨牧》,台北:联经出版事业股份有限公司,第43—100页。

蓝棣之,1984,论朱湘的诗歌创作,《中国现代文学研究丛刊》,2:154—175。

劳陇,1986,译诗要像中国诗? 像西洋诗? ——与楚至大同志商榷,《外国语》,5:46—50。

劳陇,1992,我看英诗汉译中的"以顿代步"问题,《中国翻译》,5:37—38。

李祁,1948,济慈的圣哀格连夜并译辞,《浙江学报》,2(2):61—72。

李唯建,1934,《英国近代诗歌选译》,上海:中华书局。

李岳南,1945,《小夜曲:原名英国24家诗选》,成都/重庆:正风出版社。

梁实秋,1993,忆新月,载方仁念选编,《新月派评论资料选》,上海:华东师范大学出版社,第11—20页。

梁宗岱著、马海甸编,2003,《梁宗岱文集III》,北京:中央编译出版社。

廖七一,2000,《当代西方翻译理论探索》,南京:译林出版社。

林国平主编,2007,《文化台湾》,北京:九州出版社。

林语堂,2007,论翻译,载海岸编,《中西诗歌翻译百年论集》,上海:上海外语教育出版社,第58—69页。

刘半农,2007,关于译诗的一点意见,载海岸编,《中西诗歌翻译百年论集》,上海:上海外语教育出版社,第12—14页。

刘重德,1989,译诗问题初探,《外国语》,5:17—21,68。

刘新民,2007,质疑"兼顾顿数与字数"——读黄杲炘《从柔巴依到坎特伯雷》,《四川外语学院学报》,1:118—123。

柳永著、孙光贵、徐静校注,2003,《柳永集》,长沙:岳麓书社。

卢炜,2014,民族化与以顿代步——中国大陆济慈诗歌中译与一次关于诗体移植的讨论,《国外文学》,2:46—55,157。

卢炜,2017,《圣阿格尼丝之夜》的两种文学解读——兼论济慈诗歌文本阐释的边界,《外国文学》,3:18—26。

罗皑岚、柳无忌、罗念生编,1985,《二罗一柳忆朱湘》,北京:三联书店。

罗洛,2007,译诗断想,载海岸编,《中西诗歌翻译百年论集》,上海:上海外语教育出版社,第267—273页。

罗念生,1985,《朱湘》序,载孙玉石编,《朱湘》,北京:人民文学出版社。

绿原,2007,夜里猫都是灰的吗? 载海岸编,《中西诗歌翻译百年论集》,上海:上海外语教育出版社,第252—266页。

马文通译,1995a,《济慈诗选》,台北:桂冠图书公司。

马文通,1995b,咳血的夜莺——谈济慈的两首诗《夜莺颂》和《秋颂》,载马文通译,《济慈诗选》,台北:桂冠图书公司,第ix—xx页。

234

茅盾，2007，译诗的一些意见，载海岸编，《中西诗歌翻译百年论集》，上海：上海外语教育出版社，第19—22页。

蒙兴灿，2009，《五四前后英诗汉译的社会文化研究》，北京：科学出版社。

莫非，1998，相遇在巴别塔上，载许钧编，《翻译思考录》，武汉：湖北教育出版社，第90—92页。

穆旦著、李方编选，2006，《穆旦诗文集》（第2卷），北京：人民文学出版社。

聂珍钊，2007，《英语诗歌形式导论》，北京：中国社会科学出版社。

钱光培，1985，被埋没了的明珠——试论朱湘的诗论，《中国现代文学研究丛刊》，4：193—204。

钱理群等，1998，《中国现代文学三十年》，北京：北京大学出版社。

秦弓编，2009，《二十世纪中国翻译文学史·五四时期卷》，天津：百花文艺出版社。

覃子豪，1960，答诗十问，载《论现代诗》，台北：蓝星诗社。转引自陈祖文，1971，《译诗的理论与实践》，台北：寰宇出版社。

任淑坤，2009，《五四时期外国文学翻译研究》，北京：人民出版社。

商瑞芹，2007，《诗魂的再生——查良铮英诗汉译研究》，天津：南开大学出版社。

邵燕祥，1997，重新发现穆旦，载杜运燮等编，《丰富和丰富的痛苦——穆旦逝世20周年纪念文集》，北京：北京师范大学出版社，第33—36页。

沈从文，1985，论朱湘的诗，载孙玉石编，《朱湘》，北京：人民文学出版社，第251—261页。

沈志远，1990，关于名词统一工作，载张岂之、周祖达编，《译名论集》，西安：西北大学出版社，第200—204页。

施颖洲译，1999，《世界诗选》，沈阳：辽宁教育出版社。

施蛰存主编，1990，《中国近代文学大系》，上海：上海书店。

史美钧，1948，现代中国译诗概观，《胜流》，7(8)：13—18。

树才，1998，不可能的可能：关于诗歌翻译的几点思考，载许钧编，《翻译思考录》，武汉：湖北教育出版社，第658—669页。

苏曼殊，2007，《文学因缘》自序，载海岸编，《中西诗歌翻译百年论集》，上海：上海外语教育出版社，第5—8页。

苏雪林，1985，论朱湘的诗，载孙玉石编，《朱湘》，北京：人民文学出版社，第262—269页。

孙大雨译，1999，《英诗选译集》，上海：上海外语教育出版社。

孙玉石编，1985，《朱湘》，北京：人民文学出版社。

孙致礼，1996，《我国英美文学翻译概论：1949—1966》，南京：译林出版社。

孙致礼，2009，《中国的英美文学翻译：1949—2008》，南京：凤凰出版传媒集团·译林出版社。

孙志鸣，1997，一颗至真至诚的心，载杜运燮等编，《丰富和丰富的痛苦——穆旦逝世20周年纪念文集》，北京：北京师范大学出版社，第214—216页。

谭载喜，2004，《西方翻译简史》（修订本），北京：商务印书馆。

滕梅，2009，《1919 年以来的中国翻译政策研究》，济南：山东大学出版社。

屠岸译，1997a，《济慈诗选》，北京：人民文学出版社。

屠岸，1997b，《济慈诗选》前言，载屠岸译，《济慈诗选》，北京：人民文学出版社，第 1—10 页。

屠岸，2002a，古瓮的启示，载屠岸，《倾听人类灵魂的声音》，武汉：湖北教育出版社，第 209—216 页。

屠岸，2002b，"信达雅"与"真善美"——关于文学翻译答南京大学许钧教授，载屠岸，《倾听人类灵魂的声音》，武汉：湖北教育出版社，第 431—454 页。

屠岸，2007，横看成岭侧成峰——关于诗歌翻译答香港《诗双月刊》王伟明先生，载海岸编，《中西诗歌翻译百年论集》，上海：上海外语教育出版社，第 389—414 页。

屠岸口述，何启治、李晋西编撰，2010，《生正逢时——屠岸自述》，北京：三联书店。

屠岸、卢炜，2013，关于诗人译诗的对话，《文艺报》，7 月 29 日，第 3 版。

王宝童，1993，试论英汉诗歌的节奏及其翻译，《外国语》，6：33—38。

王宝童，1995，也谈英诗汉译的方向，《外国语》，5：37—42。

王宏印，2006，被遗忘的诗论家，谈诗论艺的人——试论查良铮的诗歌评论与文艺学观点，《诗探索》，3：94—111。

王家新，2009，穆旦：翻译作为幸存，《汉江大学学报》，6：5—14。

王建开，2003，《五四以来我国英美文学作品译介史 1919—1949》，上海：上海外语教育出版社。

王以铸，1983，关于济慈的诗歌，《外国诗》，北京：外国文学出版社，第 283—296 页。

王以铸，2009，论诗之不可译，载罗新璋、陈应年编，《翻译论集》（修订本），北京：商务印书馆，第 972—987 页。

王佐良，1992，《论诗的翻译》，南昌：江西教育出版社。

王佐良，2006，谈穆旦的诗，载李方编选，《穆旦诗文集》（第 2 卷），北京：人民文学出版社，第 320—325 页。

闻一多，1995，诗的格律，载蓝棣之编，《闻一多诗全编》，杭州：浙江文艺出版社，第 351—358 页。

翁显良，2007，意象与声律，载海岸编，《中西诗歌翻译百年论集》，上海：上海外语教育出版社，第 195—204 页。

奚密，2012，杨牧——台湾现代诗的 Game-Changer，载陈芳明主编，《练习曲的演奏与变奏——诗人杨牧》，台北：联经出版事业股份有限公司，第 1—42 页。

谢冕，1985，《论诗》，西宁：青海人民出版社。

谢冕，2006，一颗星亮在天边，载李方编选，《穆旦诗文集》（第 2 卷），北京：人民文学出版社，第 334—344 页。

谢天振、查明建主编，2004，《中国现代翻译文学史：1898—1949》，上海：上海外语教育出版社。

邢光祖，1936，没仁慈的女子，《光华附中半月刊》，第 4 卷，第 4/5 期。

熊辉，2007，《五四译诗与早期中国新诗》，四川大学博士论文。

徐剑，1995，初期英诗汉译述评，《中国翻译》，4：42—45。

徐莉华、徐晓燕，2002，我国五四时期的另一种翻译走向：评朱湘的英诗翻译，《中国比较文学》，4：58—66。

徐苏陔，1923，白昼将去了，《孤吟》，第 2 期（1923 年 5 月 31 日）。

徐志摩著，赵遐秋、曾庆瑞、潘百生编，1991，《徐志摩全集》，南宁：广西民族出版社。

徐志摩，1992，载顾永棣编注，《徐志摩诗全集》，上海：学林出版社。

徐志摩，1993，诗刊弁言，载方仁念选编，《新月派评论资料选》，上海：华东师范大学出版社，第 277—279 页。

徐志摩著、韩石山编，2005，《徐志摩全集》（第七卷），天津：天津人民出版社。

严家炎，2006，《五四文学十四讲》，青岛：中国海洋大学出版社。

杨德豫，1990，用什么形式翻译英语格律诗，《中国翻译》，3：2—6。

杨克敬，1943，译诗漫话，《学生之友》，5—6：8。

杨牧，1986，《叶珊散文集》，台北：洪范书店。

杨牧，1989，《一首诗的完成》，台北：洪范书店。

杨牧，2003，《奇莱前书》，台北：洪范书店。

杨牧，2007a，跋，载杨牧译，《英诗汉译集》，台北：洪范书店有限公司，第 395 页。

杨牧，2007b，翻译的事，载杨牧著，《译事》，香港：天地图书有限公司，第 1—13 页。

杨牧，2007c，诗关涉与翻译问题，载杨牧著，《译事》，香港：天地图书有限公司，第 14—29 页。

杨牧，2007d，引言，载杨牧译，《英诗汉译集》，台北：洪范书店有限公司，第 1—16 页。

杨牧译，2007e，《英诗汉译集》，台北：洪范书店有限公司。

杨牧，2007f，英诗汉译与叶芝，载杨牧著，《译事》，香港：天地图书有限公司，第 30—48 页。

杨牧，2009，《奇莱后书》，台北：洪范书店有限公司。

杨牧、曾珊珊，2013，雝雝和鸣：杨牧谈诗歌翻译艺术，http://yangmu.com/news_dec2708.html12.17。

姚同发，2002，《台湾历史文化渊源》，北京：九州出版社。

叶红，2010，《生成与走势：新月诗派研究》，东北师范大学博士论文。

易彬，2008，"穆旦"与"查良铮"在 1950 年代的沉浮，《中国现代文学研究丛刊》，2：121—132。

易彬，2010，《穆旦年谱》，北京：中国社会科学出版社。

英明瑗平，1987，忆父亲，《一个民族已经起来：怀念诗人、翻译家穆旦》，南京：江苏人民出版社，第 224—231 页。

臧克家，1934，论新诗，《臧克家文集》（第六卷），济南：山东文艺出版社，第 5—10 页。

曾珍珍，2012，译者杨牧，载陈芳明主编，《练习曲的演奏与变奏——诗人杨牧》，台

236

北：联经出版事业股份有限公司,第125—162页。

查良铮,1958,《济慈诗选》,北京：人民文学出版社。

查良铮,2007,谈译诗问题——并答丁一英先生,载海岸编,《中西诗歌翻译百年论集》,上海：上海外语教育出版社,第123—138页。

查明建、谢天振主编,2007,《中国20世纪外国文学翻译史》(上、下卷),武汉：湖北教育出版社。

张景,1990,译诗小议,《外国语》,6：63—65,78。

张曼,2002,时代文学语境与穆旦译介择取的特点,《中国比较文学》,4：49—58。

张少雄,1993,对译诗形式的回顾与思考,《外国语》,4：14—19。

张思齐,2005,济慈诗学三议,《外国文学评论》,2：113—121。

张秀亚,1993,新月派诗人朱湘,载方仁念选编,《新月派评论资料选》,上海：华东师范大学出版社,第199—204页。

张旭,2008,《视界的融合：朱湘译诗新探》,北京：清华大学出版社。

张旭,2011,《中国英诗汉译史论(1937年以前部分)》,长沙：湖南人民出版社。

章燕,2004,审美与政治：关于济慈诗歌批评的思考,《外国文学评论》,1。

赵瑞蕻,1993,济慈《夜莺颂》和《秋颂》译后小札,《诗歌与浪漫主义》,南京：南京大学出版社,第254—262页。

周良沛,1988,《中国新诗库第一辑：朱湘卷》,武汉：长江文艺出版社。

周仪、罗平,1999,《翻译与批评》,武汉：湖北教育出版社。

周与良,1997,永恒的怀念,载杜运燮等编,《丰富和丰富的痛苦——穆旦逝世20周年纪念文集》,北京：北京师范大学出版社,第152—163页。

朱光潜,1997,《诗论》,合肥：安徽教育出版社。

朱光潜,2007,论顿,载海岸编,《中西诗歌翻译百年论集》,上海：上海外语教育出版社,第51—57页。

朱维基,1983,《济慈诗选》,上海：上海译文出版社。

朱湘,1986,《朱湘译诗集》,长沙：湖南人民出版社。

朱湘著、蒲花塘、晓非编,1994,《朱湘散文》,北京：中国广播电视出版社。

朱湘著、陈子善编,2007a,《孤高的真情：朱湘书信集》,上海：上海人民出版社。

朱湘,2007b,说译诗,载海岸编,《中西诗歌翻译百年论集》,上海：上海外语教育出版社,第49—50页。

朱自清,2007,译诗,载海岸编,《中西诗歌翻译百年论集》,上海：上海外语教育出版社,第93—98页。

朱自清,2011,诗的形式,《新诗杂话》。转引自张旭,2011,《中国英诗汉译史论(1937年以前部分)》,长沙：湖南人民出版社。

Allen, G. O. 1957. *The Fall of Endymion*：A study in Keats's intellectual growth. *Keats-Shelley Journal*, 6：37‐57. Retrieved on 16 Sept. 2012, from *JSTOR*.

Allen, G. O. 1960. Kisses four：La Belle Dame as Phoebe. *News Bulletin of the*

Rocky Mountain Modern Language Association, 13: 3 - 4. Retrieved on 17 Sept. 2012, from *JSTOR*.

238 Allott, M. Ed.1970. *The Complete Poems of John Keats*. London: Longman.

Alwes, K. 1993. *Imagination Transformed: The Evolution of the Female Character in Keats's Poetry*. Carbondale: Southern Illinois University Press.

Arnold, M. 1970. Letter to Sidney Colvin: 26 June, 1818. In M. Allott ed., *The Complete Poems of John Keats*. London: Longman, p.118.

Austin, A. 1964. Keats's Grecian Urn and the truth of eternity. *College English*, 25: 434 - 436. Retrieved on 15 Sept. 2012, from *JSTOR*.

Baker, J. 1988. Dialectics and reduction: Keats criticism and the "Ode to a Nightingale". *Studies in Romanticism*, 27: 109 - 128. Retrieved on 14 Sept. 2012, from *JSTOR*.

Banerjee, J. 1995. Mending the butterfly: The new historicism and Keats's "Eve of St. Agnes". *College English*, 57: 529 - 545. Retrieved on 17 Sept. 2012, from *JSTOR*.

Bassnett, S. 2004. *Translation Studies* (3rd ed.). Shanghai: Shanghai Foreign Language Education Press.

Bate, W. J. 1963. *John Keats*. Cambridge, MA: Belknap Press of Harvard.

Bennett, A. J. 1990. The politics of gleaning in Keats's "Ode to a Nightingale" and "To Autumn". *Keats-Shelley Journal*, 39: 34 - 38. Retrieved on 14 Sept. 2012, from *JSTOR*.

Bennett, A. J. 1992. "Hazardous magic": Vision and inscription in Keats's "The Eve of St. Agnes". *Keats-Shelley Journal*, 41: 100 - 121. Retrieved on 15 Sept. 2012, from *JSTOR*.

Betz, L. W. 2008. Keats and the charm of words: Making sense of "The Eve of St. Agnes". *Studies in Romanticism*, 47: 299 - 319. Retrieved on 15 Sept. 2012, from *JSTOR*.

Brooks, C. 1939. *Modern Poetry and the Tradition*. Chapel Hill: University of North Carolina Press.

Brooks, C. 1985. Keats's sylvan historian. In G. S. Fraser ed., *John Keats: Odes*, a *Case Book*. London: Macmillan, pp.132 - 145.

Burke, K.1985. Symbolic action in a poem by Keats. In G. S. Fraser ed., *John Keats: Odes, a Case Book*. London: Macmillan, pp.103 - 122.

Cohen, J. R. 1968. Keats's humor in "La Belle Dame Sans Merci". *Keats-Shelley Journal*, 17: 10 - 13. Retrieved on 17 Sept. 2012, from *JSTOR*.

Combellack, C. R. B. 1962. Keats's Grecian Urn as unravished bride. *Keats-Shelley Journal*, 11: 14 - 15. Retrieved on 16 Sept. 2012, from *JSTOR*.

Dante, A. 2006. The banquet. Trans. by K. Hillard. In D. Robinson ed., *Western Translation Theory: From Herodotus to Nietzsche*. Beijing: Foreign Language Teaching and Research Press, pp.47 – 48.

D'Avanzo, M. L. 1967. Keats's and Vergil's underworlds: Source and meaning in Book II of *Endymion*. *Keats-Shelley Journal*, 16: 61 – 72. Retrieved on 15 Sept. 2012, from *JSTOR*.

Dillon, W. 2006. An essay on translated verse. In D. Robinson ed., *Western Translation Theory: From Herodotus to Nietzsche*. Beijing: Foreign Language Teaching and Research Press, pp.175 – 180.

Dryden, J. 2006. The three types of translation from preface to Ovid's epistles. In D. Robinson ed., *Western Translation Theory: From Herodotus to Nietzsche*. Beijing: Foreign Language Teaching and Research Press, pp.171 – 174.

Eliot, T. S. 1985. Dante. In G. S. Fraser ed., *John Keats: Odes, a Case Book*. London: Macmillan, p.128.

Farnell, G. 1995. "Unfit for ladies": Keats's "The Eve of St. Agnes". *Studies in Romanticism*, 34: 401 – 412. Retrieved on 17 Sept. 2012, from *JSTOR*.

Finney, C. L. 1936. *The Evolution of Keats's Poetry*. Cambridge, MA: Harvard University Press.

Fogle, R. H. 1945. A reading of Keats's "Eve of St. Agnes". *College English*, 6: 325 – 328. Retrieved on 17 Sept. 2012, from *JSTOR*.

Fogle, R. H. 1953. Keats's "Ode to a Nightingale". *PMLA*, 68: 211 – 222. Retrieved on 15 Sept. 2012, from *JSTOR*.

Fraser, G. S. Ed. 1985. *John Keats: Odes, a Casebook*. London: Macmillan.

Friedman, G. 1996. *The Insistence of History: Revolution in Burke, Wordsworth, Keats and Baudelaire*. Standford: Standford University Press.

Garrod, H. W. 1985. The close connections of thought in the spring Odes. In G. S. Fraser ed., *John Keats: Odes, a Case Book*. London: Macmillan, pp.63 – 78.

Gibson, G. M. 1977. Ave Madeline: Ironic annunciation in Keats's "The Eve of St. Agnes". *Keats-Shelley Journal*, 26: 39 – 50. Retrieved on 15 Sept. 2012, from *JSTOR*.

Gilbreath, M. 1988. The etymology of Porphyro's name in Keats's "Eve of St. Agnes". *Keats-Shelley Journal*, 37: 20 – 25. Retrieved on 17 Sept. 2012, from *JSTOR*.

Gordon, R. K. 1946. Notes on Keats's "Eve of St. Agnes". *Modern Language Review*, 41: 413 – 419. Retrieved on 17 Sept. 2012, from *JSTOR*.

Gradman, B. 1976. "King Lear" and the image of Ruth in Keats's "Nightingale" Ode. *Keats-Shelley Journal*, 25: 15 – 22. Retrieved on 14 Sept. 2012, from

JSTOR.

Halpern, M. 1963. Keats's Grecian Urn and the singular "Ye". *College English*, 24: 284 - 288. Retrieved on 15 Sept. 2012, from *JSTOR*.

Harding, E. J. 1975. A possible pun in Keats's "Ode to a Nightingale". *Keats-Shelley Journal*, 24: 15 - 17. Retrieved on 14 Sept. 2012, from *JSTOR*.

Harvey, K. J. 1985. The trouble about Merlin: The theme of enchantment in "The Eve of St. Agnes". *Keats-Shelley Journal*, 34: 83 - 94. Retrieved on 17 Sept. 2012, from *JSTOR*.

Havens, R. D. 1926. Concerning the "Ode on a Grecian Urn". *Modern Philology*, 24: 209 - 214. Retrieved on 17 Sept. 2012, from *JSTOR*.

Hollingswort, K. 1972/1973. The Nightingale Ode and Sophocles. *Keats-Shelley Journal*, 21/22: 23 - 27. Retrieved on 15 Sept. 2012, from *JSTOR*.

Holmes, J. 2007a. The name and nature of translation studies. In J. S. Holmes ed., *Translated! Papers on Literary and Translation Studies*. Beijing: Foreign Language Teaching and Research Press, pp.67 - 80.

Holmes, J. 2007b. On matching and making maps: From a translator's notebook. In J. S. Holmes ed., *Translated! Papers on Literary and Translation Studies*. Beijing: Foreign Language Teaching and Research Press, pp.53 - 64.

Jordan, J. C. 1928. "The Eve of St. Agnes" and "The Lay of the Last Minstrel". *Modern Language Notes*, 43: 38 - 40. Retrieved on 17 Sept. 2012, from *JSTOR*.

Kappel, A. J. 1978. The immortality of the natural: Keats' "Ode to a Nightingale". *ELH*, 45: 270 - 284. Retrieved on 14 Sept. 2012, from *JSTOR*.

Keats, J. 1948. *The Keats Circle*. Ed. by H. E. Rollins. Cambridge, MA: Cambridge University Press.

Keats, J. 1958. *The Letters of John Keats* (2 vols). Ed. by Hyder Edward Rollins. London: Cambridge University Press.

Keats, J. 1982. *John Keats: Complete Poems*. Ed. by Jack Stillinger. Cambridge, MA: Belknap-Harvard University Press.

Kent, D. A. 1987. On the third stanza of Keats's "Ode on a Grecian Urn". *Keats-Shelley Journal*, 36: 20 - 25. Retrieved on 15 Sept. 2012, from *JSTOR*.

Lefevere, A. 2004. *Translation/History/Culture: A Sourcebook*. Shanghai: Shanghai Foreign Language Education Press.

Lefevere, A. 2010. *Translation: Rewriting and the Manipulation of Literary Fame*. Shanghai: Shanghai Foreign Language Education Press.

Lowell, A. 1925. *John Keats*. London: Jonanthan Cape.

MacCracken, H. N. 1907. The source of Keats's "Eve of St. Agnes". *Modern Philology*, 5: 145. Retrieved on 17 Sept. 2012, from *JSTOR*.

Matthews, G. M. Ed. 1995. *John Keats: The Critical Heritage*. London: Routledge.

McGann, J. 1979. Keats and historical methods in literary criticism. *MLN*, 94: 988 - 1032. Retrieved on 8 Aug. 2013, from *JSTOR*.

Miller, B. E. 1965. On the meaning of Keats's "Endymion". *Keats-Shelley Journal*, 14: 33 - 54. Retrieved on 15 Sept. 2012, from *JSTOR*.

Miller, B. E. 1971. Form and substance in "Grecian Urn". *Keats-Shelley Journal*, 20: 62 - 70. Retrieved on 15 Sept. 2012, from *JSTOR*.

Miller, C. 2006. *The Invention of Evening*. Cambridge: Cambridge University Press.

Muir, K. 1985. The meaning of the Odes. In G. S. Fraser ed., *John Keats: Odes, a Case Book*. London: Macmillan.

Nelson, B. 1994. The visions of Jane West and John Keats: Another source for "Ode to a Nightingale". *Keats-Shelley Journal*, 43: 34 - 38. Retrieved on 14 Sept. 2012, from *JSTOR*.

O'Rourke, J. 1987. Persona and voice in the "Ode on a Grecian Urn". *Studies in Romanticism*, 26: 27 - 48. Retrieved on 16 Sept. 2012, from *JSTOR*.

O'Rourke, J. 1988. Intrinsic criticism and the "Ode to a Nightingale". *Keats-Shelley Journal*, 37: 43 - 57. Retrieved on 15 Sept. 2012, from *JSTOR*.

Owen, F. M. 1985. A quickly generated sympathy. In G. S. Fraser ed., *John Keats: Odes, a Case Book*. London: Macmillan, pp.38 - 47.

Patterson, C. I. 1954. Passion and permanence in Keats's "Ode on a Grecian Urn". *ELH*, 21: 208 - 220. Retrieved on 15 Sept. 2012, from *JSTOR*.

Patterson, C. Jr. 1970. *The Daemonic in the Poetry of John Keats*. Urbana: University of Illinois Press.

Perrine, L. 1982. *Sound and Sense: An Introduction to Poetry* (6th ed.). New York: Harcourt.

Pollard, A. 1956. Keats and Akenside: A Borrowing in the "Ode to a Nightingale". *Modern Language Review*, 51: 75 - 77. Retrieved on 14 Sept. 2012, from *JSTOR*.

Ragussis, M. 1975. Narrative structure and the problem of the divide reader in the Eve of St. Agnes. *ELH*, 42: 378 - 394. Retrieved on 17 Sept. 2012, from *JSTOR*.

Ridley, M. R. 1985a. The composition of Nightingale. In G. S. Fraser ed., *John Keats: Odes, a Case Book*. London: Macmillan, pp.79 - 96.

Ridley, M. R. 1985b. The odes and the sonnet form. In G. S. Fraser ed., *John Keats: Odes, a Case Book*. London: Macmillan, pp.97 - 102.

Robinson, D. E. 1963. Ode on a "New Etrurian" Urn: A reflection of Wedgwood Ware in the poetic imagery of John Keats. *Keats-Shelley Journal*, 12: 11 - 35. Retrieved on 17 Sept. 2012, from *JSTOR*.

参考文献

Robinson, J. 1976. Dante's "Paradiso" and Keats's "Ode to a Nightingale". *Keats-Shelley Journal*, 25: 13 - 15. Retrieved on 14 Sept. 2012, from *JSTOR*.

Robinson, P. 2009. *Poetry and Translation: The Art of the Impossible*. Liverpool: Liverpool University Press.

Roe, N. 1998. *John Keats and the Culture of Dissent*. Oxford: Clarendon.

Rosenfeld, N. 2000. Eve's dream will do here: Miltonic dreaming in Keats's "The Eve of St. Agnes". *Keats-Shelley Journal*, 49: 47 - 66. Retrieved on 15 Sept. 2012, from *JSTOR*.

Scott, G. F. 1999. Language strange: A visual history of Keats's "La Belle Dame Sans Merci". *Studies in Romanticism*, 38: 503 - 535. Retrieved on 16 Sept. 2012, from *JSTOR*.

Sharp, R. A. 1979. "A recourse somewhat human": Keats's religion of beauty. *Kenyon Review*, 1: 22 - 49. Retrieved on 15 Sept. 2012, from *JSTOR*.

Shaw, G. B. 1921. *The John Keats Memorial Volume*. London: John Lane.

Sider, M. J. 1998. *The Dialogic Keats: Time and History in the Major Poems*. Washington, DC: Catholic University of America Press.

Slote, B. 1961. La Belle Dame as Naiad. *Journal of English and Germanic Philology*, 60: 22 - 30. Retrieved on 17 Sept. 2012, from *JSTOR*.

Spens, J. 1952. A study of Keats's "Ode to a Nightingale". *Review of English Studies*, 3: 234 - 243. Retrieved on 17 Sept. 2012, from *JSTOR*.

Sperry, S. M. 1973. *Keats the Poet*. Princeton: Princeton University Press.

Stillinger, J. 1961. The hoodwinking of Madeline: Scepticism in "The Eve of St. Agnes". *Studies in Philology*, 58: 533 - 555. Retrieved on 17 Sept. 2012, from *JSTOR*.

Stillinger, J. 1963. The text of "The Eve of St. Agnes". *Studies in Bibliography*, 16: 207 - 212. Retrieved on 17 Sept. 2012, from *JSTOR*.

Stillinger, J. 1968. Keats and Romance. *Studies in English Literature*, 1500 - 1900, 8: 593 - 605. Retrieved on 14 Sept. 2012, from *JSTOR*.

Stillinger, J. 1971. *The Hoodwinking of Madeline, and Other Essays on Keats's Poems*. Urbana: University of Illinois Press.

Stillinger, J. 1982a. Commentary. In Jack Stillinger ed., *John Keats: Complete Poems*. Cambridge, MA: Belknap-Harvard University Press, pp.xiii-xxviii.

Stillinger, J. 1982b. Introduction. In Jack Stillinger ed., *John Keats: Complete Poems*. Cambridge, MA: Belknap-Harvard University Press, pp.417 - 485.

Stillinger, J. 1999. *Reading "The Eve of St. Agnes": The Multiples of Complex Literary Transaction*. New York: Oxford University Press.

Swinburne, C. A. 1985. The unequalled and unrivalled Odes. In G. S. Fraser ed.,

John Keats: Odes, a Case Book. London: Macmillan, pp.47 - 48.

Tate, A. 1985. A reading of Keats. In G. S. Fraser ed., *John Keats: Odes, a Case Book*. London: Macmillan, pp.151 - 165.

Thomson, H. 1998. Eavesdropping on "The Eve of St. Agnes": Madeline's sensual ear and Porphyro's ancient ditty. *Journal of English and Germanic Philology*, 97: 337 - 351. Retrieved on 17 Sept. 2012, from *JSTOR*.

Turley, R. M. 2004. *Keats's Boyish Imagination*. London/New York: Routledge.

Turley, R. M. 2012. *Bright Stars: John Keats, "Barry Cornwall" and Romantic Literary Culture*. Liverpool: Liverpool University Press.

Vendler, H. 1983. *The Odes of John Keats*. Cambridge, MA: Belknap Press.

Waldoff, L. 1977. Porphyro's imagination and Keats's Romanticism. *Journal of English and Germanic Philology*, 76: 177 - 194. Retrieved on 15 Sept. 2012, from *JSTOR*.

Wang, C. H. 1974. *The Bell and the Drum: Shin Ching as Formulaic Poetry in an Oral Tradition*. Berkeley: Berkeley University Press.

Wasserman, E. R. 1953. *The Finer Tone: Keats's Major Poems*. Baltimore: Johns Hopkins Press.

Wentersdorf, K. P. 1984. The sub-text of Keats's "Ode to a Nightingale". *Keats-Shelley Journal*, 33: 70 - 84. Retrieved on 14 Sept. 2012, from *JSTOR*.

Whiting, G. W. 1963. Charlotte Smith, Keats, and the Nightingale. *Keats-Shelley Journal*, 12: 4. Retrieved on 14 Sept. 2012, from *JSTOR*.

Whitley, A. 1985. The message of the Grecian Urn. In G. S. Fraser ed., *John Keats: Odes, a Case Book*. London: Macmillan, pp.123 - 126.

Wiener, D. 1980. The secularization of the fortunate fall in Keats's "The Eve of St. Agnes". *Keats-Shelley Journal*, 29: 120 - 130. Retrieved on 15 Sept. 2012, from *JSTOR*.

Wigod, J. D. 1957. Keats's ideal in the "Ode on a Grecian Urn". *PMLA*, 72: 113 - 121. Retrieved on 15 Sept. 2012, from *JSTOR*.

Williams, P. Jr. 1955. Keat's well examined urn. *Modern Language Notes*, 70: 342 - 345. Retrieved on 16 Sept. 2012, from *JSTOR*.

Wilson, J. D. 1984. John Keats's self-reflexive narrative: "The Eve of St. Agnes". *South Central Review*, 1: 44 - 52. Retrieved on 17 Sept. 2012, from *JSTOR*.

Wood, W. R. 1940. An interpretation of Keats's "Ode on a Grecian Urn". *English Journal*, 29: 837 - 839. Retrieved on 16 Sept. 2012, from *JSTOR*.

Wootton, S. 2006. *Consuming Keats: Nineteenth-century Representations in Art and Literature*. Houndmills, GB & NY: Palgrave Macmillan.

参考文献

济慈诗歌中文译作目录
（1921～2013）

（以翻译和发表时间为序）

1921 年：

徐志摩译：《致范尼布朗》，载顾永棣编注，《徐志摩诗全集》，上海：学林出版社，1992 年。①

1923 年：

徐苏陵译：《白昼将去了》，载《孤吟》，1923 年第 2 期（1923 年 5 月 31 日出版）。

C. H. L. 译②：《你说你爱》，载《小说月报》，第 14 卷第 11 号（1923 年 11 月 10 日出版）。

1925 年：

徐志摩译：《夜莺歌》，载顾永棣编注，《徐志摩诗全集》，上海：学林出版社，1992 年。③

---

① 《致范尼布朗》约译于 1921 年。

② 1949 年以前的译者信息主要来源于：谢天振、查明建主编，《中国现代翻译史：1898—1949》；查明建、谢天振主编，《中国 20 世纪外国文学翻译史》（上、下卷）；杨义主编，《二十世纪中国翻译文学史》；王建开，《五四以来我国英美文学作品译介史 1919—1949》；马祖毅主编，《中国翻译通史》；蒙兴灿，《五四前后英诗汉译的社会文化研究》；张旭，《中国英诗汉译史论（1937 年以前部分）》；马文通，《济慈诗选》；熊辉的博士论文，《五四译诗与早期中国新诗》；数据库"全国报刊索引：晚清期刊全文数据库（1833—1911）和民国时期期刊全文数据库（1911—1949）"等。

③ 《夜莺歌》译于 1924 年 12 月 2 日，发表于《小说月报》第 16 卷第 2 号（1925 年 2 月）。

朱湘译：《希腊皿曲》《夜莺曲》《秋曲》《妖女》《最后的诗》《圣亚尼节之夕》，载《番石榴集》，上海：商务印书馆，1936 年。①

高伯定译：《灵魂歌》，载《文学》，1925 年诞生号（民国日报馆）。

韦素园译②：《李恩谭与叶爱萝》，载《语丝》，第 27 期（1925 年 5 月 18 日出版）。

1926 年：

陈铨译：《无情女》，载《学衡杂志》，1926 年第 54 期（1926 年 6 月出版）。

1927 年：

正译：《幻境》，载《清华周刊》，1927 年第 27 卷第 9 期。

1928 年：

介如译：《情歌》，载《北新》，1928 年第 2 卷第 8 期（1928 年 2 月 16 日出版）。

孙长虹译：《伊莎贝拉》（节译）、《无情女郎》（节译），载《长虹周刊》，1928 年第 9 期。

朱维基、芳信译：《夜莺歌》《美丽而不仁慈的妇女》，载《水仙》，上海：光华书局，1928 年。

李惟（唯）建译③：《夜莺歌》，载《新月月刊》，第 1 卷第 7 号（1928 年 9 月出版）。

1929 年：

梁指南译：《无题》（"Bright Star"），载《文学周报》，第 7 卷合订本（1929 年 1 月出版）。

赵景深译：《济慈的夜莺歌》，载《文学周报》，第 7 卷合订本（1929 年 1 月出版）。

微笑译：《死的恐惧》，载《群众月刊》，1929 年第 1 期（群众图书公司出版）。

1931 年：

蠢译：《夜莺歌》，载《新陕西月刊》，1931 年第 1 卷第 3 期。

C. K. 译：《给希望》，载《南开大学周刊》，1931 年第 102 期（天津南开大学出版部）。

梁遇春译：《夜莺歌》《希腊古瓶歌》《没有慈心的美丽姑娘》《蚱蜢与蟋蟀》，载《英国诗歌选》，上海：中华书局，1931 年。

梁遇春译：《明星》，载《情歌》，上海：中华书局，1931 年。

---

① 《妖女》最初发表于《小说月报》第 16 卷第 1 号（1925 年 1 月，名为《无情的女郎》）；《秋曲》最初发表于《小说月报》第 16 卷第 12 期（1925 年 12 月）；《最后的诗》最初发表于《京报副刊》1925 年第 223 期。

② 根据谢天振、查明建主编，《中国现代翻译史：1898—1949》介绍，该诗的译者为韦素园（第243 页），但经本书作者考证，该诗的译者实为学者、北京大学东语系教授徐祖正（笔名"祖正"）。

③ 李惟（唯）建是民国时期诗人、学者，著名女作家庐隐的丈夫，常以"李唯建"和"李惟建"两名发表作品。

1932 年：

李惟(唯)建译：《无情美妇》，载《英国近代诗歌选译》，上海：中华书局，1932 年。

秋原译：《你说你爱我》，载《读书杂志》，1932 年第 2 卷第 1 期(神州国光社)。

1933 年：

梁氏小雅节译：《欢迎喜欢迎愁》，载《文通》(*The Literary Conveyance Biweekly*)，
1933 年第 2 卷第 24 期(世界日报馆)。

王家鑫译：《夜莺歌》，载《铃铛》，1933 年第 2 期。

1934 年：

朱维基译：《阿普罗歌》《海》《哦，我多么爱，在一个媚丽的夏的黄昏》《如同一只银色
的斑鸠从渐暗的昏》《在黑暗的云雾压抑了我们的平原》《见爱尔琴云石》，
载《诗篇》，1934 年第 4 期。

江振声译①：《给夜莺歌》，载《光华大学半月刊》，1934 年第 2 卷第 7 期。

维民译：《Devon 姑娘》，载《骨鲠》，1934 年第 46 期。

维民译：《你说你爱我》，载《骨鲠》，1934 年第 49 期。

1935 年：

傅东华译：《夜莺歌》，载《文学》，第 4 卷第 1 号(1935 年 1 月 1 日出版)。

李广田译：《麦格·美勒莱斯》，载《青年文化(济南)》，1935 年第 3 卷第 1 期。

长虹译：《死：死是长眠吗……》，载《南风(福州)》，1935 年第 9 期。

1936 年：

顾民元译，质人注：《夜莺歌》，载《写作与阅读》，1936 年第 1 卷第 1 期。

邢光祖译：《没仁慈的女子》，载《光华附中半月刊》，1936 年第 4 卷第 4/5 期。

1937 年：

宋孟康译：《献诗：洪德里先生》《给我兄弟乔治——》《给——使我有男人的好模样》《写
给洪德里先生出狱那天》《多少诗人装点这飞渡的时间》《曾给我玫瑰花的朋
友》《给 GAW》《假使我定得和你居住，喂，寂静！》《给我的兄弟们》《在半裸着
枯干的短树里》《对一位久关在城里的人儿》《第一次读的却泼曼的荷马》
《当很早的离开朋友们》《写给海登》《再给海登》《草虫和蟋蟀》《给高士修士
哥》《英格兰真快活》，载《光华附中半月刊》，1937 年第 5 卷第 3/4 期。②

---

① 该译者在 1939 年于上海《兼明》创刊号上再次发表该诗译文。

② 其中，《献诗：洪德里先生》和《写给洪德里先生出狱那天》两首诗后被作者再次投稿至《稽中
学生》1940 年第 10 期。

1940 年：

吴兴华译：《初读查普曼的荷马》《人类的四季》《赛琪之歌》《忧郁之歌》《最后的十四行诗》，合称《济慈诗钞》，载《西洋文学月刊》第 4 期(1940 年 12 月 1 日出版)。

宋悌芬译：《十四行：对一个一直关在城市里的人》《十四行：啊，我多么爱在一个夏日的晴朗的夜晚》《十四行：当我带着恐惧的想到我会死去》《仙女之歌》，合称《济慈诗钞》，载《西洋文学月刊》第 4 期(1940 年 12 月 1 日出版)。

1941 年：

冷歌译：《夜莺歌》①，载《近代世界诗选》，满洲图书株式会社，1941 年。

曹未风译：《夜莺歌》，载《晨钟》，1941 年第 1 卷第 4 期。

1943 年：

丁令译：《蚱蜢与蟋蟀》，载《北极》，1943 年第 2 卷第 3 期。

1945 年：

李岳南译：《一位美丽而没有慈心肠的姑娘》，载《小夜曲：原名英国 24 家诗选》，成都/重庆：正风出版社，1945 年。

1946 年：

懷(怀)译：《给希望》，载《希望(上海 1945)》，1946 年第 1 卷第 2 期。

1948 年：

李祁译：《济慈的圣哀格连夜并译辞》，载《浙江学报》，1948 年第 2 卷第 2 期。

1958 年：

查良铮译：《夜莺颂》等 65 首，载《济慈诗选》，北京：人民文学出版社，1958 年。

1960 年：

余光中译②：《蚱蜢和蟋蟀》，载《英诗译注》，台北：文星书店，1960 年。

---

① 该译者及译作信息来源于马文通译，《济慈诗选》，"中文译作索引"。

② 中国港台地区及海外译者信息，除特殊说明外，均来自中国台湾学者张静二主编的《西洋文学在台湾研究书目：1946—2000 年》相关内容。但该书涉及济慈中译的部分有一些错误。陈绍鹏的《济慈和芳妮的心声》疑为济慈书信集，宋碧云的《笑声泪痕》疑为济慈生平介绍，由于资料所限，暂无法确定；杨牧的《那印度人致所爱》《牧神的祭师》《在香榖阡陌》《露水点点滴滴》和《每当身在荒漠》经本书作者考证实为叶芝作品。

1967 年：

248

娄亭编：《查浦曼的"荷马"一览》《夜莺颂》《无情的美人》，载《英美诗选》，台北：台湾文源书局，1967 年。

1968 年：

孙主民译：《夜莺颂》等 61 首，载《济慈抒情诗选》，台北：五洲出版社，1968 年。

1979 年：

赵瑞蕻译：《蝈蝈与蛐蛐》《有多少诗人把流逝的岁月镀上金》《为憎恶流行的迷信而作》《夜莺颂》《秋颂》《论十四行诗：假如我们的英文》，载《诗歌与浪漫主义》，南京：南京大学出版社，1993 年。①

1980 年—1981 年：

孙大雨译：《残忍的姣娘》《夜莺颂》《希腊古瓮赞》《秋日咏》，载《英诗选译集》，上海：上海外语教育出版社，1999 年。②

1983 年：

朱维基译：《夜莺颂》等 24 首，载《济慈诗选》，上海：上海译文出版社，1983 年。

卞之琳译：《希腊古瓮曲》，载《卞之琳译文集》，合肥：安徽教育出版社，2000 年。③

邹绛译：《蝈蝈儿和蟋蟀》，载《外国名家诗选》，重庆：重庆出版社，1983 年。

张秋红译：《蚱蜢与蟋蟀》，载《在大海边》，上海：上海译文出版社，1983 年。

王以铸译：《夜莺颂》（节选）、《初读契普曼的荷马译本》《希腊古翁颂》（节选）、《献给美娅的歌》，选自《关于济慈的诗歌》，载《外国诗 1》，北京：外国文学出版社，1983 年。

丰华瞻译：《秋之歌》《初读贾浦曼译荷马诗有感》，载《丰华瞻译诗集》，上海：上海外语教育出版社，1997 年。④

1984 年：

江冰华译：《夜莺颂》《秋颂》《希腊古瓮颂》《蝈蝈和蟋蟀》，载《英美名诗选译》，西安：陕西人民出版社，1984 年。

李霁野译：《夜莺歌》《无怜悯的美女》《但我满心怀着恐惧》《绝笔十四行诗》，载《妙意曲：英国抒情诗 200 首》，成都：四川人民出版社，1984 年。

---

① 译文完成于 1979 年。
② 译文完成于 1980 年至 1981 年。
③ 最初翻译时间无法确定，最初出版时间为 1983 年。
④ 最初翻译时间约为 1983 年至 1984 年。

朱炯强、姚暨荣译：《圣亚尼节前夜》（节译）、《夜莺颂》（节译）、《希腊古翁颂》（节译）、《秋颂》（节译）、《啊孤独如果我不许和你》《李亨特出狱当天》《愤于世人的迷信而作》《咏海》《蝈蝈与蛐蛐》《重读〈李尔王〉有感》《假如英诗必须被呆板的韵式束缚》，载《济慈》，沈阳：辽宁人民出版社，1984 年。

刘新民译：《致荷马》《初读查普曼译的荷马》《写在乔叟〈花与叶的故事〉的末页空白上》《致斯宾塞》《重读〈李尔王〉有感》《颂诗》《见一绺弥尔顿的头发有感》《写于彭斯诞生的村屋》《访彭斯墓》《写于里亨特先生出狱之日》《拜伦》，载《诗篇中的诗人》，北京：人民文学出版社，2004 年。①

1986 年：

谭天健、周式中、石玉译：《蚱蜢与蟋蟀》《歌：我曾有只可爱的鸽子》《明亮的星》《心中的四季》，载《英美抒情短诗选》，西安：西北大学出版社，1986 年。

1987 年：

罗义蕴译：《诗人颂》，载《英诗金库》（下卷），成都：四川人民出版社，1987 年。

乐艺文译：《不敏感的幸福》，载《英诗金库》（下卷），成都：四川人民出版社，1987 年。

曹明伦译：《美丽的无情女郎》，载《英诗金库》（下卷），成都：四川人民出版社，1987 年。

郑敏译：《秋赋》《人的四季》，载《英诗金库》（下卷），成都：四川人民出版社，1987 年。

张德明译：《人生的四季》，载《中外哲理诗精选》，杭州：浙江文艺出版社，1987 年。

1988 年：

毛卓亮译：《李亨特出狱之日而作》《献给科修斯柯》《咏和平》《蝈蝈与蟋蟀》《咏海》《初读查普曼译的荷马诗篇》《每当我担心》《颂诗》《幻想》《今晚我为什么大笑》《论名声》《访彭斯墓》《致睡眠》《普塞克颂》《夜莺颂》《人的时令》《闲情颂》《无情的美妇》《灿烂的星》《恩底弥翁》（节选），载《英国浪漫主义诗人抒情诗选》（下），南京：江苏人民出版社，1988 年。

黄宏煦译：《希腊古瓮咏》《美人鱼酒店咏》《在寒夜阴沉的十二月》，载《英国浪漫主义诗人抒情诗选》（下），南京：江苏人民出版社，1988 年。

1989 年：

陈美月译②：《吟秋》，载《英诗鉴赏入门》，台北：台湾学习出版社，1989 年。

---

① 译文完成于 1984 年前后。
② 该译者及译作信息来源于马文通译，《济慈诗选》，"中文译作索引"。

1990 年：

汪剑钊译：《明亮的星》，载《中外唯美诗集萃》，杭州：浙江文艺出版社，1990 年。

1992 年：

黄杲炘译：《狠心的美女》，载《英美爱情诗萃》，上海：上海译文出版社，1992 年。

傅浩译：《明亮的星》，载《英国抒情诗》，广州：花城出版社，1992 年。

1995 年：

马文通译：《夜莺颂》等 81 首，载《济慈诗选》，台北：桂冠图书公司，1995 年。

1996 年：

毕甃译：《初读查普曼译荷马有感》《无情女行》，载《英美名诗评介》（又名《负版集》），昆明：云南师范大学外语系，1996 年。

1997 年：

屠岸译：《夜莺颂》等 83 首，载《济慈诗选》，北京：人民文学出版社，1997 年。

1998 年：

赵澧译：《夜莺曲》《秋歌》，载《西苑诗雨》，北京：中国人民大学出版社，1998 年。

1999 年：

施颖洲译：《无情的美女》《咏寄夜莺》《咏希腊瓮》《咏寄秋天》，载《世界诗选》，沈阳：辽宁教育出版社，1999 年。

2000 年：

李昌陟译：《咏和平》《写于里亨特先生出狱之日》《对一个长年关在城里的人》《初读查普曼译荷马》《我爱夏日晴朗的黄昏》《写于对迷信的憎恶》《蚱蜢和蟋蟀》《灰暗的雾气低压着平原》《写于乔叟〈花与叶〉的末页》《伊莎贝拉》（节译）、《人的季节》《仙女之歌》《咏睡眠》《美丽的无情女郎》《咏声名》《夜莺颂》《希腊古瓮颂》《忧郁颂》《秋颂》《明亮的星》，载《英国浪漫主义五大家诗选》，重庆：重庆出版社，2000 年。

2003 年：

陈之藩译：《无情的美妇》，载《蔚蓝的天》，Hongkong：Oxford University Press，（China）ltd.，2003.

秦希廉译：《鸽子》《人生的四季》《咏秋》，载《英美抒情诗选译》，北京：商务印书馆，2003 年。

杨通荣、丁廷生译：《短歌：我有只心爱的鸽子》《咏蝈蝈与蛐蛐》，载《英美名诗选》，贵阳：贵州人民出版社，2003 年。

2004 年：
李正栓译：《秋颂》《蝈蝈与蟋蟀》，载《英美诗歌教程》，北京：清华大学出版社，2004 年。

2006 年：
任士明、张宏国译：《夜莺颂》等 39 首，《济慈诗选》，合肥：安徽文艺出版社，2006 年。
李嘉娜译：《夜莺颂》，载《论济慈的〈夜莺颂〉》，福州：海峡文艺出版社，2006 年。

2007 年：
黄杲炘译：《秋颂》《夜莺颂》（节选），载《英诗汉译学》，上海：上海外语教育出版社，2007 年。
杨牧译：《初识查普曼译荷马》《观艾俄金爵士藏大理石雕》《重读〈李尔王〉有作》《当我忧虑唯恐》《致荷马》《北极星，我但》《给睡十四行》《夜莺曲》①《希腊古瓶颂》《给忧郁》《慵懒之歌》《给秋》《女洵美兮无情》，载《英诗汉译集》，台北：洪范书店有限公司，2007 年。
李云启译：《蝈蝈与蛐蛐的歌》《我的小鸽子》，载《英诗赏读与美感再植》，北京：人民出版社，2007 年。

2009 年：
毕小君等译：《夜莺颂》，载《英美诗歌概论》，北京：知识产权出版社，2009 年。
王明凤译：《夜莺颂》等 31 首，载《夜莺颂》，北京：机械工业出版社，2009 年。

2011 年：
何功杰译：《和平感怀》《恩底米恩》（选译）、《夜莺颂》《普赛克颂》《忧郁颂》，载《英语鼎诗选译》，苏州：苏州大学出版社，2011 年。
何功杰译：《希腊古瓮颂》《秋颂》《无情的美女》，载《英语诗歌导读》，苏州：苏州大学出版社，2011 年。
阮小晨译：《一个顽皮的男孩》《快乐英格兰》《无情的妖女》《夜莺》《孤独》《希腊古瓮》《秋颂》《织女星》，载《英美名诗二百首新译》，桂林：漓江出版社，2011 年。

① 该诗最初以笔名"叶珊"发表于《纯文学》，第 5 卷第 5 期（1969 年 5 月出版）。